DuMont's Kriminal-Bibliothek

Anne Perry, 1938 in London geboren, lebt heute in Suffolk. Sie ist Autorin von zahlreichen Detektivromanen, in denen Inspector Pitt selbstbewußt und umsichtig ermittelt. Unterstützt wird er dabei von seiner – für die viktorianische Zeit – ungewöhnlich emanzipierten Frau Charlotte. Von Anne Perry sind in der DuMont's Kriminal-Bibliothek erschienen: »Der Würger von der Cater Street« (Band 1016), »Callander Square« (Band 1025) und »Nachts am Paragon Walk« (Band 1033).

Herausgegeben von Volker Neuhaus

Anne Perry

Rutland Place

DuMont Buchverlag Köln

Meinem Vater in Liebe,
Judy in Freundschaft,
der Stadt Toronto in Dankbarkeit zugeeignet

Die Deutsche Bibliothek – CIP-Einheitsaufnahme

Perry, Anne:
Rutland Place / Anne Perry
[Aus dem Engl. von Beate Felten]. – Köln: DuMont, 1993
(DuMont's Kriminal-Bibliothek; 1044)
Einheitssacht.: Rutland Place ‹dt.›
ISBN 3-7701-2679-3
NE: GT

Umschlagmotiv von Pellegrino Ritter
Aus dem Englischen von Beate Felten

Editorische Betreuung: Petra Kruse

Die der Übersetzung zugrundeliegende englischsprachige Originalausgabe erschien 1983 unter dem Titel »Rutland Place« bei St. Martin's Press, Inc., New York
Satz: Froitzheim Satzbetriebe, Bonn
Druck und buchbinderische Verarbeitung: Clausen & Bosse GmbH, Leck

Printed in Germany ISBN 3-7701-2679-3

Kapitel 1

Charlotte Pitt nahm den Brief in Empfang und schaute den Botenjungen ziemlich erstaunt an. Er erwiderte ihren Blick aus intelligenten, runden Augen. Vielleicht wartete er auf ein Trinkgeld? Sie hoffte, daß dies nicht der Fall war. Thomas und sie waren erst vor kurzem aus ihrem alten Haus in dieses geräumigere, hellere Haus umgezogen, das ein zusätzliches Schlafzimmer und einen winzigen Garten besaß, und hatten dabei ihre gesamten Ersparnisse aufgebraucht.

»Wollen Sie eine Antwort schicken, Ma'am?« erkundigte sich der Junge munter, ein wenig belustigt über ihre langsame Reaktion. Im allgemeinen verrichtete er seine Arbeit in einem vornehmeren Stadtteil, denn die Leute, die in diesem Viertel hier wohnten, erledigten ihre Botengänge selbst. Doch genauso ein Haus wie dieses würde er selbst gern einmal besitzen, in ferner Zukunft, wenn er erst einmal erwachsen war, ein eigenes Reihenhaus mit gepflegtem Treppenaufgang, Vorhängen an den Fenstern, ein oder zwei Blumenkästen und einer hübschen Ehefrau, die ihm abends nach der Arbeit die Tür öffnete und ihn begrüßte.

»Oh.« Charlotte atmete erleichtert aus. »Einen Moment.« Sie riß den Umschlag auf, zog den einzelnen Bogen Papier heraus und las:

12 Rutland Place, London
23. März 1886

Meine liebe Charlotte,

es hat sich hier kürzlich ein merkwürdiger und äußerst unangenehmer Zwischenfall ereignet, und ich würde in dieser Angelegenheit gern Deinen Rat einholen. Da ich aus der Vergangenheit Dein Geschick und Deine Erfahrung im Umgang mit tragischen Ereignissen und Verbrechen kenne, wirst Du vielleicht sogar in der Lage sein, mir zu helfen. Selbstverständlich handelt es sich – Gott sei Dank – nicht um derartig entsetzliche Dinge wie am Paragon Walk, in die Du leider damals hineingezogen wurdest, oder wie bei der grauenhaften Geschichte an der Resurrection Row; es geht lediglich um einen kleinen Diebstahl.

Doch da der Gegenstand, den ich vermisse, mir sehr am Herzen liegt, bin ich recht beunruhigt über sein Verschwinden und möchte ihn unbedingt zurückbekommen.

Meine liebe Charlotte, würdest Du mir in dieser Angelegenheit zur Seite stehen oder mir wenigstens einen Rat erteilen? Ich weiß, daß Du inzwischen ein Hausmädchen hast, das sich während Deiner Abwesenheit um Jemima kümmern kann. Wenn ich Dir also morgen gegen elf Uhr die Kutsche vorbeischicke, könntest Du vielleicht kommen und mit mir den Lunch einnehmen, so daß wir über diese höchst unerfreuliche Sache reden können? Ich würde mich wirklich sehr freuen, Dich zu sehen.

Deine Dich liebende Mutter
Caroline Ellison

Charlotte faltete den Brief zusammen und schaute den Jungen wieder an. »Wenn du einen Moment wartest, schreibe ich schnell eine Antwort«, sagte sie mit einem leichten Lächeln, ging ins Haus und kehrte kurz darauf mit ihrem Antwortschreiben zurück.

»Vielen Dank, Ma'am.« Der Junge verbeugte sich leicht und trollte sich. Offenbar hatte er gar kein Geld erwartet, sicher erhielt er üblicherweise sein Trinkgeld vom Absender. Jedenfalls war er anscheinend erfahren genug, um genau zu wissen, ob jemand vermögend oder freigebig war oder nicht.

Charlotte schloß die Tür und ging durch die Diele zurück zur Küche, wo ihre 18 Monate alte Tochter Jemima in ihrem Bettchen saß und an einem Bleistift kaute. Charlotte nahm ihn ihr zerstreut weg und gab ihr statt dessen ein buntes Bauklötzchen.

»Ich hatte dich doch gebeten, ihr keine Stifte zu geben, Gracie«, sagte sie zu ihrem jungen Hausmädchen, das gerade Kartoffeln schälte. »Sie weiß noch gar nicht, was sie damit anfangen soll. Sie knabbert nur daran herum.«

»Ich hatte keine Ahnung, daß sie das Ding hatte, Ma'am. Sie kann schrecklich weit durch die Gitterstäbe durchgreifen. Wenigstens halten sie sie davon ab, in den Kohlenkasten oder den Ofen zu krabbeln.«

An den Gitterstäben des Bettchens war eine Vorrichtung mit bunten Holzperlen befestigt, und Charlotte kniete sich auf den Boden und begann, sie leise hin und her zu schieben. Jemima war sofort interessiert und stand auf. Charlotte begann, die Perlen für sie laut zu zählen, und Jemima wiederholte die Wörter mit größter Konzentration, wobei ihr Blick immer wieder von den Perlen zu Charlottes Gesicht schweifte, weil sie nach jedem Wort auf ein Lob der Mutter wartete.

Aber Charlotte war nur halb bei der Sache. Ihre Gedanken kreisten vor allem um ihre Mutter. Ihre Eltern hatten es damals sehr gut aufgenommen, als sie ihnen mitgeteilt hatte, daß sie von allen Männern ausgerechnet einen Polizisten zu heiraten gedachte! Edward hatte sich zunächst recht reserviert verhalten und sie dann sehr ernsthaft gefragt, ob sie wirklich wisse, was sie da tue. Doch Caroline hatte von Anfang an verstanden, daß ihre äußerst schwierige Tochter einen Mann gefunden hatte, den sie wirklich liebte, und daß die Schwierigkeiten eines derart radikalen gesellschaftlichen Abstiegs für sie sehr viel leichter zu verkraften sein würden als eine standesgemäß arrangierte Ehe mit jemandem, den sie nicht liebte und der ihr Interesse und ihren Respekt nicht zu gewinnen vermochte.

Doch trotz ihrer auch weiterhin innigen Verbundenheit war es äußerst untypisch für Caroline, wegen einer Bagatelle wie einem Diebstahl nach Charlotte zu schicken. Schließlich waren derartige Zwischenfälle an der Tagesordnung. Wenn es sich um ein wertloses Schmuckstück handelte, war es vielleicht eines der Dienstmädchen gewesen, das es sich für einen Abend geborgt hatte. Nach einigen geschickten Anspielungen würde sie es bestimmt wieder zurücklegen. Caroline hatte zeitlebens Hausmädchen gehabt und müßte daher eigentlich sehr gut in der Lage sein, die Angelegenheit zu regeln, ohne eine andere Person zu Rate zu ziehen.

Aber Charlotte wollte sie auf jeden Fall trotzdem aufsuchen; es würde sicher ein angenehmer Tag werden, und sie hatte schließlich eine anstrengende Zeit hinter sich. Es hatte lange gedauert, bis sie das Haus endlich zu ihrer Zufriedenheit hergerichtet hatte.

»Ich werde morgen ausgehen, Gracie«, sagte sie beiläufig. »Meine Mutter hat mich zum Lunch eingeladen. Die Vorhänge für die Fenster am Treppenabsatz können ruhig noch einen Tag warten. Du kannst auf Jemima achtgeben und den Boden und den

Holzschrank in der Ecke schrubben. Nimm ordentlich Seife dazu. Ich finde, er riecht immer noch ein wenig merkwürdig.«

»Ja, Ma'am, und die Wäsche muß ich auch noch machen. Und soll ich mit Miss Jemima ein bißchen spazierengehen, wenn es draußen schön ist?«

»Ja, bitte, das ist eine ausgezeichnete Idee.« Charlotte stand auf. Wenn sie morgen den größten Teil des Tages fort sein würde, sollte sie besser das Brot schon heute nachmittag backen und nachschauen, wie ihr bestes Kleid aussah, nachdem es den ganzen Winter im Kleiderschrank gehangen hatte. Gracie war erst 15, doch sie war ein kompetentes Mädchen und tat nichts lieber, als sich mit Jemima zu beschäftigen. Charlotte hatte ihr bereits mitgeteilt, daß es in sechs Monaten noch ein Baby geben würde, um das sie sich kümmern konnte. Es gehörte auch zu Gracies Pflichten, die zusätzliche Wäsche zu erledigen, die durch ein weiteres Kind anfallen würde, und sich um die üblichen Küchen- und Haushaltsarbeiten zu kümmern. Aber Gracie war offenbar von dieser Aussicht keineswegs entmutigt, sondern schien sich sogar schon darauf zu freuen. Sie stammte selbst aus einer großen Familie und vermißte die lärmende Gesellschaft von Kindern, die einen ständig in Anspruch nahmen.

Pitt war müde, als er kurz vor sechs von der Arbeit nach Hause kam. Er hatte den größten Teil des Tages mit der erfolglosen Jagd auf einige Diebe verbracht, die auf den Diebstahl aus Kutschen spezialisiert waren, und hatte doch am Ende nichts weiter vorzuweisen als ein halbes Dutzend Täterbeschreibungen, die sich gegenseitig widersprachen. Ein Inspector seines Kalibers hätte sich normalerweise nicht mit derartigen Angelegenheiten abgeben müssen, wäre nicht eines der Opfer ein distinguierter Gentleman gewesen, der nur höchst widerwillig die Polizei eingeschaltet hatte. Dem Mann war eine goldene Taschenuhr abhanden gekommen, die ein Geschenk seines Schwiegervaters gewesen war, und er verspürte keine Lust, ihren Verlust zu erklären.

Charlotte empfing ihn mit derselben merkwürdigen Mischung aus Freude und Erleichterung, die sie immer beim Anblick seiner ungepflegten Gestalt mit dem schiefsitzenden Kragen und dem zerknitterten Mantel empfand. Sie umarmte ihn einige Minuten innig und servierte ihm dann eine heiße Suppe und sein Abendbrot. Der Gegenstand, den ihre Mutter offenbar verlegt hatte, schien ihr nicht wichtig genug, um ihn damit zu belästigen.

Am folgenden Morgen stand sie vor dem Drehspiegel in ihrem Schlafzimmer und zupfte das Spitzenfichu zurecht, das sie sich um die Schultern gelegt hatte, um die Stelle zu verbergen, wo sie den Kragen vom vorigen Jahr entfernt hatte. Dann steckte sie sich ihre beste Kameebrosche an. Mit dem Ergebnis dieser kleinen Verschönerungen war sie außerordentlich zufrieden. Obwohl sie im dritten Monat schwanger war, konnte man an ihrer Figur noch keinerlei sichtbare Veränderung wahrnehmen, und mit dem üblichen Schnürkorsett aus Walfischknochen, das selbst die widerspenstigste Taille in elegante Kurven verwandelte – auch wenn es für etwas üppigere Damen äußerst unbequem war und für wirklich korpulente Frauen einer Tortur gleichkam –, sah sie genauso schlank aus wie immer. Die dunkelgrüne Wolle paßte gut zu ihrem dunklen Teint und ihrem prächtigen Haar, und das Schultertuch milderte die Strenge des Kleides und ließ es femininer wirken. Von allen Menschen, die sie kannte, wollte sie vor allem bei Caroline nicht den Eindruck erwecken, daß sie sich nachlässig oder unmodern kleidete.

Die Kutsche kam um elf Uhr, und gegen halb zwölf hatte sie bereits die Stadt durchquert, fuhr langsam die lange, ruhige Lincolnshire Road hinunter und bog in den stillen, baumumstandenen, eleganten Rutland Place ein. Sie hielt vor dem weißen Säulengang des Hauses Nummer 12, und der Diener öffnete den Schlag und half Charlotte aus der Kutsche heraus auf den feuchten Bürgersteig.

»Vielen Dank«, sagte sie, ohne sich nach ihm umzuwenden, als wäre sie mit dieser Situation vollkommen vertraut, was auch tatsächlich bis vor ein paar Jahren der Fall gewesen war.

Die Tür wurde geöffnet, bevor sie sie überhaupt erreicht hatte, und der Butler erschien.

»Guten Morgen, Miss Charlotte«, sagte er mit einem leichten Nicken.

»Guten Morgen, Maddock.« Sie lächelte ihn an. Sie kannte ihn seit ihrem 16. Lebensjahr, als ihre Familie ihn als Butler eingestellt hatte, damals, als sie noch in der Cater Street gewohnt hatten, lange vor den Morden, die später dort geschehen waren und bei deren Aufklärung sie ihren späteren Ehemann Pitt kennengelernt hatte.

»Mrs. Ellison ist im Salon, Miss Charlotte.« Maddock kam ihr geschickt zuvor, indem er die Tür für sie öffnete.

Caroline stand mitten im Raum. Hinter ihr brannte ein helles Kaminfeuer, das die Frühlingskälte vertreiben sollte, und eine Vase mit Narzissen warf Goldreflexe auf den glänzend polierten Tisch. Caroline trug ein pfirsichfarbenes Kleid, das an die sanfte Färbung eines Abendhimmels erinnerte und sie bestimmt das Kleidergeld für einen ganzen Monat gekostet haben mußte. Nur wenige Silberfäden durchzogen ihr dunkles Haar. Sie eilte sofort auf ihre Tochter zu.

»Meine Liebe, wie ich mich freue, dich zu sehen! Du siehst wirklich hervorragend aus. Komm doch bitte herein, und wärm dich auf. Ich weiß auch nicht, warum dieser Frühling so kalt ist. Alles sieht so wunderschön aus, strotzt förmlich vor Leben, aber der Wind ist wirklich schneidend. Vielen Dank, Maddock. Wir werden in etwa einer Stunde unseren Lunch einnehmen.«

»Sehr wohl, Ma'am.« Er schloß die Tür hinter sich, und Caroline nahm Charlotte in die Arme und drückte sie fest an sich.

»Du solltest wirklich öfter kommen, Charlotte. Ich vermisse dich schrecklich. Emily ist in der letzten Zeit so beschäftigt mit ihren gesellschaftlichen Verpflichtungen, daß ich sie kaum noch zu Gesicht bekomme.«

Charlotte schloß ihre Mutter ebenfalls einen Moment lang fest in die Arme und trat dann einen Schritt zurück. Ihre jüngere Schwester Emily hatte einen Aristokraten geheiratet und nutzte jede Gelegenheit, die sich ihr dadurch bot. Von ihrer anderen Schwester, Sarah, die auf so grausame Weise in der Cater Street den Tod gefunden hatte, sprachen sie beide nicht.

»Setz dich doch, meine Liebe.« Caroline ließ sich elegant auf dem Sofa nieder, und Charlotte nahm ihr gegenüber in dem großen Sessel Platz.

»Wie geht es Thomas?« fragte Caroline.

»Sehr gut, vielen Dank. Und Jemima auch«, kam Charlotte der nächsten Frage zuvor. »Und das Haus ist sehr gemütlich, und mit meinem neuen Dienstmädchen bin ich auch äußerst zufrieden.«

Caroline seufzte ein wenig belustigt.

»Du hast dich wirklich überhaupt nicht verändert, Charlotte. Da sagst immer noch alles genau so, wie es dir in den Sinn kommt. Du bist ebenso subtil wie eine Lokomotive! Ich weiß gar nicht, was ich mit dir angefangen hätte, wenn du Thomas Pitt nicht geheiratet hättest!«

Charlotte lachte.

»Du würdest mich bestimmt immer noch zu diesen unendlich steifen, abscheulichen Partys schleifen, in der Hoffnung, die Mutter irgendeines jungen Mannes davon zu überzeugen, daß ich in Wirklichkeit viel besser bin, als ich mich anhöre!«

»Charlotte! Ich bitte dich!«

»Was ist dir gestohlen worden, Mama?«

»Du liebe Zeit! Ich kann wirklich nicht begreifen, wie du mit deiner Direktheit jemals irgend etwas herausfindest. Du kannst wahrscheinlich nicht einmal einen Polizisten dazu verleiten, dir die Zeit zu sagen!«

»Dazu besteht auch nicht die geringste Veranlassung, Mama. Polizisten sind stets gewillt, einem die Zeit zu sagen, falls sie, was allerdings sehr unwahrscheinlich ist, sie wirklich wissen. Ich bin sehr wohl zu kleinen Täuschungsmanövern fähig, wenn ich will.«

»Dann hast du dich allerdings sehr gewandelt!«

»Was hast du verloren, Mama?«

Carolines Gesichtsausdruck veränderte sich, das Lachen erlosch. Sie zögerte, als versuche sie, unbedingt die richtigen Worte für einen sicher ganz einfachen Sachverhalt zu finden.

»Ein Schmuckstück«, begann sie. »Ein kleines Medaillon an einem Goldbügel. Es ist nicht besonders wertvoll. Es ist nicht sehr groß, und ich kann mir nicht einmal vorstellen, daß es aus massivem Gold ist! Aber es ist sehr hübsch. Vorn ist es mit einer kleinen Perle verziert, und natürlich läßt es sich auch öffnen.«

Charlotte sprach aus, was ihr als erstes in den Sinn kam. »Meinst du nicht, daß eines der Mädchen es vielleicht ausgeliehen hat, in der Absicht, es so schnell wie möglich wieder zurückzulegen, und es dann vergessen hat?«

»Meine Liebe, glaubst du etwa, daß ich daran nicht schon selbst gedacht habe?« Carolines Stimme klang eher ängstlich als verärgert. »Aber keines der Mädchen hatte Ausgang an einem der Abende zwischen dem Tag, als ich es zuletzt gesehen habe, und dem Tag, an dem ich es vermißt habe. Außerdem kann ich mir nicht vorstellen, daß es eines der Mädchen gewesen sein soll. Das Küchenmädchen hätte gar keine Gelegenheit dazu – im übrigen ist sie erst 14 Jahre alt. Ich kann wirklich nicht glauben, daß sie auf eine derartige Idee kommen würde. Das Stubenmädchen« – sie lächelte matt – »ist so hübsch wie die meisten anderen Stubenmädchen. Ich hatte keine Ahnung, daß Maddock bei der Auswahl unseres Hauspersonals einen so ausgezeichneten Geschmack an den Tag legen würde! Sie ist von der Natur derart wohlwollend bedacht worden, daß sie die Hilfe eines gestohlenen Schmuckstücks mit allen Risiken, die damit verknüpft sind, wirklich nicht nötig hat. Und meiner eigenen Zofe schenke ich unbedingtes Vertrauen. Mary ist bei mir, seit wir hergezogen sind, und sie kam von Lady Buxton, die sie seit ihrer Kindheit kennt. Sie ist die Tochter ihrer Köchin. Nein.« Ihr Gesicht sah wieder sehr besorgt aus. »Ich fürchte, es muß jemand getan haben, der nicht hier in unserem Haus wohnt.«

Charlotte versuchte die nächstliegende Erklärung. »Haben die Mädchen vielleicht Verehrer, die ihnen den Hof machen?«

Caroline zog die Augenbrauchen hoch. »Nicht, soweit ich unterrichtet bin. Maddock ist sehr streng. Und wenn, dann bestimmt nicht hier im Haus, mit Zugang zu meinem Ankleidezimmer!«

»Ich nehme an, du hast Maddock bereits gefragt?«

»Selbstverständlich habe ich das! Ich bin sehr wohl in der Lage, in einer derartigen Situation das Nächstliegende zu tun. Charlotte! Wenn es wirklich so einfach wäre, hätte ich dich wohl kaum bemüht.« Sie atmete tief ein und ganz langsam aus und schüttelte dabei leicht den Kopf. »Tut mir leid. Es ist nur – die ganze Angelegenheit ist so unangenehm! Ich kann den Gedanken nicht ertragen, daß einer meiner Freunde oder einer ihrer Dienstboten diesen Gegenstand an sich genommen hat, aber welche Möglichkeit gibt es denn sonst?«

Charlotte blickte ihre unglückliche Mutter an und sah, wie sie die Hände ineinander verschlungen hatte und ihr Taschentuch derart fest zusammendrehte, daß die Spitze zu reißen drohte. Mit einem Mal verstand sie Carolines Dilemma. Erkundigungen einzuziehen oder den Verlust bekanntzugeben würde bedeuten, daß sie allen ihren Bekannten und Freunden mißtraute. Sämtliche Anwohner des Rutland Place würden denken, daß Caroline sie des Diebstahls verdächtigte. Alte Freundschaften würden zerstört werden. Vielleicht würden völlig unschuldige Hausangestellte ihre Stelle verlieren oder sogar ihren guten Ruf ruiniert finden. Eins würde zum anderen kommen, und die unerfreuliche Angelegenheit würde immer weitere Kreise ziehen und alle in Unruhe versetzen.

»Ich würde die Sache einfach auf sich beruhen lassen, Mama«, sagte sie schnell und griff nach Carolines Hand. »Ein verlorenes

Medaillon ist lange nicht so wichtig wie die Unannehmlichkeiten, die eine Nachforschung mit sich bringt. Wenn jemand danach fragt, sagst du einfach, der Stift sei locker gewesen und wahrscheinlich herausgefallen. Worauf hast du es denn getragen?«

»Auf dem Mantel, der zu meinem pflaumenfarbenen Kostüm gehört.«

»Dann ist es doch ganz einfach. Es hätte überall hinfallen können, sogar auf die Straße.«

Caroline schüttelte den Kopf.

»Der Stift war vollkommen in Ordnung, und es gab sogar noch ein zusätzliches Kettchen mit einem eigenen Sicherheitsverschluß, das ich ebenfalls befestigt hatte!«

»Du liebe Güte, das brauchst du doch niemandem zu verraten – falls überhaupt jemand danach fragen sollte, was ich zu bezweifeln wage. Wer hat es dir denn geschenkt? Papa?«

Caroline wandte den Blick ab und schaute über Charlottes Schulter hinweg aus dem Fenster, wo die Frühlingssonne Lichtsprenkel auf den Lorbeerbusch zauberte.

»Nein, ihm würde ich alles ohne Schwierigkeiten erklären können. Es war ein Geschenk deiner Großmutter, letzte Weihnachten, und du weißt ja selbst, wie hervorragend ihr Gedächtnis funktioniert, wenn sie nur will.«

Charlotte hatte das merkwürdige Gefühl, daß ihr irgend etwas Wesentliches entgangen war, daß sie etwas Wichtiges gehört und doch nicht verstanden hatte.

»Aber Großmama hat doch sicher auch in ihrem Leben schon einmal etwas verloren«, sagte sie beschwichtigend. »Warum erklärst du ihr nicht alles, bevor es ihr überhaupt auffällt? Wahrscheinlich wird sie wie gewohnt etwas selbstgerecht reagieren, aber das läßt sich immerhin ertragen. So ist sie doch früher oder später immer.« Sie lächelte. »Dann hat sie wenigstens einen guten Anlaß.«

»Du hast recht«, sagte Caroline und schlug die Augen nieder, doch irgend etwas in ihrer Stimme klang nicht sehr überzeugt.

Charlotte sah sich im Zimmer um, betrachtete die blaßgrünen Vorhänge und den weichen Teppich, die hübsche Blumenvase mit den Narzissen, die Bilder an den Wänden, das Klavier in der Ecke, auf dem Sarah früher immer gespielt hatte und auf dem die Familienfotos standen. Caroline saß auf dem Sofarand, als sei sie in einer fremden Wohnung und wolle jeden Moment aufstehen.

»Was hast du denn bloß, Mama?« fragte Charlotte ein wenig ungeduldig. »Warum ist dir das Medaillon so wichtig?«

Caroline schaute hinunter auf ihre Hände und wich Charlottes Blicken aus.

»Es befindet sich ein – ein Andenken darin – etwas sehr Persönliches. Es wäre mir äußerst – peinlich, wenn es in die falschen Hände fiele. Ich hänge sehr daran. Ich bin sicher, du verstehst mich. Es ist entsetzlich, nicht zu wissen, wer es hat! Als ob irgendein Fremder deine Briefe liest!«

Charlotte atmete erleichtert auf. Plötzlich wußte sie nicht einmal mehr, wovor sie überhaupt Angst gehabt hatte, ihr Körper entspannte sich wieder, und sie verspürte ein Gefühl der Wärme in sich aufsteigen. Jetzt, wo sie ihre Mutter endlich verstand, schien alles so einfach.

»Um Himmels willen, warum hast du das nicht gleich gesagt!« Es war zwecklos, sie damit zu beruhigen, daß der Dieb das Medaillon vielleicht gar nicht öffnen würde. Denn das erste, was jede Frau tun würde, wenn sie ein Medaillon fand, war, es zu öffnen und hineinzusehen. »Vielleicht hast du ausgerechnet an dem Tag vergessen, den Sicherheitsverschluß zuzumachen, und es ist ganz einfach von selbst heruntergefallen? Ich nehme an, du hast schon in der Kutsche nachgesehen?«

»Natürlich, das habe ich sofort getan.«

»Kannst du dich denn noch erinnern, wann du es zuletzt getragen hast?«

»Als ich zum Nachmittagstee zu Ambrosine gefahren bin – Ambrosine Charrington. Sie wohnt im Haus Rutland Place Nummer 18, eine äußerst charmante Person.« Caroline lächelte flüchtig. »Du würdest sie bestimmt mögen. Sie ist nämlich ausgesprochen exzentrisch.«

Charlotte überhörte die versteckte Anspielung. Momentan war das Medaillon wichtiger.

»Tatsächlich?« meinte sie trocken. »Inwiefern?«

Caroline blickte erstaunt auf.

»Oh, sie ist absolut respektabel – sogar noch mehr als respektabel. Ihr Großvater war ein Earl, und ihr Ehemann, Lovell Charrington, ist ein hochangesehener Mann. Ambrosine selbst ist sogar am Hof vorgestellt worden, als sie in die Gesellschaft eingeführt wurde. Das ist natürlich schon eine ganze Weile her, doch sie kennt dort immer noch zahlreiche wichtige Leute.«

»Das klingt nicht gerade besonders exzentrisch«, meinte Charlotte skeptisch und dachte im stillen, daß Carolines Definition von Exzentrik wahrscheinlich völlig anders war als ihre eigene.

»Sie singt gern«, erklärte Caroline. »Und zwar die merkwürdigsten Lieder. Ich kann mir gar nicht vorstellen, wo sie sie gelernt haben könnte. Und sie ist außerordentlich vergeßlich, selbst wenn es um Dinge geht, von denen man annehmen sollte, daß sich jede Dame in unseren Kreisen daran erinnern würde – etwa, wer sie eine Woche zuvor besucht hat oder dergleichen und wer mit wem verwandt ist. Manchmal unterlaufen ihr wirklich die erstaunlichsten Fehler.«

Die Frau war Charlotte auf Anhieb sympathisch.

»Wie schön für sie. Das ist sicher äußerst unterhaltsam.« Sie erinnerte sich an die endlosen Nachmittage vor ihrer Heirat, als Caroline ihre drei Töchter immer mitgenommen hatte, um sie den Müttern von geeigneten heiratsfähigen jungen Männern vorzustellen. Sie hatten alle in viel zu üppig gepolsterten Sesseln gesessen, lauwarmen Tee getrunken, und die Mütter hatten sich gegenseitig taxiert, was Einkommen, modischen Geschmack, Aussehen und Liebenswürdigkeit betraf, während die Mädchen sich fragten, welchem unreifen Jüngling sie wohl als nächstes vorgestellt werden würden und welche unerbittliche potentielle Schwiegermutter sie vorher unter die Lupe nehmen würde. Bei der bloßen Erinnerung an diese Szenen lief ihr ein Schauer über den Rücken, und sie dachte an Pitt in seinem Büro mit dem Linoleumboden, dem braunen Schreibtisch und den Papierbergen, an Pitt, wie er in dunklen Gassen und Mietskasernen Fälschern und Hehlern nachstellte. In die vornehmen Wohnviertel führte sein Beruf ihn nur selten, höchstens wenn er einem Geldschrankknacker, einem Betrüger oder gar einem Mörder auf der Spur war.

»Charlotte?« Carolines Stimme holte sie zurück in die Wirklichkeit von Rutland Place, zurück in den warmen Salon.

»Ja, Mama. Vielleicht wäre es besser, wenn du gar nichts sagen würdest. Wenn das Medaillon nämlich wirklich gestohlen wurde, wird es der Dieb wohl kaum zugeben, und falls jemand anständig genug sein sollte, es dir zurückzugeben, wird er es sicher nicht vorher geöffnet haben, da er weiß, daß es sich um etwas Persönliches handelt. Und selbst wenn jemand hineingesehen hätte, würde er sicherlich nichts Bemerkenswertes daran finden. Schließlich haben wir alle ein Privatleben.«

Caroline lächelte gezwungen und tat so, als übersehe sie die Tatsache, daß der Dieb gar nicht wissen konnte, daß ihr das Medaillon gehörte, wenn er nicht zuvor einige Nachforschungen anstellte, und dazu gehörte unweigerlich auch das Öffnen des Medaillons, um die Widmung zu lesen.

»Nein, natürlich nicht.« Sie stand auf. »Ich merke gerade, daß es schon fast Essenszeit ist. Du siehst hervorragend aus, meine Liebe, aber du mußt unbedingt auf deine Gesundheit achten. Vergiß nicht, du ißt schließlich nicht nur für dich allein.«

Das Essen war köstlich und sehr viel schmackhafter als das, was Charlotte bei sich zu Hause gegessen hätte, denn sie pflegte beim Mittagessen immer zu sparen. Sie aß daher mit großem Appetit. Danach begaben sie sich in den Garten, um ein wenig frische Luft zu schnappen, und im Schutz der Mauern war es wirklich angenehm. Kurz vor drei kehrten sie in den Salon zurück und empfingen innerhalb der nächsten halben Stunde bereits den ersten Besuch dieses Nachmittags.

»Mrs. Spencer-Brown, Ma'am«, meldete das Hausmädchen förmlich. »Soll ich ausrichten, daß Sie zu Hause sind?«

»Aber selbstverständlich«, erklärte Caroline schnell, wartete einen Moment, bis das Mädchen den Raum verlassen hatte, und wandte sich dann Charlotte zu. »Sie wohnt genau gegenüber, Nummer 11. Ihr Ehemann ist ein fürchterlicher Langweiler, aber sie selbst ist recht erfrischend. Hübsche Person, auf ihre Art –.«

Die Tür öffnete sich wieder, und das Mädchen führte die Besucherin herein. Sie mochte etwa 33 oder 34 Jahre alt sein, war sehr schlank, hatte feine Gesichtszüge und den längsten, grazilsten Hals, den Charlotte je gesehen hatte, sowie helles Haar, das aus dem Gesicht gekämmt und am Hinterkopf nach der neuesten Mode hochgesteckt war. Sie trug ein Kleid aus ecrufarbener Spitze.

»Meine liebe Mina, wie reizend, Sie zu sehen«, sagte Caroline so unbeschwert, als habe sie den ganzen Tag keinen einzigen beunruhigenden Gedanken gehabt. »Wie nett, daß Sie vorbeischauen.«

Minas intensiver Blick wandte sich sofort Charlotte zu.

»Ich glaube, Sie kennen meine Tochter, Mrs. Thomas Pitt, noch nicht«, stellte Caroline sie, ihrer Pflicht als Gastgeberin entsprechend, einander vor. »Charlotte, meine Liebe, darf ich dir meine geschätzte Nachbarin Mrs. Spencer-Brown vorstellen.«

»Sehr erfreut, Mrs. Spencer-Brown.« Charlotte grüßte sie mit einem leichten, freundlichen Nicken, und Mina erwiderte den Gruß auf die gleiche Weise.

»Ich habe mich so darauf gefreut, Sie zu treffen«, sagte sie und musterte Charlotte aufmerksam, wobei sie sich offenbar alles, was sie sah, genau merkte, von den leicht abgenutzten Stiefeletten angefangen bis hin zu der hübschen Frisur, um daraus Schlüsse auf die Geschicklichkeit oder Ungeschicklichkeit ihrer Zofe zu ziehen und daraufhin den Standard des gesamten Haushalts einzuschätzen. Charlotte war an derartige Blicke gewöhnt und ließ sich von ihrem Gegenüber nicht aus der Fassung bringen.

»Wie freundlich von Ihnen«, erwiderte sie und fixierte sie amüsiert. »Ich bin sicher, wenn ich von Ihnen etwas mehr gewußt hätte, hätte ich mich auf unser Treffen genauso sehr gefreut wie Sie.« Sie wußte, daß Caroline sie ängstlich beobachtete und versuchte, nahe genug an sie heranzukommen, um ihr unter ihren Röcken heimlich einen tadelnden Fußtritt zu versetzen. Charlotte lächelte noch strahlender. »Mama ist wirklich glücklich zu schätzen, eine derart reizende Nachbarin zu haben. Ich hoffe doch sehr, daß Sie bleiben und uns beim Tee Gesellschaft leisten?«

Mina hatte zwar tatsächlich beabsichtigt zu bleiben, war jedoch vorübergehend durch die Tatsache, daß diese Frage bereits jetzt erörtert wurde, wo sie doch gerade erst zur Tür hereingekommen war, ein wenig aus der Fassung gebracht.

»Nun ja – also, vielen Dank, das wäre wirklich reizend, Mrs. Pitt.« Alle nahmen Platz, und Mina setzte sich genau gegenüber von Charlotte, um sie ständig im Blickfeld zu haben, ohne daß der Eindruck entstehen konnte, daß sie sie anstarrte. »Ich habe Sie noch nie am Rutland Place gesehen. Wohnen Sie weit von hier entfernt?«

Charlotte versuchte erst gar nicht, Jemima als Grund vorzuschieben. Frauen in Minas Position hatten es schließlich nicht nötig, selbst für ihre Kinder zu sorgen. Diese Aufgabe wurde zuerst von einer Amme und dann von einer Kinderfrau übernommen, und wenn das Kind fünf oder sechs Jahre alt war, wurde ein Kindermädchen eingestellt und schließlich eine Gouvernante oder Hauslehrerin, womit man allen möglichen Bedürfnissen eines Kindes gerecht geworden war.

»Nicht allzu weit«, sagte sie gelassen. »Aber man hat natürlich genug mit seinem eigenen Freundeskreis zu tun, wissen Sie.«

Caroline schloß die Augen, und Charlotte hörte, wie sie kaum hörbar seufzte.

Mina wußte vorübergehend nicht weiter. Charlottes Antwort hatte ihr weder die Information vermittelt, an der sie interessiert gewesen war, noch die Möglichkeit einer weiteren Frage eröffnet.

»Sicher«, sagte sie. »Selbstverständlich.« Sie holte tief Luft, strich ihre Röcke glatt und unternahm einen weiteren Versuch. »Wir hatten natürlich bereits das Vergnügen, Ihre Schwester Lady Ashworth kennenzulernen – eine sehr charmante Person.«

Womit sie sehr subtil darauf anspielen wollte, wie erstaunlich es doch war, daß Charlotte angeblich keine Zeit für einen Besuch fand, wenn sogar jemand mit Emilys gesellschaftlicher Stellung die Zeit dazu erübrigen konnte.

»Sie hat das Treffen mit Ihnen sicher sehr genossen.« Charlotte wußte genau, daß Emily sich bestimmt zu Tode gelangweilt hatte, doch ihre Schwester hatte es stets hervorragend verstanden, ihre Gefühle zu verbergen; man konnte sogar so weit gehen zu sagen, daß sie mehr Takt und diplomatisches Geschick besaß als die gesamte restliche Familie zusammen.

»Das hoffe ich sehr«, erwiderte Mina. »Hat Mr. Pitt geschäftlich in der Stadt zu tun?«

»Ja«, sagte Charlotte wahrheitsgemäß. »Ich nehme an, er hält sich momentan dort auf.«

Caroline sank noch tiefer in ihren Sessel und versuchte so zu tun, als sei sie überhaupt nicht da.

Minas Gesicht hellte sich auf. »Tatsächlich! Wie vernünftig. Müßige Männer können so leicht in schlechte Gesellschaft geraten, und am Ende vergeuden sie nur ihre Zeit und ihr Geld, finden Sie nicht auch?«

»Das ist zweifellos richtig«, sagte Charlotte und fragte sich, was Mina wohl zu dieser Bemerkung veranlaßt hatte.

»Obwohl natürlich auch die Stadt ihre Fallgruben hat«, fuhr Mina fort. »Selbst einige unserer Nachbarn hier am Rutland Place haben die merkwürdigsten Gewohnheiten und sind ständig in der Stadt unterwegs! Doch junge Männer neigen natürlich zu derartigen Dingen, und ich nehme an, daß dies bei manchen nicht anders zu erwarten ist. Früher oder später macht sich immer der familiäre Hintergrund bemerkbar.«

Charlotte hatte nicht die geringste Ahnung, wovon Mina sprach.

Caroline setzte sich auf. »Falls Sie Inigo Charrington meinen«, sagte sie, wobei ihre Stimme nur ein winziges bißchen scharf klang, obwohl Charlotte bemerkte, daß sie die Füße übereinanderschlug und die Knie anspannte, während sie versuchte, sich nicht das geringste anmerken zu lassen. »Ich glaube, er hat Freunde in der Stadt und verspürt daher sicher manchmal das Bedürfnis, mit ihnen zu speisen oder möglicherweise ins Theater oder in ein Konzert zu gehen.«

Minas Augenbrauen hoben sich.

»Selbstverständlich! Man darf nur hoffen, daß er eine kluge Wahl getroffen hat und seine Freunde seiner auch würdig sind. Sie haben die arme Ottilie nicht gekannt, nicht wahr?«

»Nein«, Caroline schüttelte den Kopf.

Mina setzte ein mitleidiges Gesicht auf. »Das arme Geschöpf starb in dem Sommer, bevor Sie hergezogen sind, wenn ich mich recht erinnere. Sie war noch so jung, kaum älter als 22 oder 23.«

Charlotte blickte sie beide an und wartete auf eine Erklärung.

»Oh, Sie können sie ja gar nicht kennen«, sagte Mina und nutzte die Gunst der Stunde. »Sie war Ambrosine Charringtons Tochter – Inigos Schwester. Wirklich eine höchst tragische Angelegenheit. Sie waren während des Sommers einige Wochen fort. Als sie abreisten, war Ottilie noch bei bester Gesundheit – so schien es wenigstens. Und dann war sie innerhalb von zwei Wochen bereits tot! Wirklich entsetzlich! Wir waren alle außer uns.«

»Das tut mir wirklich leid«, sagte Charlotte mitfühlend. Die Erwähnung des tragischen Endes eines jungen Lebens inmitten des oberflächlichen Geredes und gesellschaftlichen Imponiergehabes wirkte ernüchternd. »Es muß sehr schmerzlich gewesen sein – für ihre Familie, meine ich.«

Minas schlanke Finger strichen wieder über ihren Rock.

»Sie haben ihr Schicksal wirklich mit außergewöhnlicher Fassung ertragen.« Sie zog ihre feinen Augenbrauen hoch, als erstaune sie diese Tatsache immer noch. »Man kann sie dafür nur bewundern, vor allem Ambrosine – das heißt natürlich Mrs. Charrington – hat sich äußerst tapfer gehalten. Wenn man es nicht genau wüßte, könnte man fast annehmen, daß es nie passiert ist. Sie sprechen niemals von ihr, wissen Sie.«

»Sicher schmerzt sie der Verlust immer noch«, antwortete Charlotte. »So etwas vergißt man nie, ganz gleich, wie sehr man dagegen auch ankämpft.«

»Du liebe Zeit!« Mina schien entsetzt. »Ich hoffe, ich habe nicht unbedachterweise etwas gesagt, das Sie betrübt hat, meine liebe Mrs. Pitt? Nichts lag mir ferner, als bei Ihnen eine schmerzliche Erinnerung zu wecken.«

Charlotte lächelte sie an und versuchte, Sarah wieder aus ihren Gedanken zu verdrängen. Sie hoffte nur, daß Caroline dazu ebenfalls in der Lage war.

»Das habe ich auch nicht angenommen«, sagte sie leise. »Ich glaube, jeder Mensch erleidet irgendwann in seinem Leben einmal einen schweren Verlust. Es gibt sicher keine Familie, der durch den Tod nicht schon einmal ein geliebter Mensch entrissen wurde.«

Bevor Mina nach einer höflichen Erwiderung suchen konnte, wurde die Tür zum Salon erneut geöffnet, und eine recht betagte Dame betrat das Zimmer, Zornesfalten im Gesicht, einen eleganten Spitzenschal um die Schultern und spiegelblank polierte Stiefeletten an den Füßen.

»Guten Tag, Mrs. Spencer-Brown«, sagte sie barsch. »Wußte gar nicht, daß du heute nachmittag Gäste hast, Caroline. Davon hat die Köchin beim Lunch nichts gesagt!« Dann bemerkte sie Charlotte und trat etwas näher an sie heran. »Gütiger Himmel! Das ist ja Charlotte!« Sie stieß ein unterdrücktes Schnauben aus. »Hast wohl beschlossen, wieder in die anständige Gesellschaft zurückzukehren, wie?«

»Guten Tag, Großmama.« Charlotte stand auf und bot ihr den bequemsten Sessel an, auf dem sie bis zu diesem Zeitpunkt selbst gesessen hatte.

Die alte Dame nahm das Angebot an, ordnete jedoch zuerst die Kissen und wischte mit der Hand über den Sitz. Dann nahm sie Platz, während Charlotte sich einen Stuhl suchte.

»Sowieso besser für dich«, nickte die alte Dame. »Holst dir bloß einen Buckel, wenn du in deinem Alter auf so etwas hier sitzst. Als ich jung war, hielten sich die Mädchen immer schön gerade. Wir wußten noch, was sich schickt. Wir haben uns nie ohne Anstandsdame herumgetrieben, sind nie allein ins Theater gegangen oder dergleichen! Und die ganze Elektrizität überall! Ist bestimmt ungesund. Der Himmel allein weiß, was alles in der Luft herumschwirrt! Gaslampen sind schon schlimm genug. Wenn unser Herrgott gewollt hätte, daß es die ganze Nacht lang hell ist, hätte er den Mond so hell wie die Sonne gemacht.«

Mina ignorierte die alte Dame und wandte sich aufgeregt Charlotte zu.

»Gehen Sie etwa allein ins Theater, Mrs. Pitt? Wie aufregend! Sie müssen uns unbedingt erzählen, welche Abenteuer Sie dabei erlebt haben!«

Großmama zog ein Taschentuch hervor und putzte sich lautstark die Nase.

Charlotte spielte einen Augenblick mit dem Gedanken, vorzugeben, daß sie tatsächlich dergleichen tat, um ihre Großmutter zu ärgern, entschied jedoch, daß ihr eigenes Vergnügen die peinliche Situation, in die sie Caroline damit brachte, nicht aufwiegen konnte.

»Nein, nein, das habe ich noch nie getan«, sagte sie mit einem Anflug von Bedauern. »Ist es denn abenteuerlich?«

»Du meine Güte!« Mina sah perplex aus. »Ich habe nicht die geringste Ahnung! Man hört natürlich Geschichten darüber, aber –« Plötzlich begann sie zu kichern. »Ich sollte Mrs. Denbigh fragen! Sie ist genau die Person, die den Mut haben würde, etwas derart Gewagtes zu tun, wenn ihr danach zumute wäre.«

»Das kann ich mir sehr gut vorstellen«, Großmutter blickte sie finster an. »Aber ich habe oft gedacht, daß man von Amaryllis Denbigh kaum etwas anderes erwarten kann, selbst wenn sie eine Witwe ist und eigentlich wissen müßte, was sich gehört! Caroline! Sollen wir jetzt etwa den ganzen Nachmittag hier herumsitzen, auf unseren Tee warten und unsere Zeit mit Geschwätz vertun, bis es dunkel wird?«

Caroline griff nach der Klingel und läutete.

»Selbstverständlich bekommst du deinen Tee, Mama. Wir haben nur darauf gewartet, daß du dich zu uns gesellst.« Im Laufe der Jahre hatte sie sich daran gewöhnt, die alte Dame »Mama« zu nennen, obwohl sie in Wirklichkeit Edwards Mutter war.

»Tatsächlich«, meinte Großmutter skeptisch. »Ich hoffe, es gibt auch Gebäck. Ich kann das viele Brot, das die Köchin hochschickt, kaum noch ertragen. Diese Frau hat eine wahre Brotmanie. Als ich noch Dienstboten hatte, wußte man wenigstens noch, wie man einen anständigen Kuchen machte. Man muß sein Personal nur ordentlich ausbilden – das ist das ganze Geheimnis. Nicht soviel durchgehen lassen – dann bekommt man auch sein Gebäck, wenn man es will!«

»Ich bekomme sehr wohl meinen Kuchen, wann ich es wünsche, Mama!« Carolines Geduld war fast erschöpft. »Und heutzutage ist es bedauerlicherweise schwieriger, gutes Dienstpersonal zu bekommen als früher. Die Zeiten haben sich geändert.«

»Nur zum Schlechten!« Großmutter starrte Charlotte an. Sie konnte sich gerade noch verkneifen, eine Bemerkung über anständige Frauen fallenzulassen, die ausgerechnet einen Polizisten hatten heiraten müssen. Sie unterdrückte diese Feststellung nur, weil eine Außenstehende anwesend war, die hoffentlich von dieser Schande nicht die geringste Ahnung hatte. Wenn sie erst davon wußte, würde es sofort wie ein Lauffeuer durch die Nachbarschaft gehen. Und was die Leute dann sagen würden, ganz zu schweigen von dem, was sie denken würden!

»Nur zum Schlechten«, wiederholte sie. »Frauen arbeiten nicht länger als Hausangestellte, wie es sich ziemt, sondern wie Männer in Büros! Wer hat je so etwas gehört? Wer hat da noch ein wachsames Auge auf ihre Moral, kann mir das jemand sagen? In den Büros gibt es schließlich keine Butler. Nicht daß es dort viele Frauen gibt, dem Herrn sei's gedankt! Eine Frau gehört ins Haus – entweder in ihr eigenes oder, wenn das nicht möglich ist, in das einer anständigen Familie.«

Charlotte hätte darauf verschiedenes erwidern können, hielt sich jedoch bewußt zurück. Die Konversation verflachte schließlich zu einem Austausch von Höflichkeiten über die Mode und das Wetter, wobei nur ab und zu noch vereinzelte Bemerkungen über andere Anwohner des Rutland Place fielen, begleitet von Großmutters mürrischen Kommentaren. Sie waren fast fertig, als Edward hereinkam. Er rieb sich die Hände, um sie ein wenig aufzuwärmen.

»Nanu! Charlotte, meine Liebe!« Sein Gesicht strahlte vor Freude und Überraschung. »Ich hatte keine Ahnung, daß du zu Besuch kommen würdest, sonst wäre ich früher nach Hause gekommen.« Sie stand auf, und er gab ihr einen flüchtigen Kuß auf die Wange. »Du siehst hervorragend aus.«

»Danke, Papa, es geht mir auch hervorragend.« Sie trat zurück, und er bemerkte erst jetzt, daß Mina anwesend war; ihr blasses Spitzenkleid hob sich vom Brokat des Sofas und den Kissen kaum ab.

»Mrs. Spencer-Brown, wie reizend, Sie zu sehen.« Er verbeugte sich.

»Guten Tag, Mr. Ellison«, antwortete sie lächelnd, und ihr Blick wanderte dabei von Edward zu Charlotte und wieder zurück. Wie interessant – er hatte offenbar nichts vom Besuch seiner Tochter gewußt! »Ihnen ist sicher kalt«, bemerkte sie. »Würden Sie vielleicht gern hier am Feuer sitzen?« Sie nahm ihren Rock zur Seite, so daß er neben ihr auf dem Sofa mehr Platz hatte.

Er konnte ihr Angebot nicht ablehnen, ohne unhöflich zu erscheinen, und außerdem betrachtete er den Platz direkt neben dem Kamin sowieso als seinen rechtmäßigen Stammplatz. Er setzte sich also vorsichtig neben sie.

»Vielen Dank. Das Wetter scheint sich wirklich geändert zu haben. Ich befürchte sogar, daß es möglicherweise bald regnen wird.«

»Was kann man von dieser Jahreszeit schon Besseres erwarten«, erwiderte Mina.

Caroline blickte Charlotte über den niedrigen Tisch hinweg hilflos an und griff nach der Klingel, um eine frische Kanne Tee für Edward und noch etwas Gebäck holen zu lassen.

Edward genoß beides mit großem Appetit, und einige Minuten lang sprach man nur das Nötigste.

»Hast du die Brosche schon wiedergefunden, die du verloren hast, meine Liebe?« erkundigte er sich bald darauf, den Kopf Caroline zugewandt, doch immer noch mit seinen Plätzchen beschäftigt.

Caroline errötete. »Noch nicht, aber ich denke doch, daß sie sich bald finden wird.«

»Wußte gar nicht, daß du etwas verloren hattest«, mischte sich die Großmutter ein. »Mir hast du davon nichts gesagt!«

»Dazu gab es auch nicht den geringsten Anlaß, Mama«, erwiderte Caroline und versuchte dabei, dem Blick der alten Dame auszuweichen. »Ich bin mir absolut sicher, daß du es mir auf der Stelle mitgeteilt hättest, wenn du sie gefunden hättest.«

»Was war es denn?« So leicht war Großmutter nicht zufriedenzustellen.

»Wie unangenehm!« fiel Mina ein. »Hoffentlich war es kein wertvolles Schmuckstück?«

»Ich bin fest davon überzeugt, daß es bald wieder auftaucht«, erwiderte Caroline mit zunehmender Schärfe in der Stimme. Als Charlotte nach unten sah, bemerkte sie, daß Carolines Hände wieder das Taschentuch zusammenpreßten und daß die Haut an den Stellen, an denen das Leinen ins Fleisch schnitt, ganz weiß war.

»Ich vermute, du hast sie lediglich verlegt«, sagte sie mit einem Lächeln, von dem sie hoffte, daß es nicht so gekünstelt aussah, wie es in Wirklichkeit war. »Vielleicht befindet es sich noch an irgendeinem Kleidungsstück, von dem du vergessen hast, daß du es getragen hast.«

»Das hoffe ich sehr«, sagte Mina und schüttelte den Kopf. Die dunkelblauen Augen wirkten riesengroß in ihrem zarten Gesicht. »Es ist höchst unangenehm, Ihnen dies sagen zu müssen, meine Liebe, doch in letzter Zeit sind hier am Rutland Place verschiedene Gegenstände – abhanden – gekommen.« Sie schwieg wieder und blickte sie nacheinander an.

»Abhanden gekommen?« sagte Edward ungläubig. »Was um alles in der Welt wollen Sie damit sagen?«

»Abhanden gekommen«, wiederholte Mina. »Ich möchte nur ungern ein schlimmeres Wort dafür benutzen.«

»Meinen Sie etwa gestohlen?« verlangte die Großmutter zu wissen. »Ich habe es ja gesagt! Wenn man sein Dienstpersonal nicht ordentlich an die Kandare nimmt, wie es sich gehört, bleibt etwas Derartiges natürlich nicht aus! Wer Wind sät, wird Sturm ernten! Genau das waren schon immer meine Worte.«

»Dieser Satz stammt nicht von dir, Großmama«, sagte Charlotte spitz. »Er steht in der Bibel, im Buch Hosea.«

»Werde bloß nicht unverschämt«, fuhr die Großmutter sie an.

Edward schien weder von Carolines Nervosität noch von Charlottes Versuch, das Thema zu wechseln, etwas zu merken.

»Wollten Sie damit sagen, daß es bereits andere Diebstähle gegeben hat?« erkundigte er sich bei Mina.

»Leider ja. Es ist wirklich schrecklich! Die arme Ambrosine hat eine wunderschöne Goldkette verloren, sie ist von ihrem eigenen Frisiertisch verschwunden!«

»Dienstboten!« schnaubte die Großmutter. »Das Personal wird immer schlechter. Seit Jahren predige ich das schon! Nichts ist mehr wie früher, seit Prinz Albert '61 gestorben ist. Das war noch ein Mann mit Stil! Kein Wunder, daß die arme Königin bis heute um ihn trauert – das würde ich ebenfalls, wenn mein Sohn sich betragen würde wie der Prinz von Wales.« Sie schnaubte erneut vor Entrüstung. »Das ganze Land weiß, was er treibt!«

»Mein Gatte vermißt eine verzierte Schnupftabakdose mit Kristalldeckel, die auf dem Kaminsims stand«, fuhr Mina fort, wobei sie die alte Dame völlig ignorierte. »Und die arme Eloise Lagarde einen silbernen Stiefelknöpfer aus ihrem Ridikül, das arme Kind.«

Sie sah die alte Dame herausfordernd an. »Ich kann mir nicht vorstellen, daß es einen Dienstboten geben soll, der Zugang zu all diesen Dingen hat. Ich meine, wie sollte ein fremder Diener in mein Haus gelangen?«

Großmama zog die Augenbrauen hoch und blähte die Nasenflügel. »Dann gibt es offenbar mehr als einen unzuverlässigen Diener hier am Rutland Place! Die ganze Welt degeneriert mit erschreckender Schnelligkeit. Der Himmel allein weiß, wie das noch alles enden wird.«

»Wahrscheinlich damit, daß alle herausfinden, daß sie die Gegenstände nur verlegt haben!« sagte Charlotte und erhob sich. »Es hat mich wirklich gefreut, Sie kennenzulernen, Mrs. Spencer-Brown. Ich hoffe doch sehr, daß wir bald die Möglichkeit haben werden, unsere Unterhaltung fortzuführen, doch da der Nachmittag allmählich ein wenig unfreundlich wird – es sieht nämlich wirklich sehr nach Regen aus –, bin ich sicher, daß Sie mich entschuldigen werden, wenn ich mich jetzt auf den Heimweg mache, bevor ich bis auf die Haut durchnäßt werde.« Ohne auf eine Erwiderung zu warten, beugte sie sich zu ihrer Großmutter herab und gab ihr einen flüchtigen Kuß auf die Wange, verabschiedete sich von ihrem Vater mit einer leichten Berührung und streckte den Arm nach ihrer Mutter aus, als bäte sie Caroline, sie wenigstens bis zur Tür zu begleiten.

Während die anderen etwas erstaunte Abschiedsworte murmelten, nutzte Caroline die günstige Gelegenheit und folgte ihrer Tochter. Sie befand sich beinahe direkt hinter Charlotte, als sie in den Korridor hinaustraten, und schloß die Tür zum Salon hinter sich.

»Maddock!« rief Caroline laut. »Maddock!«

Maddock erschien. »Ja, Ma'am. Soll ich die Kutsche für Miss Charlotte rufen?«

»Ja, bitte. Und, Maddock, lassen Sie bitte Polly die Vorhänge zuziehen.«

»Aber es wird erst in zwei Stunden dunkel, Ma'am«, erwiderte der Butler ein wenig erstaunt.

»Widersprechen Sie mir bitte nicht, Maddock!« Caroline holte tief Luft und versuchte, ruhig zu bleiben. »Es kommt Wind auf, und es wird gleich Regen geben. Ich ziehe es vor, davon nichts zu sehen. Bitte tun Sie, was ich Ihnen aufgetragen habe.«

»Sehr wohl, Ma'am.« Er zog sich gehorsam in sehr aufrechter Haltung zurück, wie immer in makelloses Schwarz gekleidet.

Charlotte wandte sich ihrer Mutter zu. »Mama, warum ist das Medaillon so wichtig für dich? Und warum läßt du bereits am Nachmittag die Vorhänge zuziehen?«

Caroline schaute sie wie versteinert an.

Charlotte streckte die Hände aus und berührte ihre Mutter sanft. Carolines Körper fühlte sich unter dem feinen Stoff ihres Kleides völlig verspannt an.

Sie atmete langsam aus und starrte an Charlotte vorbei in das Licht, das durch die Flurfenster fiel.

»Ich bin mir nicht ganz sicher – es klingt so hysterisch –, aber ich habe das Gefühl, als ob mich jemand beobachtet – und mir – nachspioniert.«

Charlotte wußte nicht, was sie sagen sollte. Caroline hatte recht, es klang wirklich hysterisch.

»Ich weiß, daß es albern ist«, fuhr Caroline fort, zog die Schultern hoch und zitterte dabei, als ob sie fröre, obwohl es in der Eingangshalle angenehm warm war. »Aber ich werde das Gefühl einfach nicht los. Ich habe schon versucht, mich damit zu beruhigen, daß die Phantasie mit mir durchgeht: Warum sollte sich schon irgend jemand für mein Leben interessieren? Und doch, ich kann es nicht abschütteln – dieses Gefühl, daß Augen mich beobachten und daß da ein Mensch ist, der irgend etwas weiß – und wartet.«

Die Vorstellung war entsetzlich.

»Auf was sollte er denn warten?« fragte Charlotte und versuchte, die Sache vernünftig anzugehen.

»Das weiß ich doch nicht! Auf einen Fehler? Vielleicht wartet er darauf, daß ich einen Fehler mache.«

Charlotte spürte blanke Angst in sich aufsteigen. Das war übersteigert, sogar krankhaft. In diesen Worten schwang ein Anflug von Wahnsinn. Wenn ihre Mutter derart überreizt war, warum um alles in der Welt hatte Edward es nicht bemerkt und sie und Emily gebeten, etwas dagegen zu unternehmen? Oder sogar einen Arzt gerufen! Natürlich beobachtete Großmama alles und mischte sich überall ein, doch das hatte sie schon immer getan, soweit Charlotte sich erinnern konnte, und bisher hatte es niemanden wirklich gestört. Sie verhielt sich gegenüber jedem so; das Gefühl, alles besser zu wissen, war Teil ihres Triumphes, noch am Leben zu sein, wo so viele ihrer Freunde tot waren.

Caroline schüttelte sich. »Ich denke, du wirst noch vor dem Regen zu Hause sein. Übrigens glaube ich gar nicht, daß es überhaupt regnen wird.«

Charlotte war es völlig gleichgültig, ob es regnen oder sogar schneien würde.

»Weißt du, wer das Medaillon und die anderen Gegenstände genommen hat, Mama?«

»Nein, natürlich nicht! Warum um alles in der Welt stellst du mir diese Frage? Ich hätte dich wohl kaum in dieser Angelegenheit um deine Hilfe gebeten, wenn ich es wüßte!«

»Warum nicht? Du hättest das Medaillon vielleicht zurückhaben wollen, ohne die Polizei einschalten zu müssen, wenn es sich um einen Bekannten gehandelt hätte oder um die tüchtige Hausangestellte von Freunden.«

»Ich habe es dir bereits gesagt, Charlotte, ich habe wirklich keine Ahnung!«

Plötzlich kam Charlotte ein sehr naheliegender Gedanke, und sie fragte sich, warum sie bisher so blind gewesen war, daß sie diese Möglichkeit nicht schon früher gesehen hatte.

»Was befindet sich in dem Medaillon, Mama?«

»In –« Caroline schluckte. »In – dem Medaillon?«

»Ja. Mama, was ist es?« Sie wünschte fast, diese Frage nicht gestellt zu haben. Carolines Gesicht war schneeweiß geworden, und sekundenlang stand sie völlig bewegungslos da. Draußen klapperten die Räder der Kutsche auf der Straße, und ein Pferd schnaubte.

»Eine Fotografie«, sagte Caroline schließlich.

Charlotte schaute sie an. Sie hörte ihre eigene Stimme beinahe gegen ihren Willen eine weitere Frage stellen, fremd und weit entfernt.

»Von wem?«

»Einem – Freund. Es ist nur ein Freund. Aber es wäre mir lieber, wenn niemand anders sie finden würde. Andere könnten meine Gefühle mißverstehen und mir Unannehmlichkeiten bereiten und sogar –« Sie schwieg, und endlich blickte sie Charlotte wieder in die Augen.

»Sogar was, Mama?« fragte Charlotte leise. Maddock war wieder in die Eingangshalle gekommen und wartete mit ihrem Umhang, und der Diener stand vor der Tür.

»Sogar – vielleicht – ein wenig Druck auf mich ausüben«, flüsterte Caroline.

Charlotte war an unschöne Worte gewöhnt und auch an unschöne Gedanken. Verbrechen gehörten zu Pitts Leben, und sie waren sich zu nahe, als daß sie seinen Schmerz, seine Verwirrung und sein Mitgefühl nicht geteilt hätte.

»Du meinst Erpressung?« fragte sie.

Caroline zuckte zusammen. »Vermutlich meine ich das.«

Charlotte nahm ihre Mutter in den Arm und hielt sie einen Moment lang fest an sich gedrückt. Für Maddock und den Diener sah es aus wie ein liebevoller Abschied.

»Dann müssen wir herausfinden, wo es ist«, sagte sie fast unhörbar. »Und dafür sorgen, daß kein Unheil angerichtet werden kann. Mach dir keine Sorgen! Wir werden es schon schaffen!« Dann sprach sie wieder mit normaler Lautstärke und trat zurück. »Vielen Dank für den reizenden Nachmittag, Mama. Ich hoffe, bis zu meinem nächsten Besuch verstreicht nicht wieder so viel Zeit.«

In Carolines Augen standen Tränen, und sie schniefte ein wenig, ein Verstoß gegen die guten Manieren, der sie mit Abscheu erfüllt hätte, wenn sie sich dessen bewußt gewesen wäre.

»Vielen Dank, meine Liebe«, sagte sie. »Wirklich vielen Dank.«

Kapitel 2

Drei Tage nach ihrem Besuch erhielt Charlotte einen weiteren Brief ähnlichen Inhalts von Caroline. Diesmal erzählte sie Pitt davon. Sie saßen gemeinsam vor dem Kaminfeuer; Jemima lag bereits in ihrem Bettchen und schlief, Charlotte nähte, Pitt sah den Flammen zu und sank allmählich immer tiefer in seinen Sessel.

»Thomas?« Charlotte blickte von ihrer Arbeit auf und hielt die Nadel hoch.

Er wandte ihr sein Gesicht zu und richtete sich ein wenig auf, bevor seine Füße über den Kaminvorsatz rutschen konnten. Das Feuer flackerte und tanzte lebhaft auf seinem glühenden Messingrost.

»Ja?«

»Ich habe heute einen Brief von Mama erhalten«, sagte sie so beiläufig wie möglich. »Sie macht sich Sorgen, weil sie ein Schmuckstück verloren hat.«

Seine Augen verengten sich. Er kannte Charlotte weitaus besser, als sie vermutete.

»Wenn du ›verloren‹ sagst, meinst du damit offenbar nicht, daß sie es verlegt hat?« erkundigte er sich.

Charlotte zögerte. »Ich bin mir nicht ganz sicher. Vielleicht hat sie es wirklich nur verlegt.« Sie nahm ihre Handarbeit wieder auf, um etwas Zeit zu gewinnen, damit sie die richtigen Worte finden konnte. Sie hatte nicht erwartet, daß er sie so schnell durchschauen würde. Eigentlich hatte sie angenommen, daß er kurz vor dem Einschlafen war.

Als sie wenig später zu ihm herübersah, stellte sie fest, daß er sie aus klaren, erwartungsvollen Augen durch die Wimpern beobachtete. Sie holte tief Luft und beschloß, ihm ohne Umschweife die Wahrheit zu sagen.

»Es handelt sich um ein Medaillon, in dem sich die Fotografie von jemandem befindet«, fuhr sie fort. »Sie sagte mir nicht, um wen es sich dabei handelt, doch ich nehme an, daß es jemand ist, über dessen Existenz sie lieber nichts erläutern möchte.« Sie lächelte etwas verlegen. »Vielleicht ist es eine alte Liebe, jemand, den sie vor Papa gekannt hat?«

Pitt setzte sich auf und nahm die Beine vom Kamingitter. Seine Füße wurden allmählich heiß, und er würde sich noch die Pantoffeln versengen, wenn er nicht vorsichtig war.

»Und sie glaubt, daß es jemand weggenommen hat?« lautete die nächstliegende Frage.

»Ja«, sagte Charlotte. »Ich denke, daß sie das glaubt.«

»Hat sie schon irgendeinen Verdacht?«

Sie schüttelte den Kopf. »Falls doch, hat sie mir davon nichts gesagt. Und wenn sie es als gestohlen meldet, würde das natürlich mehr Unannehmlichkeiten nach sich ziehen, als es überhaupt wert ist.«

Pitt hatte verstanden. Er wußte genau, was die feine Gesellschaft davon hielt, die Polizei im Haus zu haben; es galt als höchst unschicklich. Einbrüche wurden selbstverständlich angezeigt, was an sich schon schlimm genug war, doch wenigstens handelte es sich bei einem Einbruch um ein Unglück, das jedem zustoßen konnte, der Eigentum besaß, das wertvoll genug war, gestohlen zu werden. Diebstahl im Privatbereich war etwas völlig anderes. Hierbei mußten Personen befragt werden, und Freunde konnten vor den Kopf gestoßen werden, daher war es undenkbar, in diesen Fällen die Polizei hinzuzuziehen.

»Sollst du heimlich für sie Detektiv spielen?« fragte er mit breitem Lächeln.

»Ich bin schließlich kein schlechter Detektiv«, verteidigte sie sich. »Bei der Sache am Paragon Walk habe ich die Wahrheit immerhin noch vor dir herausgefunden!« Noch während sie sprach, kam auch die Erinnerung zurück an das Grauen und die tiefe Trauer, die sie empfunden hatte, und das Eigenlob erschien mit einem Mal lächerlich, beinahe ungehörig.

»Dabei handelte es sich aber um Mord«, bemerkte er nüchtern. »Und deine Schlauheit hätte dich beinah das Leben gekostet. Du kannst wohl kaum zu den Freunden deiner Mutter gehen und sie fragen: ›Haben Sie vielleicht zufällig das Medaillon meiner Mutter gestohlen, und falls Sie es getan haben, würden Sie es bitte ungeöffnet zurückgeben, da es etwas Kompromittierendes enthält, ein Foto, dessen Bedeutung mißverstanden werden könnte?‹«

»Sehr hilfreich bist du nicht gerade!« erwiderte Charlotte verärgert. »Wenn es so einfach wäre, hätte ich dich ja gar nicht um Rat zu fragen brauchen.«

Er richtete sich auf und lehnte sich zu ihr herüber, um ihre Hand zu berühren. »Liebling, wenn sich in dem Medaillon wirklich etwas derart Persönliches befindet, ist es am besten, darüber so wenig wie möglich zu sagen. Laß die Sache einfach auf sich beruhen.«

Sie runzelte die Stirn. »Es ist aber mehr als das, Thomas. Sie hat das Gefühl, daß sie jemand beobachtet und ihr nachspioniert.«

Er verzog das Gesicht. »Du meinst, jemand hat es schon aufgemacht und wartet auf einen günstigen Moment für eine kleine Erpressung?«

»Ja, genau das denke ich.« Ihre Finger umklammerten seine Hand. »Es ist schrecklich, und ich glaube, sie hat große Angst.«

»Wenn ich mich einschalte, wird alles nur noch schlimmer«, sagte er sanft. »Und das kann ich offiziell sowieso erst dann, wenn sie sich direkt an mich wendet.«

»Ich weiß.« Der Druck ihrer Finger verstärkte sich.

»Charlotte, sei vorsichtig. Ich weiß, daß du es gut meinst, aber, meine Liebe, du hast ein Gesicht, in dem man lesen kann wie in einem offenen Buch, und du nimmst nie ein Blatt vor den Mund.«

»Das ist wirklich nicht fair!« protestierte sie, obwohl sie im stillen genau wußte, daß er die Wahrheit sagte. »Ich werde schon vorsichtig genug sein!«

»Ich bin immer noch der Meinung, daß es das Beste wäre, die Sache auf sich beruhen zu lassen – bis jemand tatsächlich versucht, sie zu erpressen. Vielleicht steckt ja auch gar nichts weiter dahinter – vielleicht sieht sie nur vor lauter Angst Gespenster. Oder hat sie Gewissensbisse?«

»Aber ich kann doch nicht einfach untätig zusehen«, meinte sie bekümmert. »Sie hat mich gebeten, zu ihr zu kommen, und ich kann sie in diesem Zustand nicht allein lassen, ohne alles zu tun, was in meiner Macht steht.«

»Vermutlich hast du recht«, gab er zu. »Aber halte dich um Himmels willen zurück. Fragen werden nur unnötig Neugier wecken und wahrscheinlich zu genau den Spekulationen führen, die sie so sehr fürchtet!«

Charlotte wußte, daß dies stimmte, und nickte, doch gleichzeitig nahm sie sich vor, schon am nächsten Tag wieder zum Rutland Place zu fahren.

Caroline war zu Hause und erwartete sie bereits aufgeregt.

»Meine Liebe, ich bin so froh, daß du kommen konntest«, sagte sie und gab Charlotte einen Kuß auf die Wange. »Ich habe für heute nachmittag ein paar Besuche für uns geplant, damit du einige meiner Nachbarn am Place treffen kannst – besonders diejenigen, die ich selbst am besten kenne und bei denen ich häufiger zu Besuch bin oder die mich öfter besuchen.«

Charlottes Unbehagen wuchs. Offenbar beabsichtigte Caroline immer noch, die Angelegenheit weiterzuverfolgen.

»Glaubst du nicht auch, daß es besser wäre, die Sache auf sich beruhen zu lassen, Mama?« fragte sie möglichst unbeschwert. »Du möchtest doch sicher nicht, daß irgend jemand erfährt, wie wichtig das Medaillon für dich ist, um die Leute nicht unnötig neugierig zu machen. Wenn du nichts mehr darüber sagst, wird vielleicht niemand davon Notiz nehmen.«

Caroline preßte die Lippen zusammen. »Ich würde dir so gern glauben, aber ich habe das furchtbare Gefühl, daß derjenige, wer immer es auch sein mag, bereits weiß –« Sie schwieg.

»Was weiß?« fragte Charlotte.

»Weiß, daß es mir gehört und wie wichtig es für mich ist«, schloß sie verlegen. »Ich habe es dir bereits gesagt – ich kann sie fühlen, ich kann diese Augen spüren, und sag bloß nicht, daß das wie Unsinn klingt! Das weiß ich selbst, aber ich bin mir wirklich absolut sicher, daß es hier irgendeine – Person – gibt, die mich beobachtet und über mich lacht!« Sie zitterte. »Und mich haßt! Ich – ich habe sogar ein- oder zweimal das Gefühl gehabt, daß mich diese Augen verfolgen, abends in der Dämmerung.«

»Diese Person muß wahnsinnig sein«, sagte Charlotte so ruhig, wie es ihr möglich war. »Äußerst unangenehm, doch einen solchen Menschen sollte man eher bemitleiden als fürchten.«

Caroline schüttelte heftig den Kopf. »Ich würde vorziehen, ihn aus einer etwas größeren Entfernung zu bemitleiden.«

Charlotte war zutiefst verstört. Ihre Stimme klang daher sehr viel schroffer, als sie beabsichtigt hatte.

»Das würden wohl die meisten Menschen«, sagte sie. »Ich glaube, das nennt man: ›wegsehen und weitergehen.‹« Kaum hatte sie das gesagt, schwieg sie betreten, denn es wurde ihr bewußt, wie ungerecht sie sich ihrer Mutter gegenüber verhielt. Sie war verwirrt, fürchtete, daß Caroline hysterisch geworden war, und wußte nicht, wie sie sich verhalten sollte.

Caroline sah verblüfft aus, dann aber wirkte sie verärgert.

»Willst du damit andeuten, daß ich dieser Kreatur, die mir mein Medaillon gestohlen hat und mich belauert und verfolgt, auch noch christliche Nächstenliebe schulde?« fragte sie ungläubig.

Charlotte schämte sich und war auf sich selbst wütend. Sie hätte ihre Gedanken nicht derart schonungslos aussprechen sollen, besonders, wo sie mit dem Problem nichts zu tun hatten und wohl kaum Trost spendeten in einer Angelegenheit, die offenbar weitaus komplizierter war, als sie angenommen hatte.

»Nein«, sagte sie bedächtig. »Ich versuche nur, dir klarzumachen, daß es nicht so ernst ist, wie du glaubst. Wenn dieser Jemand, der deine Brosche gestohlen oder gefunden hat, dich wirklich beobachtet und hinter den Vorhängen lauert, dann ist dieser Mensch nicht zurechnungsfähig, und so jemandem sollte man eher ein Gefühl des Abscheus und des Mitleids entgegenbringen, als Angst vor ihm zu haben. Er ist kein persönlicher Feind, der einem Schaden zufügen will und dazu die Möglichkeit besitzt.«

»Du verstehst mich offenbar immer noch nicht!« Caroline schloß verzweifelt die Augen, und ihre Gesichtszüge wirkten wie eingefroren. »Um mir Schaden zuzufügen, braucht man in diesem Fall nicht einmal besonders intelligent zu sein! Es reicht schon völlig, wenn jemand das Medaillon öffnet und das Bild darin sieht! Jemand, der völlig verrückt ist, kann trotzdem in der Lage sein, ein Medaillon zu öffnen und hineinzusehen und festzustellen, daß der Mann auf der Fotografie nicht dein Vater ist!«

Charlotte saß einen Moment lang schweigend da und versuchte, ihre Gedanken zu ordnen. Offenbar hatte Caroline längst noch nicht alles gesagt. Das Bild war anscheinend sehr viel mehr als nur ein verblaßtes, romantisches Erinnerungsstück. Entweder war der Traum noch immer nicht ausgeträumt und die Erinnerung schmerzte auch heute noch, oder das Bild war von irgendeinem Mann, den sie kannte, jetzt und hier am Rutland Place!

»Wer ist auf dem Bild, Mama?« fragte sie.

»Ein Freund.« Caroline sah sie nicht an. »Ein Gentleman, mit dem ich gut bekannt bin. Es ist nicht mehr als ein rein freundschaftliches Gefühl, doch es könnte mißverstanden werden.«

Ein Flirt also. Charlottes Überraschung währte nicht lange. Seit der Zeit, als die Morde in der Cater Street geschehen waren und sie noch völlig naiv und unschuldig gewesen war, hatte sie sehr viel dazugelernt. Nur wenige Menschen waren gegen Schmeicheleien immun, konnten einer kleinen Romanze widerstehen, um der Eintönigkeit des Alltags zu entfliehen. Edward hatte nicht widerstehen können, warum sollte es Caroline anders ergehen?

Und sie hatte eine Fotografie dieses Mannes in ihrem Medaillon bei sich getragen. Das war zwar töricht, aber nur allzu menschlich. Andere Leute bewahrten schließlich auch getrocknete Blumen, Theater- und Tanzprogramme oder alte Briefe auf. Ein kluger Ehepartner erlaubte dem anderen ein wenig Privatsphäre für derartige Dinge und stellte keine Fragen oder zerrte alte Träume ans Tageslicht, um nach Antworten zu suchen.

Sie lächelte und versuchte, etwas behutsamer vorzugehen.

»Mach dir doch darüber keine Sorgen, Mama. Jeder Mensch hat seine kleinen Geheimnisse.« Sie drückte sich absichtlich sehr vorsichtig aus. »Ich bin ganz sicher, wenn du selbst die Angelegenheit nicht aufbauschst, werden es die anderen auch nicht tun. Ich glaube nicht einmal, daß sie daran interessiert sind. Ganz abgesehen davon, daß sie dich mögen, besitzen sie wahrscheinlich selbst Medaillons oder Briefe, die sie auf keinen Fall verlieren möchten.«

Caroline lächelte matt. »Du hast eine sehr nachsichtige Haltung, meine Liebe. Aber du verkehrst schon viel zu lange nicht mehr in diesen Kreisen. Du siehst alles aus der Ferne und erkennst die Feinheiten nicht mehr.«

Charlotte ergriff den Arm ihrer Mutter und drückte ihn einen Moment lang liebevoll.

»Die Gesellschaft ist vor allem praktisch ausgerichtet, Mama. Man weiß genau, was man sich leisten kann und was nicht. Und jetzt sag mir, wen wir heute besuchen sollen. Am besten, du erzählst mir ein wenig über die Leute, damit ich nichts Taktloses sage und dich in Verlegenheit bringe.«

»Du liebe Güte! Das sind ja schöne Aussichten!« Caroline legte ihre Hand auf die von Charlotte, als kleine Geste des Dankes. »Zuerst gehen wir zu den Charringtons und besuchen Ambrosine.

Ich habe dir schon von ihr erzählt. Und dann, denke ich, gehen wir zu Eloise Lagarde. Ich glaube, von ihr habe ich dir noch nichts berichtet.«

»Nein, aber hat Mrs. Spencer-Brown diesen Namen nicht erwähnt?«

»Daran kann ich mich nicht erinnern. Jedenfalls ist Eloise eine sehr charmante Person. Sie ist allerdings etwas verschlossen. Sie hat ein äußerst behütetes Leben geführt, also sei bitte vorsichtig mit dem, was du sagst, Charlotte.«

Von Charlottes jetzigem Standpunkt aus betrachtet, hatte wohl jeder hier am Rutland Place ein sehr behütetes Leben geführt, inklusive Caroline selbst, doch diese Erkenntnis behielt sie am besten für sich. Pitts weitaus größere, von allen möglichen Menschen bevölkerte Welt mit ihrer ganzen Vitalität, ihrer Verkommenheit, ihren heiteren Seiten und Tragödien würde Caroline nur verängstigen und verwirren. In Pitts Welt wurde die Realität nicht durch Höflichkeiten und Ausflüchte geschönt. Die Härte und Grausamkeit vom Leben und Sterben dieser Menschen würde die Anwohner des Rutland Place schockieren, geradeso wie die unzähligen starren Regeln der Gesellschaft einen Außenseiter unweigerlich abstoßen mußten.

»Ist Eloise von zarter Gesundheit?« fragte Charlotte.

»Von irgendeiner bestimmten Krankheit ist mir nichts bekannt, aber es gibt diverse Themen, die ein taktvoller Mensch nicht erwähnen sollte. Ich habe mich allerdings schon gefragt, ob sie nicht vielleicht an Schwindsucht leidet. Sie scheint etwas zart, und ich habe gesehen, wie sie ein oder zweimal in Ohnmacht gefallen ist. Aber bei dieser Mode ist es so schwer festzustellen, ob ein Mädchen gesund ist oder nicht. Ich muß zugeben, daß ich selbst manchmal das Gefühl habe, jeden Moment in Ohnmacht zu fallen, wenn Mary alles versucht, mir mit Hilfe von Walfischknochen und Schnürkorsett meine alte Taille von 50 Zentimetern zurückzugeben!« Sie lächelte wehmütig, und wieder stieg die Angst in Charlotte hoch. Das Diktat der Mode war schön und gut, aber in Carolines Alter sollte man diesen Dingen eigentlich etwas weniger Bedeutung beimessen.

»Ich habe Eloise in der letzten Zeit nicht oft gesehen«, fuhr Caroline fort. »Ich vermute, sie verträgt dieses unerfreuliche Wetter nicht. Das wäre nicht schwer zu verstehen. Es ist wirklich fürchterlich kalt gewesen. Sie ist übrigens wunderschön – sie hat die weißeste Haut und die dunkelsten Augen, die ich je gesehen habe, und sie bewegt sich äußerst anmutig. Sie erinnert mich an das Gedicht von Lord Byron: ›Sie geht in Schönheit wie die Nacht.‹« Sie lächelte. »So ätherisch und bleich wie der Mond.«

»Stammt das mit dem Mond auch von Byron?«

»Nein, von mir. Wie dem auch sei, du wirst sie ja selbst kennenlernen und kannst dir dein eigenes Urteil bilden. Ihre Eltern sind beide gestorben, als sie noch sehr jung war – gerade erst acht oder neun Jahre alt –, und eine Tante hat sie und ihren Bruder großgezogen. Jetzt, wo die Tante auch tot ist, leben die beiden die meiste Zeit hier, in ihr Landhaus fahren sie nur ab und zu zurück, höchstens für ein paar Wochen oder vielleicht einen Monat.«

»Mrs. Spencer-Brown hat so von ihr gesprochen, als wäre sie noch ein Kind«, sagte Charlotte.

Caroline tat dies ab. »Oh, das ist eben einfach Minas Ausdrucksweise. Eloise ist sicher schon 22 oder noch älter, und Tormod, ihr Bruder, ist mindestens drei oder vier Jahre älter als sie.« Sie läutete nach dem Mädchen und ließ sich den Mantel bringen. »Ich denke, wir sollten uns jetzt auf den Weg machen. Ich möchte, daß du Ambrosine triffst, bevor irgendwelche anderen Besucher da sind.«

Charlotte befürchtete, daß die Sache mit dem Medaillon wieder angesprochen würde, sagte jedoch nichts. Sie schloß ihren eigenen Mantel und folgte ihrer Mutter gehorsam.

Es war nur ein sehr kurzer Spaziergang, und Ambrosine Charrington empfing sie mit einem Enthusiasmus, der Charlotte überraschte. Sie war eine wirklich außergewöhnliche Frau, hatte ein feingeschnittenes Gesicht und eine glatte Haut, die nur um den Mund und um die Augen herum ein paar winzige Fältchen aufwies. Ihre hohen Wangenknochen verloren sich in den Wellen ihres üppigen dunklen Haars.

Sie musterte Charlotte interessiert, wobei ihr Blick immer beifälliger wurde, denn sie erkannte instinktiv, daß hier eine andere starke Persönlichkeit vor ihr stand.

»Guten Tag, Mrs. Pitt«, sagte sie mit einem charmanten Lächeln. »Ich freue mich sehr, daß ich Sie endlich kennenlernen darf. Ihre Mutter hat schon oft von Ihnen erzählt.«

Charlotte war überrascht. Sie hatte nicht erwartet, daß Caroline freiwillig in der Gesellschaft von ihr sprechen würde, und noch dazu oft! Sie verspürte ein unerwartetes Gefühl der Freude, sogar des Stolzes, und stellte fest, daß sie weit herzlicher zurücklächelte, als eigentlich angebracht war.

Der Raum war groß und ein wenig nüchtern eingerichtet, wenn man ihn mit den pompösen Ausstattungen verglich, die momentan in Mode waren. So gab es weder die üblichen ausgestopften Tiere in Glaskästen noch die Arrangements aus Trockenblumen, auch keine bestickten Tücher oder kunstvolle Sesselschoner. Verglichen mit den meisten Salons, wie man sie in der Gesellschaft fand, wirkte dieses Zimmer luftig und hell, beinahe leer. Charlotte empfand dies als wohltuend; irritierend waren nur die unzähligen Fotografien auf der gegenüberliegenden Zimmerseite, die den gesamten Flügel und den Kaminsims einnahmen. Auf allen Bildern waren ältere Personen zu sehen; der Kleidung nach zu urteilen, waren die Aufnahmen zweifellos schon vor Jahren gemacht worden. Sie zeigten offenbar nicht Ambrosine und ihre Kinder, sondern die Vertreter der Generation vorher. Charlotte vermutete, daß der Mann, der so häufig darauf zu sehen war, Ambrosines Ehemann war – ein eitler Mann, wie sie aus der Menge der Bilder schloß. Den Kamin schmückten zahlreiche recht exotisch aussehende Waffen.

Ambrosine bemerkte Charlottes Blick. »Schrecklich, nicht wahr?« sagte sie. »Aber mein Gatte besteht darauf. Sein jüngerer Bruder ist im Ersten Afghanischen Krieg ums Leben gekommen, vor 45 Jahren, und sie sollen eine Art Ehrenmal darstellen. Die Dienstmädchen beschweren sich immer, daß sie teuflisch schwer sauberzuhalten sind. Über dem Feuer sind sie natürlich die reinsten Staubfänger.«

Charlotte sah zu den Messern in den verzierten Scheiden und Futteralen hoch und konnte die Dienstmädchen nur bemitleiden.

»Ganz recht!« sagte Ambrosine impulsiv, denn sie hatte Charlottes Gesicht genau beobachtet. »Und sie sind in einwandfreiem Zustand. Bronwen schwört darauf, daß irgendwann in naher Zukunft jemand mit durchgeschnittener Kehle aufgefunden wird. Obwohl sie natürlich mit der Sauberhaltung gar nichts zu tun hat. Heidnische Waffen nennt sie sie immer, was sie wahrscheinlich auch sind.«

»Bronwen?« Caroline wußte mit dem Namen nichts anzufangen.

»Meine Zofe.« Ambrosine forderte ihre Besucherinnen mit einer einladenden Bewegung auf, sich zu setzen. »Die Tüchtige mit dem rötlichen Haar.«

»Ich dachte immer, ihr Name sei Louisa?« meinte Caroline.

»Da haben Sie völlig recht«, Ambrosine ließ sich anmutig auf der Chaiselongue nieder. »Aber die beste Zofe, die ich je hatte, hieß Bronwen, und ich bin der Meinung, daß man etwas, was gut ist, nicht verändern sollte. Meine Zofen heißen seitdem immer Bronwen. Das schützt außerdem vor Verwirrungen. Es gibt schließlich Dutzende Lils, Rosys und Marys.«

Gegen diese Logik gab es natürlich keine Einwände, und Charlotte mußte sich umdrehen und aus dem Fenster schauen, um ihre Belustigung zu verbergen.

»Eine wirklich gute Zofe zu finden, ist wirklich nicht leicht«, griff Caroline das Thema bereitwillig auf. »Oft genug sind diejenigen, die tüchtig sind, alles andere als ehrlich. Und diejenigen, denen man wirklich vertrauen kann, machen ihre Arbeit nicht so gründlich, wie man es gern hätte.«

»Meine Liebe, Sie klingen aber sehr pessimistisch«, meinte Ambrosine mitfühlend. »Haben Sie gerade schlechte Erfahrungen gemacht?«

»Ich bin mir nicht ganz sicher«, wagte sich Caroline weiter vor. »Ich habe ein kleines Schmuckstück verloren und weiß nicht, ob es sich um einen Diebstahl handelt oder ob ich es lediglich verlegt habe. Eine schreckliche Situation. Ich möchte auf keinen Fall jemandem Unrecht tun, wo es sich doch genausogut um ein Versehen handeln könnte.«

»War es denn wertvoll?« erkundigte sich Ambrosine.

»Nein, nicht besonders, aber es war ein Geschenk meiner Schwiegermutter, und sie wird wahrscheinlich sehr verletzt sein, daß ich nicht besser darauf achtgegeben habe.«

»Oder geschmeichelt, weil jemand von all Ihren Schmuckstükken ausgerechnet dieses gewählt hat«, mutmaßte Ambrosine.

Caroline lachte ohne große Überzeugung.

»Daran habe ich noch gar nicht gedacht. Ich bin Ihnen sehr zu Dank verpflichtet. Falls sie eine Bemerkung macht, muß ich sie unbedingt auf diesen Punkt hinweisen.«

»Ich glaube immer noch, daß du es verlegt hast«, sagte Charlotte und versuchte, das Thema abzuschließen. »Wahrscheinlich wird es in ein oder zwei Tagen wieder auftauchen. Wenn du Großmama in dem Glauben läßt, daß es gestohlen wurde, wird sie anfangen, Leute zu verdächtigen, und sie wird keine Ruhe geben, bis sie einen Sündenbock gefunden hat.«

Caroline entging die Schärfe in Charlottes Stimme nicht, und sie erkannte die Gefahr, die sie heraufbeschwor.

»Du hast ganz recht«, sagte sie. »Es wäre wirklich klüger, nichts zu sagen.«

»Leute, die nicht genug mit ihren eigenen Angelegenheiten zu tun haben, machen sehr schnell fremde Probleme zu ihren eigenen, besonders, wenn es sich um Dinge wie Diebstahl handelt«, fügte Charlotte abschließend hinzu.

»Wie ich sehe, schätzen Sie die Hilfsbereitschaft Ihrer Mitmenschen ganz ähnlich ein wie ich, Mrs. Pitt.« Ambrosine griff nach der Klingelschnur und zog daran. »Ich hoffe doch sehr, daß Sie zum Tee bleiben? Ich habe nicht nur eine ausgezeichnete Zofe, sondern auch eine hervorragende Köchin. Ich habe sie eigens deswegen eingestellt, weil sie so köstliche Kuchen und Süßspeisen zubereitet. Ihre Suppen sind allerdings geradezu ungenießbar, aber da ich mir sowieso nichts aus Suppen mache, übersehe ich diese Schwäche geflissentlich.«

»Mein Mann ist ein ausgesprochener Suppenliebhaber«, bemerkte Caroline geistesabwesend.

»Meiner ebenfalls«, sagte Ambrosine. »Aber man kann schließlich nicht alles haben.«

Das Dienstmädchen erschien und erhielt den Auftrag, den Tee zu servieren.

»Wissen Sie, Mrs. Pitt«, fuhr Ambrosine fort. »Ihre Bemerkungen, was die Neugier anderer Menschen angeht, sind erstaunlich zutreffend. Ich habe in der letzten Zeit das Gefühl, daß irgend jemand ein auffälliges Interesse an meinem Leben zu haben scheint – allerdings kein freundschaftliches, sondern ein rein neugieriges. Und dabei werde ich das Gefühl nicht los, daß dieser Mensch mir feindlich gesinnt ist.«

Charlotte war wie betäubt. Sie spürte, wie Carolines Körper neben ihr erstarrte.

»Wie entsetzlich«, sagte Charlotte nach einem Moment des Schweigens. »Haben Sie irgendeine Vorstellung, wer es sein könnte?«

»Nein, absolut keine. Das macht es ja gerade so unangenehm. Ich habe es lediglich mehrfach gespürt.«

Die Tür wurde geöffnet, und das Dienstmädchen erschien mit einem Tablett mit Tee und wenigstens einem Dutzend verschiedenen Kuchen und Törtchen, viele von ihnen mit Schlagsahne.

»Vielen Dank«, sagte Ambrosine und liebäugelte mit einem ganz bestimmten Stück Obstkuchen. »Vielleicht bilde ich mir auch alles bloß ein«, fuhr sie fort, als das Mädchen wieder verschwunden war. »Jedenfalls wüßte ich nicht, wer ein derartiges Interesse an mir haben könnte, um so etwas zu tun.«

Caroline öffnete den Mund, als wolle sie etwas sagen, unterließ es dann jedoch.

»Sie hatten völlig recht«, sagte Charlotte schnell, um das beklemmende Schweigen zu brechen, den Blick auf den Teetisch gerichtet. »Sie haben wirklich eine ausgezeichnete Köchin. Ich wette, ich würde in kein einziges meiner Kleider mehr passen, wenn ich eine derartige Künstlerin in meinem Haus hätte.«

Ambrosine betrachtete Charlottes immer noch schlanke Figur.

»Ich hoffe, daß soll nicht bedeuten, daß Sie mich nicht mehr besuchen werden?«

Charlotte lächelte. »Ganz im Gegenteil. Es bedeutet, daß ich ab jetzt nicht nur einen Anreiz haben werde, Sie zu besuchen, sondern zwei.« Sie nahm ihren Tee und ein riesiges Stück Sahnekuchen. Niemand hielt sich an die höfliche Gepflogenheit, zuerst Brot und Butter zu essen.

Sie hatten ihren Tee kaum länger als fünf Minuten genossen, als die Tür erneut geöffnet wurde und ein grauhaariger Mann mittleren Alters erschien. Charlotte identifizierte ihn sofort als den ernsten Mann mit der kurzen Nase, der auf den Fotografien zu sehen war. Der Mann trug sogar den gleichen steifen Hemdkragen und die gleiche schwarze Krawatte wie auf den Fotos. Es konnte sich nur um Lovell Charrington handeln.

Ihre Vermutung stellte sich als richtig heraus, als er ihr vorgestellt wurde.

»Keine Sandwiches?« Er schaute tadelnd auf ihre Teller.

»Ich konnte nicht wissen, daß du dich zu uns gesellen würdest«, erwiderte Ambrosine. »Ich kann selbstverständlich die Köchin anweisen, welche herzurichten, falls du es wünschst.«

»Ich bitte darum! Ich kann mir nicht vorstellen, daß die viele Sahne gut für dich sein soll, meine Liebe. Und wir sollten von unseren Besucherinnen nicht erwarten, daß sie deinen recht exzentrischen Geschmack teilen.«

»Oh, wir sind genauso exzentrisch«, antwortete Charlotte spontan. Sie wollte sich demonstrativ auf Ambrosines Seite stellen, außerdem hatte sie selbst mehr als genug Brot zu Hause. »Und ich bin entzückt, meinen Kuchen in derart netter Gesellschaft genießen zu dürfen.«

Ambrosine dankte ihr mit einem zufriedenen und überraschten Lächeln.

»Ich möchte Ihnen nicht zu nahe treten, Mrs. Pitt, aber Sie erinnern mich an meine Tochter Ottilie. Sie hat auch immer verstanden, alles zu genießen, und dies auch ausgesprochen.«

Charlotte wußte nicht, ob es angebracht war zuzugeben, daß sie vom Tod des Mädchens wußte, oder ob sie damit den Eindruck erwecken würde, zu vertraulich über die Privatangelegenheiten der Charringtons gesprochen zu haben. Lovell rettete sie aus ihrem Dilemma.

»Unsere Tochter ist von uns gegangen, Mrs. Pitt. Ich bin sicher, Sie verstehen, daß wir nur ungern darüber sprechen.«

Da Charlotte überhaupt nichts gesagt hatte, erschien ihr diese Zurechtweisung mehr als unhöflich, doch aus Rücksicht auf Ambrosine hielt sie sich zurück.

»Selbstverständlich«, sagte sie. »Ich rede auch nur selten über die Menschen, die ich verloren habe, aus genau demselben Grund.«

Zu ihrer Zufriedenheit stellte sie fest, daß Lovell ziemlich bestürzt aussah. Offenbar hatte er nicht mit der Möglichkeit gerechnet, daß sie ähnliches erfahren hatte.

»Tatsächlich!« sagte er hastig. »Tatsächlich.«

Charlotte nahm sich demonstrativ noch ein Stück Sahnekuchen und war gezwungen, die nächsten Minuten damit zu verbringen, sich auf ihre Kuchengabel zu konzentrieren, damit die Sahne nicht auf ihrem Kleid landete.

Die Unterhaltung wurde zunehmend höflicher und gespreizter. Man sprach über das Wetter, die Berichte in den Gesellschaftsspalten der Zeitungen und diskutierte die Möglichkeit – oder in Lovells Fall die Unmöglichkeit –, daß es in Afrika wirklich verlorene Schätze zu finden gab, wie es Henry Rider Haggard in seinem Roman *König Salomons Schätze,* der bereits im Vorjahr erschienen war, beschrieben hatte.

»Unsinn«, sagte Lovell bestimmt. »Gefährliche Phantasien. Der Mensch sollte seine Zeit wertvolleren Zielen widmen. Lächerlich, daß ein erwachsener Mann sich seinen Lebensunterhalt mit dem Ausdenken von Hirngespinsten verdient, um überspannte Frauen und Mädchen zu betören, die gutgläubig genug sind, ihn ernst zu nehmen. Eine derartige Überreizung der Phantasie schadet ihrer Gesundheit . . . und ihrer Moral!«

»Ich dagegen halte es für eine ausgezeichnete Beschäftigung«, sagte ein junger Mann von vielleicht 29 oder 30 Jahren, der mit einer ausladenden Armbewegung ins Zimmer trat. Er nahm sich das letzte Stück Kuchen, schob es sich mehr oder weniger ganz in den Mund und schenkte erst Charlotte und dann Caroline ein strahlendes Lächeln. Danach griff er nach der Teekanne, um nachzuprüfen, ob noch Tee darin war. »Schadet niemandem und unterhält Tausende. Bringt ein wenig Farbe in das Leben vieler Menschen, in dem es sonst keine Träume mehr geben würde, die es sich zu träumen lohnt. Ohne Träume wäre das Leben dieser Menschen vielleicht unerträglich.«

»Einen schlimmeren Unfug habe ich noch nie gehört!« protestierte Lovell. »Leistet nur überreizten Phantasien und Begierden Vorschub. Falls du Tee wünschst, Inigo, solltest du nach dem Mädchen läuten und dir welchen bringen lassen, statt die Teekanne derart herumzuschwenken. Wofür hat man schließlich Hauspersonal? Ich glaube übrigens nicht, daß du bereits die Bekanntschaft von Mrs. Pitt gemacht hast?«

Inigo sah Charlotte an. »Selbstverständlich nicht. Sonst würde ich mich ganz bestimmt an sie erinnern. Guten Tag, Mrs. Pitt. Nach Ihrem Befinden brauche ich mich wohl nicht zu erkundigen. Sie erfreuen sich augenscheinlich bester Gesundheit – und Laune.«

»Da haben Sie recht.« Charlotte versuchte, die würdevolle Fassade aufrechtzuerhalten, die Caroline von ihr wünschte, wenn nicht sogar erwartete. »Und es würde mir schwerfallen zu glauben, daß dies auf Sie nicht genauso zutrifft«, fügte sie hinzu.

»Oh!« Er zog mit offensichtlichem Vergnügen die Augenbrauen in die Höhe. »Eine Frau, die schlagfertig ist. Sie hätten bestimmt meine Schwester Tillie gemocht. Sie hatte auch ihre eigenen Ansichten. Einige davon waren zwar recht merkwürdig, aber sie wußte immer genau, was sie dachte, und sprach es auch meistens aus.«

»Inigo!« Lovells Gesicht war tiefrot geworden. »Deine Schwester ist von uns gegangen. Würdest du das bitte nicht vergessen und damit aufhören, von ihr in einem derart respektlosen und leichtfertigen Ton zu reden!« Er wandte sich Charlotte zu. »Ich muß mich entschuldigen, Mrs. Pitt. Eine derartige Taktlosigkeit ist Ihnen sicher peinlich.« Doch er klang nicht sonderlich überzeugt. In seinen Augen war Charlotte wohl kaum besser als sein Sohn.

»Ganz im Gegenteil.« Charlotte machte es sich in ihrem Sessel noch bequemer. »Ich kann gut verstehen, daß man sich an die Menschen, die man einmal geliebt hat, immer noch mit großer Zuneigung und Lebhaftigkeit erinnert. Jeder Mensch hat seine eigene Art, mit persönlichen Verlusten fertig zu werden – wie es für ihn selbst am besten ist –, und sollte das anderen genauso zugestehen.«

Lovell erbleichte. Doch bevor er etwas erwidern konnte, stand Caroline auf und stellte ihre Tasse und Untertasse auf den Tisch.

»Es war wirklich reizend hier bei Ihnen«, sagte sie, ohne jemanden direkt anzusprechen. »Aber wir haben noch andere Besuche zu machen und möchten nicht unhöflich sein. Würden Sie uns daher bitte entschuldigen? Meine liebe Ambrosine, ich hoffe, wir sehen uns bald. Auf Wiedersehen, Mr. Charrington, auf Wiedersehen, Inigo.«

Lovell erhob sich von seinem Stuhl und verbeugte sich. »Auf Wiedersehen, Mrs. Ellison, Mrs. Pitt. Es freut mich, Ihre Bekanntschaft gemacht zu haben.«

Inigo öffnete ihnen die Tür und folgte ihnen in die Eingangshalle.

»Es tut mir wirklich leid, daß ich Sie in Verlegenheit gebracht habe, Mrs. Pitt«, sagte er mit einem leichten Stirnrunzeln. »Das lag nicht in meiner Absicht.«

»Natürlich nicht«, antwortete Charlotte. »Und ich glaube, nach all dem, was ich über Ihre Schwester gehört habe, hätte ich sie sicher sehr gemocht. Jedenfalls habe ich schon seit langem niemanden getroffen, der so ausgesprochen sympathisch und angenehm ist wie Ihre Mutter.«

»Angenehm!« wiederholte er überrascht. »Die meisten Menschen finden eher das Gegenteil.«

»Ich nehme an, das ist eine Frage des Geschmacks, aber ich kann Ihnen versichern, daß ich sie wirklich sehr mag.«

Inigo schenkte ihr ein breites Lächeln, das alle Besorgnis aus seinem Gesicht vertrieb. Er schüttelte ihr herzlich die Hand.

Der Diener reichte Caroline ihren Mantel. Sie schloß ihn, und Charlotte nahm den ihren in Empfang. Kurz darauf befanden sie sich draußen im scharfen Märzwind.

Eine offene Kutsche ratterte vorbei, und der Mann, der darin saß, lüftete seinen Hut zum Gruß. Charlotte sah nur ganz kurz sein dunkles, vornehmes Gesicht, sein dichtes Haar, das fast bis in den Nacken reichte, gepflegt und elegant, und seine dunklen, ruhigen Augen. Das Ganze dauerte nur einen kurzen Moment, und schon war die Kutsche an ihnen vorbei, doch in Charlotte wurde eine Erinnerung wachgerufen, die so schmerzhaft war, daß sie zu zittern begann. Der Mann in der Kutsche war Paul Alaric, der Franzose, der am Paragon Walk gelebt hatte, nur wenige Meter von Emily entfernt, und der in jenem Sommer, als die Morde geschehen waren, viele leidenschaftliche Gefühle geweckt hatte. Die arme Selena war derart von ihm besessen gewesen, daß sie beinah den Verstand verloren hätte.

Gegen alle Vernunft hatte sich sogar Charlotte von seinem kühlen Witz, seinem Charme, den er ganz unbewußt zu verströmen schien, und der Tatsache, daß sie alle so wenig über ihn wußten – keine Familie, keine Vergangenheit, keine sozialen Kategorien, in die man ihn hätte einordnen können – faszinieren lassen. Auch Emily mit all ihrer Anmut und ihrem Esprit war nicht ganz unbeeindruckt geblieben.

Ob dieser Mann eben wirklich Paul Alaric gewesen war?

Sie drehte sich zu Caroline um, die sehr gerade mit hocherhobenem Kopf dastand, die Wangen vom scharfen Wind gerötet.

»Kennst du ihn?« fragte Charlotte ungläubig.

Caroline begann mit hastigen Schritten weiterzugehen.

»Flüchtig«, erwiderte sie. »Das ist Monsieur Paul Alaric.«

Charlotte spürte, wie ihr heiß wurde – das war also der geheimnisvolle Mann –

»Er ist mit vielen Anwohnern des Place befreundet«, fuhr Caroline fort.

Charlotte wollte gerade hinzufügen, daß Caroline zweifellos auch zu dieser Gruppe gehörte, besann sich dann jedoch anders, ohne genau zu wissen, warum.

»Er scheint nicht viel zu tun zu haben«, sagte sie statt dessen. Es war keine besonders geistreiche Feststellung, doch momentan wollte ihr nichts Vernünftiges einfallen.

»Er geht Geschäften in der Stadt nach«, Caroline ging noch rascher, und der scharfe Wind machte jede weitere Unterhaltung unmöglich. 20 oder 30 Meter weiter hatten sie bereits das Haus der Lagardes erreicht.

»Sind sie eigentlich Franzosen?« flüsterte Charlotte ihrer Mutter kaum hörbar zu, als die Tür geöffnet wurde und sie in die Eingangshalle geführt wurden.

»Nein«, sagte Caroline leise, als das Hausmädchen ging, um sie den Lagardes zu melden. »Nur der Urgroßvater war Franzose, glaube ich. Er ist während der Französischen Revolution hergekommen.«

»Während der Revolution? Das ist doch erst 100 Jahre her!« flüsterte Charlotte zurück und setzte ein angemessen erwartungsvolles Gesicht auf, als sie in den Salon geführt wurden.

»Auch gut, dann liegt es eben noch länger zurück. Ich habe mir von deiner Großmutter schon so viel Geschichtliches anhören müssen, daß ich wirklich genug davon habe«, erwiderte Caroline ärgerlich. »Guten Tag, Eloise. Darf ich Ihnen meine Tochter, Mrs. Pitt, vorstellen«, fuhr sie mit völlig anderem Tonfall und Gesichtsausdruck im gleichen Atemzug fort.

Die junge Frau, die Charlotte entgegentrat, war tatsächlich, genau wie Caroline gesagt hatte, von geheimnisvoller Schönheit, von einer durchscheinenden Zartheit, die an Mondlicht auf Wasser erinnerte. Ihr Haar war weich und üppig, jedoch ohne Glanz, ganz im Gegensatz zu Charlottes Haar, das wie poliertes Holz schimmerte und so schwer war, daß es sich nur mit Mühe hochstecken ließ.

»Wie reizend von Ihnen, uns zu besuchen.« Eloise trat zurück, lächelte und bat sie mit einer Handbewegung, Platz zu nehmen. »Darf ich Ihnen Tee anbieten?«

Es war schon ein wenig spät, und vielleicht stellte sie die Frage nur aus Höflichkeit.

»Vielen Dank, aber wir möchten Ihnen keine Umstände machen«, lehnte Caroline mit einer der üblichen Entschuldigungsfloskeln das Angebot ab. Es wäre mehr als unhöflich zu sagen, daß sie bereits bei jemand anderem Tee getrunken hatten. Ihr Blick fiel auf den Kaminsims. »Was für ein schönes Bild! Ich kann gar nicht glauben, daß es mir bisher noch nie aufgefallen ist!«

Charlotte hätte es nicht in ihrem Haus haben wollen, aber über Geschmack ließ sich bekanntlich streiten.

»Gefällt es Ihnen?« Eloise blickte auf, mit einem Anflug von Belustigung im Gesicht. »Ich meine immer, das Haus sieht darauf ziemlich düster aus, obwohl dies in Wirklichkeit gar nicht zutrifft. Aber Tormod mag es, also lasse ich es hängen.«

»Ist das Ihr Landhaus?« Charlotte stellte die obligatorische Frage, weil ihr nichts anderes einfiel und sie wußte, daß die Antwort genügend Material für eine höfliche Unterhaltung von einigen Minuten Dauer liefern würde. Sie sprachen immer noch über die Vor- und Nachteile des Stadt- und Landlebens, als die Tür geöffnet wurde und ein junger Mann hereinkam, in dem Charlotte sofort Eloises Bruder erkannte. Er hatte das gleiche dichte, dunkle Haar, die gleichen großen Augen und die gleiche helle Haut. Ansonsten war die Ähnlichkeit jedoch nicht sehr stark ausgeprägt; er besaß eine höhere Stirn, aus der das Haar in einer breiten Welle zurückgekämmt war, und seine Nase war ziemlich gebogen. Sein Mund war breit, stets zum Lachen bereit, und, so schloß Charlotte, sicher genauso schnell zum Schmollen. Er trat mit natürlicher Eleganz auf sie zu.

»Mrs. Ellison, ich freue mich sehr, Sie zu sehen.« Er legte einen Arm um Eloise. »Ich glaube nicht, daß ich Ihre Begleiterin bereits kenne?«

»Meine Tochter, Mrs. Pitt.« Caroline lächelte zurück. »Mr. Tormod Lagarde.«

Er verneigte sich leicht.

»Willkommen am Rutland Place, Mrs. Pitt. Ich hoffe, wir werden Sie in Zukunft häufiger bei uns sehen.«

»Das ist sehr freundlich von Ihnen«, erwiderte Charlotte.

Tormod setzte sich neben Eloise auf ein breites Sofa.

»Ich beabsichtige, meine Mutter öfter zu besuchen, wenn der Frühling kommt«, fügte Charlotte hinzu.

»Dieser Winter ist wirklich sehr streng«, antwortete er. »Man hat eher das Bedürfnis, in der Nähe des Kaminfeuers zu bleiben, als sich nach draußen zu wagen, um jemanden zu besuchen. Deshalb ziehen wir uns auch oft völlig in unser Landhaus zurück und gehen den ganzen Januar und Februar nicht vor die Tür.«

Eloises Gesicht nahm einen zärtlichen Ausdruck an, als schwelge sie in süßen Erinnerungen. Sie sagte nichts, doch Charlotte glaubte in ihren Augen das Licht vergangener Weihnachten mit Christbäumen und Laternen, Kiefernzapfen, die im Feuer knacken, und heißem Toast erkennen zu können – und die Erinnerung an lange, glückliche, gemeinsam verbrachte Stunden, so entspannt und friedlich, daß Worte überflüssig waren.

Tormod griff in seine Tasche und förderte ein kleines Päckchen zutage.

»Für dich.« Er reichte es Eloise. »Als Ersatz für den, den du verloren hast.«

Sie nahm es entgegen, sah zu ihm hoch, dann wieder auf das kleine Päckchen in ihrer Hand.

»Mach es doch auf!« drängte er. »Es ist nichts Besonderes.«

Sie gehorchte zögernd, ihr Gesicht verriet Erwartung und Freude.

In dem Päckchen befand sich ein kleiner Stiefelknöpfer mit einem silbernen Griff.

»Vielen Dank, Lieber«, sagte sie sanft. »Das war wirklich sehr aufmerksam von dir. Besonders, wo es doch möglicherweise mein eigenes Verschulden ist. Bestimmt werde ich jetzt ein furchtbar schlechtes Gewissen haben, wenn ich den alten doch noch wiederfinde und sich herausstellen sollte, daß ich nur nachlässig gewesen bin.« Sie sah Charlotte entschuldigend an, mit einem Anflug von Verlegenheit. »Ich habe meinen alten Stiefelknöpfer, den ich schon seit Jahren besitze, verloren. Ich glaube, er ist mir aus dem Ridikül gefallen, aber vielleicht habe ich ihn auch nur verlegt und vergessen, wohin.«

Charlottes Interesse, mehr zu erfahren, war größer als ihre Vernunft, die ihr riet, das Thema lieber ruhen zu lassen. »Sie meinen, er könnte möglicherweise auch gestohlen worden sein?« fragte sie und tat ganz überrascht.

Tormod spielte diese Möglichkeit herunter. »So etwas passiert eben manchmal. Es ist zwar ein recht unschöner Gedanke, aber man muß der Realität ins Auge sehen – Dienstboten stehlen halt hin und wieder. Aber da es nicht in unserem eigenen Haus passiert ist, halte ich es für weitaus besser, kein Wort darüber zu verlieren. Es wäre mehr als taktlos, einen Freund bloßzustellen, indem man die Sache an die große Glocke hängt. Außerdem kann der Stiefelknöpfer immer noch auftauchen, wie Eloise sagte – obwohl ich persönlich nicht daran glaube.«

Caroline räusperte sich nervös. »Aber sollte Diebstahl nicht bestraft werden? Ich meine – wäre das nicht richtiger?«

Tormod wirkte immer noch lässig, seine Stimme klang unbeschwert. Er schenkte ihr ein Lächeln, in dem eine Spur von Bedauern mitschwang.

»Wahrscheinlich schon, wenn man nur genau wüßte, wer es getan hat, und Beweise dafür hätte, daß es sich wirklich so abgespielt hat«, sagte er. »Doch die haben wir nicht. Daher würden wir lediglich Verdächtigungen Vorschub leisten, die vielleicht völlig unbegründet wären. Am besten, wir lassen die Sache auf sich beruhen. Wenn man erst einmal anfängt, Nachforschungen anzustellen, kann das eine ganze Kette von Ereignissen nach sich ziehen, die nur sehr schwer wieder aufzuhalten sind. Ein versilberter Stiefelknöpfer wiegt wohl kaum den ganzen Ärger, die Ängste und das Mißtrauen auf, die eine derartige Untersuchung mit sich bringen würden.«

»Ich bin völlig Ihrer Meinung«, sagte Charlotte schnell. »Schließlich ist es eine völlig andere Sache, wenn etwas fehlt – und man keine Ahnung hat, wo es ist –, als wenn man ganz sicher weiß, daß es eine bestimmte Person gestohlen hat.«

»Eine sehr kluge Einsicht.« Tormod schenkt ihr ein kurzes Lächeln. »Der Gerechtigkeit ist nicht immer damit am besten gedient, daß man jemanden des Diebstahls bezichtigt.«

Bevor Caroline ihre Haltung rechtfertigen konnte, meldete das Mädchen eine weitere Besucherin.

»Mrs. Denbigh, Ma'am«, sagte sie zu Eloise. »Soll ich sagen, daß Sie sie empfangen?«

Eloises Gesichtszüge veränderten sich kaum merklich. Bei anderen Lichtverhältnissen – hätte sie beispielsweise weiter vom Fenster entfernt gestanden – wäre davon vielleicht nichts zu sehen gewesen.

»Natürlich, Beryl, tun Sie das bitte.«

Amaryllis Denbigh gehörte zu der Art Frauen, in deren Gegenwart sich Charlotte höchst unwohl fühlte. Sie betrat das Zimmer äußerst selbstbewußt, mit dem Gebaren eines Menschen, der stets das bekommen hatte, was er wollte, und von allen geschätzt wird. Sie war zwar nicht schön, aber ihr Gesicht mit den großen Augen und den ein wenig zu üppigen geschwungenen Lippen wirkte auf seine Art reizvoll, erinnerte an die Unschuld eines jungen Mädchens, das noch nicht weiß, wie mächtig seine eigenen unbewußten Gefühle und Begierden sein können. Sie besaß üppiges, helles, welliges Haar, das gerade so kunstvoll frisiert war, daß es nicht unnatürlich wirkte. Um diese Wirkung zu erzielen, mußte man schon eine sehr geschickte Zofe haben. Ihr Kleid war zweifellos teuer, wenn auch nicht im geringsten protzig, doch Charlotte wußte, wieviel es kostete, wenn ein Schneider so raffiniert arbeitete, daß der Busen ein wenig voller und die Taille genau die wenigen entscheidenden Zentimeter schlanker wirkte.

Man wurde einander förmlich und ausführlich vorgestellt. Amaryllis taxierte Charlotte sorgfältig und beachtete sie dann nicht weiter. Sie wandte sich Tormod zu.

»Werden Sie am Donnerstag zu Mrs. Wallace' Soiree kommen? Ich habe gehört, daß der Pianist, den sie eingeladen hat, ausgezeichnet sein soll. Ich bin sicher, es wird Ihnen gefallen. Und Eloise natürlich auch«, fügte sie nach einer kleinen Pause aus reiner Höflichkeit hinzu.

Charlotte bemerkte den falschen Ton in ihrer Stimme und zog ihre eigenen Schlüsse.

»Ich denke schon«, erwiderte Tormod. Er wandte sich an Eloise. »Du hast doch nichts anderes vor, Liebes?«

»Nein, wenn der Pianist gut ist, wird es bestimmt ein sehr schöner Abend. Ich hoffe nur, daß die Leute nicht so viel Lärm machen, daß wir ihn nicht mehr hören können.«

»Meine Liebe, Sie können wohl kaum erwarten, daß die Gäste aufhören, sich zu unterhalten, nur um einem Pianisten zuzuhören – doch nicht bei einer Soiree«, sagte Amaryllis sanft. »Schließlich ist es in der Hauptsache ein gesellschaftliches Ereignis, und die Musik ist lediglich als Ablenkung gedacht, als angenehme Untermalung. Und natürlich soll sie den Gästen Gesprächsstoff bieten, so daß man nicht allzu lange nach einem geeigneten Thema suchen muß. Mit einigen Menschen kann man sich leider nur sehr schwer unterhalten, finden Sie nicht auch, Mrs. Pitt?«

»In der Tat, da haben Sie völlig recht«, stimmte Charlotte ihr freimütig zu. »Einigen Leuten fällt nichts Passendes ein, was sie sagen könnten, während andere wiederum viel zu viel reden, und immer im falschen Moment. Ich persönlich schätze Menschen, die zur richtigen Zeit schweigen können, besonders, wenn gute Musik gespielt wird.«

Amaryllis Denbighs Gesicht wurde hart. Sie überhörte die Andeutung geflissentlich.

»Spielen Sie selbst auch, Mrs. Pitt?« fragte sie.

»Nein«, erwiderte Charlotte höflich. »Bedauerlicherweise nicht. Und Sie?«

Amaryllis blickte sie frostig an.

»Ich male«, antwortete sie. »Ich ziehe die Malerei vor. Viel unaufdringlicher, finde ich. Man kann hinsehen oder auch nicht, wie es beliebt. Oh!« – sie riß die Augen auf und biß sich auf die Lippen – »Sie müssen mir verzeihen, Eloise. Ich hatte völlig vergessen, daß Sie spielen. Sie habe ich natürlich nicht gemeint! Sie haben schließlich noch nie auf einer Soiree gespielt.«

»Nein, ich wäre bestimmt sehr aufgeregt«, sagte Eloise. »Obwohl es natürlich eine Ehre wäre, von jemandem darum gebeten zu werden. Aber ich glaube, es würde mich sehr verunsichern, wenn alle so viel reden würden, daß keiner mehr die Musik hörte.« Das Thema schien sie zu bewegen. »Musik sollte respektiert werden und nicht wie Straßenlärm behandelt werden oder wie Tapeten, lediglich als bloßer Hintergrund. Dann wirkt sie nur langweilig, und man spürt ihre wahre Schönheit nicht mehr.«

Amaryllis lachte, ein hohes, hübsches Lachen, daß Charlotte ungemein irritierte – vielleicht, weil sie selbst gern auf diese Weise gelacht hätte und wußte, daß sie es nicht konnte.

»Wie philosophisch Sie doch sind!« sagte Amaryllis heiter. »Aber ich muß Sie warnen, meine Liebe, wenn Sie so etwas auf der Soiree sagen, werden Sie sich höchst unbeliebt machen. Die Leute werden nicht wissen, was sie von Ihnen halten sollen.«

Charlotte gab ihrer Mutter einen kleinen Tritt gegen den Knöchel, und als Caroline sich nach unten beugte, um die Stelle zu berühren, weil sie dachte, es wäre ihr vielleicht etwas auf den Fuß gefallen, gab sie vor zu glauben, daß Caroline sich zum Gehen fertigmachte.

»Darf ich dir behilflich sein, Mama?« bot sie ihr an, stand auf und reichte ihr den Arm.

Caroline sah sie an. »Noch benötige ich keine fremde Hilfe, Charlotte«, sagte sie spitz. Aber obwohl der Gedanke, sich nur aus Widerspruchsgeist erneut zu setzen, klar in ihren Augen zu lesen war, verabschiedete sie sich bald darauf höflich, und kurze Zeit später befanden sich beide wieder auf der Straße.

»Ich kann Mrs. Denbigh nicht leiden«, sagte Charlotte heftig. »Ganz und gar nicht.«

»Das war offensichtlich«, Caroline schlug ihren Mantelkragen hoch. Dann lächelte sie. »Ich übrigens auch nicht. Es ist natürlich absolut unfair, weil ich keine Ahnung habe, warum ich sie nicht mag, aber ich finde sie in der Tat äußerst irritierend.«

»Sie hat es auf Tormod Lagarde abgesehen«, bemerkte Charlotte, um ihre Abneigung wenigstens teilweise zu erklären. »Und sie zeigt es ziemlich deutlich.«

»Meinst du wirklich?«

»Selbstverständlich! Sag bloß, du hast es nicht bemerkt!«

»Natürlich habe ich es bemerkt!« Caroline fröstelte. »Aber ich habe bestimmt schon mehr Frauen gesehen, die hinter einem Mann her waren, als du, meine Liebe, und ich hatte nicht den Eindruck, daß Amaryllis dabei besonders ungeschickt vorging. Ganz im Gegenteil, ich halte sie sogar für ausgesprochen geduldig.«

»Trotzdem finde ich sie unsympathisch!«

»Das kommt daher, daß du Eloise magst und dir nicht vorstellen kannst, was nach Tormods Heirat aus ihr werden würde, da Amaryllis sie offenbar nicht allzu gut leiden kann. Vielleicht wird Eloise selbst heiraten, und damit wäre das Problem gelöst.«

»Dann wäre es bedeutend klüger, wenn Amaryllis sich auf die Suche nach einem passenden Mann für Eloise machen würde, statt sie so von oben herab zu behandeln, findest du nicht? Das wäre sicher nicht sehr schwierig – schließlich ist Eloise äußerst charmant. Was hast du, Mama? Du ziehst ständig die Schultern hoch, als würdest du den Wind spüren, dabei ist es hier doch wirklich geschützt.«

»Folgt uns irgend jemand?«

Charlotte drehte sich um. »Nein, wieso? Hast du jemanden erwartet?«

»Nein! Nein – ich – ich habe nur das Gefühl, daß uns jemand beobachtet. Um Gottes willen, Charlotte, schau nicht so auffällig, sonst glauben die Leute noch, wir wollten sie beobachten und würden versuchen, durch ihre Vorhänge zu spähen!«

»Welche Leute?« Charlotte zwang sich zu einem Lächeln, um vor Caroline ihre Angst zu verbergen. »Da ist niemand«, sagte sie vernünftig.

»Sie nicht albern!« fuhr Caroline sie an. »Es ist immer irgend jemand da – ein Butler oder ein Hausmädchen, das die Vorhänge zuzieht, oder ein Diener an der Tür.«

»Dann brauchst du dir ja auch keine Sorgen zu machen.« Charlotte spielte die Sache zwar verbal herunter, in Wirklichkeit konnte sie die ganze Angelegenheit allerdings keineswegs derart leicht abtun. Das Gefühl, beobachtet zu werden – nicht beiläufig oder zufällig, sondern vorsätzlich und systematisch –, war äußerst unangenehm.

Sicher bildete Caroline sich das alles nur ein. Warum sollte irgendein Mensch so etwas tun? Welche Motive konnten dahinterstecken?

Caroline ging schon zügig, doch jetzt beschleunigte sie ihre Schritte noch mehr. Sie liefen schließlich so schnell, daß Charlotte die Röcke um die Knöchel peitschten und sie Angst hatte, über einen Pflasterstein zu stolpern und hinzufallen.

Caroline wirbelte durch das Gartentor, dann die Stufen hoch, die zur Eingangstür ihres Hauses führten. Sie war bereits dort angekommen, bevor der Diener sie gesehen hatte und ihr die Tür öffnen konnte, und daher gezwungen zu warten. Sie trat unruhig von einem Fuß auf den anderen und drehte sich sogar nochmals um und starrte zurück auf die Straße.

»Mama, hat dich jemand auf der Straße belästigt?« fragte Charlotte und berührte den Arm ihrer Mutter.

»Nein, natürlich nicht! Es ist bloß –« Sie schüttelte sich verärgert. »Ich habe einfach das Gefühl, daß ich nicht allein bin, selbst wenn nichts darauf hinzuweisen scheint. Da ist jemand, den ich nicht sehen kann, obwohl ich absolut sicher bin, daß er mich sehen kann.«

Die Tür wurde geöffnet, Caroline stürmte ins Haus, und Charlotte folgte ihr auf dem Fuße.

»Schließen Sie bitte die Vorhänge, Martin«, trug sie ihrem Diener auf.

»Alle Vorhänge, Ma'am?« Seine Stimme klang erstaunt. Es blieb noch bestimmt zwei Stunden hell, und das Wetter war gut.

»Ja, bitte. In allen Zimmern, in denen wir uns aufhalten werden.« Caroline legte Mantel und Hut ab und reichte sie ihm, Charlotte tat das gleiche.

Im Salon saß die Großmutter vor dem Kaminfeuer.

»Nun?« Sie musterte sie von Kopf bis Fuß. »Irgendwelche Neuigkeiten?«

»Was für Neuigkeiten denn, Mama?« fragte Caroline und ging auf den Tisch zu.

»Nun, selbstverständlich alle, Kind! Wie kann ich nach bestimmten Neuigkeiten fragen, wenn ich sie noch gar nicht kenne? Wenn das der Fall wäre, würde es sich doch wohl kaum noch um Neuigkeiten handeln, wie?«

Diskussionen wie diese waren völlig sinnlos, doch Charlotte hatte schon lange aufgegeben zu versuchen, das ihrer Großmutter klarzumachen.

»Wir haben Mrs. Charrington und Miss Lagarde besucht«, sagte sie. »Ich fand sie beide sehr nett.«

»Mrs. Charrington ist exzentrisch.« Die Stimme der Großmutter klang säuerlich, als hätte sie gerade in eine unreife Pflaume gebissen.

»Das hat mir besonders gut gefallen.« Charlotte wollte auf keinen Fall klein beigeben. »Sie war sehr höflich, und das ist schließlich das Wichtigste.«

»Und Miss Lagarde – war die auch höflich? Sie ist viel schüchterner, als ihr guttut. Das Mädchen scheint vollkommen unfähig zu sein, anständig zu flirten!« polterte die Großmutter. »Sie wird nie einen Mann finden, wenn sie nur herumläuft und ätherisch aussieht, gleichgültig, wie hübsch ihr Gesicht ist. Männer heiraten schließlich nicht bloß ein hübsches Gesicht, das weiß man ja!«

»Was für die meisten von uns nur ein Glück ist.« Charlotte stand ihrer Großmutter an Schärfe in nichts nach und beobachtete ihr Gesicht, die leicht gebogene Nase und die Augen unter den schweren Lidern.

Die alte Dame tat so, als habe sie ihre Enkelin nicht verstanden. Sie wandte sich mit eisiger Miene an Caroline. »Während deiner Abwesenheit ist Besuch für dich dagewesen.«

»Tatsächlich?« Caroline schien nicht sonderlich interessiert. Es war nichts Außergewöhnliches, daß nachmittags mindestens ein Besuch seine Aufwartung machte, genauso wie sie und Charlotte heute ebenfalls Leute besucht hatten, es gehörte sozusagen zum Ritual. »Ich nehme an, die Person hat ihre Karte dagelassen, und Maddock wird sie mir gleich bringen.«

»Möchtest du nicht einmal wissen, wer es war?« meinte die Großmutter mißbilligend und starrte auf Carolines Rücken.

»Nicht unbedingt.«

»Es war dieser Franzose mit seinem ausländischen Gehabe. Ich habe seinen Namen vergessen.« Sie wollte sich absichtlich nicht erinnern, weil es kein englischer Name war. »Allerdings trug er den elegantesten Anzug, den ich seit 30 Jahren gesehen habe.«

Caroline erstarrte. Im Zimmer war es absolut still, so still, daß man glaubte, die Räder einer Kutsche zwei Straßen weiter hören zu können.

»Tatsächlich?« sagte Caroline erneut, wobei ihre Stimme auffällig unbeteiligt klang. Sie stockte, als ob sie unbedingt mehr sagen wollte und sich zwingen mußte, es nicht zu tun, damit ihre Worte nicht unkontrollierbar hervorsprudelten. »Hat er irgend etwas gesagt?«

»Selbstverständlich hat er das! Oder glaubst du etwa, er hat wie ein Schwachkopf dagestanden, ohne den Mund aufzumachen?«

Caroline drehte ihnen erneut den Rücken zu. Sie nahm eine der Narzissen aus der Vase, kürzte den Stiel und stellte sie wieder zurück.

»Irgend etwas Wichtiges?«

»Wer sagt denn heutzutage schon etwas Wichtiges?« antwortete die Großmutter mißmutig. »Es gibt eben keine Helden mehr. General Gordon ist in Khartum von diesen Wilden umgebracht worden. Sogar Mr. Disraeli ist tot – was natürlich nicht bedeuten soll, daß er ein Held war – oder auch nur ein Gentleman! Aber er war ein kluger Kopf. Es gibt heutzutage eben keine gebildeten Menschen mehr.«

»Ist Monsieur Alaric denn unhöflich gewesen?« fragte Charlotte erstaunt. Am Paragon Walk war er immer elegant und ungezwungen aufgetreten; er schien von Natur aus gute Manieren zu haben, auch wenn sie manchmal das Gefühl gehabt hatte, daß sein Sinn für Humor beunruhigend stark ausgeprägt war.

»Nein«, gab die Großmutter widerstrebend zu. »Er war schon sehr höflich, aber er ist schließlich Ausländer. Er kann sich wohl kaum leisten, unhöflich zu sein. Ich kann mir vorstellen, daß er trotz allem etwas aus sich gemacht hätte, wenn er 40 Jahre früher zur Welt gekommen wäre. Aber heutzutage gibt es nicht einmal mehr einen anständigen Krieg, in den ein Mann ziehen kann, um sich zu bewähren. Wenigstens gab es zu Edwards Zeiten den Krimkrieg – auch wenn er selbst nicht daran teilgenommen hat!«

»Die Krim ist im Schwarzen Meer«, erklärte Charlotte. »Ich sehe nicht ein, was das mit uns zu tun haben soll.«

»Du bist eben keine wirkliche Patriotin«, warf ihr die Großmutter vor. »Keine Beziehung zum Empire! Das fehlt der jungen Generation heutzutage! Ihr habt nicht das Zeug zum Großen!«

»Hat Monsieur Alaric eine Nachricht hinterlassen?« Endlich wandte sich Caroline wieder um. Sie war errötet, doch ihre Stimme klang wieder fest.

»Hast du denn eine erwartet?« argwöhnte die alte Dame.

Caroline atmete zuerst ein und wieder aus, bevor sie ihr antwortete.

»Da ich nicht weiß, warum er uns besuchen wollte«, sagte sie und ging hinüber zur Tür, »frage ich mich, ob er nicht irgendeine Erklärung hinterlassen hat. Ich glaube, ich gehe und erkundige mich bei Maddock.« Daraufhin schlüpfte sie aus dem Zimmer und ließ Charlotte mit der alten Dame allein zurück.

Charlotte zögerte. Sollte sie die Fragen stellen, die ihr so sehr auf der Zunge brannten? Die alte Dame sah nicht mehr besonders gut, sie hatte Carolines Reaktion sicher nicht bemerkt, die verspannten Muskeln, das langsame, kontrollierte Wenden des Kopfes. Aber sie hörte immer noch ausgezeichnet, wenn sie wollte, und ihr Verstand war genauso scharf und wach wie eh und je. Doch Charlotte erkannte, daß ihre Großmama ihr sowieso nicht mehr erzählen konnte, als sie bereits selbst erraten hatte.

»Ich glaube, ich gehe nachsehen, ob Mama die Kutsche entbehren kann, damit ich mich nach Hause fahren lassen kann«, sagte sie kurz darauf. »Bevor es dunkel wird.«

»Wie du möchtest«, sagte Großmama verächtlich. »Ich weiß sowieso nicht, warum du überhaupt gekommen bist – vermutlich nur so auf Besuch, wie?«

»Um Mama zu sehen«, antwortete Charlotte.

»Zweimal in ein und derselben Woche?«

Charlotte war nicht nach Streiten zumute. »Auf Wiedersehen, Großmama. Es hat mich sehr gefreut, dich zu sehen, noch dazu bei so guter Gesundheit.«

Die alte Dame rümpfte verächtlich die Nase. »Ganz und gar von dir selbst eingenommen«, sagte sie frostig. »Hast noch nie gewußt, wie man sich benimmt. Nur gut, daß du unter deinem Niveau geheiratet hast. In der richtigen Gesellschaft hättest du sowieso nie bestehen können.«

Während des ganzen Heimwegs in der Kutsche ihres Vaters, die sie bequem durch die Straßen fuhr, war Charlotte zu sehr mit ihren Gedanken beschäftigt, als daß sie wirklich genießen konnte, wieviel angenehmer eine Kutschfahrt doch im Vergleich mit einer Omnibusfahrt war.

Es war ihr schmerzhaft klargeworden, daß Carolines Interesse an Paul Alaric alles andere als gering war. Um sich in diesem Punkt täuschen zu lassen, konnte sich Charlotte nur allzu gut an die vielen törichten Einzelheiten erinnern, als sie selbst noch für ihren Schwager Dominic geschwärmt hatte, bevor sie Thomas kennengelernt hatte. Sie erkannte die gespielte Gleichgültigkeit, das unwillkürliche Verkrampfen des Magens, das wilde Herzklopfen, sobald auch nur der Name des Betreffenden erwähnt wurde oder wenn er einen anlächelte oder wenn der eigene Name zusammen mit dem seinen von anderen Personen erwähnt wurde. Heute erschien ihr das alles ungemein töricht, und die bloße Erinnerung trieb ihr bereits die Schamesröte ins Gesicht.

Doch sie konnte dasselbe Gefühl bei anderen sehr gut erkennen, und sie hatte Paul Alarics Wirkung auf Frauen mehr als einmal beobachtet. Sie verstand Carolines verspannten Rücken, die auffallend beiläufige Art zu sprechen, das vorgetäuschte Desinteresse, das sie nicht davon abhalten konnte, sofort zu Maddock zu eilen, um herauszufinden, ob Alaric eine Nachricht hinterlassen hatte.

Das Foto in dem Medaillon mußte Paul Alarics Bild sein. Kein Wunder, daß Caroline es unbedingt zurückhaben wollte! Es handelte sich schließlich nicht um irgendeinen unbekannten Bewunderer aus der Vergangenheit, sondern um ein Gesicht, das jeder Anwohner des Rutland Place wiedererkennen würde, selbst die Stiefeljungen und die Spülmädchen.

Und es gab keinerlei vernünftige Erklärung für dieses Foto. Es gab nur eine offensichtliche Erklärung, warum sie ein Medaillon mit seinem Bild bei sich tragen konnte.

Als Charlotte endlich ihr Heim erreichte, hatte sie beschlossen, Pitt von der ganzen Angelegenheit zu erzählen und ihn um Rat zu fragen, weil sie die Last mit jemandem teilen mußte. Sie verriet ihm allerdings nicht, wessen Porträt sich in dem Medaillon befand.

»Am besten, du unternimmst gar nichts«, sagte er ernst. »Mit ein wenig Glück hat sie es auf der Straße verloren, und es ist irgendwo in den Rinnstein gefallen oder von jemandem gestohlen worden, der es verkauft oder weitergegeben hat, und wird nie wieder am Rutland Place auftauchen oder von irgend jemand gesehen werden, der auch nur die entfernteste Vorstellung hat, wem es gehört und wer die Person auf dem Bild ist.«

»Aber was ist mit Mama?« drängte sie. »Offenbar fühlt sie sich von dem Mann geschmeichelt, findet ihn attraktiv – und hat nicht die Absicht, ihn wegzuschicken.«

Pitt wog seine Worte sorgfältig ab, wobei er Charlottes Gesicht genau beobachtete. »Vielleicht noch nicht sofort. Aber sie ist bestimmt diskret.« Er sah, daß Charlotte Luft holte und im Begriff war, Einwände zu erheben, und legte sanft seine Hand auf die ihre. »Meine Liebe, es gibt absolut gar nichts, das du tun könntest, und selbst wenn es so wäre, hättest du nicht das Recht, dich einzumischen.«

»Aber sie ist doch meine Mutter!«

»Das gibt dir zwar das Recht, dich um sie zu sorgen – aber lange nicht das Recht, in ihr Privatleben einzugreifen, zumal du dir nicht einmal sicher bist.«

»Ich habe sie doch selbst gesehen! Thomas, ich bin sehr wohl in der Lage, eine Verbindung herzustellen zwischen dem Medaillon und dem, was ich heute nachmittag gesehen habe, und ich weiß genau, was passieren wird, wenn Papa davon erfährt!«

»Dann tu dein möglichstes, daß er es nicht erfährt. Sag ihr, sie soll unbedingt vorsichtig sein und das Medaillon vergessen, aber mehr kannst du einfach nicht machen. Sonst wird alles nur noch schlimmer.«

Sie starrte ihn an, schaute in seine hellen, klugen Augen. Diesmal hatte er unrecht. Er mochte zwar im allgemeinen ein großer Menschenkenner sein, aber sie kannte die Gefühle einer Frau besser. Caroline brauchte mehr als lediglich eine Warnung. Sie brauchte Hilfe. Und ganz gleichgültig, was Pitt sagte, Charlotte würde ihr helfen müssen.

Sie schaute nach unten. »Ich werde sie warnen – ihr sagen, sie soll nicht weiter nach dem Medaillon suchen.«

Er verstand sie besser, als sie ahnte. Aber er würde sie nicht in eine Situation bringen, in der sie gezwungen wäre zu lügen. Er lehnte sich wieder zurück, resigniert und niedergeschlagen.

Kapitel 3

Pitt war zu sehr mit seiner eigenen Arbeit beschäftigt, um sich zusätzlich noch mit der Sorge um Caroline belasten zu können. Er hatte bereits in einigen früheren Fällen mit Personen ähnlicher gesellschaftlicher Stellung zu tun gehabt, doch die Umstände, die zu diesen Begegnungen geführt hatten, waren zwangsläufig ungewöhnlich gewesen. Er war sich daher bewußt, daß er kaum einen wirklichen Einblick in ihre Gefühle und Wertvorstellungen gewonnen hatte. Noch weniger verstand er natürlich, was für diese Leute in ihren zwischenmenschlichen Beziehungen akzeptabel war und was nicht wiedergutzumachenden Schaden anrichten würde.

Pitt ahnte, daß es gefährlich werden könnte, wenn Charlotte sich in die Sache mit den Diebstählen am Rutland Place einmischte, doch er wußte, daß seine Bedenken vor allem in seinen Gefühlen und nicht in irgendwelchen logischen Überlegungen begründet waren. Er befürchtete einfach, daß ihr jemand weh tun könnte. Schließlich lebte sie nicht mehr bei ihren Eltern in der Cater Street; sie hatte inzwischen neue Erfahrungen gesammelt, auch wenn ihr dies zum Teil nicht bewußt war, und sie hatte viele Vorstellungen über Bord geworfen, die ganz selbstverständlich für sie gewesen waren, als sie noch in ihrem Elternhaus gelebt hatte. Sie hatte sich verändert, und er befürchtete, daß sie noch gar nicht erkannt hatte, wie sehr, oder daß sie erwartete, daß auch ihre Familie sich verändert hatte. Aber ihre entschlossene Einmischung, selbst wenn sie ihrem tiefen Mitgefühl entsprang, würde ihnen vielleicht allen große Schwierigkeiten bereiten.

Doch er wußte nicht, wie er sie davon abhalten konnte. Sie war zu sehr persönlich betroffen, um einen klaren Kopf zu behalten.

Er saß an seinem braunen Holzschreibtisch im Polizeirevier, sah eine nicht sehr vielversprechende Liste von gestohlenen Gegenständen durch und dachte dabei an Charlotte, als ein Constable mit einem hageren Gesicht, lebhaften Augen und einer spitzen Nase das Zimmer betrat.

»Todesfall«, sagte er einfach.

Pitt hob den Kopf. »Tatsächlich. Leider kein ungewöhnliches Ereignis, würde ich sagen. Und wieso ist dieser Fall von Interesse für uns?« Im Geiste stellte er sich die engen Gassen und die knarrenden Bretter aus verrottetem Holz in den Mietskasernen vor, den Elendsquartieren, die sich jenseits der gepflegten Häuser der ehrbaren Bürger befanden. Jeden Tag, jede Stunde starben dort Menschen, einige erfroren, andere erlagen Krankheiten oder verhungerten, wieder andere ereilte ein gewaltsamer Tod. Pitt konnte sich nur mit den Morden beschäftigen, und nicht einmal da mit allen.

»Wer?« fragte er.

»Eine Frau.« Der Constable geizte mit seinen Worten, als ob es um sein Geld ginge. »Wohlhabende Frau. Gute Adresse. Verheiratet.«

Pitts Interesse war geweckt. »Mord?« fragte er, halb hoffnungsvoll – und schämte sich deswegen. Mord bedeutete immer eine doppelte Tragödie; nicht nur das Opfer und die trauernden Hinterbliebenen waren betroffen, sondern auch der Mörder und all diejenigen, die diese verirrte Seele liebten, auf sie angewiesen waren oder Mitleid mit ihr empfanden. Doch ein solcher Tod war weniger düster, weniger Teil eines Problems, das zu riesig war, als daß man es angehen konnte, als der Tod durch Gewalt in den Straßen oder aufgrund von Armut, der untrennbar mit dem Leben in den Elendsquartieren verknüpft war.

»Keine Ahnung.« Der Blick des Constable blieb weiter auf Pitts Gesicht gerichtet. »Müßte geklärt werden. Könnte sein.«

Pitt fixierte ihn kühl.

»Wer ist tot?« verlangte er zu wissen. »Und wo?«

»Eine Mrs. Wilhelmina Spencer-Brown«, antwortete der Constable ruhig, jedoch endlich mit einem Hauch freudiger Erwartung in der Stimme. »Rutland Place 11.«

Pitt richtete sich auf. »Haben Sie gerade Rutland Place gesagt, Harris?«

»Ja, Sir. Sie kennen die Gegend, Sir?« Er fügte das »Sir« nur hinzu, um nicht respektlos zu erscheinen, für gewöhnlich kam er ohne derartige Höflichkeiten aus, aber Pitt war sein Vorgesetzter, und er wollte an diesem Fall mitarbeiten. Selbst wenn es sich nicht um einen Mord handelte, was höchstwahrscheinlich der Fall war, erschien ihm ein Todesfall in der feinen Gesellschaft immer noch interessanter als die üblichen Routinearbeiten, mit denen er sich normalerweise zu beschäftigen hatte. Nur viel zu selten hatte er es mit einem echten Kriminalfall zu tun.

»Nein«, antwortete Pitt mürrisch. »Kenne ich nicht.« Er stand auf und schob seinen Stuhl mit einem scharrenden Geräusch nach hinten. »Aber ich nehme an, das wird sich bald ändern. Was wissen Sie über Mrs. Spencer-Brown?«

»Nicht viel«, meinte Harris, als sie ihre Hüte, Mäntel und Schals holten, dann die Stufen des Polizeipräsidiums hinunterstiegen und sich dem kalten Märzwind aussetzten.

»Und was?« verlangte Pitt zu wissen und beobachtete dabei den Verkehr, in der Hoffnung, eine leere Droschke zu sehen.

Harris verdoppelte seine Schritte, um mithalten zu können.

»Anfang 30, sehr angesehen, einwandfreier Ruf. Aber«, fügte er hoffnungsvoll hinzu, »das haben schließlich alle hier in der feinen Gegend. Viele Diener, viel Geld, wie's aussieht. Doch das will nicht viel heißen. Hab' schon erlebt, daß einer drei Diener und Brokatvorhänge hatte und nicht mal ein ordentliches Essen auf dem Tisch. Der Schein trügt eben.«

»Hatte Mrs. Spencer-Brown Brokatvorhänge?« erkundigte sich Pitt und sprang zur Seite, als eine Kutsche an ihnen vorbeipreschte und eine Mischung aus Schmutz und Pferdemist auf den Bürgersteig spritzte. Er fluchte leise und brüllte wütend: »Droschke!«, so laut er konnte.

Harris zuckte zusammen. »Keine Ahnung, Sir. War selbst noch nicht da. Sie wünschen eine Droschke, Sir?«

»Selbstverständlich tue ich das!« Pitt funkelte ihn wütend an. »Dummkopf!« murmelte er leise, sah sich jedoch gezwungen, diesen Eindruck schnellsten wieder zu revidieren, als Harris im nächsten Moment dienstfertig auf die Straße direkt vor einen Hansom sprang und ihn anhielt.

Kurz darauf saßen sie in der warmen Droschke und ließen sich in scharfem Trab zum Rutland Place tragen.

»Wie ist sie gestorben?« fragte Pitt weiter.

»Gift«, erwiderte Harris.

Pitt war überrascht. »Woher wissen Sie das?«

»Hat der Arzt gesagt. Der hat uns auch benachrichtigt. Hat einen dieser neuen Apparate.«

»Was für Apparate? Wovon reden Sie überhaupt?«

»Telefone, Sir. Das sind Apparate, die an der Wand hängen und –«

»Ich weiß sehr wohl, was ein Telefon ist!« sagte Pitt scharf. »Der Arzt hat also angerufen. Und wen hat er angerufen? Wir haben schließlich kein Telefon!«

»Einen Freund, der direkt um die Ecke vom Revier wohnt – ein Mr. Wardley. Dieser Mr. Wardley hat einen Boten mit der Nachricht geschickt.«

»Verstehe. Und der Arzt sagt, sie sei vergiftet worden?«

»Ja, Sir, das war seine Diagnose.«

»Sonst noch was?«

»Noch nicht, Sir. Ist heute nachmittag vergiftet worden. Das Dienstmädchen hat sie gefunden.«

Pitt zog seine Uhr heraus. Es war Viertel nach drei.

»Wann genau?« fragte er.

»Gegen Viertel nach zwei oder kurze Zeit später.«

Also zu der Zeit, als das Dienstmädchen fragen kam, ob sie Nachmittagsbesuch erwartete oder selbst ausgehen wollte, dachte Pitt. Er wußte genug über die Gepflogenheiten der feinen Gesellschaft, um mit den Nachmittagsritualen vertraut zu sein.

Kurze Zeit später erreichten sie Rutland Place, und Pitt betrachtete interessiert die gepflegten, eleganten Fassaden der Häuser, die ein wenig vom Bürgersteig zurückgesetzt lagen, und ihre makellosen Vorplätze; einige Häuser lagen im Schatten von Bäumen und besaßen große Fenster, durch die das Licht in die Zimmer flutete. Vor einem der Häuser hielt eine Kutsche, und ein Diener half einer Dame beim Aussteigen und schloß den Kutschenschlag wieder. In einiger Entfernung fuhr gerade eine andere Kutsche los, das Pferdegeschirr glänzte in der Sonne. In einem dieser Häuser wohnte Caroline. Pitt war noch nie dort gewesen, man war sich stillschweigend einig, daß sein Erscheinen weder für die Bewohner noch für Pitt selbst angenehm sein würde.

Man traf sich zwar gelegentlich, doch immer auf neutralem Territorium, wo keine Vergleiche angestellt werden konnten, obwohl dies das letzte war, was beide Parteien beabsichtigten.

Der Hansom hielt, und sie stiegen aus und bezahlten.

»Nummer 11«, sagte Harris, als sie die Eingangstreppe hochstiegen.

Die Tür wurde bereits geöffnet, bevor sie überhaupt oben angekommen waren, und ein Diener beeilte sich, sie hereinzulassen, so rasch, wie es sich mit seiner Würde vereinbaren ließ. Man sah es nicht gern, wenn die Polizei vor der Tür wartete, so daß die gesamte Nachbarschaft wußte, daß man gezwungen gewesen war, sie zu rufen! Fehlendes Fingerspitzengefühl in einer derartigen Situation konnte ihn seine Stellung kosten.

»Inspector Pitt«, stellte sich Pitt leise vor, im Bewußtsein der Tragödie, die sich hier ereignet hatte, auch wenn die genauen Umstände noch nicht bekannt waren. Er war an den Tod gewöhnt, und trotzdem war er immer wieder persönlich betroffen und suchte jedesmal wieder hilflos nach den richtigen Worten im Angesicht eines derartigen Verlustes. Worte konnten sowieso nichts mehr ändern. Aber er haßte es, gefühllos oder abgedroschen zu klingen, befürchtete jedoch, daß dies trotzdem häufig der Fall war, einfach deswegen, weil er die Rolle des Außenstehenden zu spielen hatte. Er war ein Eindringling, dessen Erscheinen an die dunkelsten Möglichkeiten, die scheußlichsten Erklärungen denken ließ.

»Sehr wohl, Sir«, sagte der Diener. »Sicher wünschen Sie, Dr. Mulgrew zu sprechen. Wir haben zwar auch eine Kutsche nach Mr. Spencer-Brown geschickt, doch er ist noch nicht zurück.«

»Wissen Sie, wo er ist?« fragte Pitt routinemäßig.

»Ja, Sir. Er ist wie üblich in die Stadt gefahren. Er hatte verschiedene Geschäfte zu erledigen, glaube ich. Er sitzt im Aufsichtsrat mehrerer bedeutender Unternehmen und einer Zeitung. Wenn Sie mir bitte folgen wollen, Sir, ich werde Sie ins Frühstückszimmer führen, wo Dr. Mulgrew Sie bereits erwartet.«

Pitt und Harris gingen hinter ihm her durch die Diele zum rückwärtigen Teil des Hauses. Pitt betrachtete die Einrichtungsgegenstände und bemerkte, daß man sehr viel Geld in sie investiert hatte, wenn auch vielleicht nur aus Prestigegründen. Falls die Spencer-Browns finanzielle Probleme haben sollten, würden einige der Gemälde im Treppenhaus und in der Diele genügen, um ihnen einen Ertrag zu bescheren, von dem Pitt mehrere Jahre bequem hätte leben können. Er war inzwischen aufgrund seiner beruflichen Beschäftigung mit der Welt der Kunst recht gut in der Lage, den Wert von Bildern zu schätzen.

Im Frühstückszimmer prasselte ein mächtiges Kaminfeuer. Mulgrew stand so nahe an den Flammen, daß Pitt glaubte, den

Geruch seiner angesengten Hosenbeine wahrnehmen zu können. Er war ein stämmiger Mann mit vollem weißem Haar und einem gepflegten weißen Schnurrbart. Momentan tränten seine Augen, und seine Nase war auffallend rot. Er nieste gerade lautstark, als sie ins Zimmer traten, und zog ein großes Taschentuch aus der Tasche.

»Schnupfen«, sagte er völlig überflüssigerweise. »Scheußliche Sache. Kann man einfach nicht kurieren. Gibt es kein Mittel gegen. Mein Name ist Mulgrew. Ich nehme an, Sie sind von der Polizei?«

»Richtig, Sir. Inspector Pitt und Constable Harris.«

»Guten Tag. Ich hasse diese Frühlingsschnupfen – es gibt nichts Schlimmeres, außer einem Sommerschnupfen natürlich.«

»Man sagte mir, das Dienstmädchen habe Mrs. Spencer-Brown tot aufgefunden, als es hereinkam, um sich nach ihren Plänen für den Nachmittag zu erkundigen«, fragte Pitt. »Hat das Mädchen Sie benachrichtigt?«

»Nicht direkt.« Mulgrew steckte sein Taschentuch wieder fort. »Sie hat es zuerst dem Butler mitgeteilt, was wohl ganz natürlich ist, denke ich. Der Butler ging daraufhin selbst nachsehen und hat dann einen Boten zu mir geschickt. Ich wohne ganz in der Nähe. Bin sofort gekommen. Konnte aber nichts mehr ausrichten. Das arme Geschöpf war bereits mausetot. Ich habe das Telefon benutzt und einen Freund informiert, William Wardley. Und der hat Sie benachrichtigt.« Er nieste wieder und zückte erneut sein Taschentuch.

»Sie sollten etwas dagegen unternehmen«, sagte Pitt und trat einen Schritt zurück. »Etwas Heißes trinken und einen Senfumschlag.«

»Dagegen hilft nichts.« Mulgrew schüttelte den Kopf und fuchtelte mit den Armen. »Absolut gar nichts. Gift, doch ich kann noch nicht genau sagen, welches – noch nicht mit Sicherheit.«

»Sind Sie sich ganz sicher, daß es Gift war?« Pitt wollte dem Mann nicht zu nahe treten, indem er seine Kompetenz in Frage stellte. »Hätte es nicht auch irgendeine Krankheit sein können?«

Mulgrew kniff die Augen zusammen und blickte Pitt genau an.

»Beschwören kann ich es nicht, aber ich wollte es Ihnen so früh wie möglich mitteilen! Wenn ich es genau weiß, ist es zu spät für Sie, und Sie können keine Spuren mehr sichern. Ich bin schließlich kein Schwachkopf, wissen Sie!«

Pitt ertappte sich dabei, daß er lächeln wollte, und bemühte sich, einen angemesseneren Gesichtsausdruck aufzusetzen.

»Vielen Dank für Ihre Hilfe!« Das schien ihm die höflichste Antwort zu sein. »Ich nehme an, Sie sind Mrs. Spencer-Browns Hausarzt?«

»Selbstverständlich. Deshalb hat man mich schließlich gerufen. Eine kerngesunde Frau. Natürlich ab und zu die üblichen Beschwerden, doch die haben wir schließlich alle, nicht wahr?«

»Halten Sie es für möglich, daß sie zufällig eine Überdosis irgendeines Medikamentes genommen hat?«

»Von mir hat sie nichts bekommen, was da in Frage käme. Sie hatte nur gelegentlich Schnupfen, und ihr war manchmal unwohl. Gehört einfach zum Leben dazu – am besten, man trägt's mit Fassung. Ein bißchen menschliches Mitgefühl und genügend Schlaf, mehr kann man da nicht tun.«

Pitt mußte sich wieder zusammennehmen, um den Mann nicht anzulächeln.

»Und die anderen Personen hier im Haus?«

»Wie bitte? Ach so. Ich bezweifle sehr, daß sie dumm genug war, die Medizin irgendeines anderen einzunehmen. Für eine Frau war sie alles andere als leichtfertig. Aber es wäre vielleicht doch möglich, denn was Medikamente betrifft, sind die meisten Menschen ziemlich unvernünftig.« Er nieste wieder heftig. »Ich habe Mr. Spencer-Brown ein Mittel gegen Magenbeschwerden gegeben, obwohl ich der Meinung bin, daß er sein Leiden größtenteils selbst zu verantworten hat. Hab' versucht, ihm das klarzumachen, und hab' für all meine Mühe auch noch eins aufs Dach gekriegt.«

»Magenschmerzen?«

»Durch falsche Ernährung größtenteils.« Mulgrew schüttelte den Kopf und putzte sich wieder die Nase. »Ißt die falschen Sachen, kein Wunder, daß er Bauchschmerzen bekommt. Ein merkwürdiger Kerl – aber das steht auf einem anderen Blatt.« Er blickte Pitt aus den Augenwinkeln heraus an, als erwarte er Widerspruch.

»Verstehe«, sagte Pitt. »Ist irgend etwas in dem Mittel von Mr. Spencer-Brown, das tödlich wirken könnte, wenn man zuviel davon nimmt?«

Mulgrew verzog das Gesicht. »Vielleicht – wenn man alles auf einmal einnehmen würde.«

»Ist es denn nicht möglich, daß sie aus Versehen eine Überdosis genommen hat? Wenn sie beispielsweise Magenschmerzen gehabt und gedacht hätte, sie könne etwas mit der Medizin ihres Mannes dagegen tun?«

»Hab' ihm ausdrücklich gesagt, er soll es in seinem Schrank einschließen, aber gesetzt den Fall, er hat es nicht getan, dann hätte sie es natürlich nehmen können. Trotzdem kann ich mir nicht vorstellen, daß sie aus Versehen so viel erwischt haben könnte, daß sie daran gestorben wäre.«

»Stand eine Gebrauchsanweisung auf der Flasche?«

»Schachtel. Es ist ein Pulver. Aber was Ihre Frage betrifft, natürlich war eine dabei. Ich verteile doch nicht nolens volens Gift an Leute, wissen Sie.«

»Gift?«

»Es ist Belladonna drin.«

»Verstehe. Aber noch wissen wir nicht, woran sie gestorben ist. Oder wenn wir es doch wissen sollten, haben Sie es uns jedenfalls noch nicht gesagt, oder?« Er beobachtete den Arzt erwartungsvoll.

Mulgrew blickte ihn über seinem Taschentuch hinweg an und schneuzte sich erneut feierlich die Nase. Dann suchte er in seinem Jackett nach einem weiteren Taschentuch, konnte jedoch keines finden. Pitt zog sein eigenes Reservetaschentuch heraus und reichte es ihm unauffällig.

»Vielen Dank.« Mulgrew nahm es in Empfang. »Sie sind ein wahrer Gentleman. Das macht mich ja gerade so betroffen. Ich kann es nicht beschwören, aber ich habe den starken Verdacht, daß sie an einer Belladonnavergiftung gestorben ist. Sieht ganz so aus. Offenbar hat sie aber niemandem gesagt, daß sie sich unwohl fühlte. Sie war gerade von einem Besuch bei jemandem ganz in der Nähe zurückgekommen, und 15 bis 20 Minuten, nachdem sie in den Salon gegangen war, lebte sie bereits nicht mehr. Also ziemlich plötzlich. Kein Erbrochenes, kein Blut. Auch keine besonders starken Krämpfe. Dann die erweiterten Pupillen, der trockene Mund – genau die Symptome wie bei Vergiftungen mit Belladonna. Und Herzstillstand.«

Plötzlich traf ihn die Wirklichkeit wie ein Schlag. Pitt konnte es geradezu selbst spüren: eine Frau, die ganz allein starb – die Atemnot, die Schmerzen, die Welt, die um sie herum verschwamm, sie allein in der Dunkelheit ließ, und dann die Lähmung und die schreckliche Angst.

»Die arme Frau«, sagte Pitt zu seiner eigenen Überraschung.

Harris ließ ein verlegenes Husten hören.

Mulgrews Gesichtsausdruck wurde sanft und in seinen Augen blitzte Verständnis auf, als er Pitt ansah.

»Es hätte natürlich auch Selbstmord sein können«, sagte er langsam. »Wenigstens theoretisch. Ich wüßte zwar keinen Grund, aber das ist ja in den meisten Fällen so. Gott allein weiß um die seelischen Qualen, die sich hinter den höflichen Gesichtern der Menschen verbergen. Ich bin da leider völlig hilflos!«

Pitt konnte darauf nichts erwidern; die einzig richtige Reaktion schien Schweigen zu sein. Er durfte nicht vergessen, Harris nach der Schachtel mit Mr. Spencer-Browns Medizin suchen zu lassen, damit sie genau feststellen konnten, wieviel davon verbraucht worden war.

»Wollen Sie sie sehen?« fragte Mulgrew kurz darauf.

»Ich vermute, das sollte ich wohl«, sagte Pitt.

Mulgrew ging langsam zur Tür, und Pitt und Harris folgten ihm nach draußen in die Diele, an dem Diener vorbei, der sich mit ernster Miene bereithielt, in den Salon, in dem aus Respekt vor dem Tod die Vorhänge zugezogen waren.

Es war ein großer Raum mit eleganten, pastellfarben bezogenen Stühlen und Sofas im französischen Stil, mit gebogenen Beinen und Füßen und mit zahlreichen Holzschnitzereien verziert. Überall sah man Petit-point-Stickereien, üppig arrangierte Kunstblumen aus Seide und einige hübsche Aquarelle mit ländlichen Szenen. Unter anderen Umständen wäre es ein reizendes, wenn auch etwas überladenes Zimmer gewesen.

Wilhelmina Spencer-Brown lag auf der Chaiselongue, ihr Kopf war nach hinten gefallen, die Augen hatte sie weit aufgerissen, der Mund war geöffnet. Vom Frieden des Schlafes keine Spur.

Pitt ging zu ihr und betrachtete sie, rührte sie jedoch nicht an. Es gab keine Persönlichkeit mehr, der er zu nahe treten konnte, keine Intimsphäre, in die er eindringen, und keine Gefühle, die er verletzen konnte, und dennoch behandelte er die Frau so, als sei dies immer noch der Fall. Er wußte nichts von ihr, sie konnte freundlich oder grausam, großzügig oder geizig, mutig oder feige gewesen sein, doch er wollte sie unbedingt genauso sehr um seiner selbst als auch um ihretwillen mit Respekt behandeln.

»Haben Sie alles gesehen, was Sie sehen wollten?« fragte er Mulgrew, ohne sich umzudrehen.

»Ja«, erwiderte Mulgrew.

Pitt bewegte den Körper vorsichtig ein wenig nach vorn, so daß es aussah, als habe sie sich nur entspannt, ein wenig zum Ausruhen hingelegt, legte ihre Hände aufeinander, obwohl er sie nicht öffnen konnte, und schloß ihr die Augen.

»Sie war nicht länger als 15 oder 20 Minuten hier im Zimmer, bevor das Mädchen sie so vorgefunden hat?« fragte er.

»Sagt das Mädchen jedenfalls.«

»Was immer es auch gewesen sein mag, es hat jedenfalls schnell gewirkt.« Er drehte sich um und blickte suchend umher, doch nirgendwo war ein Glas oder eine Tasse zu sehen. »Was hat sie denn bloß gegessen oder getrunken?« Er runzelte die Stirn. »Es scheint auf jeden Fall nicht mehr hier zu sein. Hat das Mädchen irgend etwas weggeräumt?«

»Hab' mich schon erkundigt.« Mulgrew schüttelte den Kopf. »Sie sagt nein. Scheint mir eigentlich recht zuverlässig zu sein. Weiß auch nicht, wieso sie lügen sollte. War viel zu schockiert, als sie ihre Herrin tot aufgefunden hat, um ans Aufräumen zu denken, könnte ich mir vorstellen.«

»Dann hat sie es offenbar nicht mit ins Zimmer genommen«, schlußfolgerte Pitt. »Schade. Das hätte die Sache erleichtert. Dann bleibt uns wohl nichts anderes übrig als eine Autopsie, und Sie sagen mir dann, was es war, wenn möglich, auch wieviel und wann sie es zu sich genommen hat.«

»Natürlich.«

Pitt blickte noch einmal hinüber zu der Leiche. Sie lieferte keine zusätzlichen Aufschlüsse. Nichts deutete auf die Anwendung von Gewalt hin, doch da die Frau allein gewesen war, konnte er dies auch nicht erwarten. Sie hatte das Gift freiwillig genommen; ob sie davon gewußt hatte oder nicht, würde man noch herausfinden müssen.

»Am besten gehen wir wieder ins Frühstückszimmer«, schlug er vor. »Ich kann hier nichts mehr sehen, das uns weiterhilft.«

Erleichtert kehrten sie an das Kaminfeuer zurück. Im Haus war es nicht kalt, doch sie spürten ein inneres Frösteln, das sich aus dem Körper mitteilte.

»Was war sie für eine Frau?« fragte Pitt, als sie die Tür geschlossen hatten. »Und berufen Sie sich jetzt bitte nicht auf Ihre ärztliche Schweigepflicht. Ich will wissen, ob es ein Unfall, Selbstmord oder Mord war, und je schneller ich es erfahre, desto weniger Fragen werde ich der Familie stellen müssen, und desto leichter wird es für alle Beteiligten sein. Sie haben schon genug zu ertragen.«

Mulgrew machte ein unglückliches Gesicht und schneuzte sich mit Pitts Taschentuch die Nase.

»Daß es ein Unfall gewesen sein soll, kann ich mir nicht vorstellen«, sagte er und starrte auf den Boden. »Sie war keine leichtfertige Frau – sehr tüchtig, auf ihre Art, sehr schnell, sehr aufmerksam. Hab' noch nie eine Frau gesehen, die weniger zerstreut gewesen wäre.«

Pitt stellte diese Fragen nur ungern, doch er mußte es tun, und beschönigen konnte er sie auch nicht.

»Könnten Sie sich irgendeinen Grund vorstellen, aus dem sie sich möglicherweise das Leben genommen haben könnte?«

»Nein, sonst hätte ich es Ihnen bereits gesagt.«

»Sie sieht aus, als wäre sie eine attraktive Frau gewesen, sehr feminin und anmutig. Hat sie vielleicht einen Liebhaber gehabt?«

»Sie hätte durchaus einen haben können, denke ich, wenn sie gewollt hätte. Aber wenn Sie mich fragen, ob ich Ihnen irgend jemanden nennen kann, muß ich passen. Mir ist noch nie irgendein Klatsch über sie zugetragen worden – auch nicht im Vertrauen.« Er sah Pitt offen ins Gesicht.

»Und was ist mit ihrem Ehemann?« drängte Pitt. »Hat er vielleicht Beziehungen zu einer anderen Frau, einer Geliebten? Könnte sie sich deshalb umgebracht haben?«

»Alston?« Mulgrews Augenbrauen schnellten bei dieser Vorstellung erstaunt in die Höhe. Offenbar war ihm der Gedanke völlig neu. »Das halte ich für höchst unwahrscheinlich. Ziemlich blutlose Person. Aber – man kann nie wissen – die menschliche Natur steckt voller Überraschungen! Nichts ist erstaunlicher am Tier Mensch als seine Vorlieben in diesem Bereich. Ich bin 52 Jahre alt, und 27 davon bin ich Arzt, mich dürfte eigentlich nichts mehr erschüttern – und doch passiert es mir immer noch!«

Noch häßlichere Vorstellungen kamen Pitt in den Sinn, Vorstellungen über mögliche Kontakte zu anderen Männern, jungen Burschen, sogar Kindern. Das Wissen um derartige Geheimnisse konnte eine Frau sehr wohl dazu bringen, ihr Leben unerträglich zu finden. Doch das waren lediglich vage Vermutungen.

Diese wurden von wieder anderen Gedanken verdrängt, von Dingen, die wahrscheinlicher schienen und die mit den Begebenheiten zusammenhingen, von denen Charlotte gesprochen hatte: die Diebstähle, das Gefühl, beobachtet zu werden. War diese Frau möglicherweise die Diebin gewesen und hatte dann herausgefunden, daß die Person, von der sie beobachtet wurde, davon wußte, und sich angesichts der drohenden Schande umgebracht? Die feine Gesellschaft war grausam, verzieh nur selten und vergaß niemals.

Pitt verspürte ein Gefühl der Trübsal, so kalt wie Schneeregen im Januar.

Die arme Frau.

Falls sich herausstellen sollte, daß dies die Wahrheit war, würde er einen Weg finden, es geheimzuhalten.

»Messen Sie dem, was ich sage, nicht allzuviel Bedeutung bei, Inspector.« Mulgrew sah ihn nüchtern an. »Ich wollte damit nichts Bestimmtes sagen – es war nur eine allgemeine Feststellung.«

Pitt blinzelte. »So habe ich es auch verstanden«, sagte er vorsichtig. »Daß man sich bei diesen Dingen nie sicher sein kann.«

Draußen in der Diele waren erregte Stimmen zu hören, dann wurde die Tür aufgerissen.

Sie drehten sich alle gleichzeitig um; sie wußten genau, was ihnen bevorstand, und hatten Angst davor. Lediglich Harris blieb kerzengerade stehen, weil er wußte, daß er nichts zu sagen brauchte.

Alston Spencer-Brown stand vor ihnen, außer sich vor Schock und Wut.

»Wer zum Teufel sind Sie, Sir?« Er starrte Pitt wütend an. »Und was haben Sie in meinem Haus zu suchen?«

Pitt nahm ihm seinen Zorn nicht übel, doch er konnte dennoch nichts daran ändern, daß sie diesem Mann Schmerz zufügen und ihm peinliche Fragen stellen mußten.

»Inspector Pitt«, sagte er einfach. »Dr. Mulgrew hat mich gerufen, wie es seine Pflicht war.«

»Pflicht?« verlangte Alston zu wissen, wirbelte herum und starrte Mulgrew an. »In diesem Haus trage ich die Verantwortung, Sir, schließlich ist es meine Frau, die tot ist!« Er schluckte. »Gott sei ihrer Seele gnädig. Sie geht das überhaupt nichts an! Sie können für meine Frau nichts mehr tun. Sie muß einen Herzschlag bekommen haben, die Arme. Mein Butler hat mir berichtet, daß sie bereits tot war, bevor Sie hier eintrafen. Ich kann daher nicht verstehen, wieso Sie immer noch hier sind. Außer vielleicht aus Höflichkeit, um mich persönlich zu informieren. In diesem Fall möchte ich Ihnen natürlich danken. Sie können sich jetzt als von allen Pflichten entbunden betrachten, sowohl als Arzt als auch als Freund. Ich bin Ihnen für Ihre Mühe sehr verbunden.«

Niemand regte sich.

»Es war nicht ihr Herz«, sagte Mulgrew langsam, nieste wieder und suchte nach einem Taschentuch. »Das heißt, es war schon ihr Herz, aber das war nicht die Ursache.« Er schneuzte sich. »Ich befürchte, sie ist an einer Vergiftung gestorben.«

Alstons Gesicht wurde kalkweiß, und einen Augenblick lang schwankte sein ganzer Körper. Pitt konnte sich nicht vorstellen, daß jemand einen solchen Schock vortäuschen konnte.

»Vergiftung?« Alston konnte nur mit Mühe sprechen. »Was um Gottes willen wollen Sie damit sagen?«

»Es tut mir leid.« Mulgrew hob langsam den Kopf, um ihn anzusehen. »Es tut mir leid. Aber sie hat etwas gegessen oder getrunken, das Gift enthielt. Ich glaube, es war entweder Belladonna oder etwas Ähnliches, aber das kann ich jetzt noch nicht mit Sicherheit sagen. Ich mußte daher die Polizei rufen – ich hatte keine andere Wahl.«

»Das ist doch absurd! Mina hätte niemals –« Ihm fehlten die Worte, es schien gegen alle Vernunft, und er gab den Versuch auf, es verstehen zu wollen.

»Kommen Sie.« Mulgrew ging auf ihn zu und führte ihn vorsichtig zu dem großen, bequemen Sessel.

Pitt ging zur Tür und bat den Diener, Brandy zu holen. Der Brandy wurde gebracht, Pitt goß ein Glas ein und gab es Alston, der mechanisch trank, ohne überhaupt etwas zu schmecken.

»Ich verstehe das nicht«, wiederholte er. »Das ist doch absurd. Das kann einfach nicht wahr sein!«

Pitt haßte es zwar, doch er mußte Alston einige weitere Fragen stellen.

»Ich nehme an, Sie wissen nichts von irgendeiner Tragödie oder von Angstvorstellungen, die Ihre Frau in einen derartigen Zustand der Verzweiflung getrieben haben könnten«, begann er.

Alston starrte ihn an.

»Was wollen Sie damit andeuten, Sir? Daß meine Frau sich das Leben genommen hat? Wie – wie können Sie es wagen!« Sein Kinn zitterte vor Empörung.

Pitt senkte die Stimme. Er brachte es nicht fertig, dem Mann in die Augen zu schauen.

»Können Sie sich vorstellen, daß Ihre Frau das Gift aus Versehen zu sich genommen haben könnte, Sir?« fragte er.

Alston öffnete den Mund und schloß ihn wieder. Die ganze Bedeutung dieser Frage wurde ihm mit einem Mal bewußt. Er ließ mehrere Sekunden verstreichen, während er versuchte, eine andere Möglichkeit zu finden.

»Nein«, sagte er schließlich. »Das kann ich mir wirklich nicht vorstellen. Aber ich wüßte auch absolut keinen Grund, warum sie es bewußt genommen haben sollte. Sie war eine sehr glückliche Frau, sie besaß alles, was sie sich hätte wünschen können. Mir war sie eine ausgezeichnete Ehefrau, und ich habe ihr gern all das geboten, was ihr am Herzen lag – Komfort, eine angemessene Stellung in der Gesellschaft, Reisen, wenn sie es wünschte, Kleider, Schmuck, was immer sie wollte. Und ich bin ein äußerst verträglicher Mensch. Ich neige weder zu Wutanfällen, noch besitze ich irgendwelche Laster. Wilhelmina war überall beliebt und genoß den Respekt, der ihr zustand.«

»Dann muß es eine andere Erklärung geben, die wir noch nicht kennen.« Pitt versuchte, sich so rücksichtsvoll wie möglich auszudrücken. »Ich hoffe, Sie verstehen, Sir, daß wir die Angelegenheit so lange verfolgen müssen, bis wir ihren Tod aufgeklärt haben.«

»Nein – nein, das verstehe ich ganz und gar nicht! Warum können Sie die arme Frau nicht einfach in Frieden ruhen lassen?« Alston richtete sich ein wenig auf und stellte das Brandyglas auf den Tisch. »Keiner von uns kann auch nur das Geringste tun, um ihr jetzt noch zu helfen. Aber wir können sie in würdiger Erinnerung behalten. Und genau das verlange ich von Ihnen!«

Pitt verabscheute das, was er nun tun mußte. Er hatte Alstons Reaktion erwartet, sie war nur natürlich. Sie entsprach dem, was die meisten Menschen fühlten und taten, doch das machte es nicht einfacher. Er war mit solchen Dingen vertraut, er hatte diese Sätze bereits unzählige Male gesagt, doch für sein Gegenüber war es stets das erste Mal.

»Es gut mir außerordentlich leid, Mr. Spencer-Brown, doch die Umstände, die zum Tod Ihrer Frau geführt haben, sind noch ungeklärt. Möglicherweise handelt es sich um einen Unfall, doch Sie haben selbst gesagt, daß Sie dies für unwahrscheinlich halten.

Vielleicht war es Selbstmord, doch niemand kann sich einen Grund vorstellen, warum sie sich das Leben hätten nehmen sollen. Und es könnte sich um Mord handeln.« Er sah Alston an, und ihre Blicke trafen sich. »Ich muß es wissen – es ist meine Pflicht, das zu klären.«

»Das ist lächerlich«, sagte Alston leise, zu entsetzt, um wütend zu werden. »Warum um alles in der Welt sollte jemand Mina etwas antun wollen?«

»Ich weiß es nicht. Doch wenn es jemand getan hat, müssen wir ihn finden.«

Alston starrte auf das leere Glas, das vor ihm stand. Alle Möglichkeiten schienen ihm gleich unsinnig, und doch sagte ihm sein Verstand, daß eine davon zutreffen mußte.

»Also gut«, sagte er. »Aber ich wäre Ihnen dankbar, wenn Sie berücksichtigen würden, daß es sich hier um ein Trauerhaus handelt, und mit möglichst viel Taktgefühl und Rücksichtnahme vorgehen. Sie mögen ja an plötzliche Todesfälle gewöhnt sein, und für Sie war die Verstorbene lediglich eine Fremde – doch für mich war sie es nicht, sie war schließlich meine Frau.«

Er war Pitt zwar nicht auf Anhieb sympathisch gewesen – er war ein pedantischer, bedächtiger kleiner Mann, während Pitt selbst großzügig und impulsiv war –, doch er besaß eine Würde, die Respekt verlangte.

»Ja, Sir«, erwiderte Pitt sachlich. »Ich bin dem Tod viele Male begegnet, doch ich hoffe, daß ich ihm niemals ohne Betroffenheit oder Mitgefühl mit denen entgegentreten werde, die einen Menschen verloren haben, der ihnen nahegestanden hat.«

»Ich danke Ihnen.« Alston stand auf. »Ich gehe davon aus, daß Sie das Personal befragen möchten?«

»Ja, so ist es.«

Die Dienstboten wurden vorschriftsmäßig einer nach dem anderen hereingeführt, doch niemand konnte irgendeine Information geben, die über die simple Tatsache hinausging, daß Mina zu Fuß gekommen und wenige Minuten nach zwei zu Hause eingetroffen war, der Diener sie hereingelassen hatte und sie nach oben in ihr Ankleidezimmer gegangen war, um sich für den Nachmittag vorzubereiten. Das Mädchen hatte sie gegen Viertel nach zwei tot auf der Chaiselongue in ihrem Salon gefunden, wo Pitt und Mulgrew sie gesehen hatten. Keiner konnte sich vorstellen, daß sie verzweifelt oder bedrückt gewesen war, und keiner wußte jemanden zu nennen, der ihr feindselig gesonnen war. Und niemand wußte, was sie seit dem Frühstück gegessen oder getrunken haben könnte. Gefrühstückt hatte sie gegen halb zehn, und zu diesem Zeitpunkt konnte sie das Gift unmöglich zu sich genommen haben.

Als die Dienstboten gegangen waren und Harris den Auftrag bekommen hatte, die Schachtel mit Alstons Magenmedizin zu suchen und sich die Küche und andere Räume genau anzusehen, wandte sich Pitt an Mulgrew.

»Hätte sie das Gift bei den Leuten, die sie zwischen dem Lunch und ihrer Heimkehr besucht hat, zu sich nehmen können?« fragte er.

Mulgrew suchte wieder nach einem Taschentuch.

»Hängt ganz davon ab, was es gewesen ist. Wenn ich mich geirrt habe und es nicht Belladonna war, müssen wir wieder ganz von vorn anfangen. Aber wenn ich recht habe, können wir davon ausgehen, daß dem nicht so war. Es wirkt nämlich sehr schnell. Kann mir nicht vorstellen, daß sie es in einem anderen Haus zu sich genommen und den ganzen Weg nach Hause zu Fuß zurückgelegt hat, nach oben gegangen ist und sich frisch gemacht hat, wieder nach unten gekommen ist und ihr dann übel geworden ist. Tut mir leid. Fürs erste sollten Sie besser davon ausgehen, daß sie es hier genommen hat.«

»Also jemand vom Dienstpersonal?« Pitt konnte es nicht glauben. »In diesem Fall kann es doch nicht so schwer sein, herauszufinden, wer ihr etwas gebracht hat – aber den Grund kennen wir dann immer noch nicht!«

»Bin froh, daß Sie das herausfinden müssen und nicht ich.« Mulgrew blickte angeekelt auf sein Taschentuch, und Pitt reichte ihm sein bestes eigenes. »Danke. Was werden Sie jetzt unternehmen?«

Pitt zog sich den Schal fester um den Hals und steckte die Hände in die Manteltaschen.

»Ich werde einige Besuche machen«, sagte er. »Harris wird veranlassen, daß die Leiche abgeholt wird. Der Polizeiarzt wird natürlich bei der Autopsie anwesend sein. Sie sollten sich vielleicht ein wenig um Mr. Spencer-Brown kümmern, er wirkt ganz schön mitgenommen.«

»Mache ich.« Mulgrew hielt ihm die Hand hin, Pitt schüttelte sie.

Fünf Minuten später befand er sich draußen auf der Straße, ihm war kalt, und er fühlte sich unglücklich. Es gab nur einen logischen Schritt, den er jetzt tun konnte, und er sah keine Möglichkeit, dies zu umgehen. Wenn Charlotte recht hatte, spielte sich am Rutland Place etwas höchst Unangenehmes ab: Es wurden Gegenstände gestohlen, und vielleicht gab es auch jemanden, der mit böswilliger Absicht andere beobachtete und in ihrem Privatleben herumschnüffelte. Er mußte die Möglichkeit in Betracht ziehen, daß Minas tragischer Tod mit diesen Ereignissen in irgendeinem Zusammenhang stand.

Als er an Carolines Tür klopfte, zitterten seine Hände. Die Fragen, die er ihr stellen mußte, würden nicht angenehm sein. Sie würde sie als unerträgliche Einmischung in ihr Privatleben betrachten, und die Tatsache, daß er derjenige war, der sie aufsuchte, machte die ganze Angelegenheit nur noch schlimmer.

Das Hausmädchen kannte ihn nicht.

»Sie wünschen, Sir?« fragte es überrascht. Gentlemen pflegten normalerweise um diese Zeit nicht zu Besuch zu kommen, schon gar keine fremden, und dieser schlaksige, ungepflegte Mensch mit dem windzerzausten Haar und einem Mantel, der nicht einmal richtig geknöpft war, wurde ganz sicher nicht erwartet.

»Würden Sie bitte Mrs. Ellison ausrichten, daß Mr. Pitt hier ist, um sie zu sprechen?« Er ging einfach an der jungen Frau vorbei ins Haus, bevor sie Zeit hatte zu protestieren. »Es ist äußerst dringend.«

Der Name kam ihr irgendwie bekannt vor, doch sie konnte ihn nicht sofort einordnen. Sie überlegte, ob sie vielleicht besser einen der männlichen Dienstboten rufen oder den merkwürdigen Besucher direkt in eines der Zimmer führen sollte.

»Also gut, Sir, wenn Sie bitte im Frühstückszimmer warten würden«, sagte sie zögernd.

»Selbstverständlich.« Er ließ sich gehorsam aus der Diele in das stille Hinterzimmer drängen, und schon nach wenigen Minuten kam Caroline herein, das Gesicht vor Aufregung gerötet.

»Thomas! Ist Charlotte etwas zugestoßen?« verlangte sie zu wissen. »Ist sie krank?«

»Nein! Es geht ihr ausgezeichnet.« Er streckte seine Hände nach ihr aus, als wollte er sie durch seine Berührung beruhigen, doch dann wurde er sich seiner Rolle wieder bewußt. »Ich bin wegen etwas ganz anderem gekommen«, erklärte er schließlich.

Zunächst beruhigte sie sich wieder, doch dann, als habe sie einen Schrei gehört, wirkte sie erneut verstört. Ohne daß sie etwas zu sagen brauchte, wußte er, daß sie befürchtete, Charlotte habe ihm von dem Medaillon und dem kompromittierenden Foto erzählt. Aus rein taktischen Gründen wäre es besser gewesen, wenn er sie in diesem Glauben gelassen hätte, da sie sich dann vielleicht verraten hätte, doch er brachte es nicht übers Herz.

»Ich muß dir leider mitteilen, daß Mrs. Spencer-Brown heute nachmittag verstorben ist und die Todesursache noch nicht geklärt ist.«

»Mein Gott!« Caroline schlug entsetzt die Hand vor den Mund. »Oh, wie furchtbar! Weiß der arme Alston – Mr. Spencer-Brown – es schon?«

»Ja. Ist alles in Ordnung?« Ihr Gesicht war sehr blaß, doch ansonsten schien sie völlig gefaßt. »Soll ich vielleicht das Dienstmädchen rufen?«

»Nein, vielen Dank.« Caroline setzte sich auf das Sofa. »Es war sehr anständig von dir, mich zu informieren, Thomas. Bitte setz dich doch. Ich habe es nicht gern, wenn ich so zu dir hochschauen muß – ich fühle mich dabei unbehaglich.« Sie holte tief Luft und strich nachdenklich ihre Röcke glatt. »Ich nehme an, daß du hier bist, weil sie keines natürlichen Todes gestorben ist? War es ein Unfall? Vielleicht eine Fahrlässigkeit?«

Er nahm ihr gegenüber Platz.

»Das wissen wir selbst noch nicht. Doch es war kein Unfall mit einer Kutsche, sie ist auch nicht gestürzt, wenn du das meinst. Es scheint ganz so, als sei es Gift gewesen.«

Sie sah bestürzt aus, mit ungläubig aufgerissenen Augen.

»Gift! Das ist ja entsetzlich – das kann unmöglich sein! Es war bestimmt ein Herzschlag oder ein Schlaganfall oder etwas Derartiges. Sicher nur die Phantasie eines hysterischen Dienstmädchens mit zu vielen Groschenromanen im Schlafzimmer –« Sie schwieg wieder, die Hände auf dem Schoß verkrampft. »Willst du damit etwa andeuten, daß es Mord war, Thomas?«

»Ich weiß nicht, was es war. Es könnte sein – vielleicht auch ein Unfall oder Selbstmord.« Er mußte das Thema zur Sprache bringen. Je länger er es hinausschob, desto gekünstelter, bemühter würde es aussehen. »Charlotte hat mir erzählt, daß hier in der Nachbarschaft einige kleine Diebstähle verübt worden sind und daß du das unangenehme Gefühl hast, beobachtet zu werden.«

»Sie hat es dir also gesagt?« Carolines Körper erstarrte, sie hielt sich sehr gerade. »Ich hätte es lieber gesehen, wenn sie es für sich behalten hätte, doch dazu ist es jetzt wohl zu spät. Ja, mehrere Personen vermissen kleine Gegenstände, und falls du mir Vorwürfe machen willst, weil ich die Polizei nicht hinzugezogen habe –«

»Keineswegs«, sagte Pitt schärfer als beabsichtigt. Er ärgerte sich über Carolines Kritik an Charlotte. »Doch da wir es jetzt mit einem Todesfall zu tun haben, würde ich gern deine Meinung darüber hören, ob Mrs. Spencer-Brown möglicherweise die Diebin gewesen ist.«

»Mina?« Carolines Augen weiteten sich erstaunt; diese Möglichkeit hatte sie offenbar nicht in Betracht gezogen.

»Aus diesem Grund könnte sie sich vielleicht das Leben genommen haben«, argumentierte er. »Möglicherweise hat sie erkannt, daß es sich um einen Zwang handelte, den sie nicht mehr kontrollieren konnte.«

Caroline runzelte die Stirn.

»Ich verstehe nicht, was du damit meinst – ›nicht kontrollieren konnte‹? Stehlen ist niemals richtig. Ich kann verstehen, daß Menschen, die völlig mittellos sind, stehlen, aber Mina hatte schließlich alles, was sie brauchte. Außerdem ist keiner der fehlenden Gegenstände besonders wertvoll, es sind nur Kleinigkeiten, alberne kleine Dinge wie ein Taschentuch, ein Stiefelknöpfer, eine Schnupftabakdose – warum um alles in der Welt sollte Mina so etwas an sich genommen haben?«

»Manchmal stehlen Menschen Dinge, weil sie nicht anders können.« Er wußte bereits, als er es sagte, daß seine Erklärung zwecklos sein würde. Ihre Wertvorstellungen hatte man ihr in der Kinderstube beigebracht, wo es nur Gut und Böse gab, und obwohl das Leben sie die Komplexität menschlicher Beziehungen gelehrt hatte, gehörte ihr Verständnis von Eigentum zu den Eckpfeilern von Gesellschaft und Ordnung, bildete den Rahmen aller Moralvorstellungen, und deren Gebote und Regeln waren noch nie in Frage gestellt worden. Zwanghaftes Verhalten gehörte zu Angst und Hunger, wurde sogar akzeptiert, wenn auch mißbilligt, wenn es sich um gewisse fleischliche Gelüste handelte, allerdings nur bei Männern – für Frauen galt dies selbstverständlich nicht. Doch Zwangshandlungen, die in Einsamkeit oder Enttäuschung oder anderen nicht näher zu bezeichnenden Seelenqualen wurzelten, wurden gar nicht erst für möglich gehalten, befanden sich außerhalb des Vorstellbaren.

»Ich weiß immer noch nicht, was du meinst«, sagte sie leise. »Vielleicht ahnte Mina, wer die Sachen genommen hatte. Sie hat manchmal Andeutungen gemacht, daß sie mehr wußte, als sie eigentlich sagen durfte. Doch bestimmt würde niemand einen anderen Menschen umbringen, nur um einige lächerliche kleine Diebstähle zu verheimlichen? Ich meine, man wird natürlich einen Dienstboten entlassen, der gestohlen hat, und vielleicht würde die Sache wegen der damit verbundenen Unannehmlichkeiten nicht weiterverfolgt werden – nicht nur im eigenen Interesse, sondern auch in dem seiner Freunde. Niemand möchte gern Erklärungen abgeben und Fragen beantworten. Doch wenn es sich um Mord handelt, hat man keine Wahl – der Mörder muß hängen. Dafür sorgt die Polizei.«

»Wenn wir die Mörder fassen – ja.« Pitt hatte keine Lust, über die Moral des Strafsystems zu diskutieren. Sie konnten einander unmöglich verstehen. Sie sprachen nicht einmal dieselbe Sprache, sie stellten sich zwei völlig verschiedene Welten vor, die sich an keinem Punkt berührten. Caroline hatte niemals eine Tretmühle oder einen Steinbruch gesehen, niemals den Geruch von völlig verlausten Körpern oder von Flecktyphuskranken riechen müssen oder die bis aufs Blut geschundenen Hände von Menschen gesehen, die Werg zupfen mußten – ganz zu schweigen von einer Todeszelle oder einem Galgen.

Sie sank tiefer in ihr Sofa zurück, zitternd, in Gedanken bei den Schrecken der Vergangenheit und dem Tod ihrer Tochter Sarah.

»Es tut mir leid«, sagte er, als ihm bewußt wurde, woran sie dachte. »Noch gibt es keinen Beweis dafür, daß es sich um Mord handelt. Wir müssen zuerst herauszufinden versuchen, ob es nicht doch Gründe für einen Selbstmord gegeben hat. Es ist eine sehr heikle Frage, doch in einem Fall wie diesem kann auf Gefühle keine Rücksicht genommen werden. Hast du irgendeine Ahnung, ob sie vielleicht in eine Romanze verstrickt war, die zu einer derartigen Verzweiflungstat hätte führen können?« Unwillkürlich dachte er dabei an Charlottes Überzeugung, daß Caroline selbst tiefe Gefühle für jemanden hegte, und seine Gedanken waren so intensiv, daß er beinahe erwartete, Caroline würde sie hören und ihm etwas Dementsprechendes sagen und nicht auf die ziemlich förmliche Frage antworten, die er tatsächlich gestellt hatte. Er fühlte sich schuldig, als habe er jemanden durch das Fenster eines Ankleidezimmers beobachtet.

Falls Caroline überrascht war, konnte man es ihr jedenfalls nicht anmerken. Vielleicht hatte sie eine derartige Frage auch erwartet.

»Wenn dies der Fall sein sollte«, erwiderte sie, »habe ich jedenfalls davon nichts gehört. Dann müßte sie äußerst diskret gewesen sein! Es sei denn –«

»Was?«

»Es sei denn, es war Tormod«, sagte sie nachdenklich. »Bitte, Thomas, versteh mich richtig. Das, was ich gerade sage, ist eine reine Vermutung, lediglich eine vage Möglichkeit – nichts weiter.«

»Das weiß ich. Wer ist Tormod?«

»Tormod Lagarde. Er wohnt hier am Rutland Place, Nummer 3. Sie kannte ihn seit einigen Jahren, und sie hat ihn zweifellos sehr gemocht.«

»Ist er verheiratet?«

»Oh, nein. Er lebt mit seiner jüngeren Schwester zusammen. Die beiden sind Waisen.«

»Was ist er für ein Mensch?«

Sie überlegte einen Moment, bevor sie ihm antwortete, sorgfältig abwägend, was wichtig für ihn sein konnte.

»Er sieht sehr gut aus«, sagte sie vorsichtig. »Auf eine romantische Art. Irgend etwas an ihm scheint einem unerreichbar – einsam. Er ist genau der Mann, in den sich die Frauen verlieben, weil man ihm nie nahe genug kommt, um die Illusion zu zerstören. Er bleibt immer unnahbar. Amaryllis Denbigh ist momentan in ihn verliebt, und früher waren es andere.«

»Und wie reagiert er –« Pitt wußte nicht genau, wie er das, was er sagen wollte, am besten in Worte kleiden sollte.

Sie lächelte ihn an, und er kam sich plötzlich sehr tolpatschig und sehr jung vor.

»Soweit ich weiß, überhaupt nicht«, antwortete sie. »Und ich glaube, wenn es anders wäre, hätte ich bestimmt davon gehört. Die Welt ist sehr klein, weißt du, besonders hier am Rutland Place.«

»Ich verstehe.« Er fühlte, wie er errötete. »Mrs. Spencer-Brown hätte also möglicherweise unglücklich verliebt sein können?«

»Möglicherweise.«

»Was weißt du über Mr. Spencer-Brown?« fragte er und wandte sich damit einer weiteren vielversprechenden Theorie zu. »Gehört er vielleicht zu den Männern, die mit anderen Frauen Beziehungen eingehen, und hat Mrs. Spencer-Brown damit derart verletzt, daß sie sich das Leben genommen hat, als sie es herausfand?«

»Alston? Du meine Güte, sicher nicht! Das kann ich mir ganz und gar nicht vorstellen. Natürlich ist er auf seine Art recht liebenswürdig, aber ganz sicher wird er nicht von irgendwelchen leidenschaftlichen Gefühlen beherrscht.« Sie lächelte matt. »Der arme Mann. Ich kann mir vorstellen, daß ihr Tod ihn schwer getroffen hat – sowohl das Unglück selbst als auch die Umstände. Du mußt die Sache unbedingt so schnell wie möglich aufklären, Thomas. Verdächtigungen und Spekulationen können einen Menschen mehr verletzen, als du dir wahrscheinlich vorstellen kannst.«

Er widersprach ihr nicht.

Wer konnte schon sagen, wie gut ein anderer Mensch die endlosen Wellen des Schmerzes verstehen konnte, die immer höher aufbrandeten?

»Das werde ich«, versprach er. »Kannst du mir sonst noch irgend etwas sagen?« Er war sich darüber im klaren, daß er sie eigentlich fragen müßte, von wem sie sich beobachtet fühlte, und ob diese Person, wer immer sie auch sein mochte, vielleicht von Mina und Tormod gewußt haben konnte (falls es überhaupt irgend etwas Wissenswertes gegeben hatte) oder informiert war, daß es sich bei der Diebin um Mina handelte. Die andere Möglichkeit bestand darin, daß Mina die Person des Diebes bekannt war und daß sie aus diesem Grunde sterben mußte.

Ihm kam ein weiterer Gedanke: Wenn Mina wirklich die Diebin gewesen war, hatte sich vielleicht unter den gestohlenen Gegenständen zufällig etwas befunden, das für den Eigentümer derart gefährlich war, daß er Mina umgebracht hatte, um sein Geheimnis zu wahren. Etwas wie ein Medaillon mit einem verräterischen Foto beispielsweise oder etwas, das noch kompromittierender war! Was hätte sie sonst noch stehlen können? Hatte sie etwas herausgefunden und versucht, den Betreffenden mit ihrem Wissen zu erspressen? Nicht unbedingt wegen des Geldes, sondern vielleicht aus einem Gefühl der Macht heraus?

Er betrachtete Carolines glattes Gesicht mit den pfirsichblütenfarbenen Wangen, den hohen Wangenknochen und dem schlanken Hals, der ihn an Charlotte erinnerte, die langen, zarten Hände, die den ihren so ähnlich sahen. Er brachte es nicht fertig, ihr diese Fragen zu stellen.

»Nein«, sagte sie offen, ohne den Kampf in seinem Inneren zu ahnen. »Leider fällt mir im Moment sonst gar nichts ein.«

Wieder ließ er die Gelegenheit ungenutzt.

»Wenn dir noch irgend etwas einfallen sollte, läßt du mich am besten benachrichtigen, und ich komme auf der Stelle.« Er stand auf. »Wie du schon sagtest, je schneller wir die Wahrheit herausfinden, desto leichter ist es für alle Beteiligten.« Er ging zur Tür und drehte sich noch einmal zu ihr um. »Ich nehme an, du weißt nicht, wo Mrs. Spencer-Brown heute am frühen Nachmittag gewesen ist? Sie hat offenbar jemanden ganz in der Nähe besucht, denn sie ist zu Fuß gegangen.«

Carolines Gesicht verspannte sich ein wenig, und sie holte tief Luft, denn sie verstand, was er damit andeuten wollte.

»Oh, wußtest du das noch nicht? Sie war bei den Lagardes. Ich bin kurze Zeit später bei den Charringtons gewesen, und jemand hat es erwähnt – ich kann mich allerdings nicht mehr erinnern, wer es war.«

»Vielen Dank«, sagte er sanft. »Vielleicht liegt darin die Erklärung für alles. Die arme Frau. Und der arme Mann. Bitte, sprich mit niemandem darüber. Es wäre das Beste, wenn es niemand erfahren würde – soweit das möglich ist.«

»Selbstverständlich.« Sie machte einen Schritt auf ihn zu. »Ich danke dir, Thomas.«

Kapitel 4

Charlotte behandelte Caroline weitaus weniger sanft, als es Pitt getan hatte, hauptsächlich weil sie Angst hatte, und dieses Gefühl war so intensiv und heftig, daß es alle Nachsicht verdrängte, mit der ihr Verstand ihre Worte ansonsten gemildert hätte. Alte Erinnerungen fluteten zurück, als wäre die Geschichte, die ihr Weltbild so sehr ins Wanken gebracht hatte, erst gestern geschehen. Doch das Bedürfnis, die anderen zu schützen, war jetzt noch stärker, weil sie alles so viel klarer sehen konnte, und diesmal war sie nicht selbst betroffen, nicht wie damals von ihren eigenen Gefühlen wie betäubt.

»Mama, ich glaube nicht, daß wir davon ausgehen können, daß Mina das Gift aus Versehen genommen hat«, sagte sie offen heraus, als sie am folgenden Tag in Carolines Salon saß. Sie war so schnell sie konnte hergekommen, nachdem sie die schreckliche Neuigkeit von Pitt erfahren hatte. Es würde nur zu bald sehr viel geklatscht werden, und man konnte schon bei einer einzigen Unterredung einen entscheidenden Fehler machen.

»Der Gedanke, daß die arme Frau vielleicht so verzweifelt gewesen ist, daß sie sich das Leben genommen hat, ist einfach entsetzlich«, fuhr sie fort, »und die Vorstellung, daß jemand sie so sehr gehaßt haben könnte, daß er sie umgebracht hat, ist noch schlimmer. Aber es nutzt wirklich niemandem, die Augen vor der Wahrheit zu verschließen.«

»Ich habe Thomas bereits das wenige gesagt, was ich weiß«, sagte Caroline unglücklich. »Ich habe sogar einige wilde Vermutungen angestellt, die ich inzwischen bereue. Wahrscheinlich habe ich jemandem großes Unrecht getan.«

»Aber vor allem hast du ihm die Wahrheit verschwiegen«, wies Charlotte sie scharf zurecht. »Du hast ihm nämlich nichts von Monsieur Alarics Bild in deinem gestohlenen Medaillon gesagt.«

Caroline erstarrte, ihre Finger verspannten sich wie in einem plötzlichen Krampf, nur ihre Augen funkelten Charlotte aufgebracht und verächtlich an.

»Hast du es ihm etwa gesagt?« fragte Caroline langsam.

Charlotte erkannte sehr wohl Carolines Zorn, doch sie fürchtete die drohende Gefahr zu sehr, um ihre Mutter schonen zu können.

»Selbstverständlich nicht!« Sie tat die Frage ab, ohne auch nur den Versuch zu machen, sich zu verteidigen. »Aber das ändert nichts an der Tatsache, daß jemand anderem vielleicht genau dasselbe passiert ist wie dir.«

»Und falls dies wirklich der Fall sein sollte, was sollte das mit Minas Tod zu tun haben?« Caroline war vor Entsetzen immer noch wie gelähmt.

»Mutter, bitte denk doch mal nach!« Charlotte verzweifelte fast. Warum war Caroline bloß derart schwer von Begriff? »Wenn Mina die Sachen gestohlen hat, ist sie vielleicht umgebracht worden, weil jemand einen der Gegenstände, was immer es auch gewesen sein mag, unbedingt zurückhaben wollte. Und wenn sie selbst bestohlen worden ist, könnte es doch sein, daß der Gegenstand für sie derart wichtig war, daß sie lieber gestorben ist, als zu ertragen, daß alle davon erfahren!«

Es war totenstill im Zimmer. In der Spülküche fiel ein Topf auf den Boden, und das schwache Echo drang bis zu ihnen in den Salon. Ganz langsam erlosch der Zorn in Carolines Gesicht, endlich hatte sie verstanden. Charlotte beobachtete sie schweigend.

»Was könnte denn noch schlimmer sein als der Tod?« fragte Caroline schließlich.

»Das müssen wir eben herausfinden.« Charlotte war nun entspannt genug, um sich bequem hinsetzen zu können; sie lehnte sich zurück. »Thomas kann zwar die Fakten herausfinden, aber vielleicht ist er erst mit deiner oder meiner Hilfe in der Lage, sie richtig zu verstehen. Schließlich kann man von der Polizei kaum erwarten, daß sie die Gefühle einer Frau wie Mina nachvollzieht. Kleinigkeiten, die einem Polizisten vielleicht unwichtig erscheinen, waren für Mina möglicherweise von Bedeutung.«

Es war nicht notwendig, die Unterschiede zwischen den verschiedenen Klassen und Geschlechtern und das dazugehörige System von Werten, Gewohnheiten und Ritualen zu erläutern, das Pitt und Mina trennte. Sowohl Charlotte als auch Caroline wußten, daß er bei aller Phantasie und Sensibilität, die er zweifellos besaß, nicht in der Lage sein würde, mit Minas Augen zu sehen oder zu erkennen, was sie möglicherweise in den Tod getrieben hatte.

»Am liebsten würde ich gar nichts wissen«, sagte Caroline bedrückt und wandte den Blick von Charlotte ab. »Ich würde sie lieber in Frieden ruhen lassen. Ich verspüre keinerlei Neugier. Ich muß nicht unbedingt jedes Geheimnis aufdecken. Ich habe gelernt, daß es einen oft gar nicht glücklicher macht, wenn man alle Antworten findet, nach denen man gesucht hat.«

Charlotte wußte, daß ihre Mutter selbst ein gewisses Bedürfnis nach Privatsphäre verspürte, daß auch sie bestimmte Geheimnisse für sich behalten wollte. Aber der besondere Reiz eines Flirts bestand normalerweise darin, daß andere Personen Zeugen der »Eroberung« wurden. Diese Erkenntnis verstärkte Charlottes Angst nur noch. Caroline mußte wirklich sehr in Paul Alaric verliebt sein, wenn sie sich damit zufriedengab, daß niemand von ihrer Beziehung wußte. Das bedeutete, daß es sich um weit mehr als ein Spiel handelte; es gab offenbar etwas, das sich Caroline mehr wünschte als die bloße Bewunderung durch die anderen.

»Du kannst es dir nicht leisten, die Augen einfach zu verschließen!« sagte Charlotte scharf, in der Absicht, ihre Mutter derart aufzurütteln, daß sie endlich zur Vernunft kam. »Wenn Mina die Gegenstände gestohlen hat, ist dein Medaillon vielleicht immer noch bei ihr im Haus. Wenn man ihre Sachen durchsucht, könnte Alston es finden – oder vielleicht sogar Thomas!«

Diese Vorstellung war tatsächlich zuviel für Caroline. Ihr Gesicht erstarrte zu einer Maske. Sie schluckte mühsam.

»Wenn Thomas es wirklich findet –« begann sie, und die ganze Tragweite dieser Möglichkeit wurde ihr bewußt. »Mein Gott! Er könnte annehmen, daß ich Mina getötet habe! Charlotte – das würde er doch nicht etwa denken – oder?«

Die Gefahr war zu konkret, als daß Lügen und Beschwichtigungen am Platz gewesen wären.

»Ich glaube nicht, daß Thomas selbst so etwas glauben würde«, antwortete sie leise. »Andere Polizisten würden es vielleicht annehmen. Mina ist aus einem ganz bestimmten Grund gestorben, also sollten wir den am besten herausfinden, bevor das Medaillon auftaucht und noch ganz andere Personen die Gelegenheit haben, sich ihren Teil zu denken.«

»Aber was könnte es nur sein?« Caroline schloß verzweifelt die Augen, suchte im Dunkel ihres Bewußtseins blind nach einer möglichen Erklärung. »Wir wissen nicht einmal, ob es Selbstmord oder Mord gewesen ist! Und ich habe Thomas doch schon von Tormod Lagarde erzählt.«

»Was ist mit Tormod?« Thomas hatte ihn mit keinem Wort erwähnt.

»Mina war möglicherweise in ihn verliebt«, erwiderte Caroline. »Sie hat ihn jedenfalls sehr bewundert. Vielleicht war es mehr, als wir dachten. Und sie hat die Lagardes kurz vor ihrem Tod noch besucht. Vielleicht hatte sie irgendeine Unterredung mit ihm, und er hat sie auf eine Art und Weise abgewiesen, die sie nicht ertragen konnte.«

Die Vorstellung, daß das Ende einer derartigen Beziehung für eine verheiratete Frau so unerträglich sein konnte, daß sie nicht mehr weiterleben wollte, verstörte Charlotte. Es war ein so erschreckendes Bild des Jammers, daß sie sich abgestoßen fühlte, besonders weil sie den Gedanken an Caroline und Paul Alaric nicht loswerden konnte. Doch sie wußte natürlich nicht, wie unglücklich oder unbefriedigend die Ehe der Spencer-Browns gewesen war. Sie hatte nicht das Recht, über andere zu urteilen. Viele Ehen wurden aus reiner Konvention geschlossen, und selbst nach einer Liebesheirat konnten sich die Ehepartner entfremden. Sie machte sich Vorwürfe, vorschnell geurteilt zu haben, ein Verhalten, das sie bei anderen immer verachtete.

»Ich nehme an, daß Eloise Lagarde vielleicht davon weiß«, sagte Charlotte nachdenklich. »Aber wir müssen sehr taktvoll vorgehen, wenn wir sie fragen. Niemand möchte gern der Grund dafür sein, daß ein Mensch aus dem Leben scheidet, auch wenn man daran wirklich keinerlei Schuld trägt. Und Eloise wird ihren Bruder bestimmt schützen wollen.«

Die Hoffnung schwand aus Carolines Gesicht. »Ja. Die beiden stehen sich sehr nahe. Ich vermute, es kommt daher, daß sie ganz allein standen, als ihre Eltern so jung gestorben sind.«

»Es gibt noch diverse andere Möglichkeiten«, fuhr Charlotte fort. »Irgend jemand hat Diebstähle begangen. Vielleicht hat er Mina ein Geschenk gestohlen, das sie von Tormod bekommen hatte, und die Angst, daß alle davon erfahren könnten, war ihr einfach unerträglich. Vielleicht hat der Dieb sie sogar aufgesucht und ihr gedroht, es Alston zu geben, wenn sie ihm kein Schweigegeld bezahlen würde – oder was er sonst haben wollte.« Sie versuchte, sich andere Situationen vorzustellen, die einen Menschen dazu bringen konnten, an Selbstmord zu denken. »Vielleicht war es ein Mann, der sie begehrte. Und das war der Preis für sein Stillschweigen.«

»Charlotte!« Caroline setzte sich kerzengerade auf. »Was für eine entsetzliche Phantasie du doch hast, Kind! Als du noch in meinem Haus gelebt hast, wären dir derartige Gedanken nie in den Kopf gekommen!«

Charlotte lagen einige scharfe Erwiderungen auf der Zunge, was Caroline, Paul Alaric und Fragen der Moral betraf, doch sie hielt sich zurück.

»Das Leben ist voll von entsetzlichen Dingen, Mama«, sagte sie statt dessen. »Außerdem bin ich inzwischen ein paar Jahre älter als damals.«

»Und du scheinst in der Zwischenzeit vergessen zu haben, mit welchen Leuten du es hier zu tun hast. Kein Mann bei uns am Rutland Place würde sich derart erniedrigen!«

»Vielleicht nicht so offen«, sagte Charlotte ruhig. Sie hatte ihre eigenen Vorstellungen über das, was in diesen Kreisen sicher genauso geschah wie überall sonst, jedoch euphemistisch verbrämt wurde. »Aber es muß ja nicht unbedingt einer von euch gewesen sein. Es könnte doch auch ein Diener gewesen sein – oder ein Stiefeljunge. Wärst du dir bei den Bediensteten denn auch so sicher?«

»Großer Gott! Das kann doch unmöglich dein Ernst sein!«

»Warum denn nicht? Wäre das nicht schlimm genug gewesen, um Mina oder jede andere Frau in den Selbstmord zu treiben? Würdest du etwas Derartiges denn ertragen können?«

»Ich –« Caroline starrte zu ihr hoch. Sie atmete sehr langsam aus, als ob sie einen Kampf aufgegeben hätte. »Ich weiß nicht. Ich nehme an, so etwas ist einfach so entsetzlich, daß man erst richtig weiß, wie man reagieren würde, wenn es einem selbst passiert ist.« Sie blickte zu Boden. »Die arme Mina. Sie hat immer alles, was nur im geringsten ungehörig war, so gehaßt. Etwas Derartiges hätte sie bestimmt – bis ins Mark getroffen!«

»Wir wissen nicht, ob es wirklich so gewesen ist, Mama.« Charlotte beugte sich nach vorn und berührte sie. »Es hätte auch ganz anders sein können. Vielleicht war Mina die Diebin und konnte die Schande, entdeckt zu werden, nicht ertragen.«

»Mina? Oh, ganz bestimmt –« begann Caroline, brach jedoch ab, und auf ihrem Gesicht kämpften Ungläubigkeit und Zweifel miteinander.

»Irgend jemand muß es schließlich gewesen sein«, meinte Charlotte nüchtern. »Und wenn man bedenkt, wo die Gegenstände gestohlen worden sind, scheint es nicht so, als wäre ein Dienstbote in der Lage gewesen, sie alle zu stehlen. Aber jemand wie Mina hätte es durchaus tun können.«

»Aber sie hat doch selbst etwas vermißt«, gab Caroline zu bedenken. »Eine Schnupftabakdose.«

»Du meinst, daß sie das gesagt hat«, korrigierte Charlotte. »Und die gehörte ihrem Mann, nicht ihr selbst. Gewiß besteht die klügste Methode, den Verdacht von sich selbst abzulenken, darin, daß man auch etwas verschwinden läßt, was man selbst besitzt, glaubst du nicht auch? Dazu braucht man wirklich nicht viel Verstand.«

»Da magst du recht haben. Und du glaubst, daß die Person, die uns beobachtet, davon gewußt hat?«

»Das wäre immerhin möglich.«

Caroline schüttelte den Kopf. »Das scheint mir schwer vorstellbar.«

»Schwer vorstellbar ist alles. Immerhin war Mina gestern noch am Leben.«

»Ich weiß! Es ist alles so gräßlich und sinnlos und töricht. Manchmal kann ich gar nicht glauben, wieviel sich innerhalb von ein paar Stunden unwiderruflich ändern kann.«

Charlotte überlegte weiter. »Hast du eigentlich immer noch das Gefühl, daß dich jemand beobachtet?«

Caroline sah verblüfft aus. »Ich habe keine Ahnung! Daran habe ich gar nicht mehr gedacht. Doch spielt das jetzt noch eine Rolle, verglichen mit Minas Tod?«

»Es könnte ein Zusammenhang bestehen. Ich versuche lediglich, alle Möglichkeiten in Betracht zu ziehen.«

»Aber nichts scheint wichtig genug zu sein, als daß jemand dafür sein Leben lassen muß.« Caroline erhob sich. »Ich glaube, es ist Zeit für unseren Lunch. Ich habe ihn für Viertel vor eins bestellt, und es ist bereits später.«

Charlotte folgte ihr gehorsam, und sie begaben sich in das Frühstückszimmer, wo der kleine Tisch schon gedeckt war und das Mädchen sie schon erwartete.

Nachdem das Mädchen gegangen war, fing Charlotte an, ihre Suppe zu essen, und versuchte gleichzeitig, sich an das Gespräch zu erinnern, das sie mit Mina geführt hatte, als sie sich in der vergangenen Woche getroffen hatten. Mina hatte diverse Bemerkungen über Ottilie Charrington und deren Tod gemacht, sogar angedeutet, daß sie auf irgendeine mysteriöse Weise ums Leben gekommen war. Ein schrecklicher Gedanke, doch als er Charlotte erst einmal bewußt geworden war, wollte sie ihm auf jeden Fall nachgehen.

»Mama, Mina hat doch schon länger hier gewohnt, nicht?«

»Ja. Seit einigen Jahren.« Caroline klang überrascht. »Warum fragst du?«

»Dann hat sie doch sicher alle hier recht gut gekannt. Wenn sie also wirklich die Diebin gewesen wäre, hätte sie doch sicher gewußt, wem sie etwas von Bedeutung weggenommen hätte, meinst du nicht?«

»Beispielsweise was?«

»Ich weiß auch nicht. Vielleicht etwas, das mit Ottilie Charringtons Tod zusammenhing? Sie hat ziemlich viel davon gesprochen, als sie hier war – beinah, als ob sie vermutete, daß vielleicht ein Geheimnis dahintersteckt, etwas, das die Familie lieber für sich behalten würde.«

Caroline legte ihren Suppenlöffel zurück auf den Teller. »Du meinst, daß es vielleicht kein natürlicher Tod war?«

Charlotte runzelte unsicher die Stirn. »Nicht ganz so schrecklich. Aber vielleicht war sie nicht so ehrbar, wie Mr. Charrington, sagen wir einmal, es gern gesehen hätte. Mina sagte, sie wäre sehr temperamentvoll gewesen, und hat ganz klar angedeutet, daß sie auch ziemlich offenherzig gewesen ist. Vielleicht hätte es irgendeinen Skandal gegeben, wenn sie nicht gestorben wäre?«

Caroline brach ein Stückchen von ihrem Brot ab.

»Ein höchst unangenehmer Gedanke, aber ich vermute, daß du recht haben könntest«, sagte sie. »Mina hat tatsächlich mehrere Bemerkungen darüber gemacht, daß es über Ottilie in Wirklichkeit sehr viel mehr zu wissen gibt, als die meisten Leute sich vorstellen können. Ich habe nie nachgehakt, weil ich Ambrosine so gern mag, daß ich Klatsch nicht auch noch fördern wollte. Aber sie hat mich auch ein wenig neugierig gemacht, was Theodora betrifft, jetzt, wo ich darüber nachdenke.«

Charlotte war verwirrt. »Wer ist Theodora?«

»Theodora von Schenck. Amaryllis Denbighs Schwester. Sie ist eine Witwe mit zwei Kindern. Ich kenne sie nicht sehr gut, aber ich muß gestehen, daß sie mir wirklich äußerst sympathisch ist.«

Charlotte konnte sich nur schwer vorstellen, daß man jemanden sympathisch finden konnte, der mit Amaryllis verwandt war. »Tatsächlich«, sagte sie, ohne sich bewußt zu sein, wie skeptisch sie klang.

Caroline lächelte ein wenig. »Sie sind sich überhaupt nicht ähnlich. Zunächst einmal zeigt Theodora nicht die geringste Absicht, sich wieder zu verheiraten, obwohl sie nicht sehr begütert ist, soweit man weiß. Und du kannst dir sicher sein, daß die Leute hier bestens informiert sind! Als sie vor ein paar Jahren herzog, besaß sie nichts weiter als das Haus, das sie von ihren Eltern geerbt hatte. Jetzt hat sie einen neuen Mantel mit einem Pelzkragen und einem Pelzbesatz, der bis zum Boden reicht, und ich könnte wetten, daß beides aus Zobel ist! Ich erinnere mich noch daran, daß Mina eine Bemerkung machte, als Theodora ihn zum ersten Mal trug. Ich schäme mich zwar dafür, aber ich frage mich wirklich, wie sie wohl an den Mantel gekommen ist!«

»Vielleicht hat sie einen Liebhaber?« Charlotte zog die nächstliegende Schlußfolgerung.

»Dann muß sie aber äußerst diskret sein!«

»Es scheint mir jedenfalls nicht gerade diskret, aus heiterem Himmel plötzlich mit einem Zobelmantel daherzukommen, und das ohne jede Erklärung!« protestierte Charlotte. »Sie kann kaum so naiv sein zu glauben, daß es keiner bemerkt! Ich wette, daß jede Frau am Rutland Place genau bis auf Heller und Pfennig sagen kann, wieviel die Kleidungsstücke aller anderen Frauen gekostet haben. Und wahrscheinlich kann sie auch noch den Schneider nennen, der sie gemacht hat, und den Monat, in dem sie zugeschnitten wurden!«

»Oh, Charlotte! Das ist nicht fair! Wir sind nicht so – so mißgünstig oder oberflächlich, wie du anzunehmen scheinst!«

»Nicht mißgünstig, Mama, sondern praktisch und mit einem ausgezeichneten Blick für Qualität.«

»Da könntest du recht haben.« Caroline aß ihre Suppe zu Ende, und das Mädchen erschien wieder, um das nächste Gericht zu servieren. Die beiden Frauen aßen langsam weiter. Es war ein delikates Fischgericht, äußerst wohlschmeckend zubereitet, und zu jedem anderen Zeitpunkt hätte Charlotte es sehr genossen.

»Theodora hat offenbar momentan sehr viel mehr Geld zur Verfügung als früher«, fuhr Caroline zögernd fort. »Mina hat anklingen lassen, daß sie es sich auf höchst unehrenhafte Weise verdient hätte, aber ich war damals sicher, daß sie nur versuchte, witzig zu sein. Manchmal konnte sie sehr geschmacklos sein.« Sie schaute auf. »Charlotte, glaubst du vielleicht, daß es möglicherweise gestimmt hat und Mina davon gewußt hat?«

»Vielleicht.« Charlotte dachte nach. »Oder vielleicht war Mina auch nur gehässig – oder hat es lediglich gesagt, um sich in den Mittelpunkt zu stellen. Manchmal entstehen auf diese Weise die dümmsten Gerüchte.«

»Aber das paßte eigentlich nicht zu Mina«, meinte Caroline. »Sie hat sehr selten über andere gesprochen, außer auf die Art, wie es alle tun. Sie hat immer viel lieber zugehört.«

»Dann sieht es ganz so aus, als hätte es doch etwas mit Tormod zu tun«, meinte Charlotte. »Oder mit einem anderen Mann, den wir noch nicht kennen. Oder etwas mit Alston, wovon wir noch nichts wissen. Oder vielleicht war sie auch einfach die Diebin.«

»Also Selbstmord?« Caroline schob ihren Teller fort. »Wie schrecklich, daß eine andere Peson, von der man dachte, daß sie genau wie man selbst war, die nur ein paar Häuser weiter wohnte, so verzweifelt gewesen ist, daß sie sich lieber das Leben genommen hat, als auch nur einen Tag weiterzuleben – und man hat von alledem nichts geahnt. Man geht seinen alltäglichen kleinen Pflichten nach, plant die Mahlzeiten und sieht nach, ob die Wäsche geflickt worden ist, denkt darüber nach, wen man besuchen könnte, als gäbe es sonst nichts auf der Welt.«

Charlotte streckte ihre Hand über den Tisch, um Caroline zu berühren.

»Ich glaube nicht, daß du irgend etwas hättest tun können, selbst wenn du es gewußt hättest«, sagte sie leise. »Niemand konnte ahnen, daß sie so unglücklich war – und man kann schließlich nicht hingehen und Fragen stellen und sich in die Angelegenheiten anderer Leute einmischen. Manchmal läßt sich ein Kummer leichter ertragen, wenn niemand sonst davon weiß, und eine Demütigung ist das letzte, was man mit anderen teilen möchte. Das Beste, was man in einem solchen Fall macht, ist, sich so zu verhalten, als habe man nichts bemerkt.«

»Wahrscheinlich hast du recht. Aber ich fühle mich trotzdem schuldig. Bestimmt hätte ich irgend etwas für sie tun können.«

»Aber jetzt bestimmt nicht mehr; du kannst nur noch gut von ihr sprechen.«

Caroline seufzte. »Ich habe Alston natürlich schon einen Brief geschickt, aber ich glaube, es ist noch zu früh, um ihn zu besuchen. Bestimmt ist er zutiefst erschüttert. Aber der armen Eloise geht es auch nicht gut. Ich hatte vor, sie heute nachmittag gemeinsam mit dir zu besuchen und ihr unser Mitgefühl auszudrücken. Sie hat sich alles sehr zu Herzen genommen. Vielleicht ist sie sogar noch zarter, als ich gedacht habe.«

Charlotte fand die Aussicht auf diesen Besuch zwar nicht gerade verlockend, doch sie sah ein, daß sie ihn der Höflichkeit halber nicht umgehen konnten. Und wenn die Lagardes außer Minas Dienstboten tatsächlich die letzten gewesen waren, die sie lebend gesehen hatten, konnte man vielleicht irgend etwas von ihnen erfahren.

Als Charlotte hinter Caroline den Salon der Lagardes betrat, war sie wie vor den Kopf geschlagen. Eloise unterschied sich so sehr von der Frau, die sie noch vor einer Woche gesehen hatte, daß sie sie einen Augenblick lang sogar für eine Fremde hielt und erwartete, ihr vorgestellt zu werden. Aus Eloises Gesicht war fast alle Farbe gewichen, und sie bewegte sich so langsam, daß man sie für eine Schlafwandlerin hätte halten können. Sie zwang sich zu einem Lächeln, doch es war äußerst zaghaft. Man spürte die Gegenwart des Todes am Rutland Place, und niemand erwartete in dieser Situation noch Formalitäten wie die übertriebene Begeisterung, die bei der Begrüßung von Gästen für gewöhnlich an den Tag gelegt wurde.

»Wie nett von Ihnen, daß Sie gekommen sind«, sagte sie leise, zuerst zu Caroline, dann zu Charlotte. »Bitte, nehmen Sie doch Platz, und machen Sie es sich gemütlich. Draußen scheint es immer noch recht kalt zu sein.« Sie trug ein schweres Schultertuch über ihrem Kleid und hatte sich ganz darin eingehüllt.

Charlotte setzte sich auf der anderen Zimmerseite in einen Sessel, möglichst weit von dem mächtigen Feuer entfernt, das den Kamin hinaufloderte, als sei draußen tiefster Winter. Draußen war angenehmes Frühlingswetter, mild, wenn auch noch nicht richtig warm.

Caroline schien nur mit Mühe die richtigen Worte finden zu können. Vielleicht waren ihre eigenen Ängste so stark, daß sie Schwierigkeiten hatte, ihre Gedanken in der angemessenen höflichen Form zu äußern. Charlotte kam ihr schnell zu Hilfe, bevor es Eloise auffallen konnte.

»Leider dauert es immer länger, bis der Sommer kommt, als man sich wünscht«, sagte sie nicht besonders geistreich. »Man glaubt, daß es schon wärmer ist, weil die Tage länger werden, doch es ist so selten der Fall.«

»Ja«, sagte Eloise und sah dabei auf das blaue Viereck hinter dem Fenster. »Ja, man läßt sich leicht täuschen. Es sieht so hell aus, aber man merkt erst, wie kalt es doch ist, wenn man nach draußen geht.«

Caroline besann sich auf ihre guten Manieren und den Grund ihres Besuches.

»Wir wollen nicht lange bleiben«, sagte sie, »weil dies eigentlich nicht die richtige Zeit für einen Besuch ist. Aber sowohl Charlotte als auch ich haben uns um Sie gesorgt, und wir wollten nur sehen, wie es Ihnen geht und ob es irgend etwas gibt, was wir sagen oder tun können, um Sie ein wenig zu trösten.«

Einen Moment lang schien es fast so, als habe Eloise sie nicht verstanden, doch dann schien sie Carolines Worte zu begreifen.

»Das ist sehr freundlich von Ihnen.« Sie lächelte ihnen beiden zu. »Aber ich kann mir vorstellen, daß uns dieser Vorfall allen sehr zu Herzen geht. Die arme Mina. Wie schnell sich die Welt doch von Grund auf ändern kann! In einem Augenblick ist noch alles beim alten, und bereits im nächsten passiert etwas Furchtbares, und alles ist vollkommen anders, als seien Jahre vergangen.«

»Manchmal kann ein furchtbarer Unfall alles verändern.« Charlotte wagte nicht, die Gelegenheit, mehr zu erfahren, ungenutzt verstreichen zu lassen, dazu war die Sache zu wichtig. »Aber es gibt auch Veränderungen, die sich lange vorher ankündigen. Wir können sie bloß nicht immer richtig deuten.«

Eloises Augen weiteten sich, sie schien zunächst verwirrt, versuchte zu verstehen, was Charlotte mit dieser merkwürdigen Bemerkung gemeint haben könnte.

»Wie meinen Sie das?«

»Ich bin mir nicht ganz sicher«, meinte Charlotte vorsichtig. Sie wollte nicht neugierig erscheinen. »Wenn ich allerdings daran denke, daß die arme Mrs. Spencer-Brown sich das Leben genommen hat, dann kann es sich nur um eine Tragödie gehandelt haben, die sich schon seit einiger Zeit zugespitzt hat, auch wenn wir nichts davon gewußt haben.« Sie hatte vorgehabt, sehr viel subtiler vorzugehen, doch Eloise war selbst so aufrichtig, daß Charlotte sich bei ihr die Wortspielereien sparen konnte, auf die sie bei einer Person, die weniger direkt gewesen wäre, zurückgegriffen hätte.

Eloise betrachtete die Falten ihres Rocks, die sie über den Knien geordnet hatte.

»Sie glauben, daß Mina Selbstmord begangen hat?« Sie betonte jedes Wort einzeln, artikulierte sehr deutlich, genau abwägend. »Das scheint mir allerdings eine recht feige Tat. Ich habe Mina immer für sehr viel stärker gehalten.«

Charlotte war verblüfft. Sie hatte mehr Mitleid, mehr Verständnis erwartet.

»Wir wissen nicht, welche Qualen sie litt«, sagte sie in etwas schärferem Ton. »Ich jedenfalls weiß es nicht.«

»Nein.« Eloise sah nicht auf. In ihrem Gesicht spiegelte sich ein plötzlicher Anflug von Zerknirschung. »Ich glaube, wir können uns oft das Leid anderer Menschen nicht vorstellen – wie groß es ist, wie entsetzlich, wie oft sie es spüren.« Sie schüttelte den Kopf. »Aber ich glaube immer noch, daß man kapituliert, wenn man sich das Leben nimmt.«

»Einige Menschen sind zu erschöpft, um zu kämpfen, oder ihre Verletzungen sind zu groß, als daß sie sie ertragen könnten«, insistierte Charlotte, fragte sich jedoch gleichzeitig, warum sie Mina wohl derart heftig verteidigte. Sie hatte sie nicht einmal besonders gemocht; eigentlich war ihr Eloise weitaus sympathischer.

»Wir wissen doch noch gar nicht, ob die arme Mina sich das Leben genommen hat«, schaltete sich Caroline schließlich ein. »Es hätte genausogut ein entsetzlicher Unfall sein können. Ich kann einfach nicht glauben, daß wir nichts gemerkt hätten, wenn sie wirklich ein derart schreckliches Problem bedrückt hätte.«

»Da bin ich anderer Meinung, Mama«, erwiderte Charlotte. »Glauben Sie auch, daß es sich so abgespielt hat, Miss Lagarde? Sie haben sie doch recht gut gekannt, nicht wahr?«

Eloise saß einige Sekunden schweigend da.

»Ich weiß es nicht. Ich habe geglaubt, alle wichtigen Dinge zu kennen, ich habe die meisten Klatschgeschichten irgendwie mitbekommen und gedacht, daß ich sie richtig einschätzen könnte, aber jetzt –« Ihre Stimme erstarb, und sie stand auf, drehte ihnen den Rücken zu und ging hinüber zum Gartenfenster. »Jetzt muß ich feststellen, daß ich so gut wie gar nichts gewußt habe.«

Charlotte hätte gern noch mehr von ihr erfahren, doch die Tür öffnete sich, und Tormod kam herein. Sein Blick wanderte sofort zu Eloise, die immer noch am Fenster stand, dann zu Charlotte und Caroline. In seinem Gesicht spiegelte sich Angst, sein Körper war verspannt.

»Guten Tag«, sagte er höflich. »Wie freundlich von Ihnen, uns zu besuchen.« Seine dunklen, besorgten Augen blickten wieder zu Eloise. »Ich befürchte, diese furchtbare Tragödie bedrückt Eloise sehr. Sie hat sie sich derart zu Herzen genommen, daß sie ganz krank davon geworden ist.« In seiner Stimme schwang eine Warnung mit, als bitte er sie, ihre Worte sorgsam abzuwägen, um ihr nicht noch mehr Kummer zuzufügen.

Caroline ließ ein verständnisvolles Murmeln hören.

»Das Ganze ist wirklich eine furchtbare Geschichte«, sagte Charlotte. »Ein sensibler Mensch leidet natürlich sehr stark mit. Und Sie waren, glaube ich, die letzten, die die arme Frau lebend gesehen haben.«

Tormod sah sie dankbar an. »Natürlich – und daher bleibt es nicht aus, daß die arme Eloise sich Gedanken macht, ob es nicht vielleicht doch irgend etwas gegeben haben könnte, was wir hätten tun können. Obwohl eigentlich Minas Dienstboten diejenigen waren –«

»Ach, Dienstboten«, sagte Charlotte und tat seinen Einwand mit einer Handbewegung ab. »Man kann sich seinen Dienstboten schließlich nicht so anvertrauen, wie man es bei guten Freunden tut.«

»Sehr richtig!« sagte Tormod. »Aber leider hat Mina das nicht getan. Ich bin davon überzeugt, daß es nur ein Unfall gewesen sein kann, vielleicht hat sie die falsche Dosis irgendeines Medikaments genommen.«

»Vielleicht«, sagte Charlotte skeptisch. »Ich habe sie natürlich nicht sehr gut gekannt. War sie denn derart zerstreut?«

»Nein.« Eloise drehte sich wieder zu ihnen um. »Sie hat immer den Eindruck gemacht, als wüßte sie genau, was sie tat. Falls ihr ein derart verhängnisvoller Fehler unterlaufen ist, muß irgend etwas sie abgelenkt haben, sonst hätte sie sicher sofort gemerkt, daß es sich um die falsche Flasche handelte oder um die falsche Schachtel, und sie hätte es weggeschüttet, statt es zu trinken.«

Tormod ging zu seiner Schwester und legte zärtlich seinen Arm um sie.

»Du mußt wirklich versuchen, nicht mehr daran zu denken, Liebes«, sagte er. »Wir können jetzt nichts mehr für sie tun, und so quälst du dich nur selbst. Du wirst noch krank davon werden, und damit ist keinem geholfen, und mich würde es sehr traurig machen. Morgen fahren wir aufs Land, zurück nach Five Elms, und versuchen, uns abzulenken. Das Wetter wird immer besser. Im Wald blühen bereits die ersten Narzissen, und wir werden die Kutsche nehmen und hinausfahren, um sie uns anzusehen – vielleicht können wir sogar einen Picknickkorb mitnehmen, wenn es warm genug ist. Das wird dir doch sicher gefallen, meinst du nicht?«

Sie lächelte ihm zu, und ihr Gesicht wurde ganz weich, nahm einen sanften, zärtlichen Ausdruck an. Beinah schien es, als wolle sie ihn trösten und nicht er sie.

»Ja, natürlich würde mir das gefallen.« Sie legte ihre Hand auf die seine. »Danke.«

Tormod wandte sich an Caroline. »Es war wirklich sehr freundlich von Ihnen, Mrs. Ellison, und auch von Ihnen, Mrs. Pitt. Wir sind Ihnen sehr dankbar. Derartige Freundschaftsbeweise machen alles viel leichter. Ich bin sicher, für Sie war das alles bestimmt auch ein großer Schock, schließlich waren Sie ebenfalls mit Mina befreundet.«

»Ich bin tatsächlich äußerst verwirrt«, sagte Caroline ein wenig vage.

Charlotte dachte immer noch darüber nach, was sie mit diesem Satz wohl gemeint hatte, als das Dienstmädchen die Tür öffnete und Mrs. Denbigh meldete. Amaryllis folgte ihr auf dem Fuße, so daß dem Mädchen nicht einmal die Zeit blieb, ihr zu sagen, ob man bereit war, sie zu empfangen oder nicht.

Eloise sah sie mit leerem Blick an, schaute beinahe durch sie hindurch. Tormod blieb neben seiner Schwester stehen, den Arm immer noch um ihre Schulter gelegt, und lächelte höflich.

Amaryllis Denbighs Gesicht erstarrte, und ihre runden Augen funkelten wachsam.

»Sind Sie krank, Eloise?« sagte sie überrascht, und ihre Stimme schwankte zwischen Mitgefühl und Ungeduld. »Wenn Sie sich schwach fühlen, könnte ich Ihnen nach oben helfen, und Sie legen sich ein wenig hin. Ich habe Riechsalz dabei; möchten Sie etwas?«

»Nein, vielen Dank. Ich fühle mich nicht schwach, aber es ist sehr lieb von Ihnen, daß Sie es mir anbieten.«

»Sind Sie sicher?« Amaryllis blickte sie mit kühler Herablassung von oben bis unten an. »Sie sehen aber wirklich ganz und gar nicht gut aus, meine Liebe. Sie schauen sogar ausgesprochen spitz aus, wenn Sie mir die Bemerkung verzeihen. Ich möchte Sie auf gar keinen Fall mit meinem Besuch überanstrengen.«

»Ich bin nicht krank«, sagte Eloise in einem etwas schärferen Ton.

Tormods Arm legte sich fester um sie, beinah so, als trage er ihr ganzes Gewicht, obwohl sie auf Charlotte eigentlich keinen unsicheren Eindruck machte.

»Natürlich nicht, Liebes«, sagte er. »Aber du hast einen schweren Schock erlitten –«

»Und Sie sind nicht sehr kräftig«, fügte Amaryllis hinzu. »Vielleicht sollten Sie eine Erfrischung zu sich nehmen, eine Tasse Tee vielleicht. Soll ich das Hausmädchen rufen?«

»Vielen Dank«, ging Tormod sofort auf ihren Vorschlag ein. »Das ist eine wirklich hervorragende Idee. Ich denke, daß auch Mrs. Ellison und Mrs. Pitt nichts gegen eine Tasse Tee einzuwenden hätten. Wir sind alle sehr betroffen von den Ereignissen. Sie nehmen doch auch eine Erfrischung, nicht wahr?«

»Vielen Dank«, sagte Charlotte sofort. Sie war zwar nicht sicher, was sie durch ihr Bleiben erfahren konnten, doch da sie bisher rein gar nichts herausgefunden hatte, wollte sie es wenigstens versuchen. »Ich habe die arme Mrs. Spencer-Brown zwar kaum gekannt, aber ihr Tod geht mir wirklich äußerst nahe.«

»Wie mitfühlend von Ihnen«, meinte Amaryllis mißtrauisch.

Charlotte stellte sich ganz naiv. »Fühlen Sie denn nicht genauso wie wir, Mrs. Denbigh? Ich kann die Gefühle von Miss Lagarde sehr gut nachempfinden. Das Wissen, der letzte Mensch gewesen zu sein, der eine Freundin gesehen und mit ihr geredet hat, bevor diese derart von Verzweiflung überwältigt wurde, daß sie ihr Leben als unerträglich empfand – ich glaube, mir ginge es in diesem Fall auch alles andere als gut.«

Amaryllis hob die Brauen. »Wollen Sie etwa damit sagen, Mrs. Pitt, daß Sie der Meinung sind, daß Mrs. Spencer-Brown sich das Leben genommen hat?«

»Ach, du liebe Güte!« Charlotte legte alles, was sie an Bestürzung aufbieten konnte, in ihre Stimme. »Sie glauben doch nicht, daß irgend jemand sie – ach, du liebe Güte – wie unvorstellbar schrecklich!«

Ausnahmsweise verschlug es Amaryllis regelrecht die Sprache. Das war offenbar das allerletzte, was sie hatte andeuten wollen.

»Aber selbstverständlich nicht! Ich meine nur –« Sie wußte nicht mehr weiter und verfiel wieder in Schweigen, ihr Gesicht verfärbte sich, und in ihren Augen spiegelte sich die Erkenntnis, daß man sie ausmanövriert hatte.

»Das halte ich für reichlich unwahrscheinlich«, kam Tormod ihr zu Hilfe – oder wollte er Charlotte unterstützen? »Mina gehörte ganz und gar nicht zu den Frauen, die in anderen Menschen derartig feindselige Gefühle hervorrufen. Ich kann mir nicht vorstellen, daß sie überhaupt einen Menschen kannte, der zu einer derart gräßlichen Tat fähig wäre.«

»Ganz genau!« sagte Amaryllis dankbar. »Ich habe mich eben nicht ganz klar ausgedrückt. Etwas Derartiges ist natürlich völlig undenkbar. Wenn Sie die Menschen, mit denen sie befreundet war« – dabei sah sie Charlotte an –, »besser kennen würden, hätten Sie mich sicherlich nicht derart mißverstanden.«

Charlotte zwang sich zu einem Lächeln, nach dem ihr ganz und gar nicht zumute war. »Da haben Sie sicher recht. Doch da dies leider nicht der Fall ist, werden Sie mir verzeihen müssen. Sie sind demnach der Meinung, daß es sich um einen Unfall gehandelt hat?«

Derart unverblümt ausgedrückt, war die Vorstellung, daß Mina nach Hause gegangen war und in aller Seelenruhe aus purem Zufall eine tödliche Dosis Gift zu sich genommen hatte, derart lächerlich, daß Amaryllis darauf nichts erwidern konnte. Ihre runden Augen musterten Charlotte mit kalter Abneigung.

»Ich habe keine Vorstellung von dem, was passiert sein könnte, Mrs. Pitt. Und ich bin wirklich der Meinung, daß wir unterlassen sollten, vor der armen Eloise über dieses Thema zu sprechen.« Ihre Stimme triefte vor Herablassung. »Sie haben sicher erkannt, daß sie äußerst zart und von höchst empfindsamer Natur ist. Wir quälen sie nur, wenn wir derartige Dinge so offen in ihrer Gegenwart erörtern. Eloise, Liebes.« Sie wandte sich wieder Eloise zu, ein Lächeln auf dem Gesicht, das so übertrieben strahlend war, daß Charlotte Schauern über den Rücken liefen und in ihr ein Gefühl des Abscheus aufstieg, das dermaßen intensiv war, daß sie sich kaum zurückhalten konnte. »Eloise, sind Sie sicher, daß Sie nicht doch lieber nach oben gehen und ein wenig ruhen möchten? Sie sehen wirklich äußerst blaß aus.«

»Vielen Dank«, sagte Eloise kühl. »Ich möchte mich noch nicht zurückziehen. Ich würde sehr viel lieber hier unten bleiben. Wir müssen unseren Kummer miteinander teilen und uns gegenseitig trösten, so gut es geht.«

Doch Tormod war noch nicht zufrieden. »Komm.« Er schob Amaryllis beiseite, führte Eloise zur Chaiselongue, damit sie sich hinlegen konnte, und legte ihr sogar die Füße hoch. Charlotte sah, wie in Amaryllis' Gesicht heiße Wut aufloderte, die Eloise bis auf die Haut verbrannt hätte, wenn sie etwas davon bemerkt hätte.

Diese Beobachtung verschaffte Charlotte ein Gefühl tiefer Befriedigung, auf das sie zwar nicht besonders stolz war, doch sie machte sich auch nicht die Mühe, es zu unterdrücken, genoß es vielmehr mit einer merkwürdigen Genugtuung. Sie kostete auch die Drehung von Tormods Schulter und die zärtliche Berührung seiner Hände aus, als er Eloises Rock glattstrich, während Amaryllis hinter ihm stand und alles mit ansah.

Die Tür wurde erneut geöffnet, und das Mädchen kam mit einem Tablett mit Tassen und heißem Tee herein. Amaryllis stellte es auf den Tisch und goß sofort ein wenig für Eloise ein, reichte ihr die Tasse und gab ihr ein Kissen, damit sie bequemer liegen konnte.

Charlotte ließ eine harmlose Bemerkung über ein gesellschaftliches Ereignis fallen, von dem sie in der Londoner *Illustrated News* gelesen hatte. Tormod griff das Thema dankbar auf, und nachdem sie alle ein wenig von ihrem Tee getrunken hatten, verabschiedeten sich Charlotte und Caroline. Amaryllis beschloß, ebenfalls zu gehen.

»Die arme Eloise«, sagte Amaryllis, sobald sie sich draußen auf der Straße befanden. »Sie sieht wirklich äußerst schlecht aus. Ich hatte nicht erwartet, daß sie die Sache derart schwer nehmen würde. Ich habe keine Ahnung, wie es zu einer derartigen Tragödie kommen konnte, doch da Eloise die letzte Person war, die Mina gesehen hat, bevor sie starb, werde ich den Gedanken nicht los, daß sie vielleicht doch etwas weiß.« Sie riß die Augen weit auf. »Oh! Aber natürlich muß Mina es ihr ganz im Vertrauen gesagt haben! Was die Ärmste natürlich in eine schreckliche Zwangslage bringt! Wie furchtbar, wenn man etwas Entscheidendes weiß und es niemandem verraten darf! Ich würde um nichts in der Welt mit ihr tauschen wollen.«

Charlotte hatte auch schon an diese Möglichkeit gedacht, besonders in Anbetracht der Tatsache, daß Tormod beschlossen hatte, seine Schwester von Rutland Place fort aufs Land zu bringen, wo Pitt sie nicht so leicht befragen konnte.

»In der Tat«, sagte sie unverbindlich. »Vertrauliche Mitteilungen sind immer etwas sehr Problematisches, wenn es einen triftigen Grund für die Annahme gibt, daß es moralisch richtig wäre, sie jemandem preiszugeben. Der Druck ist sogar noch größer, wenn der Mensch, der sich einem anvertraut hat, nicht mehr am Leben ist und einen daher auch nicht mehr von seinem Versprechen entbinden kann. Ein Mensch in dieser Lage ist wirklich nicht zu beneiden. Aber vielleicht trifft dies alles in unserem Fall gar nicht zu. Wir sollten nicht einfach voreilige Schlüsse ziehen und Klatschgeschichten Vorschub leisten.« Sie schenkte Amaryllis ein frostiges Lächeln. »Das wäre ziemlich unverantwortlich. Vielleicht ist Eloise lediglich mitfühlender, als wir es sind. Die ganze Geschichte tut mir zwar sehr leid, aber *ich* habe Mrs. Spencer-Brown nicht gut gekannt.« Sie ließ die Andeutung in der Schwebe.

Amaryllis reagierte sofort. »Sehr richtig. Und einige von uns tragen ihre Gefühle offen zur Schau, während andere sich um Zurückhaltung bemühen – aus einem Gefühl des Respekts heraus, den man einer toten Freundin schuldig ist. Schließlich will man ja nicht selbst im Zentrum der Aufmerksamkeit stehen. Immerhin ist die arme Mina diejenige, die gestorben ist, und nicht eine von uns!«

Charlotte lächelte noch breiter, sie hatte beinahe das Gefühl, als fletsche sie ihre Zähne.

»Wie einfühlsam von Ihnen, Mrs. Denbigh. Ich bin sicher, Sie werden allen ein großer Trost sein. Ich bin wirklich entzückt, Sie getroffen zu haben.« Sie waren an Amaryllis' Haus angelangt.

»Wie freundlich von Ihnen«, antwortete Amaryllis. »Ich bin sicher, ich habe unser Treffen ebenso genossen.« Sie wandte ihnen den Rücken zu, raffte ihre Röcke hoch und stieg die Stufen zur Eingangstür empor.

»Charlotte!« zischte Caroline tadelnd. »Also wirklich! Manchmal schäme ich mich regelrecht für dich. Ich hatte angenommen, daß du dich gebessert hättest, jetzt, wo du verheiratet bist!«

»Das habe ich doch auch«, erwiderte Charlotte, während sie weitergingen. »Ich kann inzwischen viel besser lügen. Früher habe ich immer nach Worten suchen müssen, jetzt kann ich genau wie die anderen lächeln und dabei das Blaue vom Himmel herunterlügen. Ich kann diese Frau einfach nicht ausstehen!«

»Das habe ich gemerkt«, sagte Caroline trocken.

»Du magst sie doch auch nicht.«

»Richtig, aber ich kann mich im Gegensatz zu dir wenigstens beherrschen!«

Charlotte schenkte ihr einen schwer durchschaubaren Blick und verließ den Bürgersteig, um die Straße zu überqueren.

Doch plötzlich bemerkte sie die schlanke, elegante Gestalt eines Mannes, der aus einem der Eingänge am Ende der Straße nach draußen trat. Sie hatte ihn bereits erkannt, bevor er sich überhaupt umgedreht hatte; sie erkannte den geraden Rücken, den eleganten, gepflegten Kopf, die Art, wie er seinen Mantel trug. Es war Paul Alaric, der Franzose vom Paragon Walk, dessen Existenz sie damals alle so sehr beschäftigt hatte und über den sie in Wirklichkeit doch kaum etwas gewußt hatten.

Er kam entspannt auf sie zu, die Andeutung eines Lächelns auf dem Gesicht, und lüftete höflich den Hut. Seine Augen trafen die von Charlotte, weiteten sich zunächst vor Überraschung und leuchteten dann einen Moment lang auf, ein Blick, der sowohl Wiedersehensfreude als auch Belustigung widerspiegeln mochte – oder auch nur Höflichkeit im Gedenken an eine nette Bekanntschaft, mit der man eine Zeitlang durch gemeinsam durchlebte Gefahren und Leid verbunden gewesen war. Doch natürlich begrüßte er Caroline als die ältere der beiden Frauen zuerst.

»Gute Tag, Mrs. Ellison.« Seine Stimme klang genauso weich, wie Charlotte sie in Erinnerung hatte, seine Aussprache war äußerst gebildet und korrekt, bedeutend angenehmer als die der meisten Männer, deren Muttersprache Englisch war.

Caroline stand mitten auf der Straße, den Rock mit der Hand noch ein wenig hochgerafft. Sie schluckte, bevor sie sprach, und ihre Stimme klang ziemlich hoch. »Guten Tag, Monsieur Alaric. Ein schöner Tag, nicht wahr? Ich glaube nicht, daß Sie meine Tochter, Mrs. Pitt, schon kennen?«

Er zögerte einen Moment und sah Charlotte direkt in die Augen, während ihr eine Unmenge von Erinnerungen durch den Kopf schossen – Erinnerungen an Ängste und widersprüchliche Empfindungen. Dann hatte er seine Entscheidung getroffen und verbeugte sich leicht.

»Guten Tag. Freut mich sehr, Sie kennenzulernen. Wie geht es Ihnen, Mrs. Pitt?«

»Sehr gut, vielen Dank, Monsieur«, erwiderte sie ebenso unverbindlich. »Obwohl die Tragödie, die sich hier gerade ereignet hat, mich natürlich sehr betroffen gemacht hat.«

»Sie meinen Mrs. Spencer-Brown.« Plötzlich war alle Verbindlichkeit aus seinem Gesicht verschwunden, und seine Stimme wurde leise. »Ja. Leider kann ich auch keine Erklärung finden, die nicht tragisch wäre. Ich habe verzweifelt nach einem Grund für ein derart sinnloses und entsetzliches Ereignis gesucht, aber keinen finden können.«

Charlotte verspürte den unwiderstehlichen Drang, nachzuhaken, obwohl sie wußte, daß es eigentlich angebracht war, lediglich eine mitfühlende Bemerkung zu machen und dann das Thema zu wechseln.

»Dann glauben Sie also nicht, daß es ein Unfall gewesen ist?« fragte sie.

Ihre Mutter stand jetzt direkt neben ihr, und sie spürte genau, wie sich die Muskeln in Carolines Körper anspannten und ihre Augen gebannt an Alarics Gesicht hingen.

Er strahlte Sanftheit aus, und einen Moment lang vermeinte sie sogar einen Anflug von Belustigung an ihm wahrzunehmen, als habe ihre Offenheit sekundenlang ein ganz anderes Gefühl in ihm geweckt.

»Nein, Mrs. Pitt«, sagte er. »Ich wollte, ich könnte daran glauben. Aber niemand trinkt aus Versehen eine Medizin, die er nicht verschrieben bekommen hat, und schon gar nicht aus einer Flasche ohne Etikett, es sei denn, derjenige wäre äußerst töricht, und Mrs. Spencer-Brown war nicht im geringsten töricht. Sie war eine außerordentlich vernünftige, praktisch denkende Frau. Meinen Sie nicht auch, Mrs. Ellison?« Er wandte sich Caroline zu, und ein Lächeln huschte über sein Gesicht.

Caroline stieg die Röte ins Gesicht. »Aber sicher, ja, natürlich glaube ich das. Ich kann mich in der Tat nicht erinnern, daß Mina je irgend etwas – Unbesonnenes getan hat.«

Charlotte war überrascht. Sie hatte nicht den Eindruck gehabt, daß Mina ausgesprochen intelligent gewesen war. Die Unterhaltung, die sie miteinander geführt hatten, hatte sich, soweit sie sich erinnern konnte, hauptsächlich um Trivialitäten gedreht, Dinge, die absolut unwichtig gewesen waren.

»Tatsächlich?« sagte sie mit beträchtlich mehr Skepsis in der Stimme, als sie eigentlich beabsichtigt hatte. Doch sie wollte nicht unhöflich erscheinen. »Vielleicht habe ich sie nur nicht gut genug gekannt. Aber vielleicht war sie durch irgend etwas derart abgelenkt, daß ihr dieser Fehler unterlaufen ist.«

»Du verwechselst Intelligenz mit gesundem Menschenverstand, Charlotte«, sagte Caroline energisch. »Mina hat sich zwar nicht mit hochgeistigen Dingen beschäftigt und auch nicht mit den merkwürdigen Angelegenheiten, für die du dich so interessierst.« Sie war zu diskret, um auf diese Angelegenheiten näher einzugehen, doch durch ein leichtes Senken der Augenlider und einen entsprechenden Seitenblick gab sie Charlotte zu verstehen, daß sie auf ihr politisches Engagement anspielte, was die Reformgesetze im Parlament, das Armenrecht und dergleichen betraf. »Doch sie war sich ihrer Stärken sehr wohl bewußt«, fuhr Caroline fort, »und wußte sie bestens einzusetzen. Sie hatte viel zu viel Mutterwitz, um Fehler zu machen – jeglicher Art. Meinen Sie nicht auch, Monsieur Alaric?«

Er blickte über ihre Schulter hinweg auf die Straße, in eine Ferne, die sie nicht sehen konnten, bevor er sich wieder Charlotte zuwandte.

»Wir versuchen nur, auf möglichst feine Art auszudrücken, daß Mrs. Spencer-Brown einen äußerst ausgeprägten Überlebensinstinkt hatte, Mrs. Pitt«, erwiderte er. »Sie kannte die Regeln genau, sie wußte, was man sagen durfte und was nicht – und was getan werden konnte. Sie war niemals nachlässig, Gefühle gewannen bei ihr nie die Oberhand. Sie mag manchmal oberflächlich gewirkt haben, aber nur, weil dies den gesellschaftlichen Normen entsprach. Männer schätzen es eben nicht, wenn Frauen auf intelligente Weise über anspruchsvolle Themen sprechen.« Er lächelte flüchtig. Caroline konnte nicht wissen, daß sie sich kannten und schon früher miteinander unterhalten hatten. »Wenigstens gilt das für die meisten Männer. Doch trotz ihres Geplauders war Mina eine fähige und besonnene Frau, die stets wußte, was sie wollte, und ihre Chancen einschätzen konnte.«

Charlotte starrte ihn an und versuchte, Ordnung in ihre Gedanken zu bringen. »Das klingt alles ein wenig doppeldeutig«, sagte sie langsam. »War sie berechnend?«

Caroline hakte sich bei ihr ein. »Unsinn. Man braucht schließlich einen gesunden Menschenverstand, um zu überleben! Monsieur

Alaric will damit nur sagen, daß sie nicht leichtfertig war, keine unvernünftige Person, die sich keine Gedanken darüber gemacht hat, was sie tat. Nicht wahr, Monsieur Alaric?« Sie blickte ihn an, ihr Gesicht glühte trotz der kühlen Luft, und ihre Augen strahlten. Charlotte war überrascht – und gleichzeitig voller Angst –, als sie sah, wie attraktiv ihre Mutter immer noch aussah. Ihr Teint, ihr leuchtender Blick, ihr Erröten hatten nichts mit dem Märzwind zu tun, sondern nur mit der Gegenwart dieses dunkelhaarigen, attraktiven Mannes, der hier vor ihnen auf der Straße stand und so einfühlsam über den Tod redete und so mitfühlend über die Tragödie, die sich ereignet hatte.

»Dann befürchte ich, daß es doch Selbstmord war!« sagte Charlotte plötzlich ziemlich laut. »Vielleicht war die arme Frau in eine Herzensangelegenheit verwickelt, hat sich in einen anderen Mann verliebt, und die Situation ist für sie unerträglich geworden. Ich kann mir gut vorstellen, wie leicht so etwas passieren kann.« Sie hatte nicht den Mut, die beiden dabei anzusehen, und auf der Straße war es auf einmal absolut still geworden, nicht einmal der Ruf eines Vogels oder das Klappern ferner Hufe war zu hören.

»Derartige Abenteuer enden oft in einer Katastrophe«, fuhr sie fort, nachdem sie tief Luft geholt hatte. »In irgendeiner Katastrophe. Vielleicht ist sie lieber in den Tod gegangen, als einen Skandal heraufzubeschwören, zu dem es vielleicht gekommen wäre, wenn die ganze Sache bekannt geworden wäre.«

Caroline stand wie versteinert da.

»Glauben Sie etwa, daß sie oder irgendein Mann zugelassen hätten, daß so etwas publik geworden wäre?« fragte Alaric mit einem Gesichtsausdruck, den Charlotte nicht zu deuten vermochte.

»Ich habe keine Ahnung«, sagte sie herausfordernd. Sie bereute ihren Ton zwar sofort wieder, sprach aber dennoch weiter. Alaric hatte schon immer verstanden, sie zu unvorsichtigen Äußerungen zu verleiten. »Vielleicht durch einen indiskreten Brief oder ein Geschenk? Menschen, die verliebt sind, verhalten sich häufig äußerst töricht, selbst wenn sie normalerweise sehr vernünftig sind.«

Carolines Körper war so starr geworden, daß Charlotte ihn hinter ihrer Schulter wie eine Eissäule spüren konnte.

»Du hast recht«, sagte Caroline leise. »Aber der Tod wäre ein schrecklicher Preis für eine derartige Torheit.«

»Allerdings!« Zum ersten Mal sah Charlotte ihre Mutter wieder direkt an. Danach wandte sie sich Alaric zu, dessen Augen rätselhaft dunkel und glänzend waren, der sie jedoch genauso deutlich zu verstehen schien, als könne er ihre Gedanken lesen.

»Aber wenn wir uns auf derartige Dinge einlassen«, fuhr Charlotte fort, und ihre Stimme klang dabei ein wenig gepreßt, »denken wir selten daran, welch hohen Preis wir am Ende bezahlen müssen – bis es schließlich zu spät ist.« Sie schluckte und versuchte plötzlich wieder, heiter und unbeschwert zu klingen, als habe sie nur von Mutmaßungen gesprochen, die mit der Realität nichts zu tun hatten. »Das habe ich jedenfalls beobachtet.« Sicher erinnerte er sich jetzt auch an den Paragon Walk und ihr erstes Treffen. Ob er wohl immer noch dort wohnte?

Sein Gesicht entspannte sich ein wenig, und seine Lippen verzogen sich zu einem winzigen Lächeln. »Wir wollen hoffen, daß wir unrecht haben und es eine weniger schreckliche Erklärung für alles gibt. Ich wünsche niemandem, daß er sich derart quälen muß.«

Sie erinnerte sich an ihre eigenen Gefühle. Doch das war längst Vergangenheit. »Ich auch nicht. Und ich bin sicher, du empfindest genauso, Mama.« Sie umschloß Carolines Hand mit der ihren. »Wir gehen besser jetzt nach Hause, unseren Besuch haben wir ja bereits gemacht. Papa erwartet uns bestimmt zum Tee.«

Caroline öffnete den Mund, um etwas zu sagen, schloß ihn jedoch wieder, doch auch so mußte Charlotte sie regelrecht mitziehen.

»Auf Wiedersehen, Monsieur Alaric«, sagte Charlotte. »Es freut mich sehr, Ihre Bekanntschaft gemacht zu haben.«

Er verbeugte sich und lüftete seinen Hut.

»Ganz meinerseits, Mrs. Pitt. Auf Wiedersehen, Mrs. Ellison.«

Sie gingen ein paar Schritte, Charlotte zog Caroline immer noch heftig am Arm neben sich her.

»Charlotte, manchmal bringst du mich regelrecht zur Verzweiflung!« Caroline schloß die Augen, um die unangenehme Szene möglichst schnell zu vergessen.

»Was du nicht sagst!« erwiderte Charlotte scharf, eilte aber genauso schnell weiter. »Mama, es ist nicht nötig, überflüssige Worte zu verlieren, mit denen wir einander doch nur weh tun würden. Wir verstehen einander auch so. Und du brauchst mir auch nicht zu sagen, daß Papa nicht zu Hause ist. Das weiß ich selbst.«

Caroline schwieg. Der Wind wurde schärfer, und sie vergrub den Kopf tiefer in ihren Kragen.

Charlotte wußte, daß sie ihre Mutter schroff, sogar grausam behandelt hatte, aber sie hatte einfach furchtbare Angst. Paul Alaric war kein Mann für eine oberflächliche Affäre, ein Mann, der sich nur angenehm auszudrücken und dem anderen mit kleinen Gesten zu schmeicheln wußte, der lediglich einen Hauch von Romantik in die Monotonie einer 30jährigen Ehe brachte. Er war kraftvoll und vital, voll Temperament und Leidenschaft, weckte Gedanken an Dinge, die unerreichbar waren, aufregend und vielleicht unendlich schön. Charlotte selbst bebte noch nach diesem Treffen.

Kapitel 5

Charlotte erzählte Pitt nichts von ihren Gefühlen, was Paul Alaric und Caroline betraf, oder daß sie ihn noch von früher kannte. Im Grunde hätte sie es nicht einmal in Worte fassen können, wenn sie gewollt hätte. Die Begegnung mit Alaric hatte sie nur noch verwirrter denn je gemacht. Sie erinnerte sich an die leidenschaftlichen Gefühle und die Eifersucht, die er am Paragon Walk heraufbeschworen hatte, an die Unruhe, die er auch in ihr geweckt hatte. Es war nicht schwer, Carolines Verliebtheit zu verstehen. Alaric war weit mehr als nur charmant, mehr als ein attraktives Gesicht, von dem man träumen konnte. Er hatte die Fähigkeit, zu überraschen, zu verstören, er war ein Mensch, an den man sich auch noch lange nach dem Abschied erinnerte. Es wäre unsinnig, ihn als harmlosen Flirt, der von selbst vergehen würde, abzutun.

Das konnte sie Pitt unmöglich erklären, und sie wollte es gar nicht erst versuchen.

Doch natürlich mußte sie ihm mitteilen, daß Tormod und Eloise Lagarde beabsichtigten, Rutland Place am folgenden Tag zu verlassen, damit er mit ihnen noch vorher über Minas Tod reden konnte, falls er dies beabsichtigte.

Da die beiden Geschwister seines Wissens die letzten Personen gewesen waren, die Mina lebend gesehen hatten, gab es eine Menge Fragen, die Pitt ihnen gern gestellt hätte, obwohl es ihm bisher noch nicht gelungen war, seine Gedanken in die richtigen Worte zu kleiden, denn sie waren immer noch verwirrt, wirklich bewußt war ihm nur die ungeklärte Tragödie. Doch er durfte keine Zeit mit vagen Vermutungen und höflicher Rücksicht verlieren. Pünktlich um Viertel nach neun, der frühstmöglichen Zeit, jemanden aufzusuchen, ohne völlig unhöflich zu erscheinen, stand er auf der abweisenden Schwelle der Lagardes, Auge in Auge mit einem aufgeschreckten Diener, dessen Krawatte schief saß und dessen polierte Stiefel Schmutzspuren aufwiesen.

»Sie wünschen, Sir?« fragte der Mann, der Mund stand ihm vor Verblüffung offen.

»Inspector Pitt«, stellte sich Pitt vor. »Könnte ich bitte mit Mr. Lagarde sprechen? Und danach auch mit Miss Lagarde, sobald es ihr genehm ist?«

»Is' nich' genehm.« In seiner Fassungslosigkeit vergaß der Diener sogar seine gepflegte Ausdrucksweise, die der Butler ihm mit viel Mühe einzutrichtern versucht hatte. »Die fahren heute weg. Die ham keine – die wollen heute keinen empfangen. Miss Lagarde geht's nich' gut.«

»Es tut mir sehr leid, daß Miss Lagarde sich nicht wohl fühlt«, sagte Pitt, ließ sich jedoch nicht so ohne weiteres vor der Tür abfertigen. »Ich bin von der Polizei und bin leider gezwungen, Erkundigungen über den Tod von Mrs. Spencer-Brown einzuholen. Sie war mit den Lagardes eng befreundet, soweit ich weiß. Ich bin sicher, daß sie unter diesen Umständen bereit sind, mir zu helfen, soweit es in ihrer Macht steht.«

»Oh! Also dann –« Der Diener hatte eine derartige Situation offenbar nicht erwartet, und auch der Butler hatte ihn nicht darauf vorbereitet.

»Vielleicht wäre es weniger auffällig, wenn Sie mich nicht ausgerechnet vor der Tür warten lassen würden«, sagte Pitt und blickte hinunter auf die Straße, als wolle er damit andeuten, daß sämtliche Anwohner des Rutland Place seine Identität kannten und daher wußten, warum er gekommen war.

»Oh!« Der Diener wurde sich der drohenden Katastrophe bewußt. »Natürlich, am besten, Sie kommen mit ins Frühstückszimmer. Es gibt da aber kein Kaminfeuer –« Doch dann erinnerte er sich daran, daß Inspector Pitt Polizist war und man sich bei derartigen Personen sowohl Erklärungen als auch Kaminfeuer sparen konnte. »Warten Sie hier.« Er öffnete die Tür und sah zu, wie Pitt in das Zimmer ging. »Ich werd' dem Herrn sagen, daß Sie hier sind. Und wandern Sie bloß nicht auf eigene Faust hier herum! Ich komm' dann zurück und sag' Ihnen Bescheid!«

Pitt mußte lächeln, als sich die Tür hinter dem jungen Mann schloß. Er nahm ihm sein Benehmen nicht übel. Schließlich hing seine Stellung davon ab, daß er die gesellschaftlichen Regeln befolgte, und ein verärgerter Butler, dem man es nicht recht machte, konnte ihn teuer zu stehen kommen. Kein klärendes Gespräch, keine Gelegenheit für Ausreden oder Erklärungen – Fehler wurden nicht geduldet. Die Polizei im Haus zu haben, war schon unangenehm genug, doch sie vor der Tür warten zu lassen und mit ihr herumzustreiten, wo alle Welt es sehen konnte, war unverzeihlich. Pitt war mit den Gepflogenheiten des Dienstpersonals vertraut, sein eigener Vater war immerhin Wildhüter auf einem großen Landgut gewesen. Als kleiner Junge war Pitt zusammen mit dem Sohn des Hauses, einem Einzelkind, das für jeden Spielgefährten dankbar gewesen war, durch das Herrenhaus gestreift. Pitt hatte schnell gelernt, seine Manieren und seine Sprache nachzuahmen und das Unterrichtsmaterial abzuschreiben. Er kannte die Regeln auf beiden Seiten der Tür, die den Dienstbotentrakt und die Räume der Herrschaft voneinander trennte.

Tormod ließ nicht lange auf sich warten. Pitt hatte kaum genug Zeit gehabt, die freundlichen Landschaftsbilder an den Wänden und den antiken Rosenholzschreibtisch mit den hübschen Intarsien zu betrachten, als er bereits Schritte auf dem polierten Boden draußen vor dem Zimmer hörte.

Tormod entsprach ziemlich genau seinen Erwartungen: Er war breitschultrig und trug ein wunderschön geschnittenes Jackett mit etwas höherem Kragen. Sein dunkelbraunes Haar hatte er aus der breiten weißen Stirn gekämmt, seine Lippen waren voll, die Unterlippe war besonders ausgeprägt.

»Pitt?« erkundigte er sich förmlich. »Ich weiß nicht, was ich Ihnen sagen könnte. Ich habe wirklich nicht die geringste Ahnung, was der armen Mina – Mrs. Spencer-Brown – zugestoßen ist. Falls sie sich vor irgend etwas geängstigt oder gefürchtet haben sollte, hat sie es unglücklicherweise weder mir noch meiner Schwester anvertraut.«

Pitt hatte das Gefühl, vor einer weißen Wand zu stehen, und wußte nicht, wie er auch nur den kleinsten Eindruck auf sie machen sollte. Und doch waren die Lagardes die einzigen, von denen er sich bis jetzt konkrete Anhaltspunkte erhoffen konnte.

»Aber sie hat Sie an dem betreffenden Tag noch besucht und ist ungefähr eine Stunde vor ihrem Tod wieder gegangen?« sagte er ruhig. In Gedanken suchte er verzweifelt nach einer sachdienlichen Frage, die er stellen konnte, irgend etwas, das die glatte Fassade aufbrach und einen Einblick in die heftigen Gefühle gewährte, die es gegeben haben mußte – es sei denn, Minas Tod war wirklich die Folge eines Zufalls oder eines Unfalls gewesen.

»Oh ja«, sagte Tormod und zuckte mit leichtem Bedauern die Achseln. »Aber selbst nach allem, was ich jetzt weiß, kann ich mich nicht erinnern, daß sie irgend etwas gesagt hat, das darauf schließen ließ, daß sie sich das Leben nehmen wollte. Sie schien so ausgeglichen und war wie üblich gut gelaunt. Ich habe schon die ganze Zeit versucht, mich zu erinnern, worüber wir gesprochen haben, aber mir fallen nur unwichtige Kleinigkeiten ein.« Er sah Pitt mit dem Anflug eines Lächelns an. »Modefragen, Speisen für den Abendbrottisch, einige Klatschgeschichten über die Gesellschaft – alles absolut alltägliche Dinge, über die man spricht, wenn man sich die Zeit vertreiben möchte, weil man im Grunde nichts Wichtiges zu sagen hat. Angenehm, doch man hört nur mit halbem Ohr zu.«

Pitt kannte diese Art der Konversation nur zu gut. Das Leben war voll von derartigen nichtssagenden Unterhaltungen. Wichtig war lediglich, daß man miteinander sprach, die Worte waren unwesentlich. War es wirklich möglich, daß Mina nicht geahnt hatte, daß sie nur noch weniger als eine Stunde leben würde? War es ein Unfall gewesen, der sie wie ein Blitz aus heiterem Himmel getroffen hatte? Hatte ihn kein Sturm, kein fernes Donnergrollen, keine drückende Schwüle angekündigt? Für einen Mord war dies völlig untypisch. Selbst ein Wahnsinniger hatte seine Gründe, jemanden umzubringen, die Hitze des Irrsinns steigerte sich ganz langsam, wie die Wärme des Frühlings allmählich den Schnee eines langes Winters dahinschmolz, bis plötzlich aus den feinen Rinnsalen reißende Ströme wurden, die mit wilder, zerstörerischer Gewalt die Dämme durchbrachen.

Doch Pitt hatte gesehen, wie Wahnsinnige töteten, und sie hatten niemals Gift benutzt – schon gar nicht bei einer Frau, die sich ganz allein in ihrem Salon aufhielt und entspannt auf einer Chaiselongue lag.

Falls es sich hier um Mord handelte, dann war der Mörder kein Wahnsinniger gewesen – und er hatte ein Motiv für seine Tat gehabt.

»Ich frage mich«, kam er wieder auf das eigentliche Thema zu sprechen, »ob Mrs. Spencer-Brown vielleicht irgendein Problem hatte, das sie Ihnen anvertrauen wollte, dann aber, als sie es in Worte kleiden sollte, feststellte, daß sie dazu nicht in der Lage war? Vielleicht hat sie genau aus diesem Grund nur über belanglose Dinge gesprochen?«

Tormod schien diese Möglichkeit zu überdenken, sein Blick war ausdruckslos, während er sich zu erinnern versuchte.

»Es könnte möglich sein«, sagte er schließlich. »Obwohl ich es nicht glaube. Sie verhielt sich ganz genauso wie sonst. Ich meine, sie war in keiner Weise erregt, so weit ich mich erinnere, oder während des Gesprächs unaufmerksam, was man von einem Menschen erwartet, der nur auf eine Gelegenheit wartet, über etwas anderes zu sprechen.«

»Aber Sie sagten eben selbst, daß Sie nur mit halbem Ohr zugehört hätten«, bemerkte Pitt.

Tormod lächelte und verzog amüsiert das Gesicht.

»Nun ja« – er streckte die Hände mit den Innenflächen nach oben aus –, »wer hört schon einem Gespräch zwischen Frauen gebannt zu? Um die Wahrheit zu sagen, ich hatte eigentlich beabsichtigt, das Haus zu verlassen, mußte jedoch im letzten Moment meine Pläne ändern, sonst wäre ich gar nicht anwesend gewesen. Man muß eben höflich sein, doch wen interessiert es schon, welche Farben Lady Soundso auf irgendeinem Ball getragen hat oder was Mrs. Was-weiß-ich bei der Soiree zum besten gegeben hat? Das sind Frauenthemen. Ich hatte wirklich nicht den Eindruck, daß die Konversation in irgendeiner Weise anders verlief als sonst auch. Ich habe keinerlei Veränderungen in Tonfall und Stimme gehört und nicht die geringsten Anzeichen von Angst bemerkt – das wollte ich damit nur sagen.«

Pitt konnte ihn gut verstehen. Es mußte große Selbstdisziplin gekostet haben, das ganze Gespräch über höflich zu bleiben. Nur die konsequente Erziehung zur unbedingten Einhaltung perfekter Umgangsformen – vom Schoß der Amme bis hin zu Gouvernante und Privatschule – konnte eine derart vollkommene Selbstdisziplin schaffen, die es Tormod ermöglichte, in allen Situationen elegant und charmant zu wirken. Gleichwohl nutzte Pitt genau diese Verhaltensweise von Tormod für seine eigenen Zwecke.

»Vielleicht hat Ihre Schwester etwas bemerkt, irgendeine Nuance herausgehört, die nur eine Frau verstehen kann?« fragte er schnell.

Tormod zog die Augenbrauen ein wenig in die Höhe, entweder wegen der impliziten Aufforderung, die diese Frage enthielt, oder wegen Pitts Wortwahl.

Er zögerte. »Es wäre mir lieber, wenn Sie meine Schwester damit nicht belasten würden, Inspector«, sagte er langsam. »Minas

Tod hat ihr einen schweren Schock versetzt. Ich werde sie daher für eine Weile von Rutland Place fortbringen, damit sie sich wieder erholen kann. Die Erinnerungen, die diese Tragödie wachgerufen hat, sind höchst schmerzhaft. Meine Schwester und ich sind Waisen. Wir sind in der Vergangenheit bereits mit dem Tod konfrontiert worden, und ich fürchte, die arme Eloise hat dieses Erlebnis immer noch nicht ganz verwunden. Ich könnte mir schon vorstellen, daß Mina ihr an dem betreffenden Tag etwas anvertraut hat. Ich war schließlich nicht die ganze Zeit anwesend. Vielleicht macht Eloise sich Vorwürfe, daß sie nicht bemerkt hat, wie verzweifelt die arme Frau war, und nichts unternommen hat, und ist darüber zusätzlich bekümmert. Obwohl ich, um ehrlich zu sein, der Meinung bin, daß jemand, der wirklich entschlossen ist, sich das Leben zu nehmen, dies auf jeden Fall in die Tat umsetzen wird, man kann rein gar nichts tun, um ihn davon abzuhalten – lediglich das Unvermeidliche etwas hinauszögern.«

Dann hellte sich sein Gesicht mit einem Mal auf. »Wissen Sie, was? Ich frage Eloise einfach. Falls es irgend etwas geben sollte, wird sie sich mir sicher anvertrauen, und ich verspreche Ihnen, daß ich Ihnen alles mitteilen werde, wenn es in irgendeinem Zusammenhang mit Minas Tod stehen sollte. Wären Sie damit einverstanden? Ich bin sicher, Sie würden niemandem Kummer bereiten, wenn es nicht unbedingt nötig wäre.«

Pitt schwankte. Er dachte an die vielen bleichen, schmerzerfüllten Gesichter der Menschen, die dem Tod begegnet waren, besonders wenn er plötzlich und gewaltsam gewesen war. Jedesmal, wenn er sich in einer derartigen Situation befand, sah er sie wieder vor sich, die Bestürzung, den Schmerz, das langsame Begreifen der unvermeidlichen Wahrheit, wenn der Schock nachließ und nur die Realität blieb, wie ein kaltes Etwas, das größer wurde und näher und näher kroch.

Doch er konnte sich nicht auf Tormod Lagarde verlassen, er mußte sich sein eigenes Urteil bilden.

»Es gut mir leid, aber das genügt nicht.«

Er sah, wie Tormods Gesichtsausdruck sich veränderte, wie er die Lippen zusammenpreßte und sein Blick kühl wurde.

»Sie können meinetwegen gern dabeisein«, fuhr Pitt fort, ohne seinen Gesichtsausdruck oder seine Stimme zu verändern. Er lächelte Tormod weiter freundlich an. »Es wäre mir sogar ganz angenehm, wenn Sie die Fragen stellen würden. Ich verstehe Ihre

Sorge, daß Sie sie nicht belasten oder an andere tragische Erinnerungen rühren wollen. Doch da ich Einzelheiten über den Tod von Mrs. Spencer-Brown kenne, von denen Sie nichts wissen können, muß ich Miss Lagardes Antworten persönlich hören, und daher genügt es nicht, wenn Sie sie mir überbringen, selbst wenn dies in bester Absicht geschieht.«

Ihre Blicke trafen sich, und Tormod starrte ihn einige Sekunden überrascht an, trat einen Schritt zurück, streckte den Arm aus und griff nach der Klingelschnur.

»Würden Sie bitte Miss Lagarde ausrichten, sie möge zu uns in das Frühstückszimmer kommen, Bevan?« sagte er, als der Butler erschien.

»Das ist sehr freundlich von Ihnen«, sagte Pitt, dankbar für das Entgegenkommen.

Tormod erwiderte nichts, drehte sich um und blickte aus dem Fenster in den grauen Nieselregen hinaus, der allmählich dichter wurde und die Konturen der Häuser auf der gegenüberliegenden Seite der Place undeutlich werden ließ. An den Spitzen der Lorbeerblätter draußen vor dem Fenster hingen glitzernde Tropfen.

Als Eloise erschien, war sie blaß, jedoch völlig gefaßt. Sie hatte sich in ihr Schultertuch gehüllt und blickte Pitt offen an.

Sobald sie zur Tür hereingekommen war, ging Tormod zu ihr und legte seinen Arm um ihre Schultern.

»Eloise, Liebling, Inspector Pitt muß dir einige Fragen über die arme Mina stellen. Ich bin sicher, du verstehst, daß er etwas über ihren Gemütszustand wissen möchte, und wir waren schließlich die letzten Personen, die mit ihr zusammen waren, bevor sie starb.«

»Selbstverständlich«, sagte Eloise ruhig. Sie setzte sich auf das Sofa und blickte Pitt fest in die Augen, doch in ihrem Gesicht spiegelte sich nur ein rein höfliches Interesse.

Der Tod beschäftigte sie offenbar so sehr, daß für Neugier kein Raum blieb.

»Du brauchst keine Angst zu haben«, sagte Tormod sanft.

»Angst?« Sie schien überrascht. »Ich habe keine Angst.« Sie hob den Kopf und schaute Pitt an. »Aber ich glaube nicht, daß ich Ihnen irgend etwas mitteilen kann, was für Sie wichtig sein könnte.«

Tormod warf Pitt einen warnenden Blick zu und sah dann wieder seine Schwester an.

»Erinnerst du dich noch, daß ich euch eine Weile allein gelassen habe?« fragte er mit weicher Stimme, als wolle er einem Kind Mut zusprechen. »Bis dahin hattet ihr über unwichtige Dinge geredet – Mode und Klatschgeschichten. Hat sie dir irgend etwas anvertraut, als ihr allein wart? Irgendeine Herzensangelegenheit? Daß sie verliebt war vielleicht oder daß sie Angst hatte? Daß ihr irgend jemand besonders gut gefiel?«

Eloises Mund verzog sich zu einem winzigen Lächeln. »Falls du damit meinst, ob sie einen anderen Mann als ihren Ehemann geliebt hat«, sagte sie mit ausdrucksloser Stimme, »habe ich keinen Grund, dies anzunehmen. Ganz sicher hat sie mir gegenüber nichts davon erwähnt – weder bei unserem letzten Treffen noch zu irgendeinem anderen Zeitpunkt. Ich bin nicht sicher, ob sie an die Liebe glaubte, wie sie immer in den Romanen beschrieben wird. Sie glaubte an leidenschaftliche Gefühle – Lust und Mitleid und Einsamkeit –, doch dabei handelt es sich um ganz andere Empfindungen, nicht solche, die man Liebe nennen könnte. Sie vergehen wieder, wenn der Hunger gestillt ist oder der Grund für das Mitleid nicht mehr besteht – oder wenn man von der Einsamkeit genug hat. Um Liebe handelt es sich bei diesen Gefühlen nicht.«

»Eloise!« Tormods Arm legte sich fester um sie, er preßte ihren Arm so fest mit seiner Hand, daß weiße Druckstellen auf ihrer Haut erschienen, die Pitt sogar durch den Musselin ihres Kleides sehen konnte. »Es tut mir so leid!« Seine Stimme war leise, fast ein Flüstern. »Ich hatte keine Ahnung, daß Mina mit dir über derartige Dinge gesprochen hat, sonst hätte ich dich nie mit ihr allein gelassen.« Er wirbelte herum und starrte Pitt an. »Da haben Sie Ihre Antwort, Inspector! Mrs. Spencer-Brown war eine Frau, die auf irgendeine tragische Weise enttäuscht wurde, und sie wollte jemandem ihr Herz ausschütten. Bedauerlicherweise wählte sie meine Schwester, ein unverheiratetes junges Mädchen – was ich schwer verzeihlich finde, es sei denn, sie hat sich in ihrer Verzweiflung nicht anders zu helfen gewußt! Gott sei ihrer Seele gnädig!

Ich denke, Sie haben genug von uns erfahren. Ich werde Eloise von hier fortbringen, fort von Rutland Place, bis der schlimmste Schock vorüber ist. Sie kann sich auf dem Land ein wenig erholen und auf andere Gedanken kommen. Ich weiß nicht, was Mrs. Spencer-Brown ihr sonst noch über ihre persönlichen Qualen mitgeteilt hat, aber ich werde nicht zulassen, daß Sie sie noch weiter bedrängen. Es handelt sich offenbar um eine – ein äußerst vertrauliches und schmerzhaftes Thema. Ich kann doch davon ausgehen, daß Sie Kavalier genug sind, dies zu verstehen?«

»Tormod –«, begann Eloise.

»Nein, meine Liebe, der Inspector kann das, was er sonst noch wissen möchte, auf andere Weise herausfinden. Die arme Mina hat sich zweifellos selbst das Leben genommen. Es gibt nichts, was du hättest tun können, und ich werde nicht zulassen, daß du dich in irgendeiner Weise dafür verantwortlich fühlst! Wir werden vielleicht niemals erfahren, was es war, das sie nicht länger ertragen konnte, und vielleicht ist es auch besser so. Es sollte jedem Menschen gestattet sein, seine tiefsten Schmerzen mit ins Grab nehmen zu dürfen. Es gibt Dinge, die einem so sehr am Herzen liegen, daß man sie um Gottes willen in Frieden ruhen lassen sollte!« Er hob den Kopf und starrte Pitt durchdringend an, als wolle er ihn zwingen, ihm zuzustimmen.

Pitt schaute sie an, wie sie nebeneinander auf dem Sofa saßen. Er würde nichts mehr aus Eloise herausbekommen, und im Grunde neigte er ebenfalls zu der Ansicht, daß Minas Seelenqualen, wie auch immer sie ausgesehen haben mochten, mit ihr gemeinsam begraben und nicht von Fremden hervorgezerrt, betrachtet und beurteilt werden sollten, selbst wenn es sich um die Polizei handelte.

Er stand auf. »Sie haben recht«, sagte er nur. »Wenn ich sicher sein kann, daß es sich um eine private Tragödie handelt und nicht um ein Verbrechen, nicht einmal um Fahrlässigkeit, dann wäre es sehr viel besser, wir würden all dies vergessen und uns ihrer nur wohlwollend erinnern.«

Tormod beruhigte sich, seine Schultern entspannten sich, der Stoff seines Jacketts fiel wieder in seine natürlichen Falten zurück. Er stand ebenfalls auf und streckte seine Hand aus, um sich von Pitt mit einem kräftigen Händedruck zu verabschieden.

»Ich bin froh, daß wir uns verstehen. Guten Tag, Inspector.«

»Guten Tag, Mr. Lagarde.« Pitt wandte sich an Eloise. »Miss Lagarde. Ich wünsche Ihnen einen angenehmen Aufenthalt auf dem Land.«

Sie lächelte ihn unsicher an, sie schien Bedenken zu haben, vielleicht sogar Angst zu verspüren.

»Vielen Dank«, sagte sie kaum hörbar.

Draußen auf der Straße ging Pitt ganz langsam und versuchte seine Gedanken zu ordnen. Bisher schien alles auf einen ganz persönlichen Schmerz hinzudeuten, den Mina Spencer-Brown für sich behalten hatte und der sie schließlich überwältigt hatte, so daß sie ganz bewußt die Überdosis eines Mittels eingenommen hatte, das bereits in ihrem Besitz war. Wahrscheinlich würde sich herausstellen, daß es die Medizin ihres Mannes gewesen war, die das Belladonna enthielt, von dem Dr. Mulgrew gesprochen hatte.

Doch bevor er die Sache auf sich beruhen lassen konnte, mußte er noch die anderen Frauen befragen, die sie gekannt hatten. Falls überhaupt irgend jemand ihr Geheimnis kannte, war es sicher eine von ihnen, entweder weil sich Mina ihr anvertraut hatte oder weil sie etwas beobachtet hatte. Er wußte inzwischen, wieviel eine vergleichsweise müßige Frau an anderen Menschen wahrnehmen konnte, einfach weil sie keiner Arbeit nachging und nur wenige Pflichten zu erfüllen hatte. Andere Menschen waren ihr Lebensinhalt: Beziehungen, Geheimnisse, die man weitererzählte oder die man für sich behielt.

Er suchte zunächst Ambrosine Charrington auf, weil sie am weitesten entfernt wohnte und er das Bedürfnis nach einem kleinen Spaziergang hatte. Trotz des immer stärker werdenden Regens war er noch nicht in der Verfassung, irgend jemandem gegenüberzutreten. Einmal blieb er sogar stehen, als eine rote Katze steifbeinig vor ihm über den Bürgersteig stolzierte, sich ob der Nässe angewidert schüttelte und in ein schützendes Gebüsch verschwand. Vielleicht, dachte Pitt, sollte er warten, bis der Schmerz und die Trauer ein wenig nachgelassen hatten. Vielleicht war dies alles gar nicht die Aufgabe der Polizei, und er tat am besten daran, sich umzudrehen und fortzugehen, den Omnibus zurück zum Polizeirevier zu nehmen und sich mit irgendeinem anderen Fall, einem Diebstahl oder einer Fälschung, zu beschäftigen, bis Mulgrew und der Polizeiarzt ihre Berichte einreichten.

Immer noch in Gedanken versunken, ohne zu einer bewußten Entscheidung gekommen zu sein, begann er weiterzugehen. Der Regen wurde allmählich immer stärker und rann in kalten Rinnsalen unter seinen Kragen auf seine Haut und ließ ihn frösteln. Er war froh, als er endlich das Haus der Charringtons erreichte.

Der Butler empfing ihn mit leichtem Mißfallen, als sei er ein streunendes Tier, das durch das unfreundliche Wetter hergetrieben worden war, und keine Person, die hier irgend etwas zu suchen hatte. Pitt dachte an sein Haar, das ihm an der Stirn klebte, die nassen Hosenbeine, die ihm um die Knöchel klatschten, den zerrissenen Schnürriemen an einem seiner Schuhe und entschied, daß man dem Mann seinen Eindruck kaum verübeln konnte.

Pitt zwang sich zu einem Lächeln. »Inspector Pitt. Von der Polizei«, stellte er sich vor.

»Ach so! Tatsächlich!« Der Gesichtsausdruck des Butlers veränderte sich schlagartig, der Ausdruck von höflicher Geduld verschwand wie die Sonne hinter einer Wolke.

»Ich würde gern mit Mrs. Charrington sprechen, wenn es möglich ist«, fuhr Pitt fort. »Es handelt sich um den Tod von Mrs. Spencer-Brown.«

»Ich glaube nicht –« fing der Butler an, doch als er einen Blick auf Pitts Gesicht warf, sah er, daß sein Protest das Gespräch höchstens verlängern, jedoch nicht beenden würde. »Wenn Sie bitte im Frühstückszimmer warten würden. Ich werde nachsehen, ob Mrs. Charrington zu Hause ist.« Diese Erklärung war Pitt nur allzu vertraut. Es war unhöflich zu sagen: »Ich werde fragen, ob sie bereit ist, Sie zu empfangen«, obwohl man ihm auch das schon oft genug ins Gesicht gesagt hatte.

Er hatte sich kaum gesetzt, als der Butler bereits zurückkehrte, um ihn in den Salon zu führen, wo ein helles Feuer im Kamin brannte und drei Jardinieren mit Blumen an der Wand standen.

Ambrosine saß kerzengerade auf einem kleinen grünen Brokatsofa und musterte Pitt interessiert vom Kopf bis zu den Stiefeln.

»Guten Morgen, Inspector. Setzen Sie sich doch, und legen Sie den Mantel ab. Sie scheinen mir ziemlich durchnäßt zu sein.«

Er kam ihrer Aufforderung bereitwillig nach und reichte dem Butler das tropfende Kleidungsstück. Daraufhin setzte er sich so in einen der Sessel, daß er das Feuer besonders genießen konnte.

»Sehr freundlich von Ihnen, Ma'am«, sagte er dankbar.

Der Butler ging hinaus und schloß die Tür hinter sich. Ambrosine zog ihre schmalen Augenbrauen in die Höhe.

»Man sagte mir, Sie würden Nachforschungen über den Tod der armen Mrs. Spencer-Brown anstellen«, sagte sie. »Leider kann ich Ihnen absolut nichts mitteilen, was Sie interessieren könnte. Es ist in der Tat äußerst erstaunlich, wie wenig ich überhaupt weiß. Ich hatte erwartet, irgend etwas zu hören. Man muß wirklich außerordentlich geschickt sein, um in der Gesellschaft ein Geheimnis wahren zu können, wissen Sie. Es gibt zahlreiche Dinge, über die nicht gesprochen wird, weil es als unverzeihlich geschmacklos gilt, sie zu erwähnen, doch für gewöhnlich weiß trotzdem jeder davon. Man erkennt es an der gewissen Selbstgefälligkeit in den Gesichtern!«

Sie schaute ihn an, um herauszufinden, ob er sie verstanden hatte, und stellte offenbar mit Befriedigung fest, daß dies der Fall war. »Es ist unbeschreiblich angenehm, Geheimnisse zu kennen, besonders wenn andere genau merken, daß man etwas weiß – und selbst nichts wissen.«

Sie runzelte die Stirn. »Aber in der letzten Zeit habe ich diesen Gesichtsausdruck bei niemandem außer bei Mina bemerkt! Und ich habe nie erfahren können, ob sie wirklich etwas so außerordentlich Wichtiges gewußt hat oder es uns lediglich glauben machen wollte!«

Er war genauso ratlos wie sie. »Glauben Sie nicht, daß jemand bereit ist zu reden, jetzt, wo es sich um einen Todesfall handelt?« sagte er. »Um mögliche Mißverständnisse oder gar Ungerechtigkeiten zu vermeiden?«

Sie schenkte ihm ein mattes Lächeln. »Sie sind offenbar ein echter Optimist, Inspector. Sie geben mir das Gefühl, daß ich sehr alt bin – oder zumindest, daß Sie sehr jung sind. Der Tod ist die beste Ausrede, um bestimmte Dinge für immer zu vertuschen. Es gibt nur wenige Menschen, die auch nur das geringste an Ungerechtigkeiten auszusetzen haben – das ganze Leben dreht sich darum! Und schließlich gehört es immerhin zu unserem Glaubensbekenntnis: ›De mortuis nil nisi bene.‹«

Er wartete darauf, daß sie ihm die Bedeutung dieses Satzes erklärte, obwohl er das Gefühl hatte, auch so verstanden zu haben, was sie meinte.

»Über die Toten soll man nur Gutes sagen«, fuhr sie düster fort. »Natürlich spreche ich vom Glaubensbekenntnis der Gesellschaft und nicht von dem der Kirche. Auf den ersten Blick scheint es ein recht barmherziger Gedanke zu sein, aber er bürdet die ganze Last der Schuld den Lebenden auf – was natürlich von vornherein beabsichtigt war. Wer jagt schon gern einen toten Fuchs?«

»Die Schuld wofür?« erkundigte er sich nüchtern und zwang sich, das eigentliche Thema, nämlich Minas Tod, nicht aus dem Blick zu verlieren.

»Das hängt ganz davon ab, über wen wir sprechen«, erwiderte sie. »In Minas Fall kann ich es Ihnen leider auch nicht sagen. Es ist ein Bereich, in dem ich Sie für weitaus kompetenter halte als mich. Warum interessiert es Sie eigentlich so sehr? Es ist doch schließlich kein Verbrechen zu sterben. Natürlich verstehe ich, daß die Sache anders liegt, wenn sich jemand selbst das Leben nimmt – aber da es nun einmal unmöglich ist, den Täter zur Rechenschaft zu ziehen, kann ich den Sinn Ihrer Nachforschungen nicht ganz nachvollziehen.«

»Ich bin einzig und allein daran interessiert, herauszufinden, ob es sich wirklich so abgespielt hat«, antwortete er, »ob sie sich wirklich das Leben genommen hat. Aber keiner scheint auch nur die geringste Ahnung zu haben, warum sie es hätte tun sollen.«

»Nein«, sagte sie. »Wir wissen alle so wenig von einander, daß ich mich oft frage, ob uns überhaupt bewußt ist, warum wir die wirklich wichtigen Dinge tun. Ich glaube nicht, daß es die nächstliegenden Motive gewesen sind – wie Geld oder Liebe.«

»Mrs. Spencer-Brown war finanziell offenbar sehr gut abgesichert«, sagte er geradeheraus. »Könnten Sie sich vorstellen, daß ihr Tod irgend etwas mit einer Liebesaffäre zu tun hatte?«

Ihre Mundwinkel zuckten amüsiert, als sie versuchte, ein Lächeln zu unterdrücken.

»Wie zartfühlend, Inspector. Aber dazu kann ich Ihnen leider genausowenig sagen. Falls sie einen Liebhaber gehabt hat, war sie diskreter, als ich angenommen habe.«

»Vielleicht war sie in jemanden verliebt, der ihre Gefühle nicht erwiderte?« gab er zu bedenken.

»Möglicherweise. Aber wenn alle Menschen in dieser Situation sich das Leben nehmen würden, wäre halb London damit beschäftigt, die andere Hälfte der Bevölkerung zu begraben!« Sie machte eine wegwerfende Handbewegung. »Mina war keine melancholische Romantikerin, wissen Sie. Sie war außerordentlich praktisch eingestellt und stand mit beiden Beinen im Leben. Und außerdem war sie 35 und nicht 18!«

»Auch 35jährige können sich verlieben.« Er lächelte kaum wahrnehmbar.

Sie musterte ihn von Kopf bis Fuß und schätzte sein Alter ziemlich genau.

»Natürlich können sie das«, gab sie ihm recht; auf ihrem Gesicht zeigte sich der Anflug eines Lächelns. »Davon ist man in keinem Alter gefeit. Aber mit 35 hat man diese Erfahrung höchstwahrscheinlich bereits mehrere Male gemacht und hält eine unglückliche Liebe nicht mehr für das Ende der Welt.«

»Aber warum glauben Sie dann, daß Mrs. Spencer-Brown sich umgebracht hat, Mrs. Charrington?« Seine Direktheit überraschte ihn selbst.

»Ich? Wollen Sie wirklich meine Meinung hören, Inspector?«

»Ja, das möchte ich.«

»Ich neige nicht zu der Auffassung, daß sie sich das Leben genommen hat. Mina war viel zu praktisch veranlagt, um nicht irgendeinen anderen Ausweg zu finden, falls sie sich tatsächlich in irgendwelchen Schwierigkeiten befunden haben sollte. Sie war keine emotionale Frau, und ich habe nie jemanden gekannt, der weniger hysterisch gewesen wäre.«

»Also ein Unfall?«

»Jedenfalls kein selbstverschuldeter. Ich könnte mir vorstellen, daß irgendein idiotisches Dienstmädchen die Flaschen oder Schachteln vertauscht oder zwei verschiedene Mittel zusammengegossen hat, um Platz zu schaffen, und dabei aus Versehen ein Gift zusammengemischt hat. Wahrscheinlich werden Sie es nie herausfinden, es sei denn, Ihre Polizisten haben sämtliche Gefäße aus dem Haus fortgeschafft, bevor die Dienstboten irgendeine Möglichkeit hatten, sie zu zerstören oder auszuleeren. Wenn ich an Ihrer Stelle wäre, würde ich mir darüber nicht den Kopf zerbrechen – es gibt nichts, aber auch gar nichts, was Sie daran ändern könnten, Sie können es weder ungeschehen machen noch verhindern, daß es irgendwo einem anderen Menschen wieder passiert.«

»Also ein Haushaltsunfall?«

»Wahrscheinlich. Wenn Sie jemals die Verantwortung für die Führung eines großen Hauses getragen hätten, Inspector, würden Sie wissen, welche unglaublichen Dinge sich manchmal dort abspielen. Wenn Sie wüßten, was manche Köchinnen anstellen und was alles den Weg in die Speisekammer findet, würden Sie höchstwahrscheinlich keinen Bissen mehr zu sich nehmen!«

Er stand auf, wobei er versuchte, das unpassende Bedürfnis zu lachen, das ihn plötzlich ankam, zu unterdrücken. Irgend etwas an dieser Frau gefiel ihm wirklich außerordentlich gut.

»Vielen Dank, Ma'am. Falls es sich tatsächlich so abgespielt haben sollte, haben Sie höchstwahrscheinlich recht – dann werde ich es tatsächlich nie herausfinden.«

Sie läutete nach dem Butler, damit er Pitt zur Tür begleitete.

»Es ist ein Zeichen von Weisheit zu lernen, etwas auf sich beruhen zu lassen, was man sowieso nicht mehr ändern kann«, sagte sie freundlich. »Sie werden mehr schaden als nutzen, wenn Sie die ganze feine Spreu dreschen, nur um ein winziges Körnchen Wahrheit darin zu finden. Viele Menschen werden es mit der Angst zu tun bekommen, vielleicht sogar ihre Stellung verlieren, und doch hätten Sie niemandem geholfen.«

Als nächstes suchte er Theodora von Schenck auf und fand einen völlig anderen Typ Frau vor: auf ihre Art attraktiv, jedoch völlig ohne die aristokratische Schönheit Ambrosines oder die ätherische Zerbrechlichkeit von Eloise. Am meisten erstaunte ihn jedoch, daß sie, wie Charlotte, mit völlig gewöhnlichen Haushaltsarbeiten beschäftigt war. Als Pitt eintraf, zählte sie gerade Wäsche und sortierte die Stücke aus, die geflickt oder ersetzt werden mußten. Offenbar schien es ihr nicht einmal peinlich zu sein, daß sie einige Teile beiseite gelegt hatte, die zerschnitten werden sollten und aus denen kleine Wäschestücke gefertigt werden sollten, etwa Kissenbezüge aus abgenutzten Laken oder Leinentücher zum Abtrocknen oder Polieren aus Wäsche, die noch kleiner oder noch abgenutzter war.

Trotz aller Offenheit war jedoch auch sie nicht in der Lage, ihm bei der Aufklärung von Minas Tod zu helfen. Sie war von der Vorstellung, daß jemand Selbstmord begangen haben konnte, sehr betroffen und fand es erschütternd, daß ein Mensch derart verzweifelt sein konnte, war sich jedoch bewußt, daß derartige Dinge passierten. Andererseits konnte sie sich nicht vorstellen, was Mina in eine solch ausweglose Lage getrieben haben konnte; allerdings mußte sie zugeben, sie nicht besonders gut gekannt zu haben. Theodora selbst war eine Witwe mit zwei Kindern, was ihre gesellschaftlichen Kontakte natürlich sehr stark einschränkte, und zog es vor, ihre Zeit ihrem Heim und ihren Kindern zu widmen, statt Pflichtbesuche zu absolvieren und Abendgesellschaften und dergleichen zu besuchen, daher hörte sie auch kaum Klatschgeschichten.

Pitt verließ sie genauso klug wie zuvor, was seine Stimmung natürlich nicht gerade besserte. Wenn er sich wirklich sicher sein konnte, daß es sich um eine persönliche Tragödie handelte, wovon Tormod Lagarde offenbar überzeugt war, wäre er sofort bereit, die Sache auf sich beruhen zu lassen. Andererseits war Ambrosine Charrington der Ansicht gewesen, daß eine derartige Verzweiflungstat absolut untypisch für Mina war. Falls es sich also um irgendeinen grotesken Unfall handelte, sollte er dann trotzdem mit seinen Ermittlungen fortfahren, bis er alles getan hatte, um die Sache aufzuklären? Aber war er es Mina nicht schuldig? Als Selbstmörderin begraben zu werden, war eine Schande, ein Stigma, das auch ihre Angehörigen belasten würde. Und war er es nicht auch Alston Spencer-Brown schuldig zu beweisen, daß seine Frau nicht so unglücklich gewesen war, daß sie den Tod dem Leben vorgezogen hatte? Würde Spencer-Brown sonst nicht damit fortfahren, sich selbst zu quälen, weiterhin Schmerz und Verwirrung empfinden, weil er glaubte, daß sie vielleicht jemand anderen geliebt hatte und ihr ein Leben ohne diesen Mann unerträglich erschienen war? Und würden die anderen Leute nicht vielleicht glauben, daß es irgendein dunkles Geheimnis gab, mit dem Alston seine Frau in den Tod getrieben hatte?

War es so, daß die Kenntnis der Tatsachen, gleichgültig, wie entsetzlich sie waren oder um welchen Preis man sie enthüllt hatte, dieser Ungewißheit vorzuziehen war? Die Wahrheit schaffte nur eine Wunde, Verdächtigungen und Mutmaßungen dagegen Tausende.

Da Theodora erwähnt hatte, daß sie und Amaryllis Schwestern waren, bedeutete Amaryllis Denbigh für Pitt eine vollkommene Überraschung. Ohne daß es ihm bewußt gewesen war, hatte er jemanden erwartet, der ihr ähnlich war, doch er mußte mit einem Anflug von Bedauern feststellen, daß dies nicht der Fall war. Amaryllis war jünger als ihre Schwester – und das nicht nur an Jahren, sondern noch viel mehr, was Kleidung, Umgangsformen und Haltung betraf.

Sie begegnete ihm mit kühler Höflichkeit, doch ihre Augen und die unterdrückte Verspannung ihres Körpers verrieten ihr Interesse. Er befürchtete daher auch keine Sekunde lang, daß sie sich vielleicht weigern würde, mit ihm zu sprechen. Es gab etwas Hungriges, Suchendes in ihr, aber gleichzeitig ließ sie ihre Verachtung für ihn durchblicken. Sie hatte nicht vergessen, daß er nur ein Polizist war.

»Selbstverständlich verstehe ich Ihre Situation, Inspector – Pitt?« Sie setzte sich und strich mit ihren weißen Fingern ihre Röcke glatt, wobei sie zart über die Seide fuhr. Er konnte beinahe selbst die fließende Weichheit des Stoffes spüren, wie er sich kühl an seine eigene Hand schmiegte.

»Vielen Dank, Ma'am.« Er machte es sich ihr gegenüber in dem Sessel auf der anderen Seite des kleinen Tischchens bequem.

»Sie haben die Pflicht, sich zu überzeugen, daß nichts Unrechtes passiert ist«, meinte sie. »Und das erfordert natürlich, daß Sie die Wahrheit herausfinden. Ich wünschte, ich könnte Ihnen irgendwie behilflich sein.« Ihr Blick blieb fest auf sein Gesicht geheftet, und er hatte das Gefühl, daß ihr kein Zug, keine Nuance entging. »Aber ich befürchte, ich weiß wirklich nicht viel.« Sie lächelte kühl. »Es handelt sich lediglich um Spekulationen, und es wäre alles andere als fair, sie als Fakten darzustellen.«

»Das kann ich verstehen.« Aus einem ihm unverständlichen Grund fiel es ihm schwer, diese Worte zu sagen. Er versuchte krampfhaft, sich auf Mina und den Grund seines Kommens zu konzentrieren. »Aber wenn irgend jemand Näheres gewußt hätte, dann hätte doch die Tragödie sicherlich verhindert werden können? Es erscheint alles doch deshalb so bestürzend, weil man jetzt nur noch Vermutungen anstellen und Erklärungen im nachhinein erwägen kann, wir mit ungeklärten Geheimnissen konfrontiert werden und Dinge glauben, die vielleicht völlig ungerechtfertigt sind.« Er hoffte, daß er nicht salbungsvoll klang, doch er versuchte schließlich nur, ihrem Gedankengang zu folgen und sie zum Sprechen zu bringen. Er glaubte sich in der Lage, beurteilen zu können, was wichtig war und was nicht.

»So hatte ich es noch gar nicht gesehen.« Ihre Augen waren rund und blau und sehr klar. Sie mußte bereits ganz ähnlich ausgesehen haben, als sie noch Zöpfe getragen und Röcke bis zum Knie angehabt hatte: dieselbe Offenheit, dieselbe ein wenig kokette Neugier, dieselbe Weichheit von Wangen und Hals. »Sie haben selbstverständlich völlig recht!«

»Dann wären Sie vielleicht so freundlich, mir von Ihren eigenen Eindrücken zu erzählen?« forderte er sie auf, verachtete sich jedoch bereits für seine Worte, während er noch sprach. Er haßte derartige boshafte Spekulationen, und doch war er gezwungen, Amaryllis dazu selbst zu animieren – er würde ebenso begierig lauschen wie eine Klatschbase, die sich den Schmutz herauspickte, darin begeistert herumstocherte, um schließlich ihre eigene Version lachend und verächtlich dem nächsten neugierigen Ohr mitteilen zu können.

Sie war zu klug, um sich ein zweites Mal herauszureden, denn falls sie dies tat, hätte man daraus schließen können, sie habe etwas zu verbergen. Statt dessen heftete sie ihren Blick auf eine Blumenschale auf einem kleinen Tisch an der Wand und begann zu reden.

»Natürlich hat Mina – das heißt, Mrs. Spencer-Brown – Mr. Lagarde sehr gemocht, wie Sie wahrscheinlich bereits wissen.« Sie schaute ihn auch jetzt nicht an. Sie hätte es zwar gern getan, das sah er an den angespannten Sehnen ihres Halses, doch sie gab der Versuchung nicht nach. »Ich will damit natürlich keineswegs andeuten, daß es sich um irgend etwas Unschickliches handelte. Aber es gibt immer Personen, die selbst die unschuldigsten Freundschaften mißverstehen. Ich habe mich selbst auch schon ein- oder zweimal gefragt, ob es nicht vielleicht jemanden gegeben hat, der Minas Gefühle vollkommen falsch gedeutet und dadurch möglicherweise unnötig gelitten hat.«

»Beispielsweise wer?« fragte er ein wenig überrascht. Diese Möglichkeit hatte er noch gar nicht in Erwägung gezogen: ein simples Mißverständnis, das zu Eifersucht geführt hatte. Er hatte nur an eine unerwiderte Liebe gedacht.

»Nun ja, ich nehme an, dabei würde einem wohl zunächst Mr. Spencer-Brown einfallen«, erwiderte sie und sah ihm endlich wieder in die Augen. »Aber das Nächstliegende muß nicht immer auch tatsächlich der Wahrheit entsprechen, nicht wahr?«

»Nein«, stimmte er ihr schnell zu. »Aber wenn er es nicht war, wer sollte es dann gewesen sein?«

Sie stieß einen tiefen Seufzer aus und schien einen Moment lang nachzudenken.

»Ich weiß es wirklich nicht!« Sie hob plötzlich den Kopf, als habe sie gerade eine Entscheidung getroffen. »Ich könnte mir vorstellen, daß es möglich wäre –« Sie schwieg wieder. »Nun ja, ich könnte mir alle möglichen Dinge vorstellen – alle möglichen Personen. Ich weiß, daß Inigo Charrington Eloise eine Zeitlang sehr zugetan gewesen ist. Doch sie hat ihn überhaupt nicht beachtet. Ich weiß auch nicht, warum! Er scheint doch ein sehr angenehmer junger Mann zu sein, aber was sie betraf, sie hat ihn nicht einmal wahrgenommen. Natürlich war sie sehr höflich zu ihm, aber das ist man schließlich immer.«

»Ich kann darin keinerlei Zusammenhang mit dem Tod von Mrs. Spencer-Brown erkennen«, meinte er offen.

»Nein.« Sie schaute ihn aus großen blauen Augen an. »Ich auch nicht. Ich nehme an, es hat wirklich nichts zu sagen. Ich suche nur nach möglichen Erklärungen, Personen, die vielleicht Mißverständnissen Vorschub geleistet haben. Ich sagte Ihnen ja bereits, Inspector, daß ich nicht das geringste weiß! Sie haben mich lediglich nach meinen Eindrücken gefragt.«

»Und Sie hatten den Eindruck, daß Mrs. Spencer-Brown genauso ausgeglichen und gut gelaunt war wie sonst auch, soweit Sie dies beurteilen können?« Ohne es zu beabsichtigen, hatte er genau Tormods Worte gebraucht.

»Oh ja. Falls sie irgend etwas bedrückt hat, muß es ganz plötzlich geschehen sein, ohne Vorwarnung. Vielleicht hat sie irgend etwas Schreckliches erfahren?« Wieder wurden ihre Augen weit und rund.

»Mr. Lagarde sagt, daß sie ganz und gar nicht verstört war, als sie sein Haus verließ«, führte er aus. »Und den Angaben des Dienstpersonals zufolge ist sie von dort aus sofort nach Hause gegangen.«

»Dann ist ihr vielleicht jemand auf der Straße begegnet? Oder sie hat bei ihrer Ankunft einen Brief vorgefunden?«

An einen Brief hatte er noch gar nicht gedacht. Er hätte die Dienstboten fragen sollen, ob jemand eine Nachricht für sie hinterlassen hatte. Aber vielleicht hatte Harris das erledigt.

Es war zu spät, seinen Fehler zu vertuschen, sein Gesicht hatte ihn bereits verraten. Ihr Lächeln wurde souveräner.

»Falls sie ihn vernichtet hat, was wohl das Nächstliegende ist«, sagte sie ruhig, »werden wir niemals herausfinden, was darin gestanden hat. Aber vielleicht wäre das auch das Beste, meinen Sie nicht?«

»Nicht, wenn es sich um Erpressung gehandelt hat, Ma'am!« sagte er bestimmt. Er war wütend auf sich und auch auf sie, weil ihr etwas eingefallen war, an das er selbst nicht gedacht hatte, und weil er das Gefühl hatte, daß dies sie amüsierte.

»Erpressung?« Sie sah verblüfft aus. »Was für eine abscheuliche Vorstellung! Ich wage gar nicht daran zu denken, daß sie recht haben könnten! Die arme Mina! Die arme, arme Frau!« Sie holte tief Luft, und ihre Finger verkrampften sich in der Seide auf ihren Oberschenkeln, preßten den Stoff so fest zusammen, daß ihre Knöchel weiß hervortraten. »Aber ich vermute, Sie wissen mehr über derartige Dinge als wir hier. Es wäre kindisch, einfach die Augen davor zu verschließen. Die Wahrheit verschwindet nicht dadurch, daß man sie nicht zur Kenntnis nimmt, sonst könnten wir uns schließlich von allen unangenehmen Dingen befreien, indem wir uns einfach weigern würden, sie zur Kenntnis zu nehmen. Sie müssen Geduld mit uns haben, Inspector, wenn es uns schwerfällt, hinzusehen, und wir ein wenig länger dazu brauchen. Wir sind an die angenehmen Seiten des Lebens gewöhnt, und einer solchen Scheußlichkeit kann man nicht so ohne weiteres ins Auge schauen, man muß sich erst langsam daran gewöhnen. Vielleicht gelingt dies auch nur mit ein wenig Druck.«

Er wußte, daß sie recht hatte, und sein Verstand zollte ihr Beifall. Vielleicht hatte er sie vorschnell verurteilt. Vorurteile waren schließlich nicht nur der wohlhabenden Schicht vorbehalten. Er kannte diese Empfindungen selbst: den bitteren Nachgeschmack, wenn man ungerechtfertigte Urteile, die aus Neid oder Angst entstanden waren, korrigieren mußte, und das Bedürfnis, Haß rational zu begründen.

»Selbstverständlich.« Er stand auf. Er hatte keine Lust, die Befragung fortzusetzen. Sie hatte ihm bereits mehr als genug Stoff zum Nachdenken geliefert. Er hatte nur von Erpressung gesprochen, um sie zu schockieren, nicht weil er diese Möglichkeit ernsthaft in Betracht gezogen hatte. Jetzt war er gezwungen, auch dies ins Auge zu fassen. »Bisher kennen wir keinerlei Fakten, weder angenehme noch unangenehme. Je weniger daher gesagt wird, desto weniger Leid wird verursacht. Es ist schließlich durchaus möglich, daß es sich lediglich um einen tragischen Unfall handelt.«

Ihr Gesicht war ganz ruhig, beinahe heiter, mit dem hellen Teint und dem mädchenhaften Gesichtsausdruck.

»Ich hoffe sehr, daß Sie recht haben. Alles andere würde den Kummer für alle Beteiligten nur noch vergrößern. Guten Tag, Inspector.«

»Guten Tag, Mrs. Denbigh.«

Er war gerade mit einigen Brandfällen beschäftigt, von denen zwei in seinem Bezirk stattgefunden hatten und bei denen es sich wahrscheinlich um Brandstiftung handelte, und hatte den Fall Mina Spencer-Brown vorübergehend zur Seite gelegt, als nachmittags um halb fünf ein Constable mit schwarzem Haar, das sorgfältig mit Wasser glatt an den Kopf gekämmt war, an seiner

Tür klopfte und einen Besucher meldete, offenbar einen vornehmen Gentleman.

»Wer ist es denn?« Pitt erwartete niemanden, und sein erster Gedanke war, daß der Mann wahrscheinlich sein Büro mit dem seines Vorgesetzten verwechselt hatte und sie ihn mit einigen hilfreichen Anweisungen schnell wieder loswerden könnten.

»Ein gewisser Mr. Charrington, Sir«, antwortete der Constable. »Ein Mr. Lovell Charrington, wohnhaft am Rutland Place.«

Pitt legte die Unterlagen, in denen er gerade las, mit der beschriebenen Seite nach unten auf den Schreibtisch.

»Bitten Sie ihn herein«, sagte er. Ihm schwante nichts Gutes. Er konnte sich beim besten Willen nicht vorstellen, warum ausgerechnet Lovell Charrington ihn auf dem Revier aufsuchen sollte, es sei denn, er wollte ihm etwas mitteilen, das sowohl vertraulich als auch dringlich war. Falls es sich um etwas weniger Eiliges handelte, hätte er entweder nach Pitt schicken lassen können, damit der ihn aufsuchte, oder einfach warten können, bis Pitt im Laufe der weiteren Ermittlungen wieder in sein Haus kam.

Lovell Charrington hatte seinen Hut noch auf, als er ins Zimmer trat, Regentropfen perlten daran, und er hielt seinen Schirm, der zwar zusammengeklappt, aber oben noch nicht wieder festgebunden war, in der Hand. Sein Gesicht war blaß, und an seiner Nasenspitze hing ein Wassertropfen.

Pitt erhob sich. »Guten Tag, Sir. Was kann ich für Sie tun?«

»Sie sind Inspector Pitt, nehme ich an?« sagte Lovell steif. Pitt hatte den Eindruck, daß er nicht absichtlich unhöflich, sondern lediglich verlegen war, hin- und hergerissen von dem Bedürfnis, etwas zu sagen, das ihm schwerfiel, und einer verständlichen Abneigung gegen den Ort, an dem er sich befand. Ganz sicher war er nie zuvor auf einem Polizeirevier gewesen, und in seiner Vorstellung existierten entsetzliche Bilder von Sünde und Schmutz.

»Ja, Sir.« Pitt versuchte, ihm zu helfen. »Möchten Sie sich vielleicht setzen?« Er deutete auf den Holzstuhl mit der harten Rükkenlehne neben seinem Schreibtisch. »Hat es etwas mit dem Tod von Mrs. Spencer-Brown zu tun?«

Lovell nahm zögernd Platz. »Ja, ja, ich habe – mir überlegt – genau abgewogen, ob es angebracht wäre, mit Ihnen zu sprechen oder nicht.« Es war erstaunlich, wie er es schaffte, gleichzeitig beunruhigt und dennoch irgendwie wichtigtuerisch auszusehen – wie ein Hahn, der sich plötzlich dabei ertappt, daß er mitten am

Tag laut kräht: äußerst verunsichert. »Aber man wünscht selbstverständlich stets, seine Pflicht zu tun, auch wenn dies noch so unangenehm sein sollte.« Er fixierte Pitt feierlich.

Pitt schämte sich für den Mann. Er räusperte sich und versuchte, etwas Unverfängliches zu finden, das er jetzt sagen konnte und das sich aus seinem Mund nicht scheinheilig anhörte.

»Selbstverständlich«, antwortete er. »Das ist nicht leicht.«

»Genau.« Lovell hustete. »Ganz genau.«

»Was wünschen Sie mir denn mitzuteilen, Mr. Charrington?«

Lovell hustete erneut und suchte nach einem Taschentuch.

»Sie haben das falsche Wort gewählt. Es trifft nicht zu, daß ich Ihnen etwas mitzuteilen wünsche, Inspector, ich fühle mich vielmehr verpflichtet, was etwas völlig anderes ist.«

»In der Tat.« Pitt atmete ungeduldig aus. »Selbstverständlich, das ist etwas völlig anderes. Was ist es denn, was ich Ihrer Meinung nach unbedingt wissen sollte?«

»Mrs. Spencer-Brown –« Lovell schniefte und hielt das Taschentuch einen Moment lang umklammert, bevor er es wieder zusammenfaltete und zurück in die Tasche steckte. »Mrs. Spencer-Brown war keine glückliche Frau, Inspector. Wenn ich ganz offen sein soll, würde ich sogar so weit gehen zu behaupten, daß sie etwas neurotisch war!« Er betonte das Wort, als sei es etwas Obszönes, etwas, das unter Männern bleiben mußte.

Pitt war verblüfft und befürchtete, daß sein Gesicht ihn verraten könnte. Alle anderen Personen hatten genau das Gegenteil gesagt, nämlich daß Mina ungewöhnlich praktisch und äußerst realistisch gewesen war.

»Tatsächlich?« Er war sich bewußt, daß diese Erwiderung nicht gerade geistreich klang, doch er war verwirrt. »Wie kommen Sie zu diesem Urteil, Mr. Charrington?«

»Wie bitte? Oh – also, Herr des Himmels, so verstehen Sie doch, Mann!« Lovell wurde langsam ungeduldig. »Ich habe diese Frau jahrelang beobachten können. Wohnte in derselben Straße, wissen Sie. War mit meiner Gattin befreundet. Bin in ihrem Haus gewesen, und sie war in meinem. Kenne ihren Gatten, wirklich ein armer Kerl. Sehr labile Frau, viel zu gefühlsbetont, viel zu unrealistische Vorstellungen. Wie die meisten Frauen, natürlich. Kann man nichts machen, liegt eben in ihrer Natur.«

Pitt hatte festgestellt, daß die meisten Frauen, besonders in den höheren Kreisen, höchst praktisch veranlagt waren und außerordentlich gut zwischen der Wirklichkeit und romantischen Vorstellungen unterscheiden konnten. Es waren die Männer, die ein hübsches Gesicht und eine schmeichelnde Zunge heirateten. Frauen – und Charlotte hatte ihm dies an zahlreichen Beispielen vor Augen geführt – wählten sehr viel häufiger einen angenehmen Charakter und eine wohlgefüllte Brieftasche.

»Eine Romanze?« Pitt blickte ihn verwundert an.

»Sehr richtig«, erwiderte Lovell. »Ganz genau. Leben in Tagträumen, nicht gewöhnt an die harten Tatsachen des Lebens. Sind dafür nicht geschaffen. Können nicht fertig werden damit. Anders als wir Männer. Die arme Mina Spencer-Brown hegte romantische Gefühle für den jungen Tormod Lagarde. Er ist ein ehrbarer Mann, selbstverständlich, anständig und rechtschaffen! Wußte, daß sie eine verheiratete Frau war und obendrein noch bedeutend älter als er –«

»Ich dachte, sie war ungefähr um die 35?« unterbrach Pitt.

»Das war sie wohl, denke ich.« Lovell riß die Augen auf und fixierte Pitt mit scharfem Blick. »Meine Güte, Mann, Lagarde ist erst 28. Wird sich ein Mädchen von 19 oder 25 suchen, wenn er wirklich heiraten will. Paßt viel besser zu ihm. Frauen sollten noch nicht ausgereift sein – sonst kann man sie nicht mehr korrigieren. Eine Frau muß geführt werden, wissen Sie, ihr Charakter muß geformt werden! Aber das würde jetzt zu weit führen. Mrs. Spencer-Brown war bereits verheiratet. Anzunehmen, daß sie gemerkt hat, daß sie sich lächerlich machte, und Angst hatte, daß ihr Gatte es herausfindet – und es nicht mehr ertragen konnte.« Er räusperte sich. »Mußte es Ihnen einfach sagen. Verdammt unangenehm, aber ich kann schließlich nicht mitansehen, wie Sie herumschnüffeln und Fragen stellen und dabei unschuldige Menschen in Verruf bringen. Äußerst unglückselig, die ganze Geschichte. Beklagenswert. Viel Leid. Arme Frau. Sehr töricht, aber was für ein schrecklicher Preis. Nichts Gutes daran.« Er schniefte erneut ein ganz klein wenig und betupfte seine Nase.

»Das ist selten der Fall«, sagte Pitt trocken. »Wie kommt es, daß Sie von Mrs. Spencer-Browns Zuneigung für Mr. Lagarde wußten, Sir?«

»Wie bitte?«

Pitt wiederholte seine Frage.

Lovells Gesicht verfinsterte sich.

»Das ist eine höchst taktlose Frage, Inspector – eh – Pitt!«

»Ich bin leider gezwungen, sie zu stellen, Sir.« Pitt konnte sich nur schwer beherrschen. Am liebsten hätte er diesen Mann aus seinem engen, idiotischen kleinen Panzer herausgeschüttelt – und doch wußte er tief in seinem Innern, daß das sinnlos und grausam wäre.

»Ich habe es selbstverständlich persönlich beobachtet!« fuhr Lovell ihn an. »Ich habe Ihnen bereits gesagt, daß ich Mrs. Spencer-Brown seit mehreren Jahren kenne. Ich habe sie bei zahlreichen gesellschaftlichen Anlässen gesehen. Glauben Sie etwa, ich hätte keine Augen im Kopf?«

Pitt überhörte die Frage. »Hat sonst noch jemand diese – Zuneigung bemerkt, Mr. Charrington?« erkundigte er sich statt dessen.

»Falls Ihnen sonst noch niemand davon Mitteilung gemacht hat, Inspector, dann nur aus Taktgefühl, nicht etwa aus Unwissenheit. Man erörtert schließlich nicht die Privatangelegenheiten anderer Leute mit Fremden, besonders wenn sie unangenehmer Natur sind.« Auf seiner Wange zuckte ein kleiner Muskel. »Es ist mir persönlich auch höchst unangenehm, mit Ihnen über diese Sache sprechen zu müssen, aber ich betrachte es als meine Pflicht, denjenigen, die noch am Leben sind, jede weitere Belastung zu ersparen. Ich hatte gehofft, Sie würden dies verstehen und zu würdigen wissen! Leider habe ich mich in diesem Punkt offenbar getäuscht.« Er stand auf und rückte die Schultern seines Jacketts gerade, indem er an beiden Aufschlägen zog. »Ich kann mich doch darauf verlassen, daß Sie sich dennoch Ihrer eigenen Verantwortung in diesem Fall bewußt sind und dementsprechend handeln?«

»Ich denke schon, Sir.« Pitt schob seinen Stuhl nach hinten und erhob sich ebenfalls. »Constable McInnes wird Sie hinausbegleiten. Vielen Dank für Ihren Besuch und für Ihre Offenheit.«

Er saß noch immer da und starrte auf die geschlossene Tür, die Berichte über die Brandstiftungen unberührt verkehrt herum auf dem Schreibtisch, als Constable McInnes 20 Minuten später zurückkehrte.

»Was gibt es?« fragte Pitt gereizt. Charrington hatte ihn aus der Fassung gebracht. Was er über Mina gesagt hatte, stand in krassem Gegensatz zu allem, was er bisher gehört hatte. Natürlich hatte auch Caroline ihm von Minas Gefühlen für Tormod Lagarde berichtet, doch sie war gleichzeitig davon überzeugt, daß

Mina eine ungewöhnlich vernünftige Frau gewesen war. Jetzt kam Charrington und behauptete, sie sei kokett und romantisch gewesen.

»Also, was gibt es?« wiederholte er ungeduldig seine Frage.

»Der Arztbericht, Sir.« McInnes reichte ihm mehrere Blätter.

»Arztbericht?« Einen Moment lang hatte Pitt keine Ahnung, was gemeint war.

»Über Mrs. Spencer-Brown, Sir. Sie starb an einer Vergiftung. Belladonna, Sir – eine Riesendosis.«

»Sie haben demnach den Bericht gelesen?« schloß Pitt logischerweise.

McInnes lief rot an. »Ich habe nur einen ganz kurzen Blick darauf geworfen, Sir. Hat mich irgendwie interessiert – wahrscheinlich, weil –« Er wußte nicht weiter, es wollte ihm keine gute Entschuldigung einfallen.

Pitt streckte die Hand nach den Blättern aus. »Vielen Dank.« Er sah sich den Bericht an, und sein Blick schweifte schnell über die gestochen klare Schrift. Bei der Obduktion hatte sich herausgestellt, daß Wilhelmina Spencer-Brown an Herzversagen gestorben war, hervorgerufen durch eine gewaltige Dosis Belladonna, die sie offenbar in einer Art Wein mit Ingwergeschmack zu sich genommen hatte, der einzigen Substanz, die sich zum Zeitpunkt ihres Todes in ihrem Magen befunden hatte, da sie seit dem Frühstück nichts mehr zu sich genommen hatte.

Harris hatte die Schachtel mit dem Medizinpulver, das Alston Spencer-Brown von Dr. Mulgrew erhalten hatte, mitgenommen und festgestellt, daß sie immer noch drei Viertel des Inhalts enthielt. Die gesamte fehlende Menge, inklusive der Dosen, die Spencer-Brown eigenen Angaben nach eingenommen hatte, war bedeutend geringer als die Menge, die man bei der Autopsie in Minas Körper gefunden hatte.

Demnach war Mina nicht an einer Medizin gestorben, die sie zufällig oder absichtlich eingenommen hatte. Das Gift stammte aus einer anderen, unbekannten Quelle.

Kapitel 6

Charlotte verbrachte einen unerfreulichen Tag damit, sich den Kopf über Caroline und Paul Alaric zu zerbrechen. Dreimal kam sie zu dem zwingenden Schluß, daß die Angelegenheit im Grunde gar nicht so ernst war und daß es am besten wäre, Pitts Rat zu befolgen und nichts zu unternehmen. Caroline würde ihre Einmischung bestimmt nicht begrüßen, und Charlotte würde sie wahrscheinlich nur beide in Verlegenheit bringen und die ganze Sache viel wichtiger erscheinen lassen, als sie in Wirklichkeit war.

Aber viermal sah sie wieder Carolines Gesicht mit den hochroten Wangen und ihren angespannten Körper vor sich und erinnerte sich an die Aufregung in ihrer Stimme, als sie mit Paul Alaric auf der Straße gesprochen hatten. Und auch ihn selbst hatte sie noch ganz deutlich vor Augen, seine Eleganz, seine aufrechte Haltung, seine klaren Augen, seine weiche Stimme. Sie konnte sich nur zu gut an seine Art zu sprechen erinnern, seine nonchalante, gepflegte Ausdrucksweise, wobei er jeden Konsonanten deutlich betonte, als habe er alles, was er sagte, vorher gründlich durchdacht und wolle es genau so und nicht anders formulieren.

Ja, sie mußte auf jeden Fall etwas unternehmen, und zwar schnell – wenn es nur nicht bereits zu spät war!

Sie hatte schon bei einem ganzen Schub Brot das Salz vergessen und Gracies Gefühle damit verletzt, daß sie ihr aufgetragen hatte, den Küchenboden zu putzen, obwohl die Kleine gerade erst damit fertig geworden war. Inzwischen war es drei Uhr nachmittags, und sie hatte einen von Pitts Hemdkrägen abgetrennt, um ihn zu wenden, und ihn schließlich wieder genauso angenäht wie vorher.

Sie trennte ihn verärgert wieder los und benutzte dabei einige Wörter, für die sie sich sicher geschämt hätte, wenn sie jemand gehört hätte. Endlich beschloß sie, auf der Stelle an ihre Schwester Emily zu schreiben und diese zu bitten, sie direkt nach Erhalt des Briefes aufzusuchen, ob es Emily paßte oder nicht. Emily, die

Lord Ashworth ungefähr zur gleichen Zeit geheiratet hatte wie Charlotte Pitt, würde möglicherweise gezwungen sein, irgendeine interessante gesellschaftliche Verpflichtung kurzfristig ausfallen zu lassen. Die Fahrt selbst war jedoch kein Problem für sie, denn sie brauchte lediglich ihre Kutsche vorfahren zu lassen und einzusteigen. Und Charlotte hatte schließlich auch sofort Emily aufgesucht, als die schreckliche Geschichte am Paragon Walk passiert war und Emily ihr Baby erwartete. Es war zwar unfein, sie daran zu erinnern, doch jetzt war nicht der geeignete Zeitpunkt für höfliche Einladungen.

Sie suchte ihr Briefpapier und schrieb:

Liebe Emily,

ich habe Mama während der letzten beiden Wochen mehrfach besucht, und es ist etwas ziemlich Abscheuliches passiert, das nicht wiedergutzumachende Folgen nach sich ziehen könnte, wenn wir nicht sofort einschreiten und etwas unternehmen. Ich möchte mich schriftlich nicht gern dazu äußern, denn es handelt sich um eine komplizierte und verwickelte Angelegenheit. Ich würde Dir gern alles persönlich mitteilen und Dich um Rat fragen, was wir unternehmen können, bevor sich eine Tragödie ereignet und jede Hilfe zu spät kommt!

Ich weiß, wie beschäftigt Du bist, aber es handelt sich um Probleme, die unser sofortiges Einschreiten erforderlich machen. Lasse daher bitte alle Pläne, die Du momentan haben solltest, fallen, und besuche mich sofort, nachdem Du diesen Brief erhalten hast. Wir wissen beide seit den Ereignissen am Paragon Walk und anderswo, daß das Schicksal jederzeit zuschlagen kann und nicht wartet, bis eine Soiree oder andere Vergnügungen dieser Art zu Ende sind.

Es hat bereits einen Todesfall gegeben.

Deine Dich liebende Schwester

Charlotte

Sie faltete den Brief zusammen, steckte ihn in einen Umschlag, den sie an Lady Ashworth, Paragon Walk, London, adressierte, und ließ ihn von Gracie sofort in den Briefkasten werfen.

Sie wußte genau, daß sie übertrieben hatte. Emily würde vielleicht verärgert sein, sie vielleicht sogar der Lüge bezichtigen, weil sie ihr falsche Tatsachen vorgespiegelt hatte. Es gab keinerlei

Hinweise dafür, daß Minas Tod auch nur das geringste mit Caroline zu tun hatte oder daß Caroline sich in irgendeiner Gefahr befand.

Aber wenn sie lediglich geschrieben hätte, daß Caroline im Begriff war, sich wegen eines Mannes lächerlich zu machen, selbst wenn es sich um Paul Alaric handelte, würde sie damit sicher nicht viel ausrichten. Natürlich würde ihr Vater, wenn er davon erfahren sollte, zutiefst verletzt sein – er wäre nicht in der Lage, etwas Derartiges zu verstehen. Die Tatsache, daß er in der Vergangenheit selbst wenigstens bei einer Romanze viel weiter gegangen war, erschien ihm in einem völlig anderen Licht. Was bei einem Mann akzeptiert wurde, solange er sich nur diskret verhielt, war nicht im geringsten mit dem zu vergleichen, was die Ehefrau ebendieses Mannes tat. Und wenn man ganz ehrlich war, verhielt sich Caroline nicht einmal besonders diskret! Aber selbst diese Tatsachen würden Emily keineswegs auf dem schnellsten Weg herführen, denn sie würde ihnen schlichtweg gar keinen Glauben schenken.

Erwähnte sie jedoch, daß jemand gestorben war, und erinnerte sie ihre Schwester ganz direkt an die entsetzlichen Ereignisse am Paragon Walk, würde diese mit großer Wahrscheinlichkeit so schnell herkommen, wie die Kutsche sie fahren konnte.

Charlotte behielt recht. Emily klopfte bereits am folgenden Tag noch vor Mittag äußerst energisch an ihre Tür.

Charlotte selbst öffnete ihr.

Emily sah elegant aus, selbst um diese Zeit, ihr helles Haar war der neuesten Mode entsprechend hochfrisiert, und sie trug einen entzückenden Hut und ein Kleid in dem klaren Grünton, der ihr besonders gut stand.

Sie drängte sich an Charlotte vorbei ins Haus und marschierte geradewegs in die Küche, wo Gracie schnell einen Knicks machte und nach oben floh, um das Kinderzimmer aufzuräumen.

»Nun?« verlangte Emily zu wissen. »Was um alles in der Welt ist denn passiert? Erzähl es mir, um Gottes willen!«

Charlotte war hocherfreut, sie zu sehen, denn es war schon eine ganze Weile her, daß sie sich getroffen hatten. Sie nahm ihre Schwester in die Arme und drückte sie kurz an sich.

Emily erwiderte die Begrüßung herzlich, jedoch ungeduldig.

»Also, was ist passiert?« drängte sie wieder. »Wer ist tot? Wie ist es passiert? Und was hat es mit Mama zu tun?«

»Setz dich doch.« Charlotte deutete auf einen der Küchenstühle. »Das ist eine ziemlich lange Geschichte, und es macht nicht viel Sinn, wenn ich sie nicht von Anfang an erzähle. Möchtest du gern etwas mit mir zu Mittag essen?«

»Wenn du darauf bestehst. Aber sag mir erst, wer tot ist, bevor ich vor Neugier vergehe! Und was hat das alles mit Mama zu tun? Deinem Brief nach zu urteilen, ist sie selbst auch in Gefahr.«

»Eine Frau namens Mina Spencer-Brown ist tot. Zuerst sah es aus wie Selbstmord, aber jetzt sagt Thomas, daß alles auf Mord hinweist. Ich habe Zwiebelsuppe gemacht – möchtest du auch einen Teller?«

»Nein, ganz sicher nicht! Was ist denn bloß in dich gefahren, Zwiebelsuppe zu kochen?«

»Ich hatte Lust darauf. Ich habe schon seit Tagen einen Heißhunger auf Zwiebelsuppe.«

Emily betrachtete sie und verzog das Gesicht.

»Wenn du schon aufgrund deines Zustandes einen Heißhunger auf irgend etwas entwickelst, hättest du dir wohl etwas Zivilisierteres einfallen lassen können! Also wirklich, Charlotte, ausgerechnet Zwiebeln! Das ist doch gesellschaftlich völlig untragbar. Wen kann man denn noch besuchen, nachdem man Zwiebelsuppe gegessen hat?«

»Ich kann nichts dafür. Wenigstens sind sie jederzeit leicht zu bekommen und auch nicht lächerlich teuer. Du kannst es dir ja leisten, einen Heißhunger auf frische Aprikosen oder Fasan in Aspik zu entwickeln, wenn es dir gefällt, aber ich kann das nicht.«

Emily sah plötzlich sehr konzentriert aus. »Wer ist Mina Spencer-Brown? Und was hat sie mit Mama zu tun? Charlotte, falls du mich hergelockt hast, damit ich mich in einen von Thomas' Fällen einschalten soll« – sie holte tief Luft und verzog das Gesicht –, »muß ich dir gestehen, daß ich nur nach einem Grund suche, um mich einzumischen! Mord ist sehr viel aufregender als eine feine Gesellschaft, auch wenn mich Verbrechen manchmal in Angst und Schrecken versetzen und mich zum Weinen bringen, weil die Lösung immer so traurig ist.« Ihre Hand auf dem Tisch ballte sich zu einer Faust. »Aber ich finde wirklich, du hättest mir die Wahrheit sagen können, statt mir einen Haufen dummer Geschichten über Mama aufzutischen. Ich habe deinetwegen einen wirklich guten Lunch verschoben. Und du bietest mir dafür eine Zwiebelsuppe an!«

Erinnerungen zuckten einen Moment lang durch Charlottes Kopf: die grauenhafte Leiche im Garten am Callander Square; sie neben Emily, starr vor Angst, als Paul Alaric sie nach den Morden am Paragon Walk gefunden hatte. Doch dann kehrte sie wieder in die Gegenwart zurück, und ihr wild klopfendes Herz beruhigte sich.

»Es hat tatsächlich etwas mit Mama zu tun«, sagte sie ernst. Sie trug Suppe und Brot auf und setzte sich. »Du mußt sie noch salzen. Das habe ich vergessen. Erinnerst du dich an Monsieur Alaric?«

»Sei doch nicht albern!« sagte Emily mit hochgezogenen Brauen. Sie griff nach dem Salz und streute ein wenig davon in ihre Suppe. »Als ob ich ihn je vergessen könnte – selbst wenn er nicht mehr mein Nachbar wäre! Er ist einer der charmantesten Männer, die ich je getroffen habe. Er ist in der Lage, sich über fast jedes Thema anregend zu unterhalten, als ob er sich dafür interessieren würde. Warum hält es die feine Gesellschaft bloß für schicklich, immer so zu tun, als sei man gelangweilt? Das ist wirklich sehr ermüdend!« Sie lächelte. »Weißt du, ich habe nie genau gewußt, ob er sich überhaupt im klaren war, wie fasziniert wir alle von ihm waren, du vielleicht? Meinst du, daß wir uns im Grunde lediglich herausgefordert fühlten, weil er so geheimnisvoll war, und daß jede die andere ausstechen wollte, indem sie seine Aufmerksamkeit auf sich lenkte?«

»Nur zum Teil.« Charlotte sah ihn sogar hier in ihrer eigenen Küche so lebhaft vor sich, daß es einfach mehr als nur das gewesen sein mußte. »Er war in der Lage, sich über uns lustig zu machen und uns gleichzeitig das Gefühl zu geben, daß er uns mochte.«

»Wirklich?« Emilys Augen weiteten sich, und ihre zarten Nasenflügel bebten ein wenig. »Ich finde, das ist eine höchst ärgerliche Mischung. Und ich bin mir absolut sicher, daß zumindest Selena von ihm bedeutend mehr erwartet hat, als einfach nur ›gemocht‹ zu werden. Freundschaft ist kein Gefühl, das einen Menschen derart aufwühlt und quält.«

»Inzwischen hat Mama ihn kennengelernt.« Charlotte hatte damit gerechnet, daß Emily von dieser Mitteilung beeindruckt sein würde.

Doch sie wurde enttäuscht: Emily interessierte sich offenbar gar nicht für diese Neuigkeit.

»Die Suppe schmeckt wirklich gut, wenn man sie richtig salzt«, stellte sie überrascht fest. »Aber ich werde gezwungen sein, mich in die äußerste Ecke zu verkriechen und mich schreiend zu unterhalten. Daran hättest du doch denken müssen! Mama hat also Monsieur Alaric kennengelernt? Die Gesellschaft ist eben sehr klein.«

»Mama trägt ein Bild von ihm in ihrem Medaillon.«

Dieser Satz erzielte endlich die erwünschte Wirkung. Emily ließ ihren Löffel fallen und starrte sie entgeistert an.

»Was hast du da gerade gesagt? Das glaube ich einfach nicht! Sie kann unmöglich derart – derart dumm sein!«

»War sie aber.«

Emily schloß erleichtert die Augen. »Dann ist es also jetzt wieder vorbei.«

»Nein. Sie hat das Medaillon verloren – wahrscheinlich wurde es gestohlen. Eine Menge kleiner Gegenstände ist am Rutland Place gestohlen worden – ein silberner Stiefelknöpfer, eine Goldkette, eine Schnupftabakdose.«

»Aber das ist ja schrecklich!« Emilys Augen weiteten sich und wurden dunkel vor Angst. »Charlotte, das ist einfach furchtbar! Ich weiß zwar, daß es heutzutage schwer ist, gute Dienstboten zu bekommen, aber das ist einfach zu viel! Man schuldet es seinen Freunden, wenigstens dafür zu sorgen, daß das Personal ehrlich ist. Und wenn jemand das Medaillon findet – und weiß, daß es Mama gehört, und dann das Bild von diesem – Franzosen – darin entdeckt? Was würden die Leute wohl sagen? Und was würde Papa denken?«

»Genau«, sagte Charlotte. »Und jetzt ist Mina Spencer-Brown tot – wahrscheinlich ermordet –, und sie hat so gut wie nebenan gewohnt. Aber Mama beabsichtigt trotzdem nicht, damit aufzuhören, ihn zu treffen. Ich habe versucht, sie davon abzubringen, aber es war genauso, als hätte sie mich gar nicht gehört.«

»Hast du ihr denn nicht klarzumachen versucht –« begann Emily ungläubig.

»Selbstverständlich habe ich das!« fiel ihr Charlotte ins Wort, bevor ihre Schwester zu Ende sprechen konnte. »Aber hast du je einen Rat angenommen, wenn du verliebt warst?«

Emily sah entgeistert aus. »Red doch keinen Unsinn! Was um Himmels willen meinst du mit ›verliebt‹? Mama ist schließlich 52! Und sie ist verheiratet –«

»Jahre bedeuten nichts«, sagte Charlotte scharf und unterstrich die Bedeutungslosigkeit der Zeit mit einer wegwerfenden Bewegung ihres Suppenlöffels. »Ich glaube nicht, daß sich Empfindungen auch nur im geringsten ändern. Und sich vorzustellen, daß man durch die Ehe davor geschützt sein soll, sich zu verlieben, ist absolut naiv. Wenn du schon mit beiden Händen nach dieser feinen Gesellschaft greifst, Emily, dann solltest du neben den ganzen Spitzfindigkeiten und albernen Umgangsformen auch ein wenig von dem Sinn für Realität annehmen, der in diesen Kreisen üblich ist.«

Emily schloß die Augen und schob ihren Suppenteller fort.

»Charlotte, das ist ja schrecklich!« sagte sie mit gepreßter, zitternder Stimme. »Das würde zu einer riesigen Katastrophe führen. Hast du auch nur die blasseste Ahnung, was mit einer Frau passiert, die sich – unmoralisch verhält? Oh, es wäre vielleicht noch akzeptabel, wenn es sich um irgendeinen Grafen oder Herzog handelte und man selbst eine wichtige Persönlichkeit wäre – aber für eine Frau wie Mama – niemals! Papa könnte sich sogar von ihr scheiden lassen! Ach, du liebe Güte! Ich will es mir gar nicht erst vorstellen! Das wäre für uns alle das Ende! Keiner wird mich mehr empfangen wollen!«

»Ist das alles, woran du denkst?« fragte Charlotte aufgebracht. »Irgendwo eingeladen zu werden? Liegt dir denn gar nichts an Mama? Und was denkst du wohl, wie sich Papa fühlen wird? Ganz zu schweigen von dem, was mit Mina Spencer-Brown passiert ist!«

Emilys Gesicht war weiß geworden. Ihre Wut war verflogen, plötzlich schämte sie sich für ihre Gedanken.

»Du kannst doch unmöglich glauben, daß Mama irgend etwas mit Mord zu tun hat«, sagte sie sehr leise. »Das ist einfach unvorstellbar.«

»Natürlich«, sagte Charlotte, »aber es ist durchaus vorstellbar, wenn nicht sogar recht wahrscheinlich, daß dieser Mord etwas mit den Diebstählen zu tun hat. Und das ist noch nicht alles. Mama sagt, daß sie schon seit einiger Zeit das Gefühl hat, daß sie von jemandem beobachtet wird, daß ihr jemand nachspioniert. Das könnte ebenfalls etwas mit dem Mord zu tun haben.«

Auf Emilys Wangen erschienen zwei rote Flecken.

»Warum hast du das nicht gleich gesagt?« Ihre Entrüstung war wieder zurückgekehrt, die Scham vergessen. »Du hättest auf der

Stelle nach mir schicken sollen. Es ist mir gleichgültig, für wie klug du dich hältst, du hättest es einfach nicht auf eigene Faust versuchen sollen. Sieh nur, wie die Dinge sich inzwischen entwikkelt haben! Du überschätzt dich wirklich ungemein, Charlotte. Bloß weil du in ein oder zwei von Thomas' Fällen über die Wahrheit gestolpert bist, glaubst du schon, daß du unfehlbar bist und daß dich niemand täuschen kann. Und sieh nur, was trotz deines Eingreifens alles passiert ist!«

»Ich habe erst einen Tag, bevor ich dir geschrieben habe, erfahren, daß es Mord war.« Charlotte konnte sich nur mit Mühe zurückhalten. Sie wußte, daß Emily Angst hatte, und sie wußte außerdem insgeheim, daß sie ihre eigenen Fähigkeiten tatsächlich überschätzt hatte. Es wäre vielleicht wirklich besser gewesen, wenn sie Emily früher benachrichtigt hätte oder sie zumindest über Caroline und Paul Alaric informiert hätte.

Emily griff wieder nach ihrem Suppenteller.

»Jetzt ist sie kalt. Ich kann wirklich nicht verstehen, warum du keinen Heißhunger auf irgend etwas Ordentliches entwickeln kannst, beispielsweise Gewürzgurken. Als ich in anderen Umständen war, wollte ich immer nur Erdbeermarmelade. Zu allem habe ich Erdbeermarmelade gegessen. Könntest du mir bitte noch etwas heiße Suppe aus dem Topf nachschenken?«

Charlotte stand auf und schöpfte Suppe für sie beide. Sie stellte den Teller vor Emily auf den Tisch und setzte sich wieder.

»Was sollen wir tun?« fragte sie leise.

Emily schaute sie an, und ihre ganze Wut verrauchte wieder. Sie war sich ihrer eigenen Selbstsucht sehr wohl bewußt, doch es war weder für sie noch für Charlotte notwendig, daß sie sich dazu äußerte.

»Am besten, wir gehen sofort zu Mama, heute nachmittag noch, überzeugen sie davon, daß sie in Gefahr ist, und halten sie davon ab, Monsieur Alaric weiter zu treffen – außer wenn es der Zufall so will, was sich schließlich nicht vermeiden läßt. Es soll ja nicht auffallen. Das würde nur zu Gerede führen. Falls die Geschichte wirklich etwas mit den Diebstählen zu tun hat und jemand das verflixte Medaillon besitzt, versuchen wir am besten herauszufinden, wer diese Frau – Spencer-Brown – umgebracht hat. Ich habe genug Geld. Ich kann das Medaillon zurückkaufen, falls es sich um Erpressung handelt.«

Charlotte war überrascht. »Das würdest du wirklich tun?«

Emilys blaue Augen weiteten sich. »Selbstverständlich würde ich das! Zuerst kaufen wir das Medaillon zurück, und dann schalten wir die Polizei ein. Es ist gleichgültig, was dann geredet wird – ohne das Medaillon würde es niemand mehr glauben. Der Betreffende erschiene dann nur in einem noch schlechteren Licht. Wir könnten das Bild vernichten, und Mama würde alles abstreiten. Monsieur Alaric wird ihr wohl kaum in den Rücken fallen! Er mag zwar Ausländer sein, aber er ist schließlich auch ein Gentleman.« Emilys Gesicht verdüsterte sich. »Es sei denn, er ist derjenige, der Mrs. Spencer-Brown getötet hat.«

Daß Paul Alaric der Mörder sein könnte, war eine Vorstellung, die Charlotte aus irgendeinem Grund nicht akzeptieren mochte. Er war ihr eigentlich noch nie verdächtig vorgekommen, nicht einmal am Paragon Walk, und jetzt erschien ihr der Gedanke erst recht abstrus und häßlich.

»Oh, ich glaube auf keinen Fall, daß er es getan hat!« sagte sie.

Emily starrte sie an. »Und warum nicht?«

Doch dann verstand sie plötzlich. Sie kannte ihre Schwester besser, als ihr lieb war. Überdies hatte sie immer schon ein ungemein scharfes Auge für die meisten Menschen gehabt, sowohl in bezug auf das, was sie wollten, als auch – was ausschlaggebender war – für die Gründe, warum sie es wollten. Dieser Gabe, verknüpft mit einem absoluten Realismus, was ihre eigenen Wünsche betraf, und der Fähigkeit, ihre Zunge in Zaum zu halten, hatte sie ihren beträchtlichen Erfolg in der feinen Gesellschaft zu verdanken. Charlotte besaß eine weitaus lebhaftere Phantasie, ihr mangelte es jedoch an Selbstbeherrschung. Sie nahm keine Rücksicht auf gesellschaftliche Konventionen, und daher entgingen ihr viele Motive, die das Handeln anderer bestimmten. Wenn es jedoch um die grundlegenden verborgenen und tragischen Empfindungen und Leidenschaften ging, besaß sie den richtigen Instinkt, oft gepaart mit einem starken, für sie schmerzhaften Gefühl von Mitleid.

»Warum nicht?« wiederholte Emily und aß ihre Suppe zu Ende. »Glaubst du das nur, weil er attraktiv ist und du ihn deshalb für anständig hältst? Sei doch nicht kindisch! Du solltest es eigentlich besser wissen. Nur weil einer gut aussieht, heißt das doch noch lange nicht, daß er nicht auch völlig oberflächlich empfinden kann und zu den abscheulichsten Taten fähig ist. Gutaussehende Menschen sind oft äußerst selbstsüchtig. Die Fähigkeit, andere bezaubern zu können, ist gefährlich für den Charakter. Oft empfinden sie es als Schock, als Niederlage, die sie nicht akzeptieren können, wenn es plötzlich etwas gibt, das sie haben möchten und doch vielleicht nie bekommen können. Er wäre nicht der erste, der es sich daraufhin einfach mit Gewalt genommen hätte. Wenn er so erzogen ist, daß er glaubt, er brauche nur zu lächeln, und schon tun alle Leute, was er will – um Himmels willen, Charlotte, erinnere dich doch nur an Selena! Sie war völlig verdorben, weil man ihr immer wieder gesagt hat, sie sei eine Schönheit!«

»Du brauchst dieses Thema nicht weiter auszuführen«, unterbrach Charlotte sie verärgert. »Ich verstehe dich genau. Ich habe schließlich auch schon verwöhnte Menschen gekannt! Und ich habe durchaus nicht vergessen, wie sich alle angestellt haben wegen Monsieur Alaric. Er brauchte nur aufzutauchen, und schon machte sich die Hälfte aller Frauen am Walk lächerlich!«

Emily warf ihr einen kühlen Blick zu, denn die Erinnerung an ihr eigenes Verhalten war auch nicht gerade schmeichelhaft.

»Dann solltest du lieber dein bestes Kleid anziehen und sofort mit mir Mama besuchen«, sagte sie energisch. »Bevor sie ausgeht oder jemand anderen empfängt. Wenn wir mit ihr allein sind, können wir offen mit ihr sprechen.«

Caroline war überrascht und erfreut, sie zu sehen.

»Meine Lieben, wie wundervoll! Kommt doch herein, und setzt euch. Wie schön, euch beide zusammen zu sehen!« Sie trug ein wunderhübsches lavendelfarbenes Kleid, hochgeschlossen bis zum Hals, und dazu ein Fichu aus zarter Spitze. Zu jedem anderen Zeitpunkt hätte Charlotte sie beneidet, denn ein solches Kleid hätte ihr nicht nur hervorragend gestanden, sie wäre sich vor allem selbst darin schön vorgekommen. Aber jetzt konnte sie nur daran denken, wie erhitzt ihre Mutter aussah, wie sie ihre Lebenslust, ja Erregung kaum verbergen konnte. Sie schaute hinüber zu Emily und erkannte das Erschrecken in ihren Augen.

»Emily, setz dich hierher, wo ich dich sehen kann«, sagte Caroline fröhlich. »Du bist schon seit einer Ewigkeit nicht mehr hier gewesen – wenigstens kommt es mir ganz so vor. Es ist noch viel zu früh für den Nachmittagstee, aber ich nehme an, ihr habt schon zu Mittag gegessen?«

»Zwiebelsuppe«, sagte Emily und rümpfte dabei ein ganz klein wenig die Nase.

Caroline blickte sie entgeistert an. »Ach herrje! Warum denn das bloß?«

Emily griff nach ihrer Handtasche, öffnete sie und nahm ihr Parfüm heraus. Sie betupfte sich ausgiebig damit und bot es dann Charlotte an.

»Mama, Charlotte hat mir gesagt, daß sich hier in der letzten Zeit tragische Dinge ereignet haben«, begann sie und überging die Frage nach der Suppe. »Es tut mir ja so leid. Ich wünschte, du hättest mir geschrieben. Ich wäre gern bei dir gewesen, um dich zu trösten.«

Wenn man bedachte, wie strahlend Caroline aussah, schien diese Bemerkung reichlich deplaziert. Charlotte hatte noch nie jemanden gesehen, der weniger trostbedürftig aussah.

Caroline wurde ernst. »Oh ja, Mina Spencer-Brown. Wirklich sehr traurig – tatsächlich, äußerst tragisch. Ich kann mir wirklich nicht erklären, was sie dazu getrieben haben kann. Ich fühle mich schrecklich schuldig, aber ich hatte wirklich keine Ahnung, daß irgend etwas nicht stimmte.«

Charlotte war sich bewußt, daß ihnen die Zeit davonlief, da jederzeit nach drei Uhr andere Besucher eintreffen konnten.

»Sie hat sich nicht das Leben genommen«, sagte sie brutal. »Sie ist ermordet worden.«

Es herrschte absolute Stille. Das Leuchten auf Carolines Gesicht erlosch, und ihr Körper fiel in sich zusammen; plötzlich sah sie viel dünner aus.

»Ermordet?« wiederholte sie. »Wie kannst du das wissen? Versuchst du, mir Angst zu machen, Charlotte?«

Genau das versuchte sie tatsächlich, doch dies zuzugeben, würde die erhoffte Wirkung nur abschwächen.

»Thomas hat es mir natürlich erzählt«, sagte sie. »Sie ist an einer Belladonnavergiftung gestorben, aber die Dosis war viel höher als alles, was sie im Haus hatte. Das Gift muß von irgendwo anders gestammt haben. Niemand hätte ihr das Gift gegeben, damit sie sich umbringen konnte, also kann es doch nur Mord gewesen sein, oder?«

»Das kann ich nicht verstehen.« Caroline schüttelte den Kopf. »Warum sollte irgend jemand Mina töten wollen? Sie hat doch niemandem geschadet. Sie besaß kein Geld, das sie vererben konnte, und es bestand auch für sie keine Aussicht auf irgendeine Erbschaft, soweit ich weiß.« Verwirrung spiegelte sich auf ihrem

Gesicht. »Das gibt doch alles keinen Sinn. Alston wäre der letzte, der – der eine Affäre mit einer anderen Frau anfangen würde und sich wünschte, daß sie – nein, das ist doch einfach lächerlich!« Ihre Stimme wurde fester, und sie schaute hoch. »Thomas muß sich geirrt haben – es gibt sicher eine andere Erklärung. Wir haben sie nur noch nicht gefunden.« Sie richtete sich ein wenig in ihrem Sessel auf. »Sie muß es sich irgendwo besorgt haben. Ich bin sicher, wenn er genauer nachforscht –«

»Thomas ist ein hervorragender Polizist und irrt sich nie«, sagte Emily zu Charlottes Verblüffung. Das war eine sehr verallgemeinernde Feststellung und entsprach natürlich auch nicht ganz der Wahrheit, doch Emily fuhr ungerührt fort: »Er hat sicher schon alle anderen Möglichkeiten in Erwägung gezogen. Wenn er sagt, daß es sich um Mord handelt, dann stimmt es auch! Wir sollten der Wahrheit lieber ins Gesicht schauen und uns dementsprechend verhalten.« Sie starrte bedeutungsvoll Caroline an, dann wandte sie ihren Blick ab, weil sie es nicht schaffte, ihrer Mutter in die Augen zu sehen und gleichzeitig ihren letzten Trumpf auszuspielen. »Das bedeutet natürlich auch, daß die Polizei hier überall Nachforschungen anstellen und jede mögliche Spur aufgreifen wird! Es wird in der Nachbarschaft kein einziges Geheimnis geben, das nicht aufgedeckt werden wird!«

Caroline verstand sie nicht sofort. Sie sah zwar die Unannehmlichkeiten, die dies mit sich bringen würde, denn sie hatte natürlich die Ereignisse in der Cater Street nicht vergessen, und sie erkannte die Gefahren für die Menschen, die Mina nahegestanden hatten, doch die Gefahr, in der sie selbst schwebte, bemerkte sie nicht.

Emily lehnte sich zurück, das Gesicht vor Mitleid verzogen, voll Schuldgefühl, weil sie nicht diejenige sein wollte, die ihrer Mutter Schmerz zufügte.

»Mama«, sagte sie langsam. »Charlotte sagt, daß du ein Medaillon verloren hast und daß es sich dabei um etwas derart Persönliches handelt, daß es dir lieber wäre, wenn überhaupt niemand es finden würde, wenn du es selbst nicht aufspüren kannst. Aber in der gegenwärtigen Lage ist äußerste Diskretion angebracht, weil selbst ganz harmlose Angelegenheiten sehr merkwürdig aussehen können, wenn sie aufgedeckt werden und die ganze Gesellschaft anfängt, sich darüber den Mund zu zerreißen. Du weißt ja, daß die Leute oft gern etwas dazuerfinden.«

Sie erfanden leider immer etwas dazu, dachte Charlotte unglücklich, und fast ausnahmslos Negatives – es sei denn, man war selbst derjenige, der die Neuigkeit weitererzählte! Sie fragte sich inzwischen, ob es richtig von ihr gewesen war, Emily mitzubringen. Sie hätte selbst genausogut mit Caroline reden können, doch dabeizusitzen, zuzusehen und zuzuhören ließ alles sehr viel härter erscheinen, als sie beabsichtigt hatte. Irgendwie klang das Ganze auch ein wenig selbstsüchtig, als ob Emily vor allem um ihren eigenen Ruf fürchtete und Charlotte lediglich selbstgerecht und neugierig gehandelt hätte, fasziniert von ihrer selbstgewählten Rolle als Detektivin.

Sie waren nicht besonders subtil vorgegangen.

Sie schaute zu Emily hinüber und sah die leichte Röte auf ihrem Gesicht, die ihr bis zu den Augen hochgestiegen war, und sie wußte, daß die Situation auch Emily plötzlich bewußt geworden war.

Charlotte beugte sich vor und ergriff Carolines Hände. Sie waren ganz steif und reagierten überhaupt nicht auf die Berührung.

»Mama!« sagte Charlotte. »Wir müssen alles über Minas Tod herausfinden, so daß die Untersuchungen abgeschlossen werden können, bevor Thomas oder sonst irgend jemand Zeit hat, über das Leben der anderen nachzudenken! Sie ist aus einem ganz bestimmten Grund umgebracht worden – entweder Liebe oder Haß, Eifersucht oder Habgier – irgend etwas in der Art!« Sie atmete hörbar aus. »Höchstwahrscheinlich ist es auch Angst gewesen. Du hast selbst gesagt, daß Mina intelligent war. Sie besaß viel praktischen Verstand, sie hat gut beobachtet. Vielleicht wußte sie etwas über jemanden, das so wichtig war, daß derjenige bereit war, einen Mord zu begehen, um es weiterhin geheimzuhalten. Es gibt hier einen Dieb, das steht jedenfalls fest. Vielleicht wußte Mina, wer der Dieb war, und ist so unvernünftig gewesen, den Betreffenden wissen zu lassen, daß sie sein Geheimnis kannte. Oder sie war möglicherweise selbst die Diebin und hat etwas gestohlen, das für den Besitzer eine so große Bedeutung hat, daß er nicht einmal vor einem Mord zurückgeschreckt ist, um es zurückzubekommen.«

Emily griff ein, froh, etwas sagen zu können, das die aufgewühlten Emotionen wieder ein wenig glättete. »Um Himmels willen, hat Thomas denn das Haus nicht durchsucht? Daran hätte er doch denken müssen! Das ist doch wirklich das wenigste!«

»Selbstverständlich hat er das!« brauste Charlotte auf, doch dann wurde ihr der Klang ihrer Stimme bewußt. Sie brauchte Thomas gar nicht zu verteidigen, Emily hielt sowieso große Stücke auf ihn und hatte ihn auf ihre Art wirklich gern. »Sie haben nichts gefunden«, fuhr sie daher fort. »Wenigstens nichts, das sie für wichtig hielten. Aber wenn wir Fragen stellen und ein wenig nachforschen, entdecken wir vielleicht etwas, das ihnen entgangen ist. Die Leute sagen der Polizei schließlich nur das, was unbedingt notwendig ist, nicht?«

»Selbstverständlich!« sagte Emily eifrig. »Aber mit uns werden sie sprechen! Und wir können Nuancen heraushören, die Thomas nicht auffallen würden – Zwischentöne, Lügen –, weil wir die Leute hier kennen. Genau das müssen wir unbedingt machen! Mama, wir werden dich heute nachmittag bei deinen Besuchen begleiten, am besten, wir brechen sofort auf! Wen sollen wir zuerst besuchen?«

Caroline lächelte resigniert. Jede Gegenwehr war sinnlos.

»Alston Spencer-Brown«, erwiderte Charlotte an ihrer Stelle. »Wir werden ihm unser Beileid aussprechen und ihm sagen, wie erschüttert wir sind. Das ist schließlich so üblich. Wir werden so sehr unter dem Eindruck der Tragödie stehen, daß wir an nichts anderes denken können.«

»Natürlich«, sagte Emily, stand auf und zupfte ihren Rock so zurecht, wie es ihren Vorstellungen entsprach. »Ich bin geradezu untröstlich.«

»Du hast sie nicht einmal gekannt!« warf Caroline ein.

Emily schenkte ihr einen kühlen Blick.

»Man muß eben praktisch sein, Mama. Ich habe sie bei diversen Soireen getroffen. Ich habe sie sehr gern gemocht. Ich bin sogar davon überzeugt, daß wir gerade am Anfang einer langen, engen Freundschaft gestanden haben. Er weiß doch nicht, daß nichts davon stimmt. Wie hat sie ausgesehen? Es würde einen schlechten Eindruck machen, wenn ich sie auf einem Porträt oder auf einer Fotografie nicht erkennen würde. Obwohl ich mich natürlich immer noch damit herausreden könnte, ich sei kurzsichtig – aber das möchte ich lieber nicht tun. Dann müßte ich auch über alle möglichen Gegenstände stolpern, um überzeugend zu wirken.«

Caroline schloß entnerviert die Augen und bedeckte sie matt mit der Hand.

»Sie war etwa so groß wie du«, sagte sie. »Aber äußerst schlank, fast schon dünn, und sie hatte einen sehr langen Hals. Sie sah jünger aus, als sie war. Sie war hübsch und besaß einen äußerst schönen Teint.«

»Wie sah ihr Gesicht aus, und welche Haarfarbe hatte sie?«

»Oh, sie hatte ziemlich regelmäßige Züge – ihr Gesicht war vielleicht ein wenig klein. Und sehr weiches Haar, hellbraun, würde ich sagen. Sie konnte wirklich sehr charmant sein, wenn sie wollte. Und sie wußte sich hervorragend zu kleiden, trug fast immer dezente Farben, vor allem Cremetöne. Sehr geschickt gewählt. Es gab ihr genau den Ausdruck von zarter Unschuld, den Männer so schätzen.«

»Gut«, meinte Emily. »Dann können wir jetzt gehen. Wir wollen schließlich dort nicht mit wer weiß wie vielen anderen Leuten zusammentreffen. Wir dürfen nicht zu lange bleiben, sonst schöpft er Verdacht, aber wir müssen ihn unbedingt allein sehen. Du lieber Himmel! Ich hoffe doch, daß er uns überhaupt empfängt? Er hütet doch nicht etwa das Bett?«

»Das glaube ich nicht.« Caroline erhob sich widerstrebend. »Ich glaube, ich hätte davon erfahren, wenn dem so wäre. Dienstboten reden immer über alles.«

Charlotte sah, daß sie zögerte, daß sie sich auch jetzt noch dem Unumgänglichen am liebsten entzogen hätte.

»Du mußt einfach mitkommen, Mama. Wir können schlecht allein gehen. Es würde sehr merkwürdig aussehen. Du bist schließlich die einzige, die ihn kennt.«

»Ich komme ja mit«, sagte Caroline matt. »Aber ich kann nicht leugnen, daß ich es wirklich höchst ungern tue. Diese ganze Angelegenheit ist äußerst unangenehm, und ich wünschte mir nur, es wäre Selbstmord gewesen und wir könnten Mina in Frieden ruhen lassen – wir würden Mitleid und Trauer empfinden, aber wir wären nicht gezwungen, uns unablässig damit zu beschäftigen.«

»Gewiß!« sagte Emily. »Aber das ist leider unmöglich. Und wenn wir möchten, daß die ganze Sache zu einem annehmbaren Ende kommt, dann müssen wir selbst dafür sorgen! Charlotte hat völlig recht!«

Charlotte war es unangenehm, daß Emily es so darstellte, als ob das Ganze ihre Idee gewesen sei, doch sich jetzt darüber zu streiten, würde überhaupt nichts ändern. Also folgte sie den beiden gehorsam nach draußen.

Alston Spencer-Brown empfing sie in einem abgedunkelten Raum, wie es bei Trauerfällen üblich war. Alle Rouleaus an den Fenstern waren halb herabgelassen, und um den Spiegel war schwarzer Crêpe befestigt, ebenso an den verschiedenen Fotografien und auf dem Klavier. Er selbst trug Trauerkleidung, nur ein weißes Hemd lockerte das Schwarz ein wenig auf.

»Wie freundlich, daß Sie gekommen sind«, sagte er mit schwacher Stimme. Er wirkte wie betäubt und war viel kleiner und schmaler, als Charlotte ihn sich vorgestellt hatte.

»Das ist doch das wenigste, das wir tun können«, murmelte Caroline unglücklich, als sie seiner Aufforderung, Platz zu nehmen, nachkamen. »Wir haben Mina sehr gemocht.«

Alston blickte fragend zu Emily herüber, offenbar war er nicht sicher, wer sie war und warum sie gekommen war.

Emily log, ohne mit der Wimper zu zucken; darin war sie sehr geschickt.

»Wir hatten sie sehr gern«, sagte sie mit einem traurigen Lächeln. »Wirklich sehr gern. Ich habe sie auf verschiedenen Soireen getroffen und fand sie äußerst charmant. Wir hatten gerade angefangen, einander etwas besser kennenzulernen, und entdeckten, daß wir viel gemeinsam hatten. Sie war wirklich eine kluge Frau.«

»Ja, das war sie«, sagte Alston mit einem Anflug von Überraschung, der Emily nicht entgangen sein konnte. »Eine äußerst scharfsichtige Frau.«

»Genau.« Emilys Stimme klang sehr verständnisvoll. »Sie hat immer so viel wahrgenommen, was anderen, weniger feinfühligen Menschen entgangen wäre.«

»Meinst du wirklich?« Charlotte sah fragend von einem zum anderen.

»Oh ja!« Alston nickte. »Ich fürchte, die arme Mina war oft scharfsichtiger, als ihr guttat. Sie war in der Lage, bei anderen Charakterzüge und Eigenschaften zu sehen, die nicht immer anziehend waren.« Er schüttelte den Kopf. »Nicht immer ehrenwerte Eigenschaften.« Er seufzte tief und blickte zuerst Emily und darauf Caroline an, dann wieder Emily. »Doch das haben Sie sicher selbst bemerkt?«

»Selbstverständlich!« Emily saß kerzengerade da. »Aber man besitzt eben auch eine gewisse« – sie zögerte feinfühlig – »Welterfahrenheit, wenn man über eine derartige Intelligenz verfügt.

Doch ich bin sicher, ich habe Mina nie schlecht über andere reden hören, sie ist nie eine Klatschbase gewesen!«

»Nein«, sagte er matt. »Nein, sie hat genau gewußt, wie man seine Meinung für sich behält, das arme Geschöpf. Vielleicht war gerade das ihr Verderben.«

Charlotte griff diesen Punkt auf, bevor das Gespräch eine sentimentale Wendung nahm. Mina hatte eine recht scharfe Zunge besessen, auch wenn Emily dies offenbar noch nicht erraten hatte.

»Aber es ist schließlich einfach unmöglich, bestimmte Dinge zu überhören.« Charlotte hörte sich überrascht in genau demselben Ton wie Emily fortfahren. »Oder sie zu übersehen, wenn man in einer kleinen Gemeinschaft lebt, wo jeder jeden kennt. Ich erinnere mich ganz genau, wie die arme Mrs. Spencer-Brown mit großem Mitgefühl« – sie mußte schlucken; was für eine Heuchlerin sie doch war! – »über den Tod von Mrs. Charringtons Tochter sprach. Das ist sicher ein schrecklicher Schock gewesen, und man fragt sich immer wieder, was wohl Furchtbares passiert sein kann, und sei es auch nur, um die richtigen Worte des Trostes zu finden.«

Caroline fuhr ein wenig in die Höhe, als Emily sie heftig anstieß.

»Ja, wirklich«, sagte Caroline. »Niemand weiß, was sie so plötzlich dahingerafft hat. Wirklich entsetzlich. Ich erinnere mich auch, daß Mina es erwähnt hat.«

»Sie war äußerst scharfsichtig«, wiederholte Alston. »Sie wußte, daß irgend etwas nicht stimmte, daß irgend etwas Schreckliches – daß viel mehr dahintersteckte. Die meisten Menschen haben sich täuschen lassen, aber Mina nicht!« Er schien merkwürdig stolz auf diese Eigenschaft seiner Frau zu sein. »Ihr ist nichts entgangen.« Sein Gesichtsausdruck wurde wieder ganz sachlich. »Selbstverständlich hat sie außer mit mir mit niemandem darüber geredet. Aber sie wußte, daß sich bei den Charringtons eine Tragödie ereignet hatte, über die keiner zu sprechen wagte. Sie hat mehr als einmal zu mir gesagt, daß es sie nicht überraschen würde, wenn Ottilie einen gewaltsamen Tod gefunden hätte! Die Familie würde es natürlich geheimhalten, wenn es irgendwo geschehen wäre, wo wir es nicht mitbekommen hätten – ich meine, wenn es ein – entehrender Tod war!«

Charlottes Gedanken überschlugen sich. Meinte er damit, daß auch Ottilie ermordet worden war? War sie vielleicht von einem

Liebhaber getötet worden? Oder war Ottilie gestorben, während sie ein uneheliches Kind erwartet hatte – oder, was noch schlimmer war, an den Folgen einer mißglückten Abtreibung? Oder hatte man sie an einem schändlichen Ort gefunden, im Schlafzimmer eines Mannes – oder sogar in einem Bordell?

Sollte eine derart junge Frau bereits an einer dieser abscheulichen Krankheiten gestorben sein?

Doch das mochte sie sich nicht vorstellen.

Bestimmt waren diese Krankheiten sehr langwierig und führten ganz langsam zum Tode, vielleicht sogar erst nach einigen Jahren.

Aber man konnte feststellen, daß man sich angesteckt hatte – und vielleicht sogar still und heimlich von der eigenen Familie zum Schweigen gebracht werden, bevor die verheerenden Symptome offenbar wurden!

Diese Gedanken mochten abstoßend sein, aber sie konnten durchaus der Wahrheit entsprechen. Und jeder einzelne stellte das Motiv für einen Mord dar – wenn Mina töricht genug gewesen war, sich ihr Wissen anmerken zu lassen.

Emily sprach wieder und versuchte, weitere Einzelheiten in Erfahrung zu bringen, ohne neugierig zu erscheinen. Sie wechselten das Thema, bevor es zu delikat wurde, und unterhielten sich jetzt über Theodora von Schenck. Charlotte und Caroline hatten Emily genau vorbereitet.

»Natürlich«, sagte Emily und nickte wissend. »Geheimnisse sind immer beliebte Klatschthemen. Das liegt in der Natur der Sache. Ich kann Mina gut verstehen. Ich muß sogar zugeben, daß ich mich selbst bereits gefragt habe, wie Theodora ihre Lage auf einmal derart verbessern konnte. Sie müssen zugeben – dafür gibt es keine Erklärung.« Sie beugte sich erwartungsvoll vor. »Es ist nur menschlich, sich darüber Gedanken zu machen! Man braucht sich deshalb nicht im geringsten schuldig zu fühlen.«

Charlotte errötete an ihrer Stelle und verspürte gleichzeitig einen Anflug von Stolz auf ihre Schwester. Sie war wirklich äußerst geschickt.

Alston ging prompt darauf ein.

»Oh, Mina hat das alles genau erkannt«, sagte er mit einem Anflug von trauriger Genugtuung. »Sie hat nicht darüber gesprochen, weil sie sehr diskret war, wissen Sie – sie besaß sehr viel Taktgefühl. Aber sie hat viel gesehen, und ich persönlich glaube, daß sie die Wahrheit gekannt hat – was die verschiedensten Angelegenheiten betraf!« Er lehnte sich zurück und blickte sie nacheinander an.

Emilys Augen weiteten sich vor Erstaunen. »Glauben Sie wirklich? Sie hat niemandem auch nur ein Sterbenswörtchen davon verraten! Oh, wie ich ihre Zurückhaltung bewundere!«

Eine scheußliche, ekelhafte Idee schoß Charlotte durch den Kopf und ließ sich nicht wieder vertreiben. Auch sie beugte sich vor und starrte Alston an; ihr Gesicht brannte vor Widerwillen gegen den eigenen Gedanken.

»Sie muß wirklich sehr aufmerksam gewesen sein«, sagte sie leise. »Sie hat sicher eine Menge bemerkt.«

»Oh ja«, sagte Alston. »Es war wirklich erstaunlich, was sie alles beobachtet hat. Ich fürchte, daß ich selbst eine Menge übersehen habe, ohne auch nur das geringste davon zu erkennen.« Plötzlich wurde er von seinen Erinnerungen überwältigt und von Schuldgefühlen gepeinigt, weil er die letztendliche Tragödie möglicherweise hätte verhindern können, wenn er nicht so blind gewesen wäre. Wenn er so viel gesehen und verstanden hätte wie Mina, wäre sie vielleicht nicht ermordet worden. Seine Gefühle spiegelten sich in seinem Gesicht, im Zucken seiner Lippen, den heruntergezogenen Mundwinkeln, dem Ausweichen seiner Augen, in die Tränen der Scham geschossen waren.

Charlotte konnte es nicht länger ertragen. Auch wenn sie glaubte, die Wahrheit zu kennen und Mina gegenüber genausoviel Wut wie Mitleid empfand, beugte sie sich vor und legte mitfühlend ihre Hand auf Alstons Arm.

»Aber wie Sie bereits gesagt haben und wie wir auch alle wissen«, sagte sie mit fester Stimme, »war Mina alles andere als klatschsüchtig. Sie war viel zu klug, um ihre Beobachtungen weiterzuerzählen. Ich bin sicher, Sie waren der einzige, der überhaupt von ihren – Erkenntnissen gewußt hat.«

»Glauben Sie wirklich?« Er sah sie gespannt an, begierig, von seiner Verantwortung, seiner Schuld, blind gewesen zu sein, erlöst zu werden. »Es wäre mir unerträglich, wenn ich denken müßte, daß sie – daß sie schwatzhaft gewesen sein könnte! Derartigen Dingen sollte immer Einhalt geboten werden.«

»Selbstverständlich«, beruhigte sie ihn. »Findet ihr nicht auch, Mama, Emily?«

»Oh ja«, antworteten beide, obwohl Charlotte in ihren Augen lesen konnte, daß sie den Sinn der Frage nicht ganz verstanden.

Charlotte nahm ihre Hand wieder von Alstons Arm und erhob sich. Jetzt, wo sie soviel erfahren hatte, wollte sie gehen. Es erschien ihr ungehörig, zu bleiben und Mitgefühl vorzutäuschen, das sowieso nichts half, wohl wissend, daß keine von ihnen echte Trauer empfand, außer auf eine recht unpersönliche Weise, wie man sie für jeden Menschen, der gestorben war, auch verspürte.

Emily blieb weiter entschlossen auf ihrem Platz sitzen.

»Sie müssen jetzt gut auf sich achtgeben«, sagte sie teilnahmsvoll und blickte Alston offen an. »Natürlich können Sie in der nächsten Zeit nicht ausgehen. Es wäre nicht schicklich, und ich bin sicher, Sie verspüren dazu auch kein Bedürfnis.« Emily kannte die gesellschaftlichen Konventionen genau. »Aber Sie dürfen auf keinen Fall zulassen, daß Sie krank werden.«

Caroline erstarrte, ihre Hände umkrampften die Sessellehnen. Sie blickte Charlotte an.

Charlotte fühlte, wie sich ihre eigenen Muskeln verspannten. Spielte Emily auf einen weiteren möglichen Mord an?

Alstons Augen weiteten sich, und anstelle des Kummers trat nackte Angst in sein Gesicht.

Bevor irgend jemand die Möglichkeit hatte, die richtigen Worte zu finden, um etwas Beruhigendes zu sagen, öffnete das Hausmädchen die Tür und meldete, daß Monsieur Alaric gekommen sei und fragen ließ, ob Mr. Spencer-Brown in der Lage sei, ihn zu empfangen. Alston murmelte etwas Unverständliches, das von dem Mädchen als Zustimmung gedeutet wurde, und nach einem Moment betroffenen Schweigens, in dem Charlotte zu Emily hinüberschaute, jedoch nicht wagte, Caroline anzublicken, kam Paul Alaric ins Zimmer.

»Guten Tag –«, er zögerte, offenbar hatte das Hausmädchen ihn nicht darauf vorbereitet, daß noch andere Gäste anwesend waren. »Mrs. Ellison, Mrs. Pitt.« Er wandte sich Emily zu, doch bevor er sprechen konnte, hatte sich Alston gesammelt und war wieder Herr der Lage, erleichtert, daß er sich einem gesellschaftlich genau festgelegten Ritual zuwenden konnte.

»Lady Ashworth, darf ich Ihnen Monsieur Paul Alaric vorstellen.« Er wandte sich an Alaric. »Lady Ashworth ist die jüngere Tochter von Mrs. Ellison.«

Alaric warf Charlotte einen kurzen Blick zu, erstaunt und fragend, dann ergriff er mit vollendeter Höflichkeit Emilys ausgestreckte Hand.

»Wie reizend, Sie kennenzulernen, Lady Ashworth. Ich hoffe, es geht Ihnen gut?«

»Recht gut, vielen Dank«, erwiderte Emily kühl. »Wir sind gekommen, um Mr. Spencer-Brown unser Mitgefühl auszusprechen. Da wir das bereits getan haben, sollten wir Ihnen vielleicht die Möglichkeit geben, Ihren Besuch ungestört abzustatten, ohne die lästige Pflicht, eine höfliche Konversation mit uns führen zu müssen.« Sie erhob sich anmutig und schenkte ihm ein Lächeln, das kaum mehr als reine Höflichkeit ausdrückte.

Auch Charlotte war aufgestanden, sie hatte sich sowieso gerade verabschieden wollen, als das Hausmädchen erschienen war und Alaric gemeldet hatte.

»Komm, Mama«, sagte sie schnell. »Vielleicht können wir Mrs. Charrington noch besuchen? Ich fand sie wirklich sehr sympathisch.«

Doch Caroline machte keine Anstalten, aufzubrechen. »Also wirklich, meine Liebe.« Sie lehnte sich zurück und lächelte. »Wenn wir genau in dem Augenblick gehen, in dem Monsieur Alaric eintrifft, muß er uns für äußerst unhöflich halten. Für weitere Besuche bleibt uns noch genügend Zeit.«

Emily fing einen Blick von Charlotte auf und erkannte plötzlich die prekäre Situation, in der sie sich befanden. Dann wandte sie sich wieder an ihre Mutter.

»Ich bin sicher, Monsieur Alaric wird nicht schlecht von uns denken.« Diesmal schenkte sie ihm ein strahlendes Lächeln. »Wir möchten uns aus Rücksicht auf Mr. Spencer-Brown zurückziehen und nicht etwa, weil wir nicht gern in Monsieur Alarics Gesellschaft sein möchten. Wir müssen zuerst an die anderen denken und dann erst an uns. Nicht wahr, Charlotte?«

»Natürlich«, stimmte Charlotte ihr schnell zu. »Ich bin sicher, daß ich, wenn ich betrübt wäre, in gewissen Zeiten den Zuspruch einer anderen Frau mehr als den eines Mannes schätzen würde.« Sie wandte sich ebenfalls um und lächelte Alaric zu, war allerdings etwas verwirrt, als sie bemerkte, daß seine Augen, glänzend und ein wenig verwundert, auf ihr ruhten.

»Ich würde mich über alle Maßen geschmeichelt fühlen, Ma'am, wenn es irgendeinen Mann gäbe, der meine Anwesenheit der Ihren vorzöge«, sagte er mit einer Sanftheit in der Stimme, von der sie nicht zu sagen vermochte, ob sie Ironie oder nur Humor ausdrückte.

»Dann vielleicht ein wenig von beidem?« schlug Charlotte mit hochgezogenen Brauen vor. »Selbst die süßesten Dinge werden nach kurzer Zeit langweilig, und man sehnt sich nach Abwechslung.«

»Die süßesten Dinge«, murmelte er, und diesmal wußte sie genau, daß er sich über sie lustig machte, obwohl er keine Miene verzog und sie glaubte, daß es außer ihr niemand im Zimmer bemerkt hatte.

»Ganz zu schweigen von den Dingen, die ausgesprochen sauer sind«, sagte sie.

Alston war dem Gespräch nicht gefolgt, aber seine angeborene Höflichkeit besiegte seine Verwirrung. Konventionen waren beruhigend, wenigstens wußte man genau, wie man sich zu verhalten hatte.

»Ich kann mir nicht vorstellen, daß Sie uns bereits verlassen wollen.« Er machte eine Handbewegung, die sie alle einschloß. »Bitte, bleiben Sie doch noch ein wenig länger. Sie waren wirklich sehr freundlich zu mir.«

Caroline nahm die Einladung sofort an, und Charlotte und Emily blieb nichts anderes übrig, als sich ebenfalls wieder zu setzen und mit so viel Charme, wie sie aufbringen konnten, ein neues Gespräch anzuknüpfen.

Caroline machte es ihnen leicht. Nachdem sie bisher lediglich höfliche Zwischenbemerkungen gemacht und ansonsten in stummem Mitgefühl verharrt hatte, begann sie plötzlich zu glühen, und die Intensität ihrer Gefühle war im ganzen Raum spürbar.

»Wir haben gerade Mr. Spencer-Brown zugeredet, gut auf sich achtzugeben«, sagte sie herzlich und blickte von Alston zu Alaric. »Es geschieht so leicht, daß man aus Trauer um einen geliebten Menschen die eigene Person vernachlässigt. Ich bin sicher, Sie können ihm in dieser Hinsicht besser helfen, als wir es können.«

»Deswegen bin ich auch gekommen«, sagte Alaric. »An gesellschaftliche Zusammenkünfte ist natürlich noch nicht zu denken, doch allein zu Hause zu bleiben, macht alles nur noch schwerer.« Er wandte sich an Alston. »Ich dachte mir, Sie hätten vielleicht Lust, irgendwann in den nächsten Tagen gemeinsam mit mir eine Kutschfahrt zu unternehmen. Es kann sehr angenehm sein, wenn das Wetter gut ist, und wir würden dabei ganz unter uns bleiben.«

»Meinen Sie, daß ich das tun sollte?« Alston schien unschlüssig zu sein.

»Warum denn nicht? Jeder Mensch muß mit seinem Leid auf seine Weise fertig werden, und die Menschen, die wirklich an Ihrem Wohlergehen interessiert sind, werden Ihnen jede Ablenkung gönnen, die sich Ihnen bietet. Ich selbst habe Freude an der Musik und der Betrachtung großer Kunstwerke, deren Schönheit das Leben und den Tod ihres Schöpfers überdauert und jeden Schmerz und jede Sehnsucht lindert. Ich würde mich sehr glücklich schätzen, Sie zu einer Kunstgalerie Ihrer Wahl begleiten zu dürfen – oder an irgendeinen anderen Ort Ihrer Wahl.«

»Glauben Sie nicht, daß man von mir erwartet, daß ich mich hier im Haus aufhalte?« Alston runzelte besorgt die Stirn. »Zumindest bis nach der Beerdigung? Sie wird erst in einigen Tagen stattfinden. Freitag. Ja, Freitag.«

Er sah verlegen aus. »Aber das wissen Sie natürlich selbst. Wie dumm von mir.«

»Soll ich bei diesem Anlaß nicht mit Ihnen fahren?« fragte Alaric sanft. »Ich wäre nicht im geringsten beleidigt, wenn Sie es vorzögen, für sich zu bleiben, aber ich habe mir gedacht, wenn ich in Ihrer Situation wäre, würde ich es vorziehen, nicht allein zu sein.«

Alstons Stirn glättete sich wieder. »Meinen Sie wirklich? Das ist sehr großzügig von Ihnen.«

Charlotte dachte genau dasselbe und ärgerte sich darüber. Sie hätte es vorgezogen, wenn Paul Alaric ihr begründeten Anlaß geboten hätte, sein Verhalten zu mißbilligen. Sie schaute Caroline von der Seite an und sah das Leuchten in ihren Augen, ihre sanfte Zustimmung.

Dann blickte sie Emily an und wußte daß auch sie es bemerkt hatte.

»Wie freundlich von Ihnen«, sagte Emily, aber ihre Stimme klang etwas gereizt, denn ihre eigenen Ängste waren sehr viel stärker als ihre Sorge um Alston. »Ich bin sicher, daß es eine wirklich hervorragende Idee ist, es wird Ihnen bestimmt guttun. In einer derartigen Situation ist Gesellschaft wirklich von unschätzbarem Wert. Ich erinnere mich noch genau daran, daß mich die Gesellschaft meiner Mutter und meiner Schwester am meisten getröstet hat, als ich einen geliebten Menschen verloren habe.«

Charlotte hatte keine Ahnung, wovon sie sprach – doch nicht etwa von Sarahs Tod? Schließlich waren sie davon alle gleich betroffen gewesen –, aber sie wußte von keinem anderen Trauerfall im Leben ihrer Schwester.

Emily fuhr unbekümmert fort: »Und ich sehe keinen Grund, warum Sie diesen kleinen Ausflug nicht machen sollten, wenn Monsieur Alaric so liebenswürdig ist, Ihnen dazu seine Gesellschaft anzubieten. Kein auch nur halbwegs vernünftiger und mitfühlender Mensch – jedenfalls keiner, der für Sie wichtig sein könnte – würde dies mißverstehen.« Sie reckte das Kinn empor. »Die Leute mögen zwar manchmal Freundschaften zwischen zwei Menschen falsch auslegen, was ganz natürlich ist, doch hauptsächlich dann, wenn es sich um eine Dame und einen Herrn handelt. Dann reden die Leute ganz bestimmt, darauf kann man sich verlassen, ganz gleichgültig, wie harmlos die Wahrheit auch sein mag. Meinen Sie nicht auch, Monsieur Alaric?«

Charlotte beobachtete ihn ganz genau, damit ihr auch nicht die kleinste Bewegung in seinem Gesicht entging, die verriet, daß er verstand, was Emily in Wirklichkeit meinte und was ihren scheinbar nichtssagenden Worten zugrunde lag.

Doch er blieb weiterhin völlig entspannt und unbefangen, seine ganze Aufmerksamkeit war offenbar auf Alston gerichtet.

»Es gibt immer Menschen, die schlecht von anderen denken, Lady Ashworth«, erwiderte er. »Ganz gleichgültig, wie die Umstände auch sein mögen. Man kann es unmöglich allen recht machen. Man sollte daher auf sein eigenes Gewissen hören und die wichtigsten Konventionen beobachten, um niemanden unnötig vor den Kopf zu stoßen. Das ist, glaube ich, alles, was man tun kann. Darüber hinaus sollte man meiner Meinung nach so handeln, wie man es selbst für richtig hält.« Er wandte sich Charlotte zu, mit einem durchbohrenden Blick, als ob er irgendwie wüßte, daß sie genau dasselbe gesagt hätte, wenn sie ehrlich gewesen wäre. »Meinen Sie nicht auch, Mrs. Pitt?«

Sie stand vor einem Dilemma. Sie haßte jede Art von Heuchelei, und ihre eigene Zunge hatte bereits so viele gesellschaftliche Katastrophen heraufbeschworen, daß sie sich lächerlich machte, wenn sie vorgab, anderer Meinung zu sein. Außerdem hatte sie das Bedürfnis, freundlich zu ihm zu sein, denn er besaß irgend etwas, das weit über bloße Eleganz oder sogar Intelligenz hinausging und sie in seinen Bann zog – verborgene Gefühle, an die noch niemand gerührt hatte und die sie faszinierten, wie ein Gewitter oder die Schönheit eines aufkommenden Sturms, weit draußen auf dem Meer, gefährlich und überwältigend schön.

Sie schloß die Augen, um sie kurz darauf wieder weit zu öffnen.

»Ich glaube, das kann eine sehr selbstsüchtige Nachsicht sein, Monsieur Alaric«, sagte sie mit einer Förmlichkeit, die sie selbst anwiderte, noch während sie sprach. »Auch wenn man es gelegentlich noch so gern möchte, die Gesellschaft läßt sich so einfach nicht ignorieren. Wenn man immer nur selbst derjenige wäre, der dafür bezahlen müßte, die Gefühle anderer verletzt zu haben, ganz gleichgültig, wie deplaziert deren Empörung auch wäre, läge die Sache anders. Doch leider ist es nicht so. Klatschgeschichten verletzen meistens auch völlig Unschuldige. Wir leben schließlich nicht allein. Wir haben Familien, deren Ruf in Mitleidenschaft gezogen wird. Die Vorstellung, man könne frei nach eigenem Gutdünken handeln, ohne anderen zu schaden, ist eine Illusion, und eine äußerst unreife dazu. Zu viele Menschen benutzen dies als Entschuldigung für Zügellosigkeiten aller Art und behaupten am Ende obendrein auch noch, von nichts gewußt zu haben, und geben sich absolut überrascht, wenn sie sehen, daß sie andere mit ins Unglück gestürzt haben, obwohl man dies mit einem Funken Verstand hätte voraussehen müssen!« Sie unterbrach sich, um wieder zu Atem zu kommen, wagte jedoch nicht, einen von ihnen anzusehen, am allerwenigsten Alaric.

»Bravo«, flüsterte Emily so leise, daß die anderen es für nichts weiter als einen Seufzer halten mußten.

»Charlotte!« Caroline war mehr als verblüfft und wußte nicht, was sie sagen sollte.

»Wie scharfsichtig von dir«, Emily griff ein, um das betroffene Schweigen zu brechen. »Und wie treffend du es in Worte gekleidet hast! Es ist ein Thema, über das man schon längst ein klares Wort hätte sprechen müssen! Wir geben uns so oft irgendwelchen Illusionen hin, um alle möglichen Verhaltensweisen zu entschuldigen. Vielleicht sollte ich es nicht sagen, denn immerhin bist du meine Schwester, aber ich bewundere deine Ehrlichkeit sehr!«

Da Charlotte gerade einen Grundsatz vertreten hatte, den sie in ihrem eigenen Leben so gut wie nie befolgt hatte, konnte Emilys Bemerkung nur ironisch gemeint sein, auch wenn in ihren blauen Augen nichts als reine Aufrichtigkeit zu sehen war.

Charlotte strahlte sie an, obwohl ihre Gedanken alles andere als freundlich waren.

»Vielen Dank!« säuselte sie. »Du schmeichelst mir.« Sie erhob sich. »Aber jetzt muß ich mich wirklich verabschieden, sonst bleibt mir nicht mehr genug Zeit, um Mrs. Charrington zu besuchen, dabei finde ich sie doch so charmant. Möchtest du mich nicht begleiten, Mama? Oder soll ich ihr ausrichten, du hättest es als deine Pflicht angesehen, Mr. Spencer-Brown – und Monsieur Alaric – Gesellschaft zu leisten?«

Da für Caroline ein solches Verhalten natürlich nicht in Frage kam, blieb ihr nichts anderes übrig, als ebenfalls aufzustehen.

»Selbstverständlich nicht«, sagte sie spitz. »Ich werde dich natürlich begleiten. Ich mag Ambrosine sehr und würde sie gern besuchen. Ich muß sie mit Emily bekanntmachen. Oder kennst du auch sie bereits?« fügte sie gereizt hinzu.

Emily ließ sich nicht aus der Ruhe bringen. »Nein, ich glaube nicht. Aber Charlotte hat so nett von ihr gesprochen, daß ich mich auf das Treffen richtig freue.«

Auch das entsprach nicht der Wahrheit. Charlotte hatte sie überhaupt noch nicht erwähnt, doch es war ein ausgezeichneter Schlußsatz.

Alaric erhob sich, sehr gerade, mit wunderschönen breiten Schultern, ein Flackern seines alten Lächelns in den Augen. Er sah sie alle so klar, wie es Ausländer manchmal tun.

»Sie werden sie bestimmt außergewöhnlich finden«, sagte er mit einer leichten Verbeugung. »Vor allem ist sie niemals langweilig.«

»Eine seltene Eigenschaft«, murmelte Charlotte und errötete. »Niemals langweilig zu sein.«

Caroline war derart frustriert, daß sie die Selbstbeherrschung verlor und versuchte, Charlotte unter ihrem Rock einen Tritt zu versetzen. Sie verfehlte sie zwar zuerst, traf sie jedoch beim zweiten Versuch. Ihre Mundwinkel hoben sich vor Befriedigung. »Sehr richtig«, sagte sie. Dann schaute sie Alston an, der sich erhoben hatte, um sich von ihnen zu verabschieden. »Falls es irgend etwas gibt, was wir für Sie tun können, lassen Sie es mich bitte wissen.« Merkwürdigerweise erwähnte sie Edward nur indirekt. »Wir wohnen so nah beieinander, und wir würden uns freuen, Ihnen jede mögliche Unterstützung und jeden uns möglichen Trost zuteil werden zu lassen – vielleicht könnten wir Ihnen bei den praktischen Vorbereitungen behilflich sein?«

»Das ist äußerst liebenswürdig«, erwiderte Alston. »Ich wäre Ihnen sehr dankbar.«

Charlotte schaute Alaric direkt ins Gesicht, und ihre Blicke trafen sich. Sie holte tief Luft.

»Ich bin sicher, Monsieur Alaric, daß mein Vater Ihnen sehr gern zur Seite stehen wird, was Ihre Unterstützung für Mr. Spencer-Brown beim Begräbnis betrifft, falls Sie Hilfe gebrauchen können.« Sie schob das Kinn vor. »Vielleicht könnte er Sie aufsuchen und alles mit Ihnen durchsprechen? Wir haben selbst schon Trauerfälle in der Familie gehabt, und er ist wirklich äußerst feinfühlig. Ich bin überzeugt, daß Sie ihn mögen werden.« Sie schaute nicht fort, obwohl sie merkte, wie ihr die Röte ins Gesicht schoß.

Endlich wurde sie durch ein Aufflackern von Verständnis in den Tiefen von Alarics Augen belohnt, und auch er errötete.

»Vielen Dank, Mrs. Pitt.« Seine Stimme war sehr leise. »Ich weiß Ihre Absicht zu schätzen. Ich werde mich eingehend mit Ihrem Vorschlag beschäftigen.«

Sie versuchte zu lächeln, was ihr jedoch nicht gelang. »Ich danke Ihnen.«

Sie verabschiedeten sich mit den üblichen Höflichkeitsfloskeln und begaben sich zur Tür, wo das Hausmädchen sie schon erwartete, denn Alston hatte geläutet. Beide Türflügel wurden geöffnet, so daß sie nicht hintereinander hinauszugehen brauchten. Charlotte drehte sich um, als sie in die Eingangshalle hinausgingen, und stellte zu ihrer großen Verlegenheit fest, daß Paul Alaric ihnen immer noch nachblickte und seine Augen, weit geöffnet und schwarz, nicht auf Caroline oder Emily, die ebenfalls zurückgeschaut hatten, ruhten, sondern auf ihr.

Sie wollte jetzt auf keinen Fall Caroline ansehen, doch sie mußte feststellen, daß sie genau das tat. Ihre Blicke trafen sich, und plötzlich waren sie nur noch zwei Frauen, nicht mehr, sie hätten genausogut Fremde sein können. In Carolines Blick lag nichts als die plötzliche, tiefe Erkenntnis ihrer Rivalität.

Kapitel 7

Charlotte konnte Pitts Heimkehr kaum erwarten. Sie kochte ein ganz einfaches Essen, stellte es in die Ofenröhre und überließ es sich selbst, während sie sich hektisch mit allen möglichen Arbeiten beschäftigte, jedoch nichts zu Ende brachte. Um Viertel nach sechs hörte sie endlich, wie die Haustür geöffnet wurde, ließ sofort das Leinenhandtuch fallen, das sie in der Hand gehalten hatte, und rannte aus der Küche, um ihren Mann zu begrüßen. Für gewöhnlich zwang sie sich zu warten, bis er in die Nähe des großen warmen Kochherdes gekommen war, seinen Mantel abgelegt und sich gesetzt hatte, bevor sie ihm von den Tagesereignissen berichtete, doch diesmal rief sie ihm bereits die große Neuigkeit zu, als er gerade erst den Fuß in die Diele gesetzt hatte.

»Thomas! Thomas! Ich habe heute Alston Spencer-Brown getroffen und etwas Wichtiges herausgefunden!« Sie lief zu ihm in den Flur und ergriff seine Hände. »Ich glaube, ich weiß etwas über Mina – vielleicht sogar, warum sie umgebracht wurde!«

Thomas war durchnäßt und müde und nicht gerade bester Laune. Seine Vorgesetzten beharrten noch immer auf der Theorie, daß es sich um Selbstmord handelte und Mina sich in einem Zustand geistiger Verwirrung umgebracht hatte. Auf diese Weise konnte man den Fall sehr viel leichter für abgeschlossen erklären, ohne das Leben zahlreicher Menschen durch Nachforschungen überprüfen zu müssen, die man besser gar nicht erst anstellte. Die Aufdeckung von Motiven war immer eine scheußliche, unangenehme Angelegenheit und wirkte sich nur selten positiv auf die Karriere desjenigen aus, der damit betraut war – sofern er sich aufgrund seines Dienstgrades nicht damit herausreden konnte, lediglich Befehle von oben befolgt zu haben.

Pitts Vorgesetzter, Dudley Athelstan, war der jüngere Sohn eines einflußreichen adligen Hauses, der eine gute Partie gemacht hatte und noch dazu sehr ehrgeizig und vom Erfolg verwöhnt war. Er hatte den ganzen Nachmittag mit dem Versuch verbracht, Pitt klarzumachen, daß der Fall bereits aufgeklärt sei. Es gab schließlich unzählige Wege für eine labile Frau, sich Gift zu beschaffen, um sich damit umzubringen, wenn sie sich dies erst einmal in den Kopf gesetzt hatte. Im Laufe des Gesprächs war Athelstans Laune zunehmend schlechter geworden, weil er nicht einmal sich selbst, ganz zu schweigen von Pitt und Harris, davon überzeugen konnte, daß seine Theorie hieb- und stichfest war, denn kein einziger Apotheker oder Drogist ließ sich finden, der eine derartige Substanz verkauft hatte, und ganz sicher gab es keinen Arzt, der sie verschrieben hatte, auch wenn sie noch so sorgfältig nach ihm gesucht hatten.

Pitt begann, seinen Mantel aufzuknöpfen. Wasser tropfte auf den Flurboden, obwohl Pitt sich noch am Vortag eine sehr heftige und berechtigte Kritik von Gracie hatte gefallen lassen müssen, die ihm geschildert hatte, wie mühselig es war, den Boden derart blank zu polieren, nur damit rücksichtslose Leute daherkamen und Wasser darauf verspritzten.

»Warum hast du Alston Spencer-Brown besucht?« erkundigte er sich ein wenig mürrisch. »Er hat doch sicher weder mit dir noch mit deiner Mutter auch nur das geringste zu tun.«

Charlotte spürte seine Gereiztheit, als habe er die Kälte von der Straße mit ins Haus gebracht, doch sie war viel zu aufgeregt, um darauf Rücksicht zu nehmen.

»Der Mord hat schon etwas mit Mama zu tun«, sagte sie schnell, nahm ihm den Mantel ab und hängte diesen an einen Haken, obwohl er dort weiter auf die Dielen tropfte, anstatt ihn zum Trocknen mit in die Küche zu nehmen. »Wir müssen unbedingt das Medaillon zurückbekommen. Jedenfalls wollte Emily Mama besuchen, und ich habe sie begleitet!« Wenn die Flamme der Gaslampe im Flur heller gewesen wäre, hätte er vielleicht sehen können, wie sie bei dieser Halbwahrheit errötete. Sie drehte sich um und ging forsch zurück in die warme Küche. »Mama hat ihn besucht, weil sie ihm ihr Beileid aussprechen wollte«, erklärte sie, »aber das ist eigentlich gar nicht so wichtig!« Sie wirbelte herum und blickte ihn an. »Ich kenne jetzt wenigstens einen guten Grund, warum Mina Spencer-Brown ermordet worden sein könnte – wenn nicht sogar zwei!« Sie wartete, glühend vor Aufregung.

»Ich wüßte sogar ein Dutzend«, stellte er nüchtern fest. »Aber es gibt keinerlei Beweise. Möglichkeiten hat es immer genug gegeben, aber das reicht schließlich nicht. Superintendent Athelstan will den Fall zu den Akten legen. Selbstmord würde bedeuten, daß die trauernden Hinterbliebenen in Ruhe gelassen würden.«

»Keine Möglichkeiten«, platzte sie ungeduldig heraus. »Ich spreche von richtigen Motiven! Erinnerst du dich noch daran, wie ich dir erzählt habe, daß Mama mir gesagt hat, daß sie sich beobachtet fühlt, als würde ihr jemand die ganze Zeit nachspionieren?«

»Nein«, antwortete er wahrheitsgemäß.

»Aber ich habe es dir ganz bestimmt erzählt! Mama hat es genau gespürt – fast ständig! Und Ambrosine Charrington hat genau dasselbe gesagt. Also, ich glaube, daß es Mina gewesen ist! Sie hat den Leuten nachspioniert – sie hat überall herumgeschnüffelt. Alston selbst hat es indirekt bestätigt – natürlich war ihm nicht bewußt, was er damit wirklich sagte. Verstehst du, Thomas? Wenn sie nun jemandem nachspioniert hat, der ein Geheimnis hatte, ein wirkliches Geheimnis, dann hat sie vielleicht etwas herausgefunden, das so wichtig war, daß man sie dafür umgebracht hat. Und ich weiß von Alston, daß es wenigstens zwei Möglichkeiten gibt!«

Er setzte sich und zog sich die nassen Stiefel aus. »Und welche?«

»Glaubst du mir etwa nicht?« Sie hatte erwartet, daß er die Neuigkeit mit großem Interesse aufnehmen würde, doch er sah ganz so aus, als höre er ihr nur zu, weil er ihr einen Gefallen tun wollte.

Er war zu müde, um höflich zu sein.

»Ich glaube, die Geschichte mit deiner Mutter ist überhaupt nicht so bedeutsam, wie du dir einbildest. Es gibt viele Menschen, die irgendwann einmal einen kleinen Flirt haben, besonders Frauen aus den feinen Kreisen, die sonst kaum etwas zu tun haben. Das solltest du eigentlich inzwischen wissen. Ich nehme an, sie hat ihr Taschentuch fallengelassen, und jemand hat ihr Blumen geschickt – also keinesfalls eine ernsthafte Sache. Und wenn ihr wirklich jemand nachspionieren sollte, dann höchstens aus Langeweile. Nimm es doch nicht so wichtig, Charlotte. Wenn sie nicht deine Mutter wäre, würdest du darüber sicher nicht einmal ein Wort verlieren.«

Sie konnte sich nur mit größter Mühe zurückhalten. Einen Moment lang erwog sie, ihrem Temperament freien Lauf zu lassen und ihm klipp und klar auseinanderzusetzen, daß der äußere Anschein vielleicht banal wirken mochte, doch die dahinter verborgenen Gefühle genauso echt und leidenschaftlich sein konnten wie all das, was sich in den Seitenstraßen abspielte oder in den Gesellschaftsgeschichten geschah, die weniger Restriktionen unterworfen waren. Aber dann erkannte sie, wie erschöpft er war, wie entmutigt durch Athelstans Bestreben, alles, was seinem Ehrgeiz nicht dienlich war, unter den Teppich zu kehren und zu ignorieren. Wut ihrerseits würde gar nichts bewirken.

»Möchtest du vielleicht eine Tasse Tee?« fragte sie statt dessen und sah auf seine nassen Füße und die weiße Haut an seinen Händen, die von der Kälte ganz taub geworden waren. Ohne seine Antwort abzuwarten, füllte sie den Wasserkessel wieder auf und stellte ihn auf den vorderen Teil des Herdes.

Sie schwiegen eine Zeitlang, dann zog Pitt sich trockene Socken an und blickte wieder auf.

»Und wie sehen diese beiden Möglichkeiten aus?«

Sie wärmte die Teekanne vor und gab die abgemessene Menge Tee hinein.

»Theodora von Schenck hat seit kurzem eine geheime Einkommensquelle, die sich niemand erklären kann. Ihr Ehemann hat ihr nichts hinterlassen, und sonst hat sie offenbar auch nichts geerbt. Als sie an den Rutland Place zog, besaß sie nichts weiter als das Haus. Jetzt hat sie Mäntel mit Zobelkrägen, und Mina hat einige hochinteressante Spekulationen über die mögliche Geldquelle angestellt.«

»Beispielsweise?« erkundigte er sich.

Sie bewegte ungeduldig die Teekanne hin und her, während der Wasserkessel schwache, dünne Dampfwölkchen ausstieß. Das Wasser war offenbar heiß, kochte aber noch nicht.

»Ein Bordell«, antwortete Charlotte. »Oder ein Liebhaber. Oder vielleicht auch Erpressung? Es gibt alle möglichen Dinge, die ein Mensch geheimhalten möchte und deretwegen er morden könnte, wenn Geld im Spiel ist. Vielleicht hat Theodora mit dem, was Mina herausgefunden hat, andere erpreßt, und sie haben sich um das Geld gestritten?«

Er lächelte säuerlich. »Interessant. Die Mina, die du beschreibst, scheint eine äußerst verdorbene Phantasie und die dazu passende scharfe Zunge besessen zu haben. Bist du dir sicher, daß sie das wirklich gesagt hat, oder ist es das, was du glaubst, daß sie gesagt haben könnte?«

»Alston hat mehrfach erwähnt, wie scharfsichtig sie war, was den Charakter anderer Menschen betraf, besonders wenn es sich um die unangenehmen Seiten handelte. Aber er hat auch gemeint, daß sie nur mit ihm darüber gesprochen hat.« Endlich griff sie nach dem Kessel. »Aber das ist sowieso die weniger wahrscheinliche Möglichkeit, denke ich. Die andere Möglichkeit hat Mina in meinem Beisein selbst angesprochen, und noch dazu mit einer gewissen Genugtuung, als ob sie Genaueres wüßte.« Sie goß das Wasser auf den Tee und tat den Deckel auf die Kanne, trug sie zum Tisch und stellte sie auf den Untersatz aus poliertem Zinn. Während sie den Tee ziehen ließ, fuhr sie mit ihren Ausführungen fort. »Es hat mit dem plötzlichen mysteriösen Tod von Ottilie Charrington zu tun. In der einen Woche war sie noch kerngesund, in der nächsten kehrte ihre Familie von einem Aufenthalt auf dem Lande zurück und behauptete, sie sei in der Zwischenzeit gestorben. Einfach so! Keiner hat je gesagt, woran sie gestorben ist, keiner war zu irgendeiner Beerdigung eingeladen, und die Familie verliert kein Wort darüber. Mina hat offenbar anklingen lassen, daß irgend etwas Anrüchiges passiert sei – vielleicht eine mißglückte Abtreibung?« Ihr schauderte bei dem Gedanken an die schlafende Jemima in ihrem Kinderbettchen. »Oder sie wurde von einem Liebhaber ermordet oder starb an einem anrüchigen Ort, beispielsweise in einem Bordell. Oder sie hat vielleicht irgend etwas so Schreckliches getan, daß ihre eigene Familie sie umgebracht hat, um es zu vertuschen.«

Pitt sah sie mit ernstem Gesicht schweigend an.

Sie schenkte ihm Tee ein und reichte ihm seine Tasse.

»Ich weiß, daß es furchtbar und unwahrscheinlich klingt«, fuhr sie fort. »Aber ich glaube, daß jeder Mord unwahrscheinlich ist – bis er schließlich passiert. Und Mina ist immerhin ermordet worden, nicht? Du weißt doch jetzt mit Sicherheit, daß sie sich nicht das Leben genommen hat.«

»Nein, sie hat sich nicht umgebracht.« Er trank einen kleinen Schluck Tee und verbrannte sich den Mund. Seine Hände waren so taub, daß er nicht einmal gemerkt hatte, wie heiß die Tasse war. »Nein, ich glaube, jemand hat Gift in das Getränk getan, das wir bei der Autopsie in ihrem Magen gefunden haben. Wir haben den Bodensatz in einer leeren Flasche in ihrem Schlafzimmer gefunden und auch das Glas, aus dem sie getrunken hat. Es war purer Zufall, daß sie es zu diesem Zeitpunkt zu sich genommen hat, sie hätte es auch zu jeder anderen Zeit trinken können. Jeder hätte es irgendwann in die Flasche tun können.«

»Nicht, wenn man sie zum Schweigen bringen wollte«, warf Charlotte ein. »Wenn man vor jemandem Angst hat, will man, daß er stirbt, bevor er die Möglichkeit hat zu reden, und das heißt, so schnell wie möglich. Thomas, ich glaube wirklich, daß es Mina war, die den anderen nachspioniert hat. Je länger ich darüber nachdenke, desto mehr Sinn hat es. Sie hat einmal zuviel spioniert und etwas gesehen, das sie das Leben gekostet hat.« Sie starrte in ihren Tee und beobachtete, wie sich der Dampf kräuselte und langsam nach oben stieg. »Ich frage mich, ob Menschen, die ermordet werden, in der Regel unangenehme Personen sind, ob sie nicht vielleicht irgendeinen Makel besitzen, der einen Mord herausfordert? Ich meine natürlich Menschen, die nicht wegen ihres Geldes ermordet werden – wie die tragischen Helden bei Shakespeare, eine verhängnisvolle Mißbildung der Seele, die alles andere, was gut hätte sein können, ebenfalls verunstaltet.« Sie rührte in ihrem Tee, obwohl sie gar keinen Zucker hineingetan hatte. Der Dampf drehte sich noch mehr. »Zu große Neugier lockt den Vogel in die Schlinge. Wenn Mina nicht soviel über andere hätte herausfinden wollen – ich wüßte nur gern, ob sie von Monsieur Alaric und Mamas Medaillon gewußt hat!« Merkwürdigerweise hatte sie keine Angst. Caroline war zwar unvernünftig, aber sie war weder so bösartig noch so verzweifelt, daß sie jemanden umbringen würde. Und Paul Alaric hatte gar keinen Grund für eine derartige Tat.

Pitt schaute verblüfft hoch, und zu spät erkannte sie, daß sie Alarics Namen gerade das erste Mal erwähnt hatte. Pitt kannte ihn natürlich von den Ereignissen am Paragon Walk und hatte ihn bestimmt nicht vergessen. Damals hatten sie ihn eine Zeitlang sogar des Mordes – und noch schlimmerer Dinge – verdächtigt!

»Alaric?« sagte er langsam und blickte sie forschend an.

Sie spürte, wie sie errötete, und war wütend. Es war schließlich Caroline, die sich töricht verhielt, sie, Charlotte, hatte überhaupt nichts Unpassendes getan.

»Monsieur Alaric ist der Mann, dessen Bild Mama in ihrem Medaillon trägt«, sagte sie kampflustig und sah ihm direkt ins Gesicht. Doch seine Augen waren einfach zu offen und wissend, daher wandte sie den Blick wieder ab und rührte kräftig weiter ihren ungezuckerten Tee. Sie versuchte, unbeschwert zu klingen. »Hatte ich das nicht bereits gesagt?«

»Nein.« Sie wußte, daß er sie wie immer genau beobachtete. »Nein – das hast du ganz sicher nicht.«

»Oh.« Sie starrte wie gebannt in ihren dampfenden Tee. »Aber so ist es.«

Eine Weile sprach keiner von beiden ein Wort.

»Tatsächlich?« sagte er schließlich. »Das Medaillon haben wir leider nicht gefunden – wir haben überhaupt keinen der gestohlenen Gegenstände gefunden. Und falls Mina tatsächlich den anderen nachspioniert und Dinge gestohlen hat, weil sie ihre krankhafte Neugier befriedigen und etwas von ihnen besitzen wollte –« Er sah sie erschauern und stieß einen Seufzer aus. »Hast du das nicht gerade zu sagen versucht? Daß sie abnorm war, pervers?«

»Vermutlich habe ich das.«

Er trank wieder an seinem Tee. »Aber natürlich gibt es noch eine zweite Möglichkeit«, fügte er hinzu. »Vielleicht hat sie gewußt, wer die Sachen gestohlen hat.«

»Das wäre tragisch und lächerlich!« sagte sie, plötzlich sehr aufgebracht. »Jemanden wegen ein paar alberner Kleinigkeiten wie einem Medaillon und einem Stiefelknöpfer umzubringen!«

»Es sind schon viele Menschen aus viel trivialeren Gründen ermordet worden.« Er dachte an die Not und das Elend in den Armenvierteln. »Einige nur wegen eines Shillings, andere versehentlich, weil sie irgend etwas nicht besaßen oder weil man sie mit jemandem verwechselt hatte.«

Sie trank einen Schluck Tee. »Wirst du der Sache nachgehen?« fragte sie schließlich.

»Ich habe keine andere Wahl. Ich werde sehen, was ich über die Charringtons herausfinden kann. Das arme Mädchen! Ich hasse es, im Unglück und Leid anderer Menschen herumzuwühlen. Es ist schon schlimm genug, eine Tochter zu verlieren, ohne daß die Polizei jede Indiskretion hervorzerrt und alle Gefühle, sei es Liebe oder Haß, genau unter die Lupe nimmt. Kein Mensch will den Blicken anderer derart ausgesetzt sein!«

Doch auch am nächsten Morgen sah er keine andere Möglichkeit, als der Angelegenheit nachzugehen. Wenn Charlotte recht hatte und Mina wirklich anderen Menschen nachspioniert und Nachforschungen über sie angestellt hatte, war es mehr als wahrscheinlich, daß sie auf diese Weise etwas erfahren hatte, was sie schließlich das Leben gekostet hatte. Er hatte schon früher von Menschen gehört, die nach außen hin völlig normal erschienen – oft waren es ehrbare Bürger –, heimlich aber von dem zwanghaften Verlangen getrieben wurden, andere zu beobachten, in ihre intimsten Geheimnisse einzudringen, ihnen nachzustellen, Vorhänge zur Seite zu schieben, sogar fremde Briefe zu öffnen und an Türen zu horchen. Dieser Zwang führte immer dazu, daß der Betreffende in anderen Abneigung und Angst erweckte, oft auch dazu, daß er im Gefängnis endete oder sogar von jemandem umgebracht wurde.

Pitt konnte unmöglich auf direktem Weg zu den Charringtons gehen. Es gab keinerlei Grund, sie aus heiterem Himmel plötzlich nach dem Tod ihrer Tochter zu befragen, es sei denn, er beabsichtigte, sie über seine Verdächtigungen zu informieren, was natürlich zum jetzigen Zeitpunkt unmöglich war. Vielleicht handelte es sich um Verleumdung. Und mit derart fadenscheinigen Argumenten wären sie nicht verpflichtet, ihm Rede und Antwort zu stehen.

Er beschloß, statt dessen Mulgrew aufzusuchen. Der Arzt hatte die meisten Familien, die am Rutland Place lebten, behandelt, und falls er Ottilie nicht persönlich gekannt hatte, würde er bestimmt in der Lage sein, Pitt jemanden zu nennen, an den er sich wenden konnte.

»Richtiges Sauwetter!« begrüßte ihn Mulgrew aufgekratzt. »Schulde Ihnen noch zwei Taschentücher. War sehr nobel von Ihnen. Haben sich verhalten wie ein echter Gentleman. Wie geht es Ihnen? Kommen Sie doch rein, und wärmen Sie sich ein bißchen auf. Sie sind ja ganz naß.« Er fuchtelte mit den Armen, um Pitt den Weg durch den Flur zu weisen. »Die Straße ist der reinste Fluß, oder vielleicht sollte ich besser Gosse sagen! Was ist denn los? Sie sind doch nicht etwa krank, oder? Schnupfen kann ich nämlich nicht kurieren, wissen Sie. Und Rückenschmerzen auch nicht. Das kann niemand! Und wenn es wirklich jemanden geben sollte, habe ich ihn jedenfalls noch nicht getroffen!« Er führte Pitt in ein vollgestopftes Zimmer mit Unmengen von Fotografien, Erinnerungsstücken, Bücherregalen an allen Wänden, Papierbergen und Folianten, die sich auf Tischen und Hockern stapelten. Ein großer Labrador lag schlafend vor dem Kaminfeuer.

»Nein, ich bin nicht krank.« Pitt folgte ihm mit einem Gefühl der Erleichterung, sogar Hochstimmung. Plötzlich schienen ihm all die häßlichen Seiten des Lebens erträglicher, die Dunkelheit, die vor ihm lag, weniger von angsteinflößenden Schatten bevölkert, sondern eher von vertrauten Dingen, Dingen, die man ertragen konnte.

»Setzen Sie sich doch.« Mulgrew machte eine einladende Handbewegung. »Oh, werfen Sie die Katze ruhig runter. Sie legt sich sofort dorthin, sobald ich ihr den Rücken zuwende. Schade, daß sie so viele weiße Stellen hat – die verdammten weißen Haare bleiben mir immer an der Hose hängen. Ich hoffe, Katzenhaare machen Ihnen nichts aus?«

Pitt schob das kleine Tier vorsichtig vom Stuhl und nahm lächelnd Platz.

»Überhaupt nichts. Vielen Dank.«

Mulgrew setzte sich ihm gegenüber.

»Also, wenn Sie nicht krank sind, was führt Sie dann zu mir? Doch nicht etwa wieder Mina Spencer-Brown? Dachte, wir hätten bewiesen, daß sie an Belladonnavergiftung gestorben ist?«

Die kleine Katze strich Pitt um die Beine, sprang dann auf seinen Schoß und rollte sich zusammen, den Kopf in den Pfoten vergraben, und schlief sofort ein.

Pitt genoß es, sie zu streicheln. Charlotte hatte sich auch eine Katze gewünscht. Er mußte ihr unbedingt ein Kätzchen schenken, eines wie dieses hier.

»Sind Sie der Hausarzt der Charringtons?« fragte er.

Mulgrews Augen weiteten sich vor Erstaunen.

»Werfen Sie sie ruhig runter, wenn sie Sie stört«, sagte er und zeigte auf die Katze. »Ja, bin ich. Warum? Es ist doch niemand von ihnen krank, oder?«

»Ich glaube nicht. Aber die Tochter ist verstorben. Haben Sie sie gekannt?«

»Ottilie? Ja, ein wirklich nettes Mädchen.« Sein Gesicht nahm mit einem Mal einen höchst bekümmerten Ausdruck an. »Eine der schlimmsten Tragödien, die ich je erlebt habe. Fehlt mir sehr. So ein nettes Mädchen.«

Pitt spürte die aufrichtige Trauer des Mannes, nicht die professionelle Niedergeschlagenheit des Arztes, der eine Patientin verloren hatte, sondern einen persönlichen Verlust, ein Glück, das nun für immer zerstört war. Es war ihm peinlich, weitere Fragen stellen zu müssen. Er hatte keine Gefühle erwartet, lediglich ein sachliches, wissenschaftliches Gespräch. Der ungelöste Mordfall schien mit einem Mal unwichtig, sogar bedeutungslos, es waren die Emotionen, der brennende Schmerz, das Gefühl einer inneren Leere, die wirklich zählten.

Seine Hand berührte wieder den warmen, kleinen Körper der Katze, und er streichelte sie vorsichtig, wobei er gleichzeitig selbst Trost suchte und dem Tier Wohlbehagen verschaffte.

»Woran ist sie gestorben?« fragte er.

Mulgrew blickte auf. »Ich weiß es nicht. Sie ist nicht hier gestorben. Irgendwo auf dem Land – Herfordshire.«

»Aber Sie sind doch der Hausarzt der Familie. Hat man Ihnen denn nicht mitgeteilt, woran sie gestorben ist?«

»Nein. Die Charringtons haben nur sehr wenig gesagt. Schienen nicht darüber sprechen zu wollen. Verständlich, nehme ich an. Schock. Menschen werden auf unterschiedliche Art mit ihrem Kummer fertig.«

»Dann ist es sehr plötzlich passiert?«

Mulgrew schaute in sein Kaminfeuer, den Blick abgewandt, als sähe er etwas, das er mit niemandem teilen konnte.

»Ja, völlig unerwartet.«

»Und man hat Ihnen nicht gesagt, was es war?«

»Nein.«

»Haben Sie denn nicht gefragt?«

»Höchstwahrscheinlich habe ich das. Aber ich kann mich nur noch an den Schock erinnern und daran, daß keiner darüber reden wollte, beinahe so, als könnte man es ungeschehen machen, wenn man nicht darüber sprach, als wäre es dann nicht mehr wahr. Ich habe nicht nachgefragt. Ich konnte es einfach nicht.«

»Aber soweit Sie wissen, fehlte ihr nichts, als sie Rutland Place verließ?« erkundigte sich Pitt.

Endlich sah Mulgrew ihn wieder an.

»Sie war kerngesund. Warum? Offenbar ist es wichtig für Sie, sonst wären Sie nicht hier und würden mir so viele Fragen stellen. Glauben Sie, es könnte etwas mit Mrs. Spencer-Brown zu tun haben?«

»Ich weiß es nicht. Es könnte eine von vielen Möglichkeiten sein.«

»Was für Möglichkeiten?« Mulgrew sah gequält aus. »Ottilie war exzentrisch, viele mögen ihre Art sogar für vulgär gehalten haben, aber sie war ein durch und durch guter Mensch. Sie war einer der großzügigsten Menschen, dich ich je in meinem Leben getroffen habe. Ich meine, sie war großzügig mit ihrer Zeit – sie war immer bereit, zuzuhören, wenn sie das Gefühl hatte, daß sie damit jemandem helfen konnte. Und großzügig mit ihrem Lob – sie hat stets die Leistungen anderer gewürdigt und niemandem seinen Erfolg mißgönnt.«

Der Arzt hatte sie also auf seine Weise geliebt. Pitt brauchte gar nicht mehr zu wissen. Die Wärme in Mulgrews Stimme verriet, daß er immer noch um sie trauerte, verriet seine innere Leere.

Pitts eigene Gedanken, auf die ihn Charlottes Entdeckungen gebracht hatten, wurden noch quälender. Sein Mitgefühl war so stark, daß er Zuflucht zu einer Notlüge nahm. Er mußte noch ein wenig über alles nachdenken, alles langsam auf sich wirken lassen. Er schaute Mulgrew nicht an, als er wieder zu sprechen begann.

»Aufgrund von Aussagen, die mir gerade erst zu Ohren gekommen sind«, formulierte er vorsichtig, »scheint es möglich, daß Mina Spencer-Brown außergewöhnlich neugierig war, was die Privatangelegenheiten anderer Menschen betraf, und daß sie andere belauschte und beobachtete. Könnte dies der Wahrheit entsprechen?«

Mulgrews Augen weiteten sich erneut, und er starrte Pitt überrascht an, sagte jedoch minutenlang kein Wort. Das Kaminfeuer knisterte, und die Katze auf Pitts Schoß wachte auf und reckte sich.

Zerstreut schob Pitt sie vorsichtig auf seine Jacke, wo er ihre Krallen durch den Stoff nicht spüren würde.

»Ja«, sagte Mulgrew schließlich. »Hab' mir zwar noch nie Gedanken darüber gemacht, aber sie hat wirklich alles genau beobachtet, ihr ist nie etwas entgangen. Solche Menschen gibt es. Ihr Wissen verschafft ihnen irgendwie die Illusion von Macht, nehme ich an. Aber dann wird es zwanghaft. Auf Mina könnte diese Beschreibung durchaus zutreffen. Intelligente Frau, aber ihr Leben war nicht ausgefüllt – nichts als alberne, sinnlose Partys und oberflächliches Geplauder. Armes Geschöpf.« Er beugte sich vor und legte ein neues Stück Kohle ins Feuer. »Den ganzen Tag, tagaus, tagein, immer dasselbe, und nie etwas wirklich Sinnvolles. Was für ein verflucht unsinniger Tod – zu sterben, nur weil sie irgend etwas gewußt hat, auf das sie durch ihre törichte Neugier gestoßen ist, etwas, das für sie überhaupt nicht wichtig war.« Er hörte auf, in die Flammen zu starren, und sah Pitt wieder an. »Und Sie glauben, daß es irgend etwas mit Ottilie Charrington zu tun hat?«

»Ich weiß es nicht. Mina glaubte, daß Ottilie auf mysteriöse Weise gestorben sei, und hat anklingen lassen, daß wohl eine Menge mehr dahintersteckte, als den Leuten erzählt wurde, und daß sie die Wahrheit kannte.«

»Törichte, bedauernswerte, grausame Frau«, sagte Mulgrew leise. »Was um alles in der Welt hat sie bloß vermutet?«

»Ich weiß es nicht. Es gibt unzählige Möglichkeiten.« Er wollte diesen Mann nicht noch weiter quälen, doch er mußte wenigstens eine dieser Möglichkeiten aussprechen, und sei es auch nur, um sie danach ausschließen zu können. »Eine mißglückte Abtreibung beispielsweise?«

Mulgrew regte sich nicht.

»Das glaube ich nicht«, sagte er schließlich ruhig. »Ich kann es zwar nicht beschwören, aber das glaube ich nicht. Müssen Sie der Sache nachgehen?«

»Zumindest so weit, daß ich mich davon überzeugen kann, daß es nicht stimmt.«

»Dann fragen Sie ihren Bruder Inigo Charrington. Die beiden haben sich sehr nahegestanden. Fragen Sie auf keinen Fall Lovell. Er ist ein aufgeblasener Schwachkopf – er ist derart beschränkt, daß er nicht weiter sieht als bis zum Namenszug auf einer Visitenkarte! Ottilie hat ihn zur Weißglut getrieben. Manchmal hat sie Lieder aus den Varietétheatern gesungen – der Himmel allein weiß, wo sie sie aufgeschnappt hat! Einmal hat sie an einem Sonntag ein Lied gesungen – irgendein Trinklied, in dem irgend etwas mit Bier vorkam – nicht mal ein anständiger Rotwein! Ambrosine hat mich kommen lassen. Hat gedacht, Lovell würde jeden Moment einen Schlaganfall kriegen. Purpurrot bis zum Haaransatz, der arme Trottel.«

Normalerweise hätte Pitt jetzt gelacht, aber das Wissen, daß Ottilie tot war, daß sie vielleicht sogar ermordet worden war, machte es unmöglich, diese Anekdote amüsant zu finden.

»Traurig«, sagte er. »Wir setzen unsere Prioritäten oft ganz falsch und merken es erst, wenn es zu spät ist und wir nichts mehr daran ändern können. Vielen Dank für Ihre Hilfe. Ich werde mich an Inigo wenden.« Er stand auf und plazierte die Katze auf die warme Stelle, auf der er bis jetzt gesessen hatte. Sie räkelte sich ausgiebig und rollte sich dann völlig zufrieden wieder zusammen.

Mulgrew sprang auf. »Aber das kann doch nicht alles sein! Wenn Mina, die unglückliche Frau, wirklich herumspioniert hat, muß sie auch andere Dinge gesehen haben – Gott weiß was alles! Affären beispielsweise! Es gibt bestimmt mehr als einen Butler hier in der Gegend, der es verdiente, seine Stellung zu verlieren, soweit ich weiß – und mehr als ein Zimmermädchen, falls die Herrin etwas herausfände!«

Pitt zog ein Gesicht. »Allerdings. Ich werde sie alle unter die Lupe nehmen müssen. Übrigens, haben Sie gewußt, daß es am Rutland Place einen Gelegenheitsdieb gibt?«

»Oh Gott, auch das noch! Nein, das habe ich nicht gewußt, aber es wundert mich nicht im geringsten. So etwas kommt ab und zu vor.«

»Kein Dienstbote. Es ist einer der Anwohner.«

»Oh mein Gott!« Mulgrew sah bestürzt aus. »Sind Sie sicher?«

»Ziemlich sicher.«

»Wie fürchterlich. Hätte es denn nicht auch Mina sein können?«

»Möglich wäre es schon. Es hätte aber auch ihr Mörder sein können.«

»Und ich habe manchmal gedacht, meine Arbeit sei scheußlich, aber Ihre ist offenbar noch verflucht viel unangenehmer. Ich würde nicht mit Ihnen tauschen.«

»Würde ich an Ihrer Stelle auch nicht«, sagte Pitt. »Aber leider würde selbst das nichts ändern. Ich könnte Ihre Arbeit nicht einmal verrichten, wenn Sie bereit wären, meine zu übernehmen. Vielen Dank für Ihre Hilfe.«

»Sie können gern wieder vorbeikommen, falls ich irgend etwas für Sie tun kann.« Mulgrew streckte seine Hand aus, und Pitt drückte sie herzlich. Einige Minuten später stand er wieder draußen im Regen.

Er brauchte zweieinhalb Stunden, bis er Inigo Charrington gefunden hatte. Inzwischen war es bereits nach zwölf, und Inigo befand sich beim Mittagessen in seinem Club. Pitt war gezwungen, im Rauchsalon auf ihn zu warten, unter den mißbilligenden Blicken eines schlechtgelaunten Bediensteten, der sich mit irritierender

Regelmäßigkeit räusperte, bis Pitt sich dabei ertappte, daß er die Sekunden bis zum nächsten Räuspern zählte.

Schließlich erschien Inigo und wurde im Flüsterton darüber aufgeklärt, daß Pitt anwesend sei. Er kam zu ihm herüber, wobei sein Gesicht eine Mischung aus Belustigung über das Dilemma des Dieners – und sein eigenes, da diverse Personen bereits herüberschielten – und einer gewissen Besorgnis widerspiegelte, weil er nicht wußte, was Pitt von ihm wollte.

»Inspector Pitt?« Er ließ sich recht heftig in den gegenüberstehenden Sessel fallen. »Von der Polizei?«

»Sehr richtig, Sir.« Pitt musterte ihn interessiert. Er war schlank, höchstens 30, besaß ein ungewöhnliches, lebhaftes Gesicht und kastanienbraunes Haar.

»Ist schon wieder etwas passiert?« fragte er besorgt.

»Nein, Sir.« Pitt bedauerte, ihn beunruhigt zu haben. Er konnte sich irgendwie nicht vorstellen, daß dieser Mann seine Schwester oder Mina ermordet haben könnte, nur um einen Skandal zu vertuschen. Inigos Gesicht drückte zu viel Aufrichtigkeit aus. »Nein, gar nichts, soweit ich weiß. Aber wir haben immer noch keine zufriedenstellende Antwort auf die Frage finden können, wie Mina Spencer-Brown ums Leben gekommen ist. Es scheint inzwischen alles darauf hinzuweisen, daß es weder Selbstmord noch ein Unfall war.«

»Oh.« Inigo lehnte sich ein wenig zurück. »Ich vermute, das bedeutet, daß es sich nur noch um Mord handeln kann. Die arme Frau.«

»Allerdings. Und ich befürchte, daß noch sehr viel mehr Leid verursacht werden wird, bis der Fall geklärt ist.«

Inigo sah ihn ernst an. »Das kann ich mir gut vorstellen. Und wie kann ich Ihnen helfen? Ich befürchte, ich weiß überhaupt nichts. Ich habe Mina nicht einmal besonders gut gekannt.« Sein Mund verzog sich zu einem säuerlichen Lächeln. »Ich jedenfalls hatte keinen Grund, sie umzubringen – obwohl ich vermute, daß Ihnen mein Wort sicher nicht genügt. Schließlich würde ich es ja wohl kaum zugeben, wenn ich es getan hätte!«

Pitt lächelte ebenfalls. »Das ist wohl wahr. Ich hatte eigentlich gehofft, daß Sie mir ein paar Informationen liefern könnten.« Er konnte es sich nicht leisten, zu direkt zu sein. Inigo war viel zu aufmerksam, er würde den Verdacht Pitts erahnen und im Zweifel alle wichtigen Hinweise vertuschen.

»Über Mina? Da sollten Sie sich besser an einige der Frauen wenden – sogar meine Mutter könnte Ihnen in diesem Punkt mehr helfen als ich. Sie ist zwar häufig zerstreut und bringt manchmal die Klatschgeschichten ein wenig durcheinander, aber im Grunde verfügt sie über eine recht gute Menschenkenntnis. Sie mag sich bei irgendwelchen Einzelheiten irren, aber ihr Gefühl trügt sie nie.«

»Ich werde sie fragen«, sagte Pitt. »Aber sie wird vielleicht viel offener mit mir sprechen, wenn ich mich zuerst mit Ihnen unterhalte. Normalerweise vertrauen Ladies wie Mrs. Charrington ihre Ansichten weder ihren Nachbarn noch der Polizei an.«

Über Inigos Gesicht zuckte ein plötzliches Lächeln, das sofort wieder verschwand.

»Sehr taktvoll ausgedrückt, Inspector. Wahrscheinlich haben Sie recht. Obwohl Mama einen Sinn für das Absonderliche hat. Unter Umständen wird sie Sie überraschen und Ihnen alles mögliche erzählen, obwohl sie, ehrlich gesagt, eigentlich überhaupt keine Klatschbase ist. Dafür ist sie nicht boshaft genug. Als sie noch jünger war, hat es ihr manchmal Spaß gemacht, die Leute zu schockieren. Sie fand es langweilig, sich jeden Abend überall den gleichen Unsinn anhören zu müssen – immer wurde nur über irgendwelche Kleider und Häuser gesprochen, immer haargenau dasselbe. Sie war ein bißchen so wie Tillie.«

»Tillie?« Pitt war verwirrt.

»Meine Schwester – Ottilie. Ich sollte sie besser nicht so nennen. Mein Vater hat jedesmal einen Wutanfall bekommen, wenn ich sie Tillie genannt habe, als wir noch Kinder waren.«

»Und ihr hat es auch Spaß gemacht, die Leute zu schockieren?«

»Absolut. Ich habe noch nie jemanden so lachen hören wie Tillie. Ein wunderbares, tiefes Lachen; man mußte einfach mitlachen, wenn man es hörte, selbst wenn man gar nicht wußte, was denn so lustig war.«

»Sie klingt sehr sympathisch. Wie schade, daß ich sie nicht kennenlernen kann.« Er sagte dies nicht nur aus reiner Höflichkeit, er meinte es wirklich. Ottilie war offenbar eine liebenswürdige Person gewesen, die er tatsächlich gern getroffen hätte.

Inigos Augen weiteten sich einen Moment lang, als verstehe er nicht, was Pitt meinte, doch dann stieß er einen Seufzer aus.

»Oh ja. Sie hätten sie bestimmt gemocht. Alles scheint irgendwie kälter zu sein, seit sie fort ist, alles scheint farbloser. Aber deshalb sind Sie doch sicher nicht gekommen. Was möchten Sie gern wissen?«

»Ich nehme an, sie ist sehr plötzlich gestorben?«

»Ja. Warum?«

»Es muß ein großer Schock für Sie gewesen sein. Es gut mir wirklich sehr leid.«

»Vielen Dank für Ihr Mitgefühl.«

»So ein Fieber kann sehr plötzlich auftreten – ohne jede Vorwarnung«, versuchte er weiter sein Glück.

»Wie? Ach so, ja, sehr plötzlich. Aber wir wollen doch Ihre Zeit nicht verschwenden. Zurück zu Mina Spencer-Brown. Sie ist schließlich nicht an einem Fieber gestorben. Und Tillie hat kein Belladonna verschrieben bekommen, das kann ich Ihnen versichern. Außerdem waren wir damals die ganze Zeit auf dem Land, nicht hier in der Stadt.«

»Sie haben ein Landhaus?«

»Abbots Langley, in Hertfordshire.« Er lächelte. »Aber Belladonna finden Sie dort bestimmt nicht. Wir haben alle eine ausgezeichnete Verdauung – ist auch dringend notwendig, bei den Köchinnen, die wir schon hatten! Wenn Papa sie aussucht, gibt es immer nur Suppen und Soßen, und wenn Mama sie aussucht, immer nur Kuchen und Pasteten.«

Pitt kam sich aufdringlich vor. Er konnte sich gar nicht vorstellen, wie ein Mensch es genießen konnte, anderen nachzuspionieren.

»An das Belladonna hatte ich eigentlich gar nicht gedacht«, sagte er offen. »Ich suche nur nach Motiven. Mrs. Spencer-Brown muß irgend jemandem Grund genug gegeben haben, ihr den Tod zu wünschen. Das Belladonna zu finden ist dabei gar nicht so wichtig.«

»Tatsächlich?« Inigo zog die Brauen hoch. »Wollen Sie denn nicht lieber auch den Täter finden und nicht nur bloß das Motiv?«

»Natürlich möchte ich das. Aber jeder kann aus Tollkirschen Belladonna gewinnen. In diesen alten Gärten wächst genug davon. Es hätte überall gepflückt werden können. Es ist nicht wie Strychnin oder Zyanid, das die meisten Menschen kaufen müßten.«

Inigo erschauerte. »Was für ein abscheulicher Gedanke – sich etwas zu besorgen, um damit einen anderen Menschen umzubringen.« Er zögerte einen Moment. »Aber ich weiß wirklich nicht, warum jemand Mina hätte töten wollen. Ich habe sie nicht besonders gemocht, sie war mir zu« – er zögerte einen Moment – »zu berechnend, zu raffiniert. Viel Kopf und wenig Herz. Ihr Verstand hat ununterbrochen gearbeitet, ihr ist nie auch nur das Geringste entgangen. Ich ziehe Menschen vor, die entweder weniger klug sind oder sich nicht ständig nur für andere interessieren. Die es einem verzeihen, wenn man mal eine Dummheit begeht.« Er lächelte spitzbübisch. »Aber man geht ja wohl kaum hin und mischt sich ein Gift, nur weil man jemanden nicht sonderlich gut leiden kann. Ich könnte nicht einmal sagen, daß ich sie abstoßend fand – ich habe mich einfach nur unwohl gefühlt, wenn sie da war, was allerdings nicht oft der Fall war.«

Es paßte alles so gut mit dem zusammen, was Charlotte gesagt hatte, verschmolz zu einem sinnvollen Gesamtbild: Jemand beobachtete andere, belauschte sie, wertete alle Informationen aus, begriff Zusammenhänge, die zum Intimbereich anderer gehörten.

Aber was hatte dazu geführt, daß sich jemand in ihrer Gegenwart nicht nur »unwohl« gefühlt hatte, sondern daß sie für ihn »unerträglich« geworden war?

Er wollte eine sinnvolle Frage stellen, irgend etwas, das bei Inigo den Eindruck erweckte, daß er sich nach Mina und nicht nach Ottilie erkundigte.

»Ich habe sie nur gesehen, als sie bereits tot war. Hat sie attraktiv gewirkt – auf Männer?«

Inigos Gesicht verzog sich zu einem spontanen Lachen.

»Nicht sehr subtil gefragt, Inspector. Nein, hat sie nicht – jedenfalls nicht, was mich betrifft. Ich mag Frauen, die etwas weniger gebildet sind und dafür etwas mehr Sinn für Humor haben. Wenn Sie sich am Place einmal umhören, wird man Ihnen bestätigen, daß ich mich, wenn's ums Vergnügen geht, von warmherzigen, ein wenig exzentrischen Frauen angezogen fühle. Und wenn ich einmal heiraten würde – keine Ahnung, was für eine Frau das wohl wäre. Jemand, den ich wirklich mag – aber ganz gewiß nicht jemand wie Mina!«

»Sie mißverstehen mich«, sagte Pitt mit einem gelassenen Lächeln. »Ich dachte eigentlich mehr an einen Liebhaber, vielleicht sogar einen abgewiesenen. Man sagt immer, Frauen, deren Liebe nicht erwidert wird, würden zu Furien, aber ich habe festgestellt, daß Männer genauso heftig reagieren, besonders wenn sie eitel und vom Erfolg verwöhnt sind. Es gibt viele Menschen, die der

Meinung sind, daß die Tatsache, daß sie jemanden lieben, den anderen ihnen gegenüber in eine Art Schuldnerrolle versetzt und ihnen gewisse Rechte gibt. Schon viele Männer haben eine Frau getötet, weil sie der Meinung waren, sie habe sich an einen Unwürdigen verschwendet – das heißt natürlich, an jemand anderen als sie selbst. Ich habe Männer kennengelernt, die glaubten, sogar ein Anrecht auf die Tugend einer Frau zu besitzen, und wenn sie beschmutzt wurde, hatte sich die Frau nicht etwa gegen sich selbst oder gegen Gott versündigt, sondern einzig und allein gegen diesen Mann.«

Inigo starrte auf die polierte Tischplatte und lächelte über etwas, das er Pitt nicht mitzuteilen gedachte und das offenbar gleichzeitig lustig und bitter war.

»Allerdings«, sagte er offen. »Ich glaube, im Mittelalter hatte eine Frau, die ihre Jungfräulichkeit verlor, eine Geldstrafe an ihren Gutsherrn zu entrichten, weil sie dann für ihn weniger Wert besaß; denn wenn jemand sie heiraten wollte, mußte der natürlich den Gutsherrn für dieses Privileg bezahlen. Sehr viel hat sich seitdem nicht verändert! Wir sind selbstverständlich viel zu vornehm, heute noch mit Geld zu bezahlen, aber bezahlen müssen wir trotzdem!«

Pitt hätte gern gewußt, was er damit meinte, doch nachzufragen wäre unfein gewesen, und wahrscheinlich hätte er auch gar keine Antwort bekommen.

»Hätte Sie denn einen Liebhaber haben können?« kehrte er zu seiner Ausgangsfrage zurück. »Oder einen Verehrer?«

Inigo dachte einen Moment lang intensiv nach, bevor er antwortete.

»Mina? Der Gedanke ist mir noch nie gekommen, aber vermutlich wäre es durchaus möglich. Die merkwürdigsten Menschen haben schließlich Liebhaber oder Verehrer.«

»Warum sagen Sie das? Ich hatte den Eindruck, daß sie recht attraktiv, wenn nicht sogar schön war.«

Inigo schien selbst überrascht zu sein. »Es war ihre Persönlichkeit. Sie schien kein Feuer zu besitzen, keine – Zärtlichkeit. Aber Sie sprachen von einem Verehrer, nicht wahr? Sie war sehr zierlich, sie besaß eine gewisse Zartheit, die einigen Männern vielleicht sehr zusagt – eine Art asketische Reinheit. Und sie hat sie immer durch ihre Kleidung zu unterstreichen gewußt.« Er lächelte entschuldigend. »Aber es ist zwecklos, mich nach irgendwelchen Namen zu fragen, denn ich könnte Ihnen wirklich niemanden nennen.«

»Vielen Dank.« Pitt erhob sich. »Mir fällt nichts mehr ein, was ich Sie sonst noch fragen könnte. Es war sehr freundlich von Ihnen, sich mit mir zu treffen, besonders hier.«

»Wohl kaum.« Inigo stand ebenfalls auf. »Ihr Erscheinen im Club ließ mir überhaupt keine andere Wahl. Entweder ich war bereit, Sie zu treffen, oder ich hätte mich wie ein arroganter Schnösel benommen – oder, was noch schlimmer gewesen wäre, man hätte denken können, ich wollte etwas verbergen.«

Pitt hatte natürlich genau dies vorausgesehen, und er beabsichtigte nicht, Inigo zu beleidigen, indem er es abstritt.

Am nächsten Tag suchte er nicht Ambrosine Charrington auf, sondern packte ein paar saubere Hemden und Socken in eine Reisetasche, ging zur Euston Station und nahm den Zug nach Abbots Langley, um zu sehen, was er über den Tod von Ottilie Charrington in Erfahrung bringen konnte.

Dort blieb er zwei Tage und wurde immer verwirrter, je mehr er herausfand. Es war nicht schwierig, zum Haus der Charringtons zu gelangen, denn die Familie war überall bekannt.

Er nahm ein gemütliches Mittagessen im Gasthof ein und machte sich anschließend auf den Weg zum Gemeindefriedhof, doch dort waren keine Mitglieder der Familie Charrington begraben – weder Ottilie noch sonst jemand.

»Oh, die wohnen hier erst seit 20 Jahren«, erklärte der Totengräber. »Sind also noch neu. Die werden Sie nich' finden. Müssen wohl irgendwo in London begraben sein.«

»Auch die Tochter?« fragte Pitt. »Sie ist doch vor etwas über einem Jahr hier gestorben!«

»Kann schon sein, aber auf diesem Friedhof is' sie nich'«, versicherte der Totengräber. »Überzeugen Sie sich doch selbst! Und ich bin die letzten 25 Jahre bei jeder Beerdigung dabeigewesen. Von den Charringtons liegt hier niemand – kein einziger.«

Plötzlich fiel Pitt eine andere Möglichkeit ein.

»Vielleicht liegt sie auch auf dem Friedhof der Katholiken oder der Freikirche?« fragte er. »Welche anderen Kirchen gibt es denn noch in der Nähe?«

»Ich weiß von jeder Beerdigung in der Gegend«, sagte der Totengräber hitzig. »Das is' schließlich mein Beruf. Und die Charringtons haben nich' zu irgendeiner von diesen exotischen Konfessionen gehört. Die gehören zur Oberschicht – also Church of England, ganz genau wie alle, die wissen, was gut für sie is'. Sind immer in der Kirche, jeden Sonntag, wenn sie im Dorf sind. Wenn sie irgendwo hier begraben läg', dann bestimmt auf diesem Friedhof. Vermute, Sie haben sich geirrt, und sie is' irgendwo in London gestorben, oder die Familie hat sie mit nach London genommen, auch wenn sie hier gestorben is'. Haben wahrscheinlich 'ne Familiengruft da. Am besten liegt man neben seinen Verwandten, das sag' ich jedenfalls immer. Die Ewigkeit is' 'ne enorm lange Zeit.«

»Glauben Sie denn nicht an die Auferstehung?« erkundigte sich Pitt interessiert.

Das Gesicht des Totengräbers verzog sich vor Empörung darüber, daß ein Mensch sich anmaßte, abstrakte Vorstellungen in den praktischen Umgang mit Leben und Tod einzubringen.

»Was soll denn das für 'ne Frage sein?« verlangte er zu wissen. »Können Sie mir etwa sagen, wann das sein wird? Im Grab liegt man lang, sehr lang. Sollt' daher alles seine Ordnung haben. Man bleibt schließlich länger drin als in irgendeinem von all den vornehmen Häusern hier!«

Dem konnte Pitt natürlich nichts entgegensetzen, also dankte er ihm und machte sich auf die Suche nach dem örtlichen Arzt.

Der Arzt kannte die Charringtons zwar, hatte jedoch Ottilie während ihrer letzten Krankheit nicht behandelt und auch keinen Totenschein ausgestellt.

Gegen Mittag des folgenden Tages hatte Pitt mit den Dienstboten, den Nachbarn und der Postmeisterin gesprochen und nahm den Zug zurück nach London, überzeugt, daß Ottilie Charrington zwar die Woche vor ihrem Tod in Abbots Langley verbracht hatte, jedoch nicht dort gestorben war.

Der Fahrkartenverkäufer am Bahnhof erinnerte sich daran, sie ein oder zweimal gesehen zu haben, konnte jedoch nicht mit Sicherheit sagen, zu welchem Zeitpunkt dies gewesen war, und obwohl sie eine Fahrkarte nach London erstanden hatte, wußte er nicht mit Gewißheit, ob sie tatsächlich zurückgefahren war oder nicht.

Es schien eindeutig festzustehen, daß sie nicht in Abbots Langley, sondern an einem noch unbekannten Ort an einer unbekannten Todesursache gestorben war.

Jetzt ließ sich der Besuch bei Ambrosine und Lovell Charrington nicht länger hinauszögern. Selbst Superintendent Athelstan fiel zu seinem großen Bedauern kein Gegenargument mehr ein, und so wurde ordnungsgemäß ein Termin verabredet – ganz offiziell, als handelte es sich um einen Höflichkeitsbesuch. Pitt hatte sich die Sache eigentlich anders vorgestellt. Er wäre lieber weniger förmlich vorgegangen und hätte es vorgezogen, Ambrosine und Lovell einzeln zu sprechen, doch nach seinem Bericht über seinen Besuch in Abbots Langley hatte sich Athelstan persönlich eingeschaltet.

Lovell empfing Pitt im Salon. Ambrosine war nicht anwesend.

»Ja, bitte, Inspector?« fragte er frostig. »Ich weiß wirklich nicht, was ich Ihnen sonst noch über diese unglückselige Geschichte mitteilen könnte. Ich habe meiner Pflicht bereits Genüge getan und Sie genauestens über alles, was ich wußte, in Kenntnis gesetzt. Die arme Mina Spencer-Brown war höchst labil, auch wenn ich es noch so ungern sage. Ich interessiere mich nicht für das Privatleben anderer. Daher habe ich keine Ahnung, welche Art von Krise zu dieser Tragödie geführt hat.«

»Nein, Sir«, sagte Pitt. Beide standen noch, Lovell steif und nicht bereit, ihm auch nur einen Stuhl anzubieten. »Nein, Sir, aber es weist inzwischen alles darauf hin, daß Mrs. Spencer-Brown sich nicht das Leben genommen hat. Sie ist ermordet worden.«

»Tatsächlich?« Lovells Gesicht war ganz weiß geworden, und er tastete plötzlich nach dem Sessel, der hinter ihm stand. »Ich vermute, Sie sind sich da ganz sicher? Sie haben nicht etwa voreilige Schlüsse gezogen? Warum sollte jemand sie ermordet haben? Das ist einfach lächerlich! Sie war schließlich eine ehrbare Frau!«

Pitt setzte sich ebenfalls. »Ich habe keinen Grund, dies zu bezweifeln, Sir.« Er beschloß, die Unwahrheit zu sagen, zumindest anzudeuten, da er keine andere Möglichkeit sah, das Thema, das ihm eigentlich am Herzen lag, anzusprechen. »Sogar die unschuldigsten Menschen werden manchmal umgebracht.«

»Vielleicht ist es ein Wahnsinniger gewesen?« Lovell nahm Zuflucht zu der einfachsten Erklärung. Wahnsinn war wie eine Krankheit – und Krankheiten machten vor niemandem halt. War nicht sogar Prinz Albert an Typhus gestorben? »Natürlich. So ist es bestimmt gewesen. Aber ich habe hier in der Gegend keinen

Fremden gesehen, und wir haben unser Dienstpersonal sehr sorgfältig ausgewählt. Wir überprüfen stets sämtliche Referenzen.«

»Sehr umsichtig von Ihnen«, hörte Pitt sich pflichtbewußt sagen und kam sich wie ein richtiger Heuchler vor. »Sie haben, glaube ich, auch Ihre Tochter auf tragische Weise verloren, nicht wahr, Sir?«

Lovells Gesicht wurde verschlossen, beinahe feindselig.

»Allerdings. Ich ziehe es jedoch vor, über dieses Thema nicht zu sprechen, und mit dem Tod von Mrs. Spencer-Brown hat es schließlich nicht das geringste zu tun.«

»Dann wissen Sie mehr über den Tod von Mrs. Spencer-Brown als ich, Sir«, erwiderte Pitt kühl. »Denn bis jetzt habe ich noch keinerlei Information über die Umstände ihres Todes oder die Identität des Täters, ganz zu schweigen von einem Motiv.«

Lovell war sehr blaß geworden, um seinen Mund zeigten sich schmerzliche Falten. Muskelstränge traten an seinem Hals hervor, wodurch der hohe Hemdkragen ungewöhnlich verzogen aussah.

»Meine Tochter ist nicht ermordet worden, Sir, falls Sie dies annehmen sollten. Daran gibt es auch nicht den geringsten Zweifel. Ein Zusammenhang ist daher völlig unmöglich. Lassen Sie sich nicht durch Ihren beruflichen Ehrgeiz dazu verleiten, einen Mord zu sehen, wo lediglich eine persönliche Tragödie stattgefunden hat.«

»Woran ist sie gestorben, Sir?« Pitt sprach immer noch mit gedämpfter Stimme. Er war sich des Schmerzes bewußt, den sein Gegenüber empfinden mußte, und dieses Bewußtsein war stärker als die Kluft aus Empfindungen und Überzeugungen, die zwischen den beiden Männern lag.

»An einer Krankheit«, erwiderte Lovell. »Ganz plötzlich. Aber es war kein Gift. Falls Sie daran gedacht haben, befinden Sie sich in einem Irrtum. Sie täten besser daran, Ihre Zeit damit zu verbringen, den Tod von Mrs. Spencer-Brown zu recherchieren, als sich mit Todesfällen anderer Leute zu befassen. Und ich erlaube nicht, daß Sie meine Frau mit diesen idiotischen Fragen quälen. Sie hat bereits genug gelitten. Sie wissen offenbar nicht, was Sie im Begriff sind anzurichten!«

»Ich habe selbst eine Tochter, Sir«, sagte Pitt, genauso sehr zu sich selbst wie zu dem verbissenen kleinen Mann, den er vor sich hatte. Was wäre, wenn Jemima plötzlich sterben würde, aus heiterem Himmel – an einem Tag noch voller Leben und am nächsten nur noch eine liebe, wunderschöne, quälende Erinnerung? Würde er es nicht vielleicht ebenso unerträglich finden, darüber zu sprechen, wie Lovell?

Er wußte es nicht. Eine derartige Tragödie ging über jede Vorstellungskraft hinaus.

Aber auch Mina hatte Eltern gehabt.

»Wo ist sie gestorben, Sir?«

Lovell starrte ihn an. »In unserem Haus in Hertfordshire. Aber das kann Sie doch unmöglich interessieren?«

»Und wo wurde sie begraben, Sir?«

Lovells Gesicht verfärbte sich purpurrot. »Ich weigere mich, weitere Fragen zu beantworten! Das ist eine bodenlose Unverschämtheit, einfach unglaublich! Sie werden dafür bezahlt, daß Sie den Tod von Mina Spencer-Brown aufklären, und nicht dafür, daß Sie Ihre teuflische Neugier befriedigen, was meine Familie und unseren Trauerfall betrifft. Falls Sie mich sonst noch irgend etwas zu diesem Thema fragen wollen, so tun Sie es! Ich werde mein Bestes tun, Ihnen zu antworten, wie es meine Pflicht ist. Andernfalls möchte ich Sie bitten, mein Haus sofort zu verlassen und nicht wiederzukommen, bis Sie im Rahmen Ihrer Arbeit hier zu tun haben! Ich hoffe, Sie verstehen mich, Sir?«

»Ja, Mr. Charrington«, sagte Pitt sehr ruhig. »Ich verstehe Sie sehr gut. War Ihre Tochter mit Mrs. Spencer-Brown befreundet?«

»Nicht daß ich wüßte. Ich glaube, sie haben lediglich Höflichkeiten miteinander ausgetauscht. Der Altersunterschied war immerhin beträchtlich.«

Ein Gedanke schoß Pitt durch den Kopf.

»Hat Ihre Tochter Mr. Lagarde gut gekannt?«

»Sie kannten sich seit langem«, erwiderte Lovell förmlich. »Aber es bestand keine« – er zögerte und suchte nach dem passenden Wort – »keine Zuneigung zwischen den beiden. Sehr bedauerlich. Sie hätten hervorragend zueinander gepaßt. Meine Gattin und ich haben versucht, sie in dieser Hinsicht günstig zu beeinflussen, doch Ottilie hatte keine –« Er unterbrach sich, und sein Gesicht verhärtete sich wieder. »Aber das ist wohl kaum von Bedeutung für Ihre Untersuchungen, Inspector. Es dürfte inzwischen sogar vollkommen unwichtig sein. Verzeihen Sie mir, aber ich glaube, Sie verschwenden hier lediglich Ihre und meine Zeit.

Es gibt wirklich nichts, was ich Ihnen noch zu sagen hätte. Ich wünschen Ihnen einen guten Tag.«

Pitt überlegte, ob er insistieren sollte, glaubte jedoch nicht, daß Lovell ihm noch irgend etwas mitteilen würde.

Er stand auf. »Vielen Dank für Ihre Unterstützung. Ich hoffe, es wird nicht notwendig sein, Sie ein weiteres Mal zu stören. Guten Tag, Sir.«

»Das hoffe ich ebenfalls.« Lovell erhob sich. »Der Diener wird Sie hinausbegleiten.«

Die Sonne hatte Rutland Place in ein blasses Licht getaucht. In ein oder zwei Gärten ragten grüne Narzissenblätter wie Bajonette empor, überragt von gelben Blütenstandarten. Er wünschte, die Leute würden sie nicht immer in Reihen pflanzen; sie erinnerten ihn an eine Armee.

Ob Mina Spencer-Brown recht gehabt hatte, was die anrüchigen Umstände von Ottilie Charringtons Tod betraf, oder nicht, geheimnisumwittert war er allemal. Sie war weder an dem Ort gestorben, den die Familie angab, noch dort begraben.

Aber warum sagten die Charringtons die Unwahrheit? Woran war sie wirklich gestorben – und wo?

Die Antwort auf diese Frage konnte nur sein, daß die Begleitumstände ihres Todes so schmerzlich oder gräßlich gewesen waren, daß niemand wagte, die Wahrheit zu sagen.

Kapitel 8

Drei Tage lang führten die Ermittlungen zu keinem Ergebnis. Pitt ging allen Hinweisen nach, die er finden konnte, und Sergeant Harris befragte die Dienstboten sowohl in der Küche als auch außerhalb des Hauses. Keiner wußte irgend etwas, das von Bedeutung zu sein schien. Es wurde immer deutlicher, daß Mina, wie Charlotte vermutet hatte, davon besessen gewesen war, andere zu beobachten. Bruchstücke von Informationen, Eindrücke, die hier und da haften geblieben waren, bestätigten den Verdacht immer mehr. Aber was mochte sie nur herausgefunden haben? Doch sicher etwas Erschreckenderes als die Identität eines Gelegenheitsdiebes?

Am Nachmittag des vierten Tages, kurz nach vier Uhr, stand Charlotte in ihrem Wohnzimmer, öffnete die Glastüren, die in den Garten führten, und genoß die Luft, die endlich etwas wärmer geworden war und nach Erde duftete, als Gracie hereintrabte, wobei ihre Absätze den neuen Teppich in Unordnung brachten.

»Oh, Mrs. Pitt, Ma'am, ein Eilbote hat gerade einen Brief für Sie gebracht, in einer Kutsche, und er sagt, es sei schrecklich dringend. Und bitte, Ma'am, die Kutsche steht noch draußen und wartet, auf der Straße, riesengroß und so furchtbar vornehm!« Sie hielt Charlotte mit ausgestrecktem Arm den Umschlag hin.

Charlotte brauchte nur einen Blick darauf zu werfen, um Carolines Handschrift zu erkennen. Sie riß den Umschlag auf und las:

Meine liebe Charlotte,

etwas Schreckliches ist geschehen. Ich weiß kaum, wie ich es Dir sagen soll, es scheint so unfaßbar tragisch.

Wie Du weißt, hat sich Eloise Lagarde Minas Tod und dessen Umstände sehr zu Herzen genommen, und Tormod ist mit ihr zu ihrem Landhaus gefahren, damit sie sich dort ein wenig ausruhen und erholen konnte.

Meine liebe Charlotte, heute morgen sind sie zurückgekehrt, nach dem furchtbarsten Unfall, von dem ich je gehört habe! Der Gedanke daran macht mich ganz krank, er ist geradezu unerträglich. Als sie an einem Abend nach einem Picknick mit der Kutsche nach Hause fuhren, ist der arme Tormod, der die Zügel hielt, vom Kutschbock gerutscht und gestürzt, genau unter die Räder. Als ob das nicht schon schlimm genug wäre! Doch einige ihrer Freunde fuhren genau hinter ihnen. Es war schon dunkel, und sie haben den Unfall nicht bemerkt! Charlotte, sie haben ihn auch überrollt! Die Pferde und die Kutsche!

Der arme junge Mensch, kaum älter als Du, ist hoffnungslos verstümmelt! Er liegt in seinem Bett am Rutland Place und wird es für den Rest seines Lebens nicht mehr verlassen können, auch wenn wir es noch so sehr glauben möchten und noch so sehr für ihn beten!

Ich bin so entsetzt, daß ich keinen klaren Gedanken mehr fassen kann und nicht weiß, was ich tun soll. Wie können wir helfen? Was kann man angesichts einer derart unfaßbaren Tragödie überhaupt tun?

Ich dachte, Du solltest so schnell wie möglich davon erfahren, und habe deshalb die Kutsche geschickt, falls Du den Wunsch hast, mich noch heute nachmittag aufzusuchen. Ich würde mich sehr über Deine Gesellschaft freuen, und sei es auch nur, um meine Erschütterung über diesen schweren Schicksalsschlag mit jemandem teilen zu können. Dein Vater ist geschäftlich unterwegs und wird heute abend auswärts essen, und Großmama ist mir kein großer Trost.

Ich habe auch an Emily geschrieben und den Brief per Boten zustellen lassen.

Deine Dich liebende Mutter
Caroline Ellison

Charlotte las den Brief ein zweites Mal, nicht, weil sie glaubte, ihn nicht verstanden zu haben, sondern um ein wenig Zeit zu gewinnen, damit der Inhalt des Briefes mit all dem Leid, das darin enthalten war, langsam in ihr Bewußtsein eindringen konnte.

Sie versuchte, sich die Unfallnacht vorzustellen, die dunkle Straße, Tormod Lagarde, wie sie ihn zuletzt gesehen hatte, mit seiner blassen, hohen Stirn und dem zurückgekämmten, gewellten schwarzen Haar, wie er auf dem Kutschbock stand. Vielleicht war ein Pferd ausgebrochen, vielleicht hatte die Straße eine unerwartete Biegung gemacht, und plötzlich lag er im Schlamm unter der Kutsche, über sich den Lärm und das Rattern, die Räder, die ihm den Arm oder das Bein zermalmten, das erdrückende Gewicht, das Splittern von Knochen. Einen Moment war es ganz still, über ihm der Nachthimmel, und dann näherten sich die trommelnden Hufe der Pferde und die Räder der zweiten Kutsche, die ihn zerquetschten – und dann die unerträglichen Schmerzen, als sein Körper zermalmt wurde –

Gütiger Gott! Es wäre besser, unendlich gnädiger gewesen, wenn er sofort den Tod gefunden und das Bewußtsein nicht wiedererlangt hätte.

»Ma'am?« Gracies Stimme klang bestürzt. »Ma'am? Is' alles in Ordnung? Sie sind ganz weiß im Gesicht! Ich glaub', Sie sollten sich besser setzen! Ich hol' das Riechsalz und 'ne schöne heiße Tasse Tee!« Sie machte Anstalten zu gehen, entschlossen, sich der Lage gewachsen zu zeigen und etwas Vernünftiges zu tun.

»Nein!« sagte Charlotte schließlich. »Vielen Dank, Gracie. Es ist alles in Ordnung. Ich werde nicht in Ohnmacht fallen. Es ist eine schreckliche Nachricht, doch es handelt sich nicht um ein Familienmitglied oder einen engen Freund, sondern um einen Bekannten. Ich werde meine Mutter noch heute nachmittag aufsuchen. Sie ist mit dem Betreffenden befreundet. Ich weiß noch nicht, wie lange ich bleiben werde. Aber ich muß etwas Passenderes anziehen als dieses Kleid. Es ist viel zu heiter. Ich habe noch ein schwarzes Kleid, das recht elegant ist. Falls mein Mann vor mir zurück sein sollte, zeig ihm bitte diesen Brief. Ich lege ihn in den Sekretär.«

»Sie sehen schrecklich blaß aus, Ma'am«, sagte Gracie ängstlich. »Ich glaube, Sie sollten doch lieber 'ne schöne Tasse Tee trinken, bevor Sie irgendwohin gehen. Und soll ich den Diener nich' fragen, ob er auch Tee möchte?«

Charlotte hatte gar nicht mehr an den Diener gedacht. Ihre Gedanken waren in die Vergangenheit zurückgeglitten, und sie hatte daher völlig vergessen, daß die Kutsche draußen nicht ihre eigene war.

»Ja, ja, bitte tu das. Eine ausgezeichnete Idee. Ich gehe schnell nach oben und ziehe mich um, und du kannst mir den Tee hochbringen. Bitte richte dem Diener aus, daß ich nicht lange brauchen werde.«

»Ja, Ma'am.«

Caroline war sehr ernst, als sie Charlotte empfing. Zum ersten Mal seit Minas Tod war sie ganz in Schwarz gekleidet und trug keine Spitzen am Hals.

»Danke, daß du so schnell gekommen bist«, sagte sie, sobald das Mädchen die Tür hinter sich geschlossen hatte. »Was geht nur vor am Rutland Place? Eine furchtbare Tragödie nach der anderen!« Sie schien nicht in der Lage zu sein, sich zu setzen, mit ineinander verkrampften Händen stand sie mitten im Raum. »Vielleicht ist es schlecht von mir, so etwas zu sagen, aber Tormods Schicksal scheint mir fast noch schlimmer als Minas Tod! Ich weiß natürlich nur, was die Diener sagen, und ich sollte gar nicht darauf hören, aber es ist schließlich der einzige Weg, überhaupt etwas zu erfahren«, entschuldigte sie sich wahrheitsgetreu. »Wenn das, was Maddock sagt, stimmt, dann ist der arme Tormod« – sie holte tief Luft – »vollkommen zerschmettert! Sein Rückgrat und seine Beine sind gebrochen.«

»Es ist nicht schlecht von dir, Mama.« Charlotte schüttelte kaum merklich den Kopf und streckte den Arm aus, um Caroline zu berühren. »Wenn man gläubig ist, kann der Tod selbst so schrecklich nicht sein – nur manchmal die Art, wie man stirbt. Und wenn er tatsächlich so schwer verletzt ist, wie du sagst, wäre es dann nicht besser gewesen, wenn er schnell gestorben wäre, wenn sowieso keine Aussicht auf Besserung besteht? Aber vielleicht hat Maddock auch übertrieben. Ich vermute, er hat es von der Köchin, und die hat es von einem der Hausmädchen, die es wiederum von einem der Botenjungen haben und so weiter. Hast du vor, hinzugehen und dein Mitgefühl auszudrücken?«

Caroline hob rasch den Kopf. »Oh ja, ich glaube, das wäre das wenigste. Natürlich würde ich nicht lange bleiben, doch ich finde, man sollte sie schon spüren lassen, daß man mit ihnen fühlt und ihnen jede mögliche Hilfe anbietet. Die arme Eloise! Sie ist bestimmt völlig außer sich. Die beiden stehen sich doch so nahe. Sie sind immer so liebevoll miteinander umgegangen.«

Charlotte versuchte, sich vorzustellen, wie es wohl sein würde, wenn man jemanden innig liebte und gezwungen war, ihn Tag für Tag zu sehen, hoffnungslos verstümmelt, bei vollem Bewußtsein, und unfähig wäre, ihm zu helfen. Doch die Realität übertraf selbst die schlimmsten Vorstellungen. Sie erinnerte sich natürlich an Sarahs Tod, doch es war ein schneller Tod gewesen – gewaltsam und schrecklich, doch Gott sei Dank hatte sie nicht lange gelitten, hatte nicht Tag für Tag unerträgliche Schmerzen ertragen müssen.

»Was können wir bloß machen?« fragte sie hilflos. »Einfach nur hingehen und unser Mitgefühl auszudrücken scheint mir so entsetzlich wenig.«

»Wir können sonst gar nichts tun«, antwortete Caroline sanft. »Versuch nicht, alles an einem Tag zu schaffen. Vielleicht können wir bald mehr helfen – und wenn wir ihnen bloß beistehen und für sie da sind.«

Charlotte hörte schweigend zu. Das Sonnenlicht, das über den Teppich flutete und die Blumengirlanden darauf hervorhob, schien weit entfernt zu sein, eher eine Erinnerung als die Gegenwart. Die Blumenvase mit den rosa Tulpen auf dem Tisch sah künstlich aus, ein bloßes Dekorationsstück, starr und fremd.

Das Mädchen öffnete die Tür. »Lady Ashworth, Ma'am.« Sie machte einen Knicks, und unmittelbar hinter ihr erschien Emily, blaß und nicht so perfekt und makellos wie gewöhnlich.

»Mama, was für eine entsetzliche Geschichte! Wie konnte so etwas nur passieren?« Sie griff nach Charlottes Arm. »Wie hast du davon erfahren? Thomas ist doch nicht etwa auch hier? Ich meine, es ist doch nicht etwa –«

»Nein, natürlich nicht!« sagte Charlotte schnell. »Mama hat mir die Kutsche geschickt.«

Caroline schüttelte verstört den Kopf. »Es war ein Unfall. Sie haben einen Ausflug gemacht. Es war ein schöner Tag, und sie haben irgendwo ein Picknick veranstaltet und dann auf der Rückfahrt einen längeren, schöneren Weg gewählt. Es ist alles so absurd!« Zum ersten Mal klang Wut in ihrer Stimme mit, als ihr die ganze Sinnlosigkeit bewußt wurde. »Es hätte nie zu geschehen brauchen! Ein nervöses Pferd, nehme ich an, oder irgendein Tier, das über die Landstraße gehuscht ist und die Pferde scheu gemacht hat. Oder ein überhängender Ast an einem Baum.«

»Also dafür sind schließlich Waldarbeiter da!« sagte Emily entrüstet. »Sie sollten eigentlich dafür sorgen, daß keine überhängenden Äste die Kutschen behindern.« Doch ihr Zorn verschwand wieder genauso schnell, wie er gekommen war. »Was können wir tun, um zu helfen? Ich weiß wirklich nicht, wie wir ihnen beistehen können, außer durch unser Mitgefühl. Aber was kann das schon nützen!«

»Es ist immer noch besser als gar nichts.« Caroline ging auf die Tür zu. »Wenigstens weiß Eloise dann, daß wir an ihrem Schicksal Anteil nehmen, und wenn sie irgendwann das Bedürfnis nach Beistand haben sollte, und sei es nur, daß sie nicht allein sein möchte, weiß sie, daß wir für sie da sind.«

Emily seufzte. »Wahrscheinlich hast du recht. Aber es scheint mir genauso, als biete man jemandem einen Eimer an, um das Meer auszuschöpfen!«

»Manchmal ist es bereits ein Trost zu wissen, daß man nicht allein ist«, sagte Charlotte, ebenso zu sich selbst wie zu ihrer Schwester und ihrer Mutter. Draußen im Flur wurden sie bereits von Maddock erwartet.

»Werden Sie heute nachmittag zum Tee wieder zurück sein, Ma'am?« erkundigte er sich, während er Carolines Umhang bereithielt.

»Ja, sicher.« Caroline nickte und ließ sich den Umhang über die Schultern legen. »Wir wollen nur Miss Lagarde besuchen. Wir werden bestimmt nicht lange bleiben.«

»Ich verstehe«, sagte Maddock ernst. »Wirklich eine entsetzliche Tragödie. Manchmal fahren die jungen Männer viel zu unvorsichtig. Ich war immer der Meinung, daß Wettfahrten eine höchst gefährliche und törichte Angelegenheit sind. Die meisten Fahrzeuge sind dafür überhaupt nicht ausgerüstet.«

»Haben sie denn ein Wettrennen veranstaltet?« fragte Charlotte schnell, drehte sich um und sah Maddock direkt an.

Maddocks Gesicht blieb unbewegt. Er war ein Bediensteter und kannte seinen Platz, doch er war schon bei den Ellisons gewesen, als Charlotte noch ein kleines Mädchen gewesen war, sie konnte ihn daher kaum überraschen.

»Das deutet man an, Miss Charlotte«, erwiderte er ausdruckslos. »Obwohl es recht töricht anmutet, dies auf einer Landstraße zu tun, weil es beinahe unweigerlich zu Verletzungen führen muß, und wenn es nur bei den Pferden ist. Doch ich habe keine Ahnung, ob es der Wahrheit entspricht oder ob es sich lediglich um Spekulationen handelt. Dienstboten neigen dazu, ihrer Phantasie bei derartigen Katastrophen freien Lauf zu lassen. Sie sind auch durch strenge Bestrafungen nicht davon abzubringen.«

»Nein, natürlich nicht«, sagte Caroline. »Ich würde meine Zeit auch gar nicht damit verschwenden, es zu versuchen – solange es nicht Ausmaße annimmt, die nicht mehr zu verantworten sind.«

Sie zog die Brauen in die Höhe. »Und sie dabei nicht ihre Pflichten vernachlässigen!«

Maddock sah ein wenig verletzt aus. »Selbstverständlich, Ma'am. Dergleichen würde ich in meinem Haus niemals dulden.«

»Nein, natürlich nicht«, sagte Caroline beschwichtigend, es tat ihr leid, daß sie seine Integrität durch ihre Gedankenlosigkeit in Frage gestellt hatte.

Emily stand an der Tür, die der Diener für sie öffnete. Draußen wartete bereits die Kutsche.

Die Lagardes wohnten nur einige 100 Meter entfernt, doch es war ein regnerischer Tag, die Straßen standen unter Wasser, und es handelte sich um einen sehr wichtigen Besuch. Charlotte stieg in die Kutsche und nahm schweigend Platz. Was um alles in der Welt sollte sie zu Eloise sagen? Wie konnte ein Mensch aus der Sicherheit und Geborgenheit seines eigenes Lebens einen Menschen wie Eloise erreichen, einen derartigen Abgrund überbrükken?

Sie sprachen kein Wort, bis die Kutsche wieder hielt und der Diener ihnen hinaushalf. Er blieb neben den Köpfen der Pferde wartend auf der Straße stehen, ein stummes Zeichen ihrer Anwesenheit für andere mögliche Besucher.

Ein Zimmermädchen ohne das übliche weiße Häubchen öffnete die Tür und sagte mit angespannter, leiser Stimme, sie werde nachfragen, ob Miss Lagarde in der Lage sei, sie zu empfangen. Ungefähr fünf Minuten später kehrte sie zurück und führte sie ins Frühstückszimmer, das im hinteren Teil des Hauses lag, mit Blick auf den regennassen Garten. Eloise erhob sich vom Sofa, um sie zu begrüßen.

Sie bot einen herzzerreißenden Anblick. Ihre zarte Haut war weiß wie Seidenpapier und sah genauso leblos aus. Ihre Augen waren eingesunken und riesig groß, sie schienen bis in die dunklen Ränder darunter hineinzureichen. Ihr Haar war makellos, doch sie war offenbar von ihrer Zofe frisiert und angekleidet worden; ihre Kleidung war elegant und adrett, aber sie trug sie wie etwas Künstliches, beinahe wie Leichentücher, die einen Körper umgaben, den der Geist längst verlassen hatte. Sie wirkte noch dünner als gewöhnlich, ihre geschnürte Taille noch zerbrechlicher. Das Schultertuch, das Charlotte bei ihrem letzten Treffen an ihr gesehen hatte, trug sie nicht mehr, als sei es ihr inzwischen gleichgültig, ob ihr kalt war oder nicht.

»Mrs. Ellison.« Ihre Stimme war vollkommen tonlos. »Wie freundlich von Ihnen, herzukommen.« Sie hätte genausogut einen Text in einer fremden Sprache vorlesen können, deren Bedeutung sie nicht verstand. »Lady Ashworth, Mrs. Pitt – bitte, nehmen Sie doch Platz.«

Befangen kamen sie der Aufforderung nach. Charlotte spürte, wie ihre Hände kalt wurden, obwohl ihr Gesicht rot vor Verlegenheit war. Sie kam sich vor, als sei sie in etwas eingedrungen, das so überaus qualvoll war, daß es sogar stärker war als alle Konventionen, stärker als die Rituale, die der persönliche Stolz vorschrieb, und stärker auch als das Bedürfnis nach Privatsphäre. Der Schmerz, der Eloise überwältigt hatte, war überall im Raum zu spüren.

Charlotte war zu niedergeschlagen, um sprechen zu können. Selbst Caroline suchte verzweifelt nach Worten und fand keine. Nur Emily mit ihrer unerschütterlichen Disziplin zeigte sich der Situation gewachsen.

»Auch unser tiefstes Mitgefühl vermag den unsagbaren Schmerz nicht zu lindern, den Sie empfinden müssen«, sagte sie leise. »Aber seien Sie versichert, daß wir mit Ihnen fühlen, und falls es irgendwann etwas geben sollte, was wir für Sie tun können und das Sie trösten könnte, werden wir jederzeit für Sie dasein.«

»Vielen Dank«, erwiderte Eloise tonlos. »Das ist sehr freundlich von Ihnen.« Sie schien sie als Personen kaum wahrzunehmen, reagierte lediglich, wenn jemand sprach und sie sich zu antworten verpflichtet fühlte. Ihre Erwiderungen waren förmlich, als hätte sie sich alles vorher zurechtgelegt.

Charlotte suchte nach Sätzen, die sie sagen konnte und die halbwegs vernünftig klangen.

»Vielleicht haben Sie momentan das Bedürfnis nach ein wenig Gesellschaft«, schlug sie vor. »Oder nach Begleitung, falls Sie irgendwohin gehen möchten?« Sie dachte dabei eher an Emily und Caroline als an sich, da sie nur selten die Möglichkeit hatte, zum Rutland Place zu kommen, und auch keine eigene Kutsche besaß.

Sekundenlang trafen sich ihre Blicke, doch dann glitt Eloise wieder in einen Zustand hinüber, in dem sie außer einer erschreckenden Leere nichts weiter wahrzunehmen schien, als ob sich die ganze Welt, die sie kannte, nur noch in ihrem Kopf befände.

»Vielen Dank. Ja, vielleicht werde ich das. Doch ich befürchte, meine Gesellschaft wird sicher nicht sehr angenehm sein.«

»Meine Liebe, wie können Sie so etwas sagen«, meinte Caroline beschwichtigend. Sie hob die Hände, um sie nach Eloise auszustrecken, doch diese schien von einer unsichtbaren Mauer umgeben, von einer fast körperlichen Unnahbarkeit, und Caroline ließ ihre Hände wieder sinken, ohne sie berührt zu haben. »Ich habe Sie immer nur als einen sehr liebenswerten Menschen erlebt.«

»Liebenswert!« Eloise wiederholte das Wort, und zum ersten Mal lag wieder ein Gefühl in ihrer Stimme, doch sie klang hart, voll Ironie. »Glauben Sie wirklich?«

Caroline konnte nur nicken.

Sie versanken wieder in Schweigen, das so lange währen würde, wie sie es ertrugen.

Erneut zermarterte sich Charlotte das Gehirn, um etwas zu finden, das sie sagen konnte, nur um die Stille zu brechen. Aber es wäre taktlos, ja neugierig, zu fragen, wie es Tormod ging oder was der Arzt vielleicht gesagt hatte. Und doch war es undenkbar, über irgend etwas anderes zu sprechen.

Die Sekunden vergingen. Das Zimmer schien riesig groß zu werden, und der Regen draußen entfernte sich scheinbar immer weiter; selbst der Klang der fallenden Tropfen war leiser geworden. Die Alptraumpferde galoppierten durch ihre Gedanken, die Kutschräder knirschten.

Als Charlotte gerade wieder ansetzen wollte, etwas zu bemerken, wie absurd es auch sein mochte, bloß um endlich die unerträgliche Stille zu übertönen, erschien das Mädchen wieder und meldete Amaryllis Denbigh. Auch wenn Charlotte Amaryllis noch so wenig mochte, in diesem Moment war sie richtig dankbar, da sie nun nichts sagen mußte.

Amaryllis folgte dem Mädchen auf dem Fuße. Sie stand an der Tür und starrte alle nacheinander entgeistert an, obwohl sie zweifellos draußen die Kutsche gesehen hatte.

Schließlich richtete sie ihren Blick vorwurfsvoll auf Charlotte. Ihr Gesicht war völlig weiß, und ihr sonst so sorgfältig frisiertes Haar sah zerzaust aus, die rosa Schminke auf ihren Lippen war verschmiert.

»Mrs. Pitt! Sie habe ich allerdings nicht hier erwartet!«

Auf eine derartig unhöfliche Bemerkung erübrigte sich natürlich jede Erwiderung, also beschloß Charlotte, sie zu übergehen und dem erregten Zustand ihres Gegenübers zuzuschreiben.

»Ich bin sicher, Sie sind wie wir gekommen, um Ihr Mitgefühl auszusprechen«, sagte sie ruhig. Sie wartete kurz, damit Eloise etwas antworten konnte, und als dies ausblieb, fuhr sie fort: »Bitte, setzen Sie sich doch. Dieses Sofa hier ist sehr bequem.«

»Wie können Sie in einer derartigen Situation von Bequemlichkeit sprechen?« verlangte Amaryllis in einem plötzlichen Anflug von Zorn zu wissen. »Tormod wird sich zwar wieder erholen, doch im Moment leidet er schreckliche Schmerzen!« Sie schloß die Augen, und heiße Tränen rannen ihre Wangen herab. »Unerträgliche Schmerzen! Und Sie sitzen hier wie bei einer Abendgesellschaft und reden von Bequemlichkeit!«

Charlotte spürte, wie Wut und Schmerz gleichzeitig in ihr hochstiegen, weil Amaryllis nur aus ihrem eigenen Gefühl heraus sprach, ohne sich im geringsten darum zu kümmern, wie sehr sie Eloise damit verletzte.

»Dann bleiben Sie eben stehen, wenn es Ihnen lieber ist«, bemerkte sie spitz. »Wenn Sie der Auffassung sind, damit irgend jemandem dienlich zu sein, wird es sicher niemanden stören.«

Amaryllis griff nach einem Stuhl und setzte sich.

»Wenn er sich wieder erholen wird, besteht wenigstens noch Hoffnung«, sagte Emily, bemüht, die geladene Atmosphäre ein wenig zu entschärfen.

Amaryllis wirbelte herum, öffnete den Mund und schloß ihn wieder.

Eloise saß völlig bewegungslos da, mit ausdruckslosem Gesicht, die Hände leblos auf dem Schoß.

»Er wird sich nicht mehr erholen«, sagte sie vollkommen tonlos, als habe sie dem Tod ins Auge geblickt und sich an den Anblick gewöhnt, das Schicksal ohne jede Hoffnung angenommen. »Er wird niemals wieder aufstehen können.«

»Das ist nicht wahr!« Amaryllis Denbighs Stimme klang schrill, fast wie ein Schrei. »Wie können Sie es wagen, etwas so Furchtbares zu sagen? Das ist eine Lüge! Eine Lüge! Er wird wieder aufstehen, und mit der Zeit wird er auch wieder gehen können. Das wird er ganz bestimmt! Ich weiß es.« Sie stand auf, ging zu Eloise hinüber und blieb vor ihr stehen, zitternd vor Erregung, doch Eloise sah sie nicht an und blieb regungslos sitzen.

»Sie träumen«, sagte sie sehr leise. »Eines Tages werden Sie die Wahrheit annehmen. Auch wenn es noch so lange dauert, die Wahrheit bleibt, und irgendwann werden auch Sie sie erkennen.«

»Das stimmt nicht! Das stimmt nicht!« Die Röte schoß Amaryllis ins Gesicht. »Ich weiß nicht, warum Sie das sagen. Sie haben Ihre eigenen Gründe – Gott allein kennt sie!« Ihre Stimme klang anklagend, schrill und häßlich – angsterfüllt. »Er wird wieder gesund. Ich weigere mich aufzugeben, zu resignieren!«

Eloise blickte sie an, als sei sie gar nicht da oder völlig bedeutungslos, als sei sie unwirklich, ebenso eine Illusion wie ein Bild in einer Laterna magica.

»Wenn Sie es glauben wollen«, sagte sie leise, »dann tun Sie es ruhig. Es ist für niemanden von Bedeutung, aber ich möchte Sie bitten, es nicht zu wiederholen, besonders nicht, wenn es Tormod einmal gut genug gehen sollte, daß er Sie empfangen kann.«

Amaryllis' Körper erstarrte, ihre Arme wurden steif wie Holz, ihre Brust war wie versteinert.

»Sie wollen nur, daß er hier liegt!« schrie sie, die Worte fast verschluckend. »Sie bösartige Person! Sie wollen ihn hier wie einen Gefangenen halten! Nur Sie und er, für den Rest Ihres Lebens! Sie sind wahnsinnig! Sie werden ihn niemals gehen lassen – Sie –«

Charlotte erwachte plötzlich aus ihrer Erstarrung. Sie sprang auf und gab Amaryllis eine heftige Ohrfeige.

»Machen Sie sich doch nicht lächerlich!« rief sie aufgebracht. »Sie denken wirklich nur an sich! Wem glauben Sie denn dadurch zu helfen, daß Sie hier herumkreischen wie ein Dienstmädchen? Nehmen Sie sich zusammen, und erinnern Sie sich daran, daß nicht Sie es sind, die dieses Leid ertragen muß, sondern Eloise! Sie ist es, die ihm ihr Leben lang nahegestanden hat! Können Sie sich etwa vorstellen, daß es dem armen Mr. Lagarde recht wäre, daß seine Schwester zu allem anderen auch noch von jemandem beschimpft wird? Der Arzt allein kann sagen, ob Tormod wieder gesund wird oder nicht, und sich falschen Hoffnungen hinzugeben ist schmerzhafter, als die Wahrheit geduldig zu ertragen lernen, auch wenn sie noch so schrecklich ist, und als abzuwarten, was geschieht!«

Amaryllis starrte sie an. Höchstwahrscheinlich war sie in ihrem ganzen Leben noch nie geschlagen worden, und sie war zu entsetzt, um zu reagieren. Und die Beleidigung, mit einem Dienstmädchen verglichen zu werden, war unverzeihlich!

Emily stand auf, schob Charlotte zur Seite und führte Amaryllis zu ihrem Stuhl zurück. Eloise saß während der ganzen Zeit völlig regungslos da, als ob sie weder irgend etwas gehört noch gesehen hätte, ganz in sich selbst versunken. Sie hätten genausogut Schatten sein können, die draußen auf dem Rasen vorbeiglitten, so wenig Eindruck machten sie auf sie.

»Es ist ganz natürlich, daß Sie unter Schock stehen«, sagte Emily zu Amaryllis, verzweifelt bemüht, sie zu beruhigen. »Aber Menschen reagieren nun einmal völlig unterschiedlich auf diese schrecklichen Dinge. Und Sie dürfen nicht vergessen, daß Eloise mit dem Arzt gesprochen hat und weiß, was er gesagt hat. Das Beste wäre sicher, wenn wir alle seine Anweisungen abwarten würden. Ich bin sicher, Mr. Lagarde sollte so wenig wie möglich gestört werden.« Sie wandte sich an Eloise. »Nicht wahr?«

Eloise starrte immer noch auf den Boden.

»Ja.« Sie hob ihre Augenbrauen ein wenig, beinahe erstaunt. »Ja, wir sollten ihn nicht mit unseren Gefühlen belasten. Ruhe – das hat Dr. Mulgrew gesagt. Zeit. Die Zeit wird es zeigen.«

»Wird er bald wieder nach ihm sehen?« fragte Caroline. »Wäre es Ihnen lieber, wenn jemand bei Ihnen wäre, wenn er kommt?«

Zum ersten Mal war der Hauch eines Lächelns auf Eloises Gesicht zu erkennen, als hätte sie endlich nicht nur die Worte, sondern auch deren Bedeutung verstanden.

»Das ist wirklich sehr freundlich von Ihnen. Wenn es Ihnen keine Umstände bereitet? Ich erwarte ihn jeden Moment.«

»Ganz und gar nicht. Wir bleiben gern bei Ihnen«, versicherte Caroline. Ihre Stimme klang erleichtert, weil es endlich etwas gab, das sie für Eloise tun konnten.

Amaryllis zögerte, als sich alle Blicke auf sie richteten, besann sich dann jedoch anders.

»Ich glaube, wir sollten noch einige andere Besuche machen, wo ich schon einmal in der Gegend bin«, sagte Emily. »Charlotte kann hierbleiben. Vielleicht möchte Mrs. Denbigh mich begleiten?« Sie sprach mit bemerkenswerter Unbefangenheit. »Ich würde Ihre Gesellschaft sehr begrüßen.«

Amaryllis' Augen weiteten sich. Offenbar hatte sie mit dieser Wendung nicht gerechnet, und sie wollte gerade Einspruch erheben, als Caroline die Gelegenheit nutzte.

»Was für eine hervorragende Idee.« Sie erhob sich und strich ihre Röcke glatt, so daß die Falten elegant nach hinten fielen. »Charlotte wird gern hier bleiben, und ich werde euch begleiten, so daß wir unsere Besuche fortsetzen können. Ich bin sicher, Ambrosine würde sich freuen, uns zu sehen. Du würdest doch gern hier bleiben, nicht wahr, Charlotte?« Sie blickte nervös zu Charlotte hinüber.

»Natürlich«, antwortete Charlotte aufrichtig. Diesmal dachte sie gar nicht mehr an Mina und ihren geheimnisvollen Tod, sondern nur an Eloise. »Ich glaube, das ist wirklich das Beste. Und zu Hause ist nur einen Katzensprung von hier entfernt. Ich werde später einfach zu Fuß gehen.«

Amaryllis blieb noch eine Weile unschlüssig stehen und versuchte, eine annehmbare Entschuldigung zu finden, um länger bleiben zu können, doch ihr fiel nichts ein, und sie sah sich daher gezwungen, Emily nach draußen in die Diele zu folgen. Caroline hakte sich bei ihr ein, um sie zu begleiten, und das Mädchen schloß die Tür hinter ihnen.

»Nehmen Sie ihr ihre Worte nicht übel«, sagte Charlotte kurz darauf zu Eloise. Sie würde nicht so töricht sein zu sagen, daß Amaryllis nicht gemeint hatte, was sie gesagt hatte. Es war unmißverständlich klar gewesen, daß sie in voller Absicht gesprochen hatte. »Ich vermute, der Schock hat ihr Urteilsvermögen beeinträchtigt.«

Auf Eloises Gesicht zeigte sich der Anflug eines bitteren Lächelns.

»Ihr Urteilsvermögen sicher nicht«, sagte sie. »Normalerweise hätte sie sicher dasselbe gedacht, aber ihre guten Manieren hätten sie davon abgehalten, es zu sagen.«

Charlotte setzte sich ein wenig bequemer hin, es konnte noch eine Weile dauern, bis Dr. Mulgrew eintraf.

»Sie ist wirklich nicht gerade liebenswürdig«, bemerkte sie.

Eloise schaute sie an; sie schien tatsächlich Charlotte wahrzunehmen und nicht nur in sich selbst gefangen zu sein.

»Sie mögen sie nicht«, stellte sie fest.

»Nicht sonderlich«, gab Charlotte zu. »Vielleicht, wenn ich sie besser kennen würde –« Sie beließ es bei dieser höflichen Andeutung.

Eloise stand auf, ging langsam zu den hohen Glastüren hinüber und blickte hinaus in den Regen.

»Ich glaube, sehr viel von dem, was wir an anderen Menschen mögen, beruht auf Dingen, die wir nicht wissen, sondern nur zu sehen glauben. So können wir uns einreden, daß das Unbekannte irgend etwas ist, was wir uns wünschen.«

»Können wir das wirklich?« Charlotte betrachtete Eloises Rükken, der sehr schlank war, und die eckigen Schultern. »Es ist doch bestimmt unmöglich, weiter an etwas festzuhalten, das nicht wahr ist, es sei denn, man verläßt völlig die Realität und verfällt dem Wahnsinn?«

»Vielleicht.« Eloise verlor plötzlich das Interesse, und ihre Stimme wurde matt. »Was spielt das schon für eine Rolle?«

Charlotte überlegte, ob sie, rein aus Prinzip, widersprechen sollte, doch sie fühlte sich derart überwältigt vom Schmerz und der Sinnlosigkeit, die den Raum erfüllten, daß sie es unterließ. Sie suchte immer noch nach einer sinnvollen Erwiderung, als das Hausmädchen erschien, um zu melden, daß Dr. Mulgrew eingetroffen war.

Kurz darauf, als der Arzt oben bei Tormod war und Eloise auf dem Treppenabsatz wartete, kam das Mädchen wieder und erkundigte sich, ob Charlotte Monsieur Alaric empfangen könne, bis Eloise wieder zurück wäre.

»Oh.« Sie hielt den Atem an. Selbstverständlich war es undenkbar, abzulehnen. »Ja, natürlich – bitten Sie ihn herein. Ich bin sicher, daß Miss Lagarde es so wünscht.«

»Ja, Ma'am.« Das Mädchen entfernte sich, und einen Moment später erschien Paul Alaric, dunkel gekleidet, mit ernstem Gesicht.

»Guten Tag, Mrs. Pitt.« Er schien nicht überrascht zu sein, war also offenbar über ihre Anwesenheit unterrichtet worden. »Ich hoffe, es geht Ihnen gut?«

»Mir geht es gut, vielen Dank, Monsieur. Miss Lagarde ist oben, der Arzt ist gerade da, aber das wissen Sie wahrscheinlich bereits.«

»Ja, man hat es mir gesagt. Wie geht es ihr?«

»Sie ist schrecklich erschöpft«, erwiderte sie offen. »Ich kann mich nicht erinnern, jemals einen Menschen gesehen zu haben, der derart unter Schock stand. Ich wünschte, es gäbe irgend etwas, das man sagen oder tun könnte, um sie zu trösten – es ist furchtbar, derart hilflos zu sein.«

Sie hatte befürchtet, daß er irgend etwas Banales antworten würde, hatte es sogar beinahe zornig erwartet, doch sie hatte sich geirrt.

»Ich weiß.« Seine Stimme war sehr leise, während er sich bemühte, das ganze Ausmaß des Schmerzes zu verstehen. »Ich befürchte, ich kann auch nicht das geringste tun, um zu helfen, doch nicht einmal herzukommen würde so gleichgültig erscheinen, als ob dies alles mich gar nicht berühren würde.«

»Sind Sie eng mit Mr. Lagarde befreundet?« erkundigte sie sich überrascht. Sie hatte nicht damit gerechnet, daß es Gemeinsamkeiten zwischen ihm und einem Mann wie Tormod Lagarde geben könnte, der so viel jünger war und relativ oberflächlich gewirkt hatte. »Bitte, nehmen Sie doch Platz«, bat sie ihn betont höflich. »Ich vermute, es kann noch eine Weile dauern.«

»Vielen Dank«, sagte er und hob seine Rockschöße hoch, damit er sich nicht darauf setzte. »Nein, ich kann nicht sagen, daß wir sehr viel gemeinsam haben. Doch Tragödien dieser Art machen schließlich alle unbedeutenden Unterschiede hinfällig, finden Sie nicht?«

Sie blickte auf und sah, daß er sie anschaute, neugierig und ganz ohne jenen unpersönlichen Ausdruck, an den sie bei gesellschaftlichen Konversationen gewöhnt war. Sie lächelte schwach, um zu zeigen, daß sie ruhig, ernst und gelassen war, doch dann lächelte sie ein weiteres Mal, um anzudeuten, daß sie seine Meinung teilte.

»Ich sehe, daß auch Sie sich dadurch nicht haben abhalten lassen zu kommen«, fuhr er fort. »Dabei wäre es durchaus verzeihlich gewesen, wenn Sie diesem schmerzhaften Besuch unter irgendeinem Vorwand aus dem Wege gegangen wären. Sie kennen die Lagardes nicht näher, vermute ich? Und dennoch hatten Sie das Bedürfnis zu kommen.«

»Aber ich fürchte, wir haben überhaupt nicht helfen können«, sagte sie mit plötzlicher Niedergeschlagenheit. »Außer vielleicht, daß Mama und Emily Mrs. Denbigh weggebracht haben.«

Er lächelte, und sie konnte die Belustigung in seinen Augen erkennen.

»Ach ja, Amaryllis! Ich kann mir vorstellen, daß Sie damit schon etwas Gutes bewirkt haben. Ich weiß zwar nicht, warum, aber sie und Eloise scheinen nicht viel füreinander übrig zu haben. Es wäre wahrscheinlich für beide sehr qualvoll geworden, wenn sie Schwägerinnen geworden wären.«

»Sie wissen nicht, warum?« Charlotte war verblüfft. So blind konnte er doch nicht sein! Amaryllis war krankhaft eifersüchtig, und ihre Gefühle für Tormod waren derart stark, daß sie geradezu von Leidenschaft verzehrt wurde. Allein der Gedanke, mit

Eloise im selben Haus zu leben, mußte unerträglich für sie sein. Wenn zwei Frauen unter einem Dach zusammenlebten, war immer eine stärker und dominierender als die andere. Es war reichlich unwahrscheinlich, daß es sich dabei um Eloise handeln würde; Amaryllis hätte dies sicher niemals ertragen. Aber wenn Eloise, wie subtil auch immer, in eine untergeordnete Rolle gedrängt worden wäre, hätte Tormod sich ihr gegenüber verpflichtet gefühlt, vielleicht sogar Mitleid mit ihr verspürt, was alles nur noch schlimmer gemacht hätte. Nein, wenn Paul Alaric die Gefühle von Amaryllis nicht nachvollziehen konnte, zeigte er erstaunlich wenig Sensibilität.

Aber dann schaute sie ihn an, und ihr wurde klar, daß er die Möglichkeit, daß Eloise im Fall einer Ehe weiterhin im Haus ihres Bruders gelebt hätte, gar nicht in Erwägung gezogen hatte. Doch Tormod konnte sie schließlich nicht allein lassen! Sie war so jung und schrecklich verletzlich – selbst wenn die Gesellschaft einen solchen Lebensstil akzeptieren würde, wäre so etwas nicht in Frage gekommen.

»Ich hatte den Eindruck, daß Mrs. Denbigh äußerst angetan ist von Mr. Lagarde«, begann sie. Was für ein lächerlich unzureichendes Wort für die leidenschaftlichen Gefühle, die sie bei Amaryllis gesehen hatte, das Verlangen von Geist und Körper, das so dicht unter der Oberfläche loderte.

Auf seinem Gesicht erschien ein zögerndes, freudloses Lächeln. Auch ihm war dies nicht entgangen.

»Vielleicht bin ich nicht einfühlsam genug, aber mir scheint es möglich zu sein, sowohl eine Ehefrau als auch eine Schwester zu haben.«

»Also wirklich, Monsieur.« Allmählich verlor sie die Geduld mit ihm. »Wenn Sie unsterblich in jemanden verliebt wären, falls Sie sich ein derartiges Gefühl überhaupt vorstellen können« – ihr ganzer Zorn über Caroline lag in ihrer Stimme –, »würden Sie dann gern tagtäglich mit jemandem zusammensein wollen, der diese Person viel besser kennt als Sie selbst? Der mit dem geliebten Menschen ein ganzes Leben voll Erinnerungen teilt, gemeinsame Freuden und Geheimnisse, Freunde und Bilder aus der Kindheit –?«

»Das genügt, Charlotte – ich habe Sie schon verstanden.« Mit einem Mal knüpfte er an den Augenblick ihrer Freundschaft an, die sie in jenen schrecklichen Tagen am Paragon Walk miteinander verbunden hatte, als die Eifersucht und der Haß einer anderen Person zu einem Mord geführt hatten. »Ich habe mich unsensibel, wenn nicht sogar töricht aufgeführt. Ich kann verstehen, daß es für eine Frau wie Amaryllis undenkbar gewesen wäre. Aber wenn Tormod tatsächlich so schwer verletzt ist, wie ich gehört habe, kann von einer Heirat niemals mehr die Rede sein.«

Er sprach damit eine Wahrheit aus, die offensichtlich war, und dennoch fielen seine Worte wie Eis in den Raum. Sie schwiegen immer noch, jeder in seiner eigenen Vorstellung dieser grauenhaften Wahrheit gefangen, als Eloise zurückkehrte.

Sie blickte Monsieur Alaric gleichgültig an, als erkenne sie ihn gar nicht und nehme lediglich seinen Schatten wahr, der nichts war als eine andere Gestalt, die begrüßt werden mußte.

»Guten Tag, Monsieur Alaric. Es ist sehr freundlich von Ihnen, daß Sie gekommen sind.«

Der Anblick ihres Gesichts, so starr und mit eingesunkenen Augen, machte ihn mehr betroffen als alles, was Charlotte hätte sagen können.

Er vergaß seine guten Manieren, das höfliche Benehmen, das er sein ganzes Leben lang an den Tag gelegt hatte. In diesem Moment spürte er nur ein echtes, tiefes Mitgefühl.

Er streckte seinen Arm aus und ergriff Eloises Hand, mit seiner anderen Hand berührte er ihren Arm so sanft, als fürchte er, ihre Haut zu verletzen.

»Eloise, es tut mir so leid. Geben Sie die Hoffnung nicht auf, meine Liebe. Man kann nie wissen, was die Zeit noch zu bessern vermag.«

Sie stand ganz still, wandte sich nicht von ihm ab, und man konnte nicht erkennen, ob sie sich durch seine Nähe getröstet fühlte oder sie gar nicht bemerkte.

»Ich weiß gar nicht, auf was ich noch hoffen soll«, sagte sie einfach. »Vielleicht ist das ganz falsch?«

»Nein, es ist nicht falsch«, sagte Charlotte schnell. »Man müßte allwissend sein, um zu erkennen, was das Beste wäre. Sie dürfen sich deswegen auf keinen Fall schuldig fühlen!«

Eloise schloß die Augen und drehte sich fort, entzog dabei Alaric ihren Arm und ließ ihn verwirrt zurück, in dem Bewußtsein, einem Menschen gegenüberzustehen, der Schreckliches durchlitt, und doch unfähig zu sein, den anderen zu erreichen und seinen Schmerz zu lindern.

Charlotte verspürte ein gewisses Mitleid für ihn, doch vor allem sorgte sie sich um Eloise. Sie stand auf und ging zu ihr, nahm sie in die Arme und hielt sie fest. Eloises Körper fühlte sich schlaff und leblos an, doch Charlotte hielt sie weiter umschlungen. Aus den Augenwinkeln heraus sah sie Alarics betroffenes Gesicht. Schließlich wandte er sich ab und ging. Er zog die Tür hinter sich zu, und es klickte leise, als das Schloß zuschnappte.

Eloise bewegte sich nicht, sie weinte auch nicht; Charlotte hätte genausogut eine Schlafwandlerin festhalten können, die in ihrem Alptraum gefangen war und deren Seele und Geist unerreichbar fern waren. Aber Charlotte spürte, daß ihre Anwesenheit, die Wärme ihrer Berührung Eloise trotzdem guttaten.

Minuten vergingen. Jemand polterte die Hintertreppe herauf. Ein Windstoß ließ den Regen gegen das Fenster prasseln. Beide Frauen schwiegen.

Schließlich wurde die Tür geöffnet, und das Hausmädchen begann mit verlegener Stimme zu sprechen. »Mr. Inigo Charrington, Ma'am. Soll ich ihm ausrichten, daß Sie nicht zu Hause sind?«

»Sagen Sie Mr. Charrington, daß Miss Lagarde sich nicht wohl fühlt«, sagte Charlotte ruhig. »Bitten Sie ihn, im Empfangszimmer zu warten, ich werde in wenigen Minuten bei ihm sein.«

»Ja, Ma'am.« Das Mädchen zog sich dankbar zurück, ohne auf eine Bestätigung von Eloise zu warten.

Charlotte blieb noch einen Augenblick stehen und führte dann Eloise zum Sofa, sorgte dafür, daß sie sich hinlegte, und kniete sich neben dem Sofa auf den Boden.

»Meinen Sie nicht auch, daß es das beste wäre, wenn Sie sich jetzt ein wenig ausruhen würden?« schlug sie vor. »Vielleicht möchten Sie eine Tasse Tee oder einen Kräutertee?«

»Wenn Sie meinen.« Eloise gehorchte, zu matt, um zu widersprechen.

Charlotte zögerte, unsicher, ob es nicht doch noch irgend etwas gab, das sie tun konnte, sah jedoch ein, daß es zwecklos war, und ging zur Tür.

»Charlotte!«

Sie wandte sich um. In Eloises Gesicht, selbst in ihren Augen, war wieder etwas Leben eingekehrt.

»Vielen Dank. Sie waren sehr gut zu mir. Es mag aussehen, als würde ich es nicht würdigen, doch das stimmt nicht. Sie haben recht. Vielleicht sollte ich etwas trinken und ein wenig schlafen. Ich bin sehr erschöpft.«

Charlotte verspürte eine Welle der Erleichterung, als ob sich in ihrem Innern ein fester Knoten gelöst hätte.

»Ich werde Ihrem Mädchen sagen, daß sie heute niemanden mehr vorlassen soll.«

»Vielen Dank.«

Nachdem sie dem Mädchen und dem Diener entsprechende Anweisungen gegeben hatte, begab sich Charlotte in das Empfangszimmer, wo Inigo Charrington mit besorgtem Gesicht am Kamin stand, den Mantel noch über dem Arm, als sei er unschlüssig, ob er bleiben oder gehen sollte.

»Geht es ihr gut?« fragte er ohne jede Rücksicht auf Formalitäten.

»Nein«, erwiderte Charlotte ebenso offen. »Nein, es geht ihr nicht gut, aber ich weiß nicht, was wir noch tun können, um ihr zu helfen.«

»Wären Sie nicht besser bei ihr geblieben?« Inigos Gesicht sah angespannt aus. »Ich möchte ihr mit meinem Besuch auf keinen Fall noch mehr Kummer bereiten.«

»Das Dienstmädchen bringt ihr gleich eine Tasse Kräutertee. Ich glaube, sie möchte sich ein wenig ausruhen. Der Schlaf kann zwar die Realität nicht ändern, sie wird wieder damit konfrontiert werden, wenn sie aufwacht, doch vielleicht kommt sie dadurch ein wenig zu Kräften.«

»Es ist einfach entsetzlich!« sagte er erregt. »Erst die arme Mina, und jetzt das!«

Charlotte hörte sich entsetzt hinzufügen: »Und Ihre arme Schwester –«

»Was?« Sein ausdrucksvolles Gesicht sah verdutzt aus, wirkte auf beinahe komische Weise verständnislos.

Diesmal hielt sie vor Verlegenheit den Mund.

»Oh.« Endlich verstand er, was sie gemeint hatte. »Ach ja. Sie sprechen von Ottilie.«

Sie wollte sich entschuldigen, ihre Taktlosigkeit ungeschehen machen, doch sie wußte, wie eng Ottilies Schicksal möglicherweise mit Minas Tod, ihrer Ermordung verknüpft war. Sie selbst hatte schließlich auf schreckliche Weise erfahren müssen, wie ein Mord zum nächsten führen konnte – und wieder zum nächsten. Mina war möglicherweise nicht das letzte Opfer gewesen.

»Ich vermute, sie ist sehr plötzlich gestorben – ich meine, sehr unerwartet. Es muß ein entsetzlicher Schock für Sie alle gewesen sein.« Sie hatte so subtil sein wollen und hatte genau das Gegenteil erreicht.

»Unerwartet?« Erneut wiederholte er ihre Worte. »Mrs. Pitt! Natürlich, wie dumm von mir! Der Polizist! Aber warum dieses Interesse an Ottilie? Sie war zwar exzentrisch, um es einmal ganz vorsichtig auszudrücken, aber sie hat ganz sicher niemals irgend jemandem etwas zuleide getan – am allerwenigsten Mina.«

»Das ist das dritte Mal, daß sie jemand als exzentrisch bezeichnet hat«, sagte Charlotte nachdenklich. »War sie tatsächlich derart ungewöhnlich?«

»Oh ja.« Er lächelte bei der Erinnerung. »Sie hat einige abscheuliche Dinge verbrochen. Einmal ist sie beim Essen auf den Tisch gestiegen und hat ein frivoles Lied gesungen. Ich habe gedacht, Papa würde es nicht überleben. Gott sei Dank waren nur Familienmitglieder und ein oder zwei meiner Freunde anwesend.« Seine Augen leuchteten, strahlten bei dem Gedanken an diese Geschichte, spiegelten Lachen und Zärtlichkeit wider.

»Wie peinlich, wenn sich so etwas wiederholt hätte.« Er hatte Charlotte verwirrt; unmöglich konnte ein Mann so überzeugend Gefühle vortäuschen und doch lügen? »Etwas Derartiges kann man sich kaum leisten, wenn man weiterhin in der Gesellschaft akzeptiert werden will.«

Sein Gesicht sah heiter aus, spöttisch zwar, doch ganz so, als mache er sich auch über sich selbst lustig.

»Wissen Sie, Mrs. Pitt, ich habe das dumpfe Gefühl, daß Sie trotz Ihres Nachmittagstee-Gehabes sehr viel mehr die Frau Ihres Mannes als die Tochter Ihrer Mutter sind! Sie glauben offenbar, daß wir Ottilie heimlich fortgeschafft haben, nicht wahr? Daß wir sie vielleicht in unserem Landhaus gefangen halten, sie in einen leerstehenden Flügel des Hauses eingesperrt haben, mit einem alten Familienfaktotum zur Bewachung?«

Charlotte fühlte, wie sie dunkelrot wurde. Sie verpatzte alles, machte einen Fehler nach dem anderen, doch sie durfte nicht aufhören, dies war ihre einzige Chance.

»Ich habe sogar mit dem Gedanken gespielt, daß Sie sie vielleicht ermordet haben«, sagte sie spitz, »und daß Mina es vielleicht gewußt hat. Sie hat anderen nachspioniert, müssen Sie wissen. Und vielleicht war sie sogar eine Diebin.«

Seine Augen weiteten sich überrascht.

»Nachspioniert, ja, aber eine Diebin? Wie um Himmels willen kommen Sie denn bloß darauf?«

»In der letzten Zeit sind am Rutland Place verschiedene Gegenstände verschwunden.« Ihr Gesicht glühte immer noch. »Keiner davon ist besonders wertvoll, doch zumindest einer enthält ein Geheimnis, das sehr kompromittierende Folgen hätte, wenn es bekannt würde. Vielleicht war Mina die Diebin und wurde getötet, weil jemand irgend etwas, das sie gestohlen hat, zurückhaben wollte?«

»Nein«, sagte er mit Überzeugung. »Weswegen auch immer man sie umgebracht haben sollte, mit den Diebstählen hatte es bestimmt nichts zu tun. Außerdem sind die meisten Gegenstände inzwischen wieder zurückgegeben worden. Wie gewöhnlich.«

Sie starrte ihn an. »Wieder zurückgegeben? Woher wissen Sie das?«

Er holte langsam tief Luft. »Ich weiß es eben. Belassen wir es dabei. Ich habe die Gegenstände selbst gesehen. Fragen Sie die Leute, die sie verloren haben, und sie werden es Ihnen bestätigen.«

»Meine Mutter hat auch etwas verloren. Aber sie hat mir nicht gesagt, daß sie es wiedergefunden hat.«

»Wahrscheinlich war es der Gegenstand mit dem kompromittierenden Geheimnis, den Sie eben erwähnt haben, da Sie offenbar davon wissen. Vielleicht hatte sie Angst, Sie könnten annehmen, sie habe ihn zurückgestohlen. Sie sind schließlich außerordentlich mißtrauisch, Mrs. Pitt!«

»Ich würde wohl kaum meine Mutter verdächtigen –« Sie hielt inne.

»Mina umgebracht zu haben?« beendete er ihren Satz. »Sie vielleicht nicht, aber wäre die Polizei ebenso wohlwollend?«

»Wo ist Ottilie gestorben? Es war nicht in Ihrem Landhaus, wie Sie gesagt haben.«

»Oh.« Er schwieg minutenlang, einen Fuß auf der Kaminplatte, während sie auf seine Antwort wartete.

»Wissen Sie was«, meinte er schließlich, »kommen Sie mit, und ich zeige es Ihnen!«

Ihre Enttäuschung machte sie wütend. »Machen Sie sich nicht lächerlich! Wenn es sich wirklich um ein derart wichtiges Geheimnis handelt –«

»Nehmen Sie doch Ihre eigene Kutsche«, unterbrach er sie. »Und bringen Sie auch Ihren eigenen Diener mit, wenn Sie wollen.«

»Polizisten haben keine Kutschen!« fuhr sie ihn an. »Und auch keine Diener!«

»Nein, das haben sie wahrscheinlich wirklich nicht. Tut mir leid. Dann nehmen Sie eben die Kutsche Ihrer Mutter. Ich werde Ihnen beweisen, daß wir Ottilie nicht umgebracht haben.«

Sie suchte verzweifelt nach einer wenigstens halbwegs sicheren Möglichkeit, das Angebot anzunehmen. Falls er oder seine Familie zuerst Ottilie und dann auch noch Mina getötet hatten, würden sie kaum davor zurückschrecken, auch sie umzubringen. Aber vielleicht kam sie einer ganz anderen Lösung auf die Spur, wenn sie sich auf das Unternehmen einließ. Doch wenn die gestohlenen Gegenstände wirklich wieder aufgetaucht waren, woher konnte Inigo davon wissen? Warum hatte Caroline ihr davon nichts gesagt? Und warum sollte ein Dieb Dinge stehlen und sie dann wieder zurückgeben? Das Ganze ergab keinen Sinn – es sei denn, es hatte mit dem Mord zu tun. War Mina die Diebin gewesen, und hatte der Mörder alles Gestohlene zurückgelegt, um zu verhindern, daß der Gegenstand gefunden wurde, der ihn entlarvt hätte? Plötzlich kam ihr der rettende Gedanke. Emily würde sich eine derartige Gelegenheit bestimmt auf keinen Fall entgehen lassen und konnte Charlotte die notwendigen Mittel zur Verfügung stellen, damit sie das Angebot annehmen konnte.

»Ich werde die Kutsche meiner Schwester nehmen«, erwiderte sie mit einer Selbstsicherheit, die, so hoffte sie, gerechtfertigt war. »Und selbstverständlich werde ich sie genauestens unterrichten, wozu ich die Kutsche benötige, und auch darüber, wer mich begleitet.«

»Hervorragend! Haben Sie übrigens schon einmal erwogen, selbst der Polizei beizutreten?«

»Werden Sie bitte nicht unverschämt!« sagte sie hitzig, doch innerlich glühte sie bereits vor Aufregung und Ungeduld.

Er lächelte. »Ich glaube, es würde Ihnen sehr gut gefallen. Mir selbst wahrscheinlich auch. Ich hole Sie um sechs Uhr ab. Was Sie gerade tragen, können Sie ruhig anlassen, aber lassen Sie das Ding an Ihrem Hals weg.«

»Um sechs Uhr?« Sie war verblüfft. »Warum denn nicht schon jetzt?«

»Weil es erst kurz nach drei ist, also noch viel zu früh.«

Sie verstand nicht, was er meinte, doch wenigstens würde sie bis sechs Uhr genügend Zeit haben, sich mit Emily zu arrangieren, was die Kutsche betraf. Auch konnte sie so sicher sein, daß Inigo Charrington nicht auf die Idee kam, ihr in irgendeiner Weise Schaden zuzufügen, weil er wußte, daß er dafür zur Rechenschaft gezogen würde.

Als sie sich zum Haus ihrer Mutter begeben und ihrer Schwester alles geschildert hatte – selbstverständlich in Carolines Abwesenheit –, war Emily zunächst entsetzt. Sie war sich ziemlich sicher, daß Inigo seine Schwester umgebracht hatte und nun beabsichtigte, Charlotte aus dem Weg zu räumen.

»So dumm würde er wohl kaum sein«, erwiderte Charlotte und versuchte, möglichst selbstsicher zu klingen. »Schließlich wißt ihr alle, daß er mich begleitet hat, falls mir irgend etwas passieren sollte, also würde er sich damit nur selbst ins Unglück stürzen. Ich glaube, er will mir tatsächlich sagen, auf welche Weise Ottilie gestorben ist, und mir dafür Beweise liefern. Ohne Beweise glaube ich ihm auf keinen Fall!«

»Dann begleite ich dich«, sagte Emily sofort.

Nur mit Mühe gelang es Charlotte, sie davon zu überzeugen, daß ihre Gegenwart das ganze Unternehmen gefährden würde. Wenn die Familie bereit gewesen wäre, die Ursache von Ottilies Tod preiszugeben, hätte Pitt sie bei seinen Nachforschungen sicher herausgefunden. Sie konnte sich zwar nicht erklären, warum Inigo plötzlich bereit war, sie einzuweihen, aber vielleicht befürchtete er, des Mordes verdächtigt zu werden, was natürlich noch unangenehmer war als die Aufdeckung des Geheimnisses. Doch es entwickelte sich möglicherweise eine äußerst peinliche, wenn nicht sogar demütigende Situation, und je weniger Menschen die Wahrheit erfuhren, desto besser für die Familie. Und da Charlotte nicht zu denselben Kreisen gehörte wie Inigos Familie, war es ihnen vielleicht weniger unangenehm, wenn nur sie die Wahrheit erfuhr.

Emily gab widerwillig nach, mußte jedoch zugeben, daß Charlotte möglicherweise recht hatte. Jedenfalls überließ sie ihr anstandslos sowohl ihre Kutsche als auch ihren Diener. Sie würde sich in der Kutsche ihrer Mutter nach Hause fahren lassen.

Inigo erschien Punkt sechs Uhr. Er trug einen eleganten dunkelgrünen Mantel und einen vornehmen Zylinder.

Charlotte hätte ihn am liebsten gefragt, wo um alles in der Welt sie bloß hinführen, doch sie hielt sich zurück, denn sie wußte schließlich, daß Diskretion vonnöten war. Caroline hatte ihr bereits deutlich genug mitgeteilt, was sie von ihren Manieren hielt, und sie wollte sich vor Inigo keineswegs wieder eine Blöße geben.

Er sorgte dafür, daß sie im Inneren der Kutsche bequem saß, verzichtete auf jede weitere Erklärung und hüllte sich in Schweigen, ein leichtes Lächeln in den Mundwinkeln, während sie durch Straßen fuhren, die mit Gaslaternen beleuchtet waren und die Charlotte noch nie zuvor gesehen hatte, offenbar mitten ins Herz von London.

Sie verlor jedes Zeitgefühl. Sie bogen um unzählige Ecken, bis auch ihr Orientierungssinn, der nie besonders gut gewesen war, völlig verschwunden war, und als sie schließlich anhielten, hätte sie nicht einmal mehr raten können, wo sie sich befanden.

Inigo stieg aus der Kutsche und half ihr heraus. Das Licht der Laternen auf dieser Straße war hell, und an dem großen Gebäude, vor dem sie sich befanden, leuchteten sogar bunte Lichter.

»Elektrisch«, erläuterte Inigo aufgekratzt. »Davon gibt es inzwischen eine ganze Menge.«

Sie schaute sich entgeistert um. Von irgendwoher kam Musik, und sie sah ein Dutzend oder mehr Personen auf dem Bürgersteig, in der Hauptsache Männer, einige im Abendanzug.

»Wo sind wir?« fragte sie verwirrt. »Was ist das hier?«

»Das ist ein Varietétheater, meine Liebe«, sagte er mit einem plötzlichen, strahlenden Lächeln. »Eines der besten. Ada Church singt heute abend hier, und es wird bestimmt brechend voll werden!«

»Ein Varietétheater!« Charlotte war sprachlos. Sie hatte einen Friedhof erwartet, ein Krankenhaus, vielleicht sogar eine Irrenanstalt – aber kein Varietétheater! Es war lächerlich – wie eine schlechte Posse.

»Kommen Sie.« Er nahm ihren Arm und schob sie in Richtung Eingang. Sie dachte daran, Widerstand zu leisten, war aber sowohl ängstlich als auch äußerst neugierig. Sie hatte von Ada Church gehört – angeblich sollte sie sehr attraktiv sein, ihre Nummer galt als eine der besten. Sogar Pitt hatte einmal bemerkt, sie habe wunderschöne Beine – ausgerechnet! Er hatte gelächelt, als er es sagte, und sie hatte gemerkt, daß er sie nur necken wollte, und sich daher die Frage verkniffen, woher er ihre Beine kannte.

»Guten Abend, Mr. Charrington, Sir.« Der Türsteher hob die Hand zum Gruß, obwohl seine Augen beim Anblick von Charlotte Verwunderung verrieten. »Schön, Sie wieder einmal hier zu sehen, Sir.«

»Sie sind schon hier gewesen!« fragte Charlotte entrüstet. »Und zwar oft!«

»Allerdings.«

Sie blieb stehen und versuchte, sich loszureißen. »Und Sie haben die Frechheit, mich hierher zu bringen! Ich weiß, daß ich mit einem Polizisten verheiratet bin, aber das heißt noch lange nicht, daß ich an derartigen Orten verkehre! Ich darf Sie daran erinnern, daß es eine Menge Dinge gibt, die für Männer angehen mögen, sich aber für eine Frau nicht schicken! Sie haben jetzt Gelegenheit gehabt, Ihren reichlich dummen, schlechten Scherz mit mir zu treiben. Ich gebe zu, daß es taktlos und grausam von mir gewesen ist, Sie nach dem Schicksal Ihrer Schwester zu fragen. Aber jetzt hatten Sie Ihre Rache, und hier haben Sie meine Entschuldigung. Sie können mich daher getrost wieder nach Hause bringen!«

Doch er hielt ihren Arm weiterhin fest, zu fest, als daß sie sich hätte befreien können.

»Tun Sie doch nicht so aufgeblasen«, sagte er leise. »Das paßt überhaupt nicht zu Ihnen. Sie wollten wissen, was mit Ottilie passiert ist. Ich werde es Ihnen sagen und Ihnen Beweise dafür liefern. Und jetzt hören Sie bitte auf, mir eine Szene zu machen, und kommen Sie mit. Sie werden es hier wahrscheinlich sogar genießen, wenn Sie nur ein bißchen aus sich herausgehen. Und wenn Ihnen so viel daran liegt, nicht gesehen zu werden, sollten Sie nicht im Eingang stehen und Aufsehen erregen, wo Sie jeder sehen kann!«

Er hatte völlig recht. Sie warf den Kopf in den Nacken und rauschte an seinem Arm hinein, blickte dabei weder nach links noch nach rechts und ließ sich von ihm an einen der zahlreichen Tische in der Mitte des Saales führen. Wie im Traum bemerkte sie die Logen und Ränge, die hellerleuchtete Bühne, die grellen Farben, die weitausgeschnittenen, volantbesetzten Kleider, die schwarzweiße Kleidung der reichen Männer und die langweiligen braunen Anzüge der weniger Betuchten, sogar karierte Anzüge der Männer aus den hiesigen Straßen. Kellner bahnten sich ihren Weg durch die Menge, Gläser blitzten, als Hände sie erhoben und wieder sinken ließen, und die ganze Zeit hörte man Stimmengewirr und schwungvolle Musik.

Inigo sprach kein Wort, doch sie wußte, daß er sie beobachtete, spürte sein fröhliches Gesicht, konnte seine Heiterkeit und Neugier fühlen, als würde er sie berühren.

Ein Kellner kam, und Inigo bestellte Champagner, was ihn offenbar aus irgendeinem Grund belustigte. Als der Champagner kam, goß er ihnen beiden ein, hob sein Glas und prostete ihr zu.

»Auf die Detektive!« sagte er, und seine Augen glänzten silbern im Licht. »Der Himmel gebe, daß alle Geheimnisse derart simpel wären!«

»Allmählich fange ich an zu glauben, daß Detektive simpel sind!« erwiderte sie scharf, doch sie probierte trotzdem den Champagner. Er schmeckte angenehm herb, weder süß noch sauer, und nachdem sie getrunken hatte, war sie ihm nicht mehr ganz so böse. Als er nachschenkte, hatte sie nichts dagegen.

Zunächst erschien ein Jongleur auf der Bühne, und sie sah ihm ohne sonderliches Interesse zu. Sie mußte zwar zugeben, daß seine Kunststückchen äußerst schwierig waren, doch sie schienen ihr kaum der Mühe wert. Nach ihm trat ein Komiker auf, der einige recht merkwürdige Witze zum Besten gab, die das Publikum köstlich zu amüsieren schienen. Sie wurde den Verdacht nicht los, daß sie die Pointen vielleicht nicht ganz verstanden hatte.

Der Kellner brachte erneut Champagner, und sie stellte fest, daß sie allmählich die Farben und die Musik immer angenehmer fand.

Eine Mädchentanzgruppe erschien und trug ein Lied vor, bei dem sie glaubte, es irgendwo schon einmal gehört zu haben, und dann trat ein Mann auf, der mit seinem Körper die merkwürdigsten Verrenkungen vollführte.

Schließlich wurde es ganz still, und ein Trommelwirbel ertönte. Der Conférencier hob die Hände.

»Ladies und Gentlemen, exklusiv für Sie, zu Ihrer Unterhaltung und zu Ihrem Vergnügen, darf ich Ihnen den Höhepunkt des heutigen Abends ankündigen, den Inbegriff von Schönheit und Verwegenheit, Amüsement und Temperament in Person – Miss Ada Church!«

Es ertönte donnernder Applaus, sogar Pfiffe und Rufe waren zu hören, und dann hob sich der Vorhang. Auf der Bühne stand eine Frau, schlank, mit einer Wespentaille und sehr langen Beinen, die durch eine scharze Hose noch stärker zur Wirkung kamen. Ein Frack und ein weißes Hemd unterstrichen ihre Figur, und auf ihrem flammendroten Haar thronte keck ein Zylinder. Sie lächelte, und die Heiterkeit, die von ihr ausging, schien den ganzen Saal zu erfüllen.

»Bravo, Ada!« rief jemand, und der Applaus wurde noch stärker. Als das Orchester zu spielen begann, stimmte sie mit tiefer, wohltönender Stimme ein fröhliches, mitreißendes, frivoles Lied an. Es war zwar keinesfalls vulgär, doch gespickt mit versteckten Anspielungen und Vertraulichkeiten.

Das Publikum toste vor Begeisterung und sang den Refrain mit. Beim dritten Lied mußte Charlotte zu ihrem großen Entsetzen feststellen, daß sie ebenfalls mitsang, Musik stieg in ihr auf, sie spürte in ihrem Innern ein kribbelndes, ausgelassenes Glücksgefühl. Rutland Place schien mit einem Mal 1000 Meilen entfernt, und sie wollte die Dunkelheit und den Schmerz dort vergessen. Alles, was gut und angenehm war, befand sich hier in diesem Saal, durchströmt von Licht und Wärme, und sang mit Ada Church, erfüllt von reiner Lebenskraft.

Caroline wäre sicher schockiert gewesen, wenn sie gehört hätte, wie Charlotte genauso laut wie der Rest des ausgelassenen Publikums eifrig mitsang: »Champagner-Charlie heiße ich!«

Als der Vorhang sich schließlich zum letzten Mal senkte, hörte sie auf zu klatschen und drehte sich zu Inigo um, der sie amüsiert beobachtete. Sie hätte sich eigentlich schämen müssen, doch irgendwie war sie so fröhlich, daß es ihr völlig gleichgültig war.

Er hielt die letzte Flasche Champagner hoch, doch sie war leer. Er signalisierte daher dem Kellner, eine neue zu bringen. Inigo hatte sie gerade erst geöffnet, als Charlotte sah, wie Ada Church persönlich auf sie zukam, sie winkte den Gästen zu, wich jedoch geschickt den Händen aus, die sich nach ihr ausstreckten. Sie blieb an ihrem Tisch stehen, und Inigo stand sofort auf und bot ihr seinen Stuhl an.

Sie küßte ihn auf die Wange, und er legte seinen Arm um sie.

»Hallo, mein Lieber«, begrüßte sie ihn lässig und warf Charlotte ein strahlendes Lächeln zu.

Inigo verbeugte sich leicht. »Mrs. Pitt, darf ich Ihnen meine Schwester Ottilie vorstellen? Tillie, darf ich dich mit Charlotte Pitt bekannt machen? Sie ist die Tochter einer Nachbarin, die ihre

Familie ziemlich enttäuscht hat, indem sie einen Polizisten geheiratet hat! Sie hat sich in den Kopf gesetzt, wir hätten dich ermordet, also habe ich sie mitgebracht, damit sie sich überzeugen kann, daß du gesund und munter bist.«

Ausnahmsweise war Charlotte so verblüfft, daß sie sprachlos war.

»Mich ermordet?« sagte Ottilie ungläubig. »Was für eine köstliche Idee! Weißt du, ich glaube, Papa hat tatsächlich mit dem Gedanken gespielt, aber er hatte nicht die Nerven dazu!« Sie begann zu lachen, zuerst leise und kehlig, dann kräftig und glockenhell. »Einfach herrlich!« Sie klammerte sich an Inigos Arm. »Willst du damit etwa sagen, daß die Polizei Papa tatsächlich gefragt hat, was er mit mir gemacht hat, weil sie ihn für einen Mörder hält? Jammerschade, daß ich sein Gesicht nicht sehen kann, wenn er versucht, sich herauszureden! Er würde wahrscheinlich eher sterben, als jemandem zu verraten, was ich wirklich tue!«

Inigo hielt sie weiterhin im Arm, doch plötzlich war ihm nicht mehr nach Scherzen zumute.

»Es ist sehr viel schlimmer, als du denkst, Tillie. Es hat tatsächlich einen Mord gegeben, einen richtigen Mord. Mina Spencer-Brown ist vergiftet worden. Sie hat anderen nachspioniert, und es sieht ganz so aus, als ob sie etwas herausgefunden hat, das so wichtig war, daß man sie getötet hat, damit die Wahrheit nicht ans Licht kommt. Da war es nur natürlich, daß die Polizei auf den Gedanken kam, daß es etwas mit deinem Verschwinden zu tun hatte.«

Ottilies Lachen erstarb auf der Stelle, und ihre Hände umklammerten Inigos Arm, lange, schlanke Hände, an denen die Knöchel weiß hervortraten, so fest hielt sie den Stoff seines Ärmels.

»Oh Gott! Du glaubst doch nicht etwa –«

»Nein«, sagte er schnell. »Das ist es nicht. Papa hat keine Ahnung davon – und ich glaube nicht einmal, daß es ihr etwas ausmachen würde. Ich hatte sogar den Eindruck, als ich sie beim Essen beobachtet habe, daß Mama im Grunde möchte, daß es alle wissen, besonders Papa.«

»Aber du hast doch alles wieder zurückgelegt?« fragte sie aufgeregt. »Du hast es doch versprochen –«

»Natürlich habe ich das. Ich mußte nur zuerst herausfinden, wem was gehörte. Aber sonst weiß keiner davon.« Er wandte sich an Charlotte. »Leider hat unsere Mutter die bedauerliche Angewohnheit, kleine Gegenstände, die ihr nicht gehören, mitzunehmen. Ich tue mein Bestes, sie immer so schnell wie möglich wieder zurückzubringen. Leider hat es länger als gewöhnlich gedauert, das Medaillon Ihrer Mutter zurückzulegen, weil sie den Verlust nicht erwähnt hat und ich daher nicht wußte, wem es gehörte. Ich brauche die Gründe dafür sicher nicht zu erklären?«

»Nein«, sagte Charlotte leise. »Nein, besser nicht.« Sie war verwirrt. Sie hatte Ambrosine Charrington wirklich gern. »Warum um alles in der Welt sollte sie denn die ganzen Kleinigkeiten gestohlen haben?«

Inigo zog einen weiteren Stuhl an den Tisch, und er und Ottilie setzten sich. Als Charlotte die beiden so nah nebeneinander sah, fiel ihr auf, wie ähnlich sie einander doch waren. Es konnte keinen Zweifel mehr über die Identität von »Ada Church« geben.

»Eine Art Flucht«, sagte Ottilie einfach. »Das können Sie sich wahrscheinlich nicht vorstellen. Aber wenn Sie 30 Jahre mit Papa gelebt hätten, könnten Sie es vielleicht. Manchmal wird man durch die Vorstellungen, Gewohnheiten und Erwartungen eines anderen Menschen derart eingeengt, daß ein Teil von einem beginnt, sie zu hassen, und man das Bedürfnis hat, diese Ideale zu zerstören, sie in Stücke zu schlagen, die Menschen zu schockieren, damit sie einen endlich wirklich ansehen, die Glaswand durchbrechen und einen wirklich berühren.«

»Das kann ich verstehen.« Charlotte nickte. »Sie brauchen es mir nicht weiter zu erklären. Ich habe auch schon ein oder zweimal das Bedürfnis gehabt, auf einen Stuhl zu steigen und laut zu schreien, allen mitzuteilen, was ich wirklich dachte. Vielleicht hätte ich es nach 30 Jahren wirklich getan. Gefällt es Ihnen hier?« Sie schaute sich um, sah die Tische, das Meer von Körpern und Gesichtern.

Ottilie lächelte sie offen an. »Ja. Ich liebe das alles. Ein paarmal habe ich mich in den Schlaf geweint, und es gab auch lange, einsame Tage – und Nächte. Aber wenn die Musik ertönt und ich höre, wie die Leute mitsingen, wie sie applaudieren – ja, dann liebe ich es. Vielleicht werde ich in zehn oder fünfzehn Jahren nichts als Erinnerungen besitzen und mir wünschen, ich wäre zu Hause geblieben und hätte mich standesgemäß verheiratet – aber irgendwie kann ich es mir auch wieder nicht vorstellen.«

Charlotte ertappte sich dabei, daß sie ebenfalls lächelte. Sie spürte noch die Wärme des Champagners in ihrem Inneren.

»Vielleicht machen Sie ja auch eine gute Partie«, sagte sie, doch dann merkte sie, wie ihre Zunge sich merkwürdig schwer anfühlte, und der nächste Satz klang nicht ganz so, wie sie beabsichtigt hatte. »Leute aus dem Varieté tun das doch manchmal, habe ich mal gehört – oder nicht?«

Ottilie sah ihren Bruder an. »Du hast sie mit Champagner vollgeschüttet«, sagte sie vorwurfsvoll.

»Natürlich. So hat sie morgen früh wenigstens eine Entschuldigung. Und auf diese Weise vergißt sie vielleicht auch, wie sehr sie es genossen hat, hier zu versumpfen!« Er stand auf. »Trink doch auch was, Tillie. Ich muß Charlotte jetzt nach Hause bringen, bevor ihr Ehemann die halbe Polizei von London mobilisiert, um nach ihr zu suchen!«

Charlotte hörte nicht mehr, was er sagte. In ihrem Kopf hatte die Musik wieder eingesetzt, und sie war glücklich, als Inigo sie zur Tür führte, ihren Umhang holte und die Kutsche vorfahren ließ. Die Luft draußen war schneidend und machte sie ein wenig schwindelig.

Er half ihr in die Kutsche und schloß die Tür, und die Pferde klapperten gemächlich durch die stillen Straßen.

Charlotte begann, leise vor sich hin zu singen, und wiederholte den Refrain zum siebten Mal, als Inigo ihr wieder aus der Kutsche half. Sie befand sich bereits vor ihrer eigenen Haustür.

»Champagner-Charlie heiße ich!« sang sie ausgelassen und recht laut. »Champagner, oh, wie lieb' ich dich! Wie es prickelt, fizz, fizz, fizz! Wie es prickelt, fizz, fizz, fizz! Ich bin der Liebling aller –« sie zögerte, doch dann fiel es ihr wieder ein – »Frauen! Bis zum frühen Morgengrauen! Ja, Champagner-Charlie heiße ich!«

Die Tür wurde aufgerissen, und als sie aufschaute, sah sie, wie Pitt sie entgeistert anstarrte, mit bleichem, wütenden Gesicht. Die Gaslampe hinter ihm in der Diele zauberte einen Heiligenschein um seinen Kopf.

»Es ist ihr nicht das geringste passiert«, sagte Inigo beschwichtigend. »Ich habe sie bloß mitgenommen, damit sie meine Schwester treffen konnte – für deren Verbleib auch Sie sich, soweit ich weiß, interessiert haben?«

»Ich –« Charlotte mußte aufstoßen und glitt zu Boden.

»Tut mir wirklich leid«, sagte Inigo mit dem Anflug eines Lächelns. »Gute Nacht.«

Charlotte merkte nicht einmal mehr, wie Pitt sich zu ihr herabbeugte, um sie hochzuheben und ins Haus zu tragen, mit einem Kommentar, der ihr ganz und gar nicht gefallen hätte, wenn sie ihn gehört hätte.

Kapitel 9

Charlotte wachte mit den schlimmsten Kopfschmerzen ihres Lebens auf. Pitt stand auf der anderen Seite des Schlafzimmers und öffnete die Vorhänge, und sie konnte nicht einmal die roten Blumen darauf erkennen. Das Licht tat ihren Augen weh, also schloß sie sie wieder und drehte sich zur Seite, um ihren Kopf im Kissen zu vergraben. Die Bewegung war ein Fehler. Das Hämmern in ihrem Kopf wurde unerträglich und schoß ihr durch die Schläfen, tief hinein bis in die Knochen.

Als sie mit Jemima schwanger gewesen war, hatte sie sich nie so schlecht gefühlt! Ein wenig übel war ihr am Morgen natürlich gewesen, doch hatte sie nie einen Kopf wie diesen gehabt, der schier zu platzen drohte!

»Guten Morgen.« Pitts Stimme schnitt durch das bleierne Schweigen, kalt und alles andere als besorgt.

»Ich fühle mich schrecklich«, jammerte sie.

»Das kann ich mir vorstellen«, sagte er.

Sie setzte sich sehr langsam auf, den Kopf mit beiden Händen umklammernd.

»Ich glaube, ich muß mich übergeben.«

»Würde mich kein bißchen wundern.« Er schien völlig ungerührt.

»Thomas!« Sie hievte sich aus dem Bett, den Tränen nahe, völlig niedergeschmettert, daß er sich derart ablehnend verhielt. Dann fiel ihr plötzlich der gestrige Abend wieder ein – das Varietétheater, Ottilie, Inigo Charrington, der Champagner und das alberne Lied.

»Oh Gott!« Ihre Beine gaben nach, und sie landete unsanft auf der Bettkante. Sie trug immer noch ihre Unterwäsche, und in ihrem Haar steckten unbequeme Nadeln, die sich ihr in die Kopfhaut bohrten. »Oh Thomas! Es tut mir so leid!«

»Mußt du dich wirklich übergeben?« fragte er, wobei seine Stimme nur ein ganz klein wenig besorgter klang.

»Ja, ich glaube schon.«

Er kam zu ihr herüber und zog den Nachttopf unter dem Bett hervor. Er stellte ihn ihr auf den Schoß und strich ihr das Haar aus der Stirn.

»Ich hoffe, dir ist klar, was dir alles hätte passieren können?« fragte er; nun klang seine Stimme nicht länger eisig, sondern wütend. »Wenn Inigo Charrington oder sein Vater Ottilie wirklich umgebracht hatten, wäre es für sie ein Kinderspiel gewesen, dich ebenfalls zu ermorden!«

Es dauerte eine ganze Weile, bevor sich Charlotte wieder kräftig genug fühlte, daß sie sich verteidigen und ihre diversen Vorsichtsmaßnahmen erläutern konnte.

»Ich habe doch Emilys Kutsche und ihren Diener mitgenommen!« sagte sie endlich, nach Luft schnappend. »Ich bin schließlich nicht von allen guten Geistern verlassen!«

Er nahm ihr den Nachttopf wieder ab, bot ihr ein Glas Wasser an und reichte ihr ein Handtuch.

»Über dieses Thema würde ich an deiner Stelle jetzt nicht diskutieren«, meinte er. »Fühlst du dich wieder etwas besser?«

»Ja, vielen Dank.« Sie hätte lieber würdevoller, ja überlegen gewirkt, doch daran war natürlich in ihrer Situation nicht zu denken. »Aber es war doch allen bekannt, daß ich mit ihm zusammen war! Er hätte mir gar nichts tun können, ohne daß es jemand gemerkt hätte, und ich habe dafür gesorgt, daß er das genausogut wußte wie ich.«

»Alle?« Er hob die Augenbrauen, und seine Stimme klang gefährlich unbeteiligt.

Glücklicherweise bemerkte sie ihren Fehler selbst, bevor er sie darüber aufklären mußte.

»Ich meine natürlich, Mama und Emily«, korrigierte sie sich. Sie überlegte noch, ob sie sagen sollte, sie hätte den Diener mit einer Nachricht für ihn losgeschickt, doch da sie ihn nur schlecht anlügen konnte und ihr der Kopf viel zu sehr brummte, als daß sie sich nicht in Widersprüche verwickelt hätte, unterließ sie es. Eine gute Lüge durfte keine Unstimmigkeiten aufweisen. »Ich habe dir nichts davon gesagt, weil ich dachte, ich würde noch vor dir zu Hause sein.« Sie begann, ungehalten zu klingen. »Ich konnte doch nicht ahnen, daß er mit mir in ein Varietétheater gehen würde! Er sagte lediglich, er würde mir zeigen, was mit Ottilie geschehen wäre, und beweisen, daß sie ihr nichts angetan hätten.«

»Ein Varietétheater?« Einen Moment lang vergaß er seinen Zorn.

Sie saß jetzt aufrecht auf der Bettkante. Wenigstens war die Übelkeit inzwischen vorbei, und es fiel ihr etwas leichter, zumindest ein bißchen würdevoller auszusehen.

»Was hast du denn gedacht, wo ich gewesen bin? In einem Bordell war ich jedenfalls nicht, falls du das angenommen hast.«

»Und warum war es notwendig, in einem Varietétheater nach Ottilie Charrington Ausschau zu halten?« fragte er mißtrauisch.

»Weil sie ganz genau dort war«, antwortete sie mit Genugtuung. »Sie ist von zu Hause weggelaufen, um in einem Varietétheater zu arbeiten! Sie ist Ada Church.« Plötzlich fiel ihr noch etwas ein. »Du weißt schon, die mit den hübschen Beinen!« fügte sie boshaft hinzu.

Pitt hatte den Anstand zu erröten. »Ich hatte schließlich beruflich mit ihr zu tun«, sagte er spitz.

»War es dein Beruf oder ihrer?« erkundigte sich Charlotte.

»Wenigstens bin ich nüchtern nach Hause gekommen!« Seine Stimme wurde lauter, er fühlte sich berechtigterweise gekränkt.

Ihr Kopf war nahe daran zu platzen, wie ein gekochtes Ei, das oben aufgeschlagen wird, und sie verspürte nicht die geringste Lust, sich weiter mit ihm zu streiten.

»Thomas, es tut mir leid. Ganz ehrlich. Ich habe nicht geahnt, daß der Champagner solche Folgen haben würde. Er war prikkelnd und angenehm. Und ich bin nur mitgegangen, weil ich Ottilie Charrington sehen wollte.« Sie strich sich das Haar aus dem Gesicht und begann, die schmerzhaften Nadeln herauszuziehen. »Schließlich ist Mina umgebracht worden! Wenn es die Charringtons nicht waren, dann ist es vielleicht Theodora von Schenck gewesen.«

Er setzte sich auf das Fußende des Bettes, das Hemd hing ihm aus der Hose, seine Krawatte war noch nicht geknotet.

»Ist Ada Church wirklich Ottilie Charrington?« fragte er ernst. »Charlotte, bist du dir auch absolut sicher? Das ist nicht etwa irgendein merkwürdiger Scherz?«

»Nein, ich bin mir absolut sicher. Sie sieht Inigo sehr ähnlich. Man kann sehen, daß sie miteinander verwandt sind. Und da ist noch etwas, das ich beinah vergessen hätte! Ambrosine hat die Sachen gestohlen! Offenbar hat sie schon eine ganze Weile kleinere Diebstähle begangen. Inigo legt alles immer so schnell wie möglich wieder zurück, sobald er weiß, wem die Sachen gehören. Ich nehme an, niemand hat diesmal zugeben wollen, daß die gestohlenen Gegenstände wieder aufgetaucht sind, weil alle Angst hatten, du könntest denken, sie hätten Mina wegen der Sachen umgebracht.«

»Ambrosine Charrington?« Er starrte sie an, verwirrt und ungläubig. »Aber warum denn bloß? Warum um alles in der Welt sollte ausgerechnet sie Diebstähle begehen?«

Charlotte holte tief Luft. »Hast du etwas dagegen, wenn ich mich wieder hinlege? Gracie kümmert sich schon um Jemima. Ich glaube nicht, daß ich dazu imstande bin. Wenn ich aufstehe, fällt mir bestimmt der Kopf ab.«

»Warum sollte Ambrosine Charrington Diebstähle begehen?« wiederholte er.

Sie versuchte sich zu erinnern, was Ottilie gesagt hatte. Soweit sie sich erinnern konnte, hatte sie es gut nachvollziehen können, als sie es gehört hatte.

»Wegen Lovell.« Sie suchte nach Worten, um es besser zu erklären. »Er ist ossifiziert!« Sie legte sich vorsichtig wieder ins Bett, und der Schmerz ließ ein wenig nach.

»Er ist was?«

»Ossifiziert«, wiederholte sie, das Wort gefiel ihr. »Verknöchert. Er hört und sieht nichts. Ich glaube, ein Teil von ihr haßt ihn. Schließlich ist ihre Tochter von zu Hause weggegangen, und sie müssen so tun, als sei sie tot –«

»Meine Güte, Charlotte, Leute aus diesen Kreisen können es sich nicht erlauben, Töchter zu haben, die im Varieté auftreten. Für Lovell wäre das völlig undenkbar!«

»Das weiß ich auch!« Sie zog die Bettdecke bis ans Kinn. Ihr war mit einem Mal kalt geworden. »Aber das kann Ambrosine schließlich nicht davon abhalten, Ottilie zu lieben. Ich habe sie getroffen. Sie ist wirklich nett – am liebsten würde man sie sofort anlächeln. Man hat das Gefühl, daß durch sie alles ein wenig schöner wird. Wenn Lovell nicht so ein Spießer wäre, wäre sie vielleicht gar nicht zum Varieté gegangen. Vielleicht hätte es ihr genügt, hin und wieder zu Hause über die Stränge zu schlagen.«

Pitt blieb eine Weile ganz ruhig sitzen. »Die arme Ambrosine«, sagte er schließlich.

Ein schrecklicher Gedanke kam ihr in den Sinn. Sie setzte sich kerzengerade auf und riß das gesamte Bettzeug mit hoch.

»Du wirst sie doch nicht etwa verhaften?« wollte sie wissen.

Er sah sie entgeistert an. »Nein, selbstverständlich nicht! Das könnte ich gar nicht, selbst wenn ich wollte. Es gibt überhaupt keine Beweise. Und Inigo würde bestimmt alles abstreiten. Was nicht heißen soll, daß ich ihn fragen werde.« Er verzog das Gesicht. »Jedenfalls fallen die Diebstähle somit als Motiv für den Mord an Mina weg – obwohl die Charringtons sie theoretisch trotzdem ermordet haben könnten, nehme ich an.«

»Und warum? Ottilie ist doch gar nicht tot!«

Er sah plötzlich verächtlich drein. »Und was meinst du wohl, wie es Lovell gefiele, wenn die Gesellschaft wüßte, daß seine Tochter die berühmte Ada Church ist, der große Varietéstar? Er würde bestimmt lieber als ihr Mörder dastehen! Wenigstens würde er so weniger lächerlich wirken!«

Sie verzog schmerzlich das Gesicht, hin- und hergerissen zwischen Belustigung und Frustration. Sie wollte lachen, aber allein der Gedanke daran tat schon weh.

»Was willst du jetzt tun?« fragte sie.

»Einen Brief an Dr. Mulgrew schreiben.«

Sie verstand überhaupt nichts mehr, die Antwort schien keinen Sinn zu haben.

»Dr. Mulgrew? Warum?«

Endlich lächelte er. »Weil er in Ottilie verliebt ist. Er freut sich bestimmt, wenn er erfährt, daß sie noch am Leben ist. Ich kann mir nicht vorstellen, daß es ihm viel ausmacht, daß sie im Varieté auftritt. Jedenfalls sollte er das Recht haben, es selbst herauszufinden.«

Charlotte ließ sich zurück auf ihr Kopfkissen sinken und stieß einen Seufzer der Erleichterung aus.

»Du mischst dich ein«, sagte sie vergnügt. Die Vorstellung, daß Ottilie jemanden finden würde, der sie liebte, gefiel ihr.

Er knurrte und stopfte sich ziemlich nachlässig das Hemd in die Hose.

»Ich weiß.«

Charlotte schlief noch, als sie kurz vor elf aus weiter Ferne ein Klopfen an der Tür hörte. Einen Moment später stand Emily bereits neben ihrem Bett.

»Was ist los mit dir?« verlangte Emily zu wissen. »Gracie wollte mich gar nicht hereinlassen! Bist du krank?«

Charlotte öffnete die Augen. »Du hast dich offenbar von ihr nicht abhalten lassen!« Sie blinzelte von der Seite zu Emily hoch, ohne sich zu bewegen. »Ich habe wahnsinnige Kopfschmerzen.«

»Ist das alles? Das ist doch nicht weiter schlimm«, meinte Emily wegwerfend und setzte sich auf das Bett. »Was ist passiert? Was ist mit Ottilie Charrington? Wie ist sie gestorben, hat ihre Familie sie wirklich umgebracht? Wenn du es mir nicht sofort erzählst, werde ich dich schütteln, bis du dich wirklich schlecht fühlst!«

»Rühr mich nicht an! Ich fühle mich schon schlecht genug. Sie ist nicht tot. Es geht ihr ausgezeichnet, und sie singt im Varieté.«

»Sei doch nicht albern.« Emily machte ein ungläubiges Gesicht. »Wer hat dir das erzählt?«

»Das hat mir keiner erzählt. Ich war selbst im Varietétheater und habe sie getroffen. Deswegen geht es mir ja so schlecht.«

»Du warst was?« fragte Emily skeptisch. »Du warst in einem Varietétheater? Was um Himmels willen sagt Thomas dazu? Also wirklich!«

»Ja, ich war da. Und Thomas ist nicht gerade erfreut.« Dann kehrten die Erinnerungen zurück, und Charlotte begann zu lächeln. »Ja, es stimmt. Mit Inigo Charrington, und ich habe Champagner getrunken. Eigentlich war es ganz lustig, als ich einmal angefangen hatte.«

Emilys Gesicht spiegelte eine komische Mischung von Gefühlen: Schock, Belustigung, sogar Neid.

»Tut dir gut, daß es dir jetzt schlecht geht«, sagte sie mit einiger Befriedigung. »Ich wollte, ich wäre auch dabeigewesen! Wie war sie denn?«

»Wunderbar. Sie kann wirklich gut singen, und irgendwie möchte man mitsingen. Sie ist – so lebenslustig!«

Emily zog die Beine aufs Bett und machte es sich bequem.

»Dann hat sie ja gar keiner ermordet. Also kann Mina deswegen nicht umgebracht worden sein.«

»Das ist nicht gesagt.« Charlotte wiederholte Pitts Theorie. »Vielleicht sollte es auf keinen Fall bekannt werden. Schließlich ist sie Ada Church!«

»Was bedeutet denn das schon wieder, wer ist Ada Church?« Emily war verwirrt.

»Ottilie natürlich! Stell dich doch nicht so dumm an!«

»Was soll das heißen?« Emily war zu neugierig, um beleidigt zu sein.

»Ada Church gehört zu den berühmtesten Sängerinnen im Varieté.«

»Tatsächlich? Ich kenne mich mit dem Varieté bedauerlicherweise nicht so gut aus wie du!« erwiderte Emily ziemlich bissig. »Aber das wäre natürlich Grund genug, es geheimzuhalten. Und dann sollte ja auch noch Theodoras Geldquelle näher untersucht werden. Ich nehme an, Thomas kümmert sich schon darum. Aber wir müssen immer noch etwas wegen Mama und Monsieur Alaric unternehmen!«

»Ach ja, das Medaillon hatte ich ganz vergessen. Es ist wieder aufgetaucht.«

»Davon hat sie mir keinen Ton gesagt!« Emily war wütend, fühlte sich durch die vermeintliche Zurücksetzung ihrer Mutter verletzt.

Charlotte setzte sich sehr langsam auf und stellte zu ihrem Erstaunen fest, daß sich ihr Kopf bedeutend besser anfühlte.

»Mir hat sie doch auch nichts davon gesagt. Ich weiß es von Inigo Charrington. Seine Mutter hat die Sachen weggenommen, und er hat sie wieder zurückgelegt.«

»Ambrosine Charrington hat es getan? Aber warum denn bloß? Drück dich bitte etwas klarer aus! Charlotte, bist du etwa betrunken gewesen?«

»Ja, ich glaube schon. Ich habe zuviel Champagner getrunken. Aber das hat Inigo selbst gesagt. Und da war ich noch nicht betrunken.« Sie versuchte Emily alles so genau wie möglich zu erklären. »Aber das heißt natürlich nicht, daß Mamas Beziehung mit Monsieur Alaric so weitergehen kann.«

»Nein, natürlich nicht«, sagte Emily. »Am besten unternehmen wir etwas, bevor es noch schlimmer wird. Ich habe mir einige Gedanken gemacht und bin zu einer Entscheidung gekommen. Wir müssen versuchen, Papa dazu zu bringen, sich mehr um sie zu kümmern, ihr Komplimente zu machen, mehr Zeit mit ihr zu verbringen. Dann braucht sie Monsieur Alaric gar nicht.« Sie schaute Charlotte an, um auch ihre Meinung zu dem Thema zu hören. Über Ambrosine Charrington und Charlottes Champagnergeschichte konnten sie ein anderes Mal reden.

Charlotte dachte kurz nach. Es würde nicht leicht sein, Edward zu überzeugen, wie wichtig die Sache war, und ihn zu einer Veränderung seines Verhaltens zu bewegen, ohne ihm den wirklichen Grund für ihr Anliegen zu enthüllen, die Gefahr, daß Caroline eine richtige Affäre mit Paul Alaric beginnen konnte – daß sie ihre Leidenschaft nicht länger unterdrücken, sondern etwas anfachen würde, das möglicherweise im Schlafzimmer endete. Sie runzelte die Stirn und holte tief Luft.

»Oh nein, du ganz bestimmt nicht!« sagte Emily sofort. »Ich möchte dich nur zu meiner Unterstützung dabeihaben, damit du mir den Rücken stärkst. Du sagst am besten keinen Ton, sonst wird es doch nur eine absolute Katastrophe.«

Es war nicht der richtige Zeitpunkt, sich darüber zu streiten, verteidigen konnte sie sich ein andermal.

»Wann gehen wir?« fragte Charlotte.

»Sobald du dich angezogen hast. Du solltest dir das Gesicht mit kaltem Wasser waschen und dich ein paarmal in die Wangen kneifen. Du siehst reichlich käsig aus.«

Charlotte schenkte ihr einen Blick, der alles andere als freundlich war.

»Und am besten trägst du irgend etwas in einem kräftigen Farbton«, fuhr Emily fort. »Hast du kein rotes Kleid?«

»Nein, natürlich nicht.« Charlotte stieg vorsichtig aus dem Bett. »Zu welcher Gelegenheit sollte ich schon ein rotes Kleid anziehen? Aber ich habe einen weinroten Rock und ein dazu passendes Jackett.«

»Dann zieh das an, und trink eine Tasse Tee. Danach gehen wir Papa besuchen. Ich habe schon alles vorbereitet. Er ist heute zu Hause, und Mama ist zum Lunch bei einer meiner Freundinnen.«

»Hast du das auch arrangiert?«

»Selbstverständlich habe ich das!« Emily sprach betont geduldig, wie mit einem schwierigen Kind. »Wir wollen doch nicht, daß sie mitten im Gespräch hereinplatzt! Jetzt beeil dich, und mach, daß du fertig wirst!«

Edward war hocherfreut, seine beiden Töchter gleichzeitig zu Besuch zu haben. Er saß am Kopfende des Eßtisches, ein Lächeln auf dem Gesicht, das vollkommene Zufriedenheit verriet.

»Wie ich mich freue, dich zu sehen, meine Liebe«, sagte er zu Charlotte. »Ich bin so froh, daß Emily dich zu Hause angetroffen hat und du herkommen konntest. Es scheint schon so lange her zu sein, daß ich dich zuletzt gesehen habe.«

»Du warst in der letzten Zeit nie zu Hause, wenn wir zu Besuch gekommen sind«, fing Charlotte an, ohne auf Emily zu warten.

»Das könnte möglich sein«, sagte Edward, ohne sich dabei etwas zu denken.

»Wir sind ziemlich häufig hier gewesen«, warf Emily lässig ein und spießte ein kleines Stückchen gebratenes Hühnchenfleisch auf ihre Gabel. »Und haben mit Mama allerlei Besuche gemacht. Eine sehr angenehme Art, die Zeit zu verbringen, vorausgesetzt, man ist nicht gezwungen, es zu oft zu tun. Dann kann es recht langweilig werden – die Gespräche sind immer dieselben.«

»Ich dachte immer, es sei eine Beschäftigung, die ihr genießt?« Edward sah ein wenig erstaunt aus. Er hatte noch nie ernsthaft darüber nachgedacht, es lediglich für selbstverständlich gehalten.

»Oh, das tun wir auch.« Emily aß ihr Hühnchenfleisch und blickte ihn dann stirnrunzelnd an. »Aber die ständige Gesellschaft anderer Frauen birgt nur höchst begrenzte Freuden. Ich bin sicher, wenn George abends nicht zu Hause wäre und mich nicht gelegentlich zum Essen ausführen würde, würde ich sicher bald anfangen, mich nach der Gesellschaft irgendeines anderen Mannes zu sehnen. Einer Frau geht es erst dann wirklich gut, wenn der Mann, den sie bewundert, sich um sie kümmert, weißt du.«

Edward lächelte nachsichtig. Er hatte Emily immer für die unkomplizierteste seiner Töchter gehalten, ohne zu ahnen, daß sie nur diejenige war, die seine Stimmungen am besten einschätzen konnte, sich darauf einstellte und sich dementsprechend verhielt. Sarah war zu ungeduldig gewesen und, da sie die älteste und hübscheste gewesen war, auch ein klein wenig selbstsüchtig, und Charlotte war viel zu direkt und sprach einfach über völlig unpassende Themen, was ihm peinlich war.

»George ist zu beneiden, meine Liebe«, sagte er und nahm sich noch etwas Gemüse. »Ich hoffe, er weiß es auch zu schätzen.«

»Das hoffe ich auch.« Emilys Gesicht verfinsterte sich ein wenig. »Es gehört zu den traurigsten Dingen, die einer Frau zustoßen können, Papa, wenn ihr Ehemann ihr keine Aufmerksamkeit mehr schenkt, kein Bedürfnis mehr hat, mit ihr zusammen zu sein, sich nicht mehr um ihr Wohlergehen kümmert. Du glaubst nicht, wie viele Frauen ich kenne, die anderswo nach Bewunderung suchen, weil ihr Ehemann sie nicht mehr beachtet.«

»Anderswo suchen?« Er war ein wenig verblüfft. »Wirklich, Emily, ich hoffe, du meinst es nicht so, wie es sich anhört. Ich würde es nicht gern sehen, wenn du dich mit derartigen Frauen treffen würdest. Man könnte dasselbe von dir denken!«

»Das wäre mir höchst unangenehm.« Sie war sehr ernst geworden. »Ich habe George niemals auch nur den geringsten Grund gegeben, mit meinem Verhalten unzufrieden zu sein, besonders nicht in diesem Bereich.« Sie riß ihre blauen Augen weit auf. »Und doch kann ich es andererseits im Grunde keiner Frau verübeln, wenn sie sich in ihrer Einsamkeit, nachdem ihr Mann begonnen hat, sie zu vernachlässigen, von einem anderen Mann mit guten Manieren und einem angenehmen Wesen bewundern läßt und seine Komplimente genießt – und sich in ihrer Einsamkeit ebenso zu ihm hingezogen fühlt –«

»Emily!« Jetzt war er wirklich schockiert. »Soll das etwa eine Entschuldigung für einen Ehebruch sein? Denn danach klingt es leider sehr!«

»Oh, ganz sicher nicht!« sagte sie leidenschaftlich. »So etwas ist immer falsch. Doch es gibt einige Situationen, bei denen kann ich nicht anders als zugeben, daß ich ein solches Verhalten verstehe.« Sie lächelte ihn an. »Nimm beispielsweise Monsieur Alaric, den Franzosen. So ein attraktiver Mann mit so guten Manieren, mit so viel Ausstrahlung. Findest du nicht auch, Charlotte? Ich habe mich gefragt, ob die arme Mina nicht vielleicht in ihn verliebt war und nicht in Tormod Lagarde. Monsieur Alaric ist so viel reifer, meinst du nicht? Sogar irgendwie geheimnisvoll, was äußerst anziehend wirkt. Ich habe schon oft darüber nachgedacht, ob er wirklich Franzose ist. Wir haben es immer nur angenommen. Wenn also Alston Spencer-Brown zu viel Zeit für seine geschäftlichen Unternehmen opferte und anfing, Mina als etwas so Selbstverständliches anzusehen, daß er ihr selten Komplimente machte oder die Mühe auf sich nahm, ihr kleine romantische Gefälligkeiten zu erweisen, beispielsweise Blumen zu schenken oder sie ins Theater auszuführen« – sie holte Atem –, »hätte Monsieur Alaric ihr nur ein wenig zu schmeicheln und ihr nur das kleinste Kompliment auszusprechen brauchen, und schon hätte er sie verzaubern können. Er hätte sie aus ihrer Langeweile erlöst, ihr das Gefühl gegeben, wieder glücklich sein zu können und geschätzt zu werden.«

»Das ist keine Entschuldigung –« begann Edward, doch sein Gesicht war merklich blasser geworden, und er hatte sein Hühnchen völlig vergessen. »Und du solltest nicht derart respektlos über andere Menschen reden, Emily! Die arme Frau ist tot und nicht mehr in der Lage, sich zu verteidigen.«

Emily war ungerührt. »Ich sehe dies nicht als Entschuldigung an, Papa. Es geht nicht um Entschuldigungen – nur um Gründe.« Sie aß den letzten Happen von ihrem Teller und legte Messer und Gabel hin. »Jetzt, wo die arme Mina tot ist, habe ich beobachtet, daß Monsieur Alaric Mamas Gesellschaft als sehr angenehm empfindet und sie aufsucht, um sich mit ihr zu unterhalten und Spaziergänge mit ihr zu machen.« Sie lächelte herzlich. »Was darauf schließen läßt, daß sich sein Geschmack sehr verbessert hat! Charlotte hat auch schon bemerkt, daß er ihr sehr sympathisch ist. Ich glaube sogar, daß Charlotte sich ebenfalls sehr zu ihm hingezogen fühlt.«

Charlotte blickte Emily über den Tisch hinweg nicht gerade freundlich an. Sie glaubte, einen Hauch bösartigen Vergnügens in Emilys Stimme hören zu können.

»Er ist charmant«, stimmte sie ihrer Schwester zu, vermied aber dabei, ihren Vater anzusehen. »Doch ich vermute, daß Mama nicht in derselben unglücklichen Situation ist wie Mrs. Spencer-Brown?«

Edward starrte sie beide nacheinander an. Zweimal öffnete er den Mund, um sie zu bitten, sich etwas klarer auszudrücken. Doch beide Male kam er zu dem Schluß, daß er lieber doch keine Erklärung hören wollte.

Das Mädchen erschien, räumte die Teller ab und servierte den Nachtisch.

»Es ist schon einige Zeit her, seit wir gemeinsam im Theater waren«, bemerkte Edward schließlich sehr beiläufig, als sei dies ein völlig neuer Gedanke. »Ich glaube, es gibt etwas Neues von Gilbert und Sullivan. Vielleicht sollten wir hingehen und es uns ansehen.«

»Eine hervorragende Idee«, antwortete Emily ebenso leichthin. »Ich kann dir auch einen guten Juwelier empfehlen, wenn du Mama vielleicht ein kleines Geschenk machen möchtest? Er hat die phantastischsten Schmuckstücke, die trotzdem recht erschwinglich sind. Ich weiß, daß er wunderschöne Kameen hat, weil ich mir von George eine gewünscht habe. Ich finde immer, daß sie ein so persönliches Geschenk sind.«

»Ich brauche deinen Rat nicht, Emily!«

»Es tut mir leid, Papa.« Sie lächelte ihn charmant an. »Es war nur ein Vorschlag. Ich bin sicher, du kennst dich selbst sehr viel besser in solchen Sachen aus.«

»Vielen Dank.« In seinem Blick lag trockener Humor, doch seine Hände hielten immer noch die Serviette fest, und er saß sehr aufrecht auf seinem Stuhl.

Emily nahm sich noch etwas Nachtisch.

»Das schmeckt einfach köstlich, Papa«, säuselte sie. »Es war wirklich sehr nett von dir, uns einzuladen.«

Edward unterließ es, sie darauf hinzuweisen, daß sie sich in Wirklichkeit selbst eingeladen hatte.

Um halb drei Uhr fuhr Edward zurück in die Stadt.

»Was unternimmst du jetzt in bezug auf Mina?« fragte Emily, sobald sie wieder mit Charlotte allein war. »Wir wissen immer noch nicht, wer sie umgebracht hat, und auch nicht, warum.«

»Nun, wahrscheinlich war der Grund, daß sie zuviel herumgeschnüffelt hat«, antwortete Charlotte.

»Stell dir vor, daran hatte ich selbst auch schon gedacht!« Emily war ein wenig gereizt, jetzt, wo das Gespräch mit Edward vorüber war und die Spannung allmählich etwas nachließ. »Aber über wen hat sie etwas herausgefunden?«

»Vielleicht waren es doch die Charringtons – wenn es nicht die Sache mit Ottilie war, dann vielleicht die Tatsache, daß Ambrosine die Diebstähle begangen hat.« Charlotte dachte laut. »Ich persönlich glaube allerdings eher, daß es sich um Theodora von Schenck handelt. Ich kann mich erinnern, daß Mina Bemerkungen über ihre ominöse Geldquelle gemacht hat. Vielleicht hat sie da bereits irgend etwas gewußt und sich einen Spaß daraus gemacht, unsere Neugier zu wecken. Vielleicht hätte sie es uns irgendwann sogar selbst gesagt.« Ihr Gesicht verdüsterte sich, als sie die ganze Häßlichkeit erkannte, die dieser Gedanke beinhaltete. »Einfach erbärmlich, nicht? Zu versuchen, andere zu beeindrucken und sich interessant zu machen, indem man vielsagende Bemerkungen über andere fallenläßt, die auf irgendwelche schrecklichen Geheimnisse schließen lassen.«

»Und außerdem auch noch schrecklich gefährlich!« Emily preßte die Lippen zu einem harten, unversöhnlichen Strich zusammen. »Denk doch bloß daran, welchen Schaden sie anderen Leuten damit zufügen konnte, ganz zu schweigen von dem, was ihr schließlich selbst zugestoßen ist! Ich glaube zwar nicht, daß sie es verdient hat, dafür umgebracht zu werden, aber was sie getan hat, war sehr wohl gemein und niederträchtig!«

»Und erbärmlich«, wiederholte Charlotte. »Sie hatte offenbar überhaupt nichts Eigenes, sonst hätte sie nicht immer nur andere beobachtet und versucht, alles über deren Leben zu erfahren.«

»Das ist wohl kaum eine Entschuldigung für das, was sie getan hat!« Emily war wütend. »Jeder ist irgendwann einmal unglücklich – aber wir gehen schließlich auch nicht hin und schnüffeln herum und erzählen es überall weiter!«

Charlotte hatte keine Lust, sich mit Emily zu streiten. »Sie war noch viel schlimmer«, sagte sie. »Sie hat dazuerfunden, hat alle möglichen üblen Gerüchte ausgestreut. Ich vermute, daß es in fast allen Menschen irgendeine Seite gibt, die für derartige häßliche Gedanken empfänglich ist, wenn man nur versucht, sie zu aktivieren.« Ihr Gesichtsausdruck veränderte sich völlig. »Das mit Papa hast du eben großartig gemacht, aber wir müssen trotzdem Monsieur Alaric noch ein wenig entmutigen. Ich habe übrigens gehört, daß er Theodora recht gut kennt. Ich werde ihn heute nachmittag aufsuchen und herauszufinden versuchen, ob er eine Ahnung hat, woher sie ihr Geld bekommt.«

Emilys Augenbrauen fuhren in die Höhe. »Was du nicht sagst! Und wie willst du einen derartigen Besuch rechtfertigen, ganz zu schweigen davon, wie du ihm diese Information zu entlocken gedenkst?«

»Ich werde mich ihm auf Gedeih und Verderb ausliefern.« Charlotte kam zu einer schnellen und recht radikalen Entscheidung.

»Du wirst was?« Emily war schockiert.

»In bezug auf Mama natürlich – du Dummkopf!« fuhr Charlotte sie an; ihr Gesicht war plötzlich wieder ganz heiß. »Ich werde mir etwas ausdenken, womit ich ihm klarmache, daß Papa über diese – Freundschaft – im Bilde ist und sie nicht billigt.«

»Du hast dir in deinem Leben noch nie etwas ›ausgedacht‹!«

»Ich habe ja auch nicht gesagt, daß ich subtil vorgehen werde! Und wenn ich das hinter mich gebracht habe, werde ich das Gespräch auf Mina bringen und darauf, wie betroffen wir alle sind. Warum? Was hast du denn vor?«

»Wenn du das wirklich tun willst, werde ich zur gleichen Zeit Theodora von Schenck besuchen, so daß Monsieur Alaric keine Chance hat, sie zu warnen, falls sie zufällig gemeinsame Sache machen sollten. Falls tatsächlich etwas dahintersteckene sollte. Es wird ein wenig schwierig werden, irgend etwas herauszufinden, weil ich sie überhaupt nicht kenne, aber wenn du mit Inigo Charrington ins Varieté gehen kannst, dann werde ich wohl auch in der Lage sein, Madame von Schenck unangemeldet einen Besuch abzustatten!«

»Daß du schon wieder das Varieté mit ins Spiel bringen mußt!« sagte Charlotte verärgert. »Das war wirklich nicht nötig.«

»Nun, keine Sorge, ich werde Thomas nicht verraten, daß du ganz allein zu Monsieur Alaric gegangen bist«, erwiderte Emily. »Ich würde sogar sagen, daß es klug von dir wäre, wenn du ihn überhaupt nicht wissen läßt, daß du die Angelegenheit immer noch weiterverfolgst.«

»Falls du dir einbildest, daß er denkt, ich hätte die Sache vergessen, kennst du Thomas schlecht.« Charlotte machte ein klägliches Gesicht. »Er würde es keinen Moment lang glauben!«

»Dann sei aber vernünftig – und sorg dafür, daß du nüchtern bleibst!« erwiderte Emily. »Du kannst meine Kutsche nehmen, wenn du zu Monsieur Alarics Haus fährst, und ich werde zu Fuß gehen. Dann machst du wenigstens einen etwas besseren Eindruck.«

»Vielen Dank!«

Charlotte zweifelte bereits an der Richtigkeit ihres Unternehmens, als die Kutsche den Rutland Place verließ, und wenn sie dadurch nicht in Gefahr gelaufen wäre, sich vollkommen lächerlich zu machen, hätte sie am liebsten dem Kutscher gesagt, er solle wenden und sie nach Hause zurückfahren.

Doch sie hatte nun einmal diese Entscheidung getroffen. Es war ein sehr gewagtes Unterfangen, und Alaric würde sicher ihre Motive völlig falsch verstehen. Beim bloßen Gedanken daran wurde ihr Gesicht heiß. Caroline war sicherlich nicht die einzige Frau, die von ihm derart geblendet war, daß sie völlig den Sinn für Schicklichkeit verlor!

Als die Kutsche schließlich am Paragon Walk hielt und der Diener ihr herausgeholfen hatte, hoffte sie inständig, daß Paul Alaric nicht zu Hause war, damit sie ihren Plan nicht durchzuführen brauchte, sondern sich würdevoll zurückziehen konnte. Doch das Schicksal wollte es anders – er war nicht nur zu Hause, sondern zudem auch noch hocherfreut, sie begrüßen zu können.

»Wie reizend, Sie zu sehen, Charlotte.« Er stand ganz nah vor ihr und lächelte sie an. Falls er wirklich überrascht war, zeigte er es jedenfalls nicht. Doch das gehörte sich schließlich so, alles andere wäre unhöflich gewesen.

»Sehr freundlich von Ihnen, Monsieur Alaric«, erwiderte sie und fühlte sich sofort befangen. Sie war kaum durch die Tür, und schon verlief das Gespräch völlig anders, als sie geplant hatte. Vielleicht war es in Frankreich oder wo auch immer er herkam – sie waren einfach immer davon ausgegangen, daß er Franzose war, obwohl er es selbst nie gesagt hatte –, weniger vertraulich, jemanden mit dem Vornamen anzusprechen.

Er lächelte weiterhin, und sie versuchte krampfhaft, ihre Fassung wiederzugewinnen.

»Bitte verzeihen Sie, daß ich Sie so einfach uneingeladen oder unangemeldet aufsuche.« Das war eine lächerliche Entschuldigung, das wußte sie ebenso gut wie er, doch so konnte sie wenigstens auf ihr Thema zu sprechen kommen.

»Ich bin sicher, die Umstände, die zu Ihrem Besuch geführt haben, sind äußerst ungewöhnlich«, sagte er sanft. »Darf ich Ihnen eine Erfrischung anbieten – vielleicht eine Tasse Tee?«

Das würde ihr die Möglichkeit geben, ihre Hände auf anmutige Art zu beschäftigen, und es würde zudem bedeuten, daß ihr Besuch wenigstens eine halbe Stunde dauerte.

»Vielen Dank«, sagte sie. »Das wäre wirklich sehr liebenswürdig.« Sie nahm auf einem äußerst bequem aussehenden Sessel Platz, und er läutete nach dem Mädchen, gab ihr seine Anweisungen und setzte sich ihr gegenüber auf ein einfaches Sofa mit dunklem Samtbezug.

Der Raum war ungewöhnlich sparsam eingerichtet. In einem Mahagonischrank standen zahlreiche in Leder gebundene Bücher mit Goldprägung, ein dezentes graues Seestück hing über dem Kamin, und ein türkischer Gebetsteppich, der wie ein Kirchenfenster leuchtete, bedeckte den Boden. Alles war fremd – und doch wunderschön.

Er saß entspannt, immer noch lächelnd, ein Bein über das andere gekreuzt, doch seine Augen sahen ernst aus. Er wußte, daß sie nicht aus irgendeinem trivialen oder gesellschaftlichen Anlaß hergekommen war, und er wartete darauf, daß sie sich erklärte.

Ihr Mund war trocken, ihr wollte nichts Unverbindliches einfallen, das sie sagen konnte.

»Emily und ich haben mit Papa diniert«, begann sie ziemlich abrupt.

Er unterbrach sie nicht, sondern beobachtete sie weiter mit festem, offenen Blick.

Sie atmete tief ein und fuhr fort. »Wir waren gezwungen, ein recht schmerzliches Thema zu bereden – das allerdings nichts mit Minas Tod oder den Verletzungen des armen Tormod zu tun hatte.«

Ein Anflug von Besorgnis zeigte sich auf seinem Gesicht. »Das tut mir leid.«

Sie hatte keine Ahnung, inwieweit Carolines Gefühle von ihm erwidert wurden. Sie mußte sehr vorsichtig vorgehen, denn er hatte bisher nichts weiter an den Tag gelegt als äußerste Höflichkeit. Entweder er war sehr viel diskreter als Caroline, oder – was wahrscheinlicher war – er wußte nicht, wie tief ihre Gefühle für ihn waren. Schließlich kannte er Caroline nicht so gut wie Charlotte.

Sie räusperte sich. Sie konnte das Thema jetzt entweder direkt angehen oder ganz fallenlassen und das Gespräch auf etwas vollkommen anderes bringen. Die Entscheidung fiel ihr wider Erwarten schwer. Die Tatsache, daß er nur ein wenig von ihr entfernt saß, machte sie befangen.

Einmal hatte sie ihn sogar verdächtigt, der Anführer einer Gruppe zu sein, die der Schwarzen Magie anhing – heute erschien ihr diese Vorstellung geradezu grotesk. Doch vielleicht war er selbstgefälliger und weniger gefühlvoll, als sie glaubte? Vielleicht genoß er einfach die Faszination, die er scheinbar ohne sein eigenes Zutun auf Frauen ausübte?

Sie schluckte und versuchte es erneut, klang jedoch viel schwülstiger, als sie beabsichtigt hatte. »Es scheint, daß Papa in der letzten Zeit sehr viel Zeit mit seinen Geschäften verbracht hat und daher seinem Privatleben nicht so viel Aufmerksamkeit geschenkt hat wie sonst. Die arme Mama hat sich ein wenig vernachlässigt gefühlt, glaube ich. Selbstverständlich hat sie sich nie beklagt. Man kann seinen Gatten schließlich nicht um kleine Aufmerksamkeiten bitten, weil sie, selbst wenn er sie einem daraufhin erweist, völlig wertlos wären – da man genau weiß, daß man selbst darum gebeten hat und sie nicht von Herzen kommen.«

»Also haben Sie und Ihre Schwester ihn dazu veranlaßt?« vermutete er, und allmählich schien er zu verstehen, was sie meinte.

»Sehr richtig«, gab sie zu. »Wir wären zutiefst bekümmert, wenn unsere Familie durch ein bloßes Mißverständnis Schaden nehmen würde. Wir sind auch keineswegs willens, es soweit kommen zu lassen. Derartige Dinge können sehr leicht außer Kontrolle geraten – neue Gefühle können entstehen, man kann sich zu anderen hingezogen fühlen, und bevor man es verhindern kann, ist es bereits –«

Er sah sie direkt an, und sie war nicht in der Lage, weiterzusprechen. Es war offensichtlich, daß er sie verstanden hatte.

»Zu einer häuslichen Tragödie gekommen«, beendete er ihren Satz. Sie bemerkte überrascht, daß er leicht errötet war, daß er sich seiner selbst bewußt geworden war, sich in einem völlig anderen, nicht sehr schmeichelhaften Licht sah.

Plötzlich wallte ein Gefühl der Wärme für ihn in ihr auf, und sie erkannte, daß er von seiner Macht über andere nichts geahnt hatte, die Emotionen, die er geweckt hatte, völlig unterschätzt hatte. Entweder er hatte in der Vergangenheit andere Frauen nicht verstanden, oder er hatte ihr Verhalten auf ihre Persönlichkeit zurückgeführt und sich selbst lediglich als den unglücklichen Katalysator ihrer Gefühle gesehen.

»Ich glaube, Tragödie ist genau das richtige Wort«, fuhr sie fort. »Vielleicht sollten wir uns ein wenig näher damit beschäftigen, wohin Leidenschaften führen können. Nehmen wir einmal Mrs. Denbigh. Haben Sie sie gesehen? Ihre Verzweiflung über Mr. Lagarde kann man wohl kaum mit einem so schwachen und banalen Wort wie Traurigkeit beschreiben, finden Sie nicht auch?«

Er schwieg minutenlang, und sie fühlte sich immer unbehaglicher, als sie bemerkte, daß seine Augen die ganze Zeit auf ihr ruhten. Es war ihr bewußt, daß sie allein mit ihm in diesem Zimmer war. Ihn ohne jede Begleitung in seinem Haus aufzusuchen, war eine absolut lächerliche Idee gewesen, und sie hätte darauf bestehen sollen, daß Emily mitkam. Irgend jemand hatte sie bestimmt gesehen, es waren immer irgendwelche Dienstboten in der Nähe. Es würde Gerede geben! Sie selbst hatte nichts zu verlieren – die Leute am Paragon Walk scherten sich nicht um ihren Ruf –, aber was war mit Emily? Jemand hatte Charlotte vielleicht erkannt, denn sie hatte damals, als am Paragon Walk die Morde passiert waren, viel Zeit bei Emily verbracht.

Und wie stand es mit dem Ruf von Paul Alaric?

Sie errötete vor Scham über ihre eigene Gedankenlosigkeit – und dennoch hatte sie nicht gewünscht, daß Emily sie begleitete!

Sehr langsam hob sie die Augen, so daß ihre Blicke sich trafen, und erschrak, als sie das Verständnis darin sah, eine Nähe, als habe er sie berührt. Sie hatte das Gefühl, auf der Haut eine plötzliche Wärme, ein Prickeln zu spüren.

Sie mußte unbedingt sofort gehen. Sie hatte das gesagt, weswegen sie gekommen war.

Emilys Kutsche stand vor der Tür und würde sie zurück zum Rutland Place bringen. Sie konnte zu Theodora von Schencks Haus fahren und Emily dort treffen.

Dieser Gedanke erinnerte sie an den anderen Grund ihres Kommens. Sie mußte sich zwingen, ihm die Frage jetzt zu stellen, noch einmal zurückzukommen war undenkbar.

Das Mädchen brachte den Tee und zog sich wieder zurück. Sie trank dankbar einen Schluck, ihr Mund war trocken und ihre Kehle wie zugeschnürt.

»Emily besucht gerade Mrs. von Schenck«, bemerkte sie so beiläufig wie möglich. »Ich nehme an, Sie kennen sie sehr gut?«

Er war überrascht, und seine dunklen Augen weiteten sich. »Relativ gut. Unsere Beziehung ist eher geschäftlicher als privater Natur, obwohl ich sie ausgesprochen sympathisch finde.«

Jetzt war sie verblüfft. Sie hatte nicht erwartet, daß er so direkt sein würde.

»Geschäftlicher Natur? Was für eine Art von Geschäften meinen Sie?« Doch dann wurde ihr bewußt, wie taktlos sie sich verhielt, und sie fuhr fort: »Ich wußte gar nicht, daß Madame von Schenck geschäftliche Beziehungen hat. Oder haben Sie vielleicht ihren Ehemann gekannt?« Sie begann zu stammeln. »Ich – ich meine –«

»Nein.« Er lächelte schwach über ihre Verlegenheit, doch es lag nichts Unfreundliches darin. »Nein, das habe ich nicht, obwohl ich annehme, daß er ein sehr liebenswerter Mensch gewesen sein muß. So liebenswert, daß sie keinerlei Bedürfnis verspürt hat, sich erneut zu verheiraten.«

Charlotte gab vor, etwas Derartiges schwer verstehen zu können, obwohl ihr in Wirklichkeit der Gedanke an eine neue Heirat, falls Pitt irgend etwas zustoßen sollte, ebenfalls völlig absurd erschien.

»Nicht einmal, um sich finanziell abzusichern?« Sie versuchte, überzeugend zu klingen. »Schließlich hat sie zwei Kinder zu ernähren.«

»Und sie hat einen ausgezeichneten Geschäftssinn.« Er schien sich offensichtlich über sie zu amüsieren. »Was allerdings höchst ungewöhnlich ist, weshalb sie sich wohl auch so diskret verhält. Besonders da ihr Interesse im Bereich von Sanitäreinrichtungen liegt.« Sein Lächeln wurde breiter. »Nicht gerade das, was die Damen am Rutland Place als passend empfinden würden – Badewannen und ähnliches zu entwerfen. Sie ist höchst geschickt, was den Verkauf betrifft, und sehr gewissenhaft, was ihre Geldangelegenheiten betrifft. Ich glaube, sie macht inzwischen bereits ordentliche Profite.«

Sie wußte, daß ein albernes Lächeln auf ihrem Gesicht lag. Diese Enthüllung war derart lächerlich harmlos, sogar lustig, daß sie am liebsten gelacht hätte. Sie nahm sich zusammen und wollte gerade aufstehen, doch bevor sie die richtigen Worte gefunden hatte, um sich zu verabschieden, öffnete das Mädchen erneut die Tür, um eine Auswahl von Gebäck hereinzubringen. Unmittelbar hinter ihr betrat Caroline das Zimmer.

Charlotte erstarrte, sie hatte sich bereits halb erhoben, das Lächeln auf ihren Lippen erstarb.

Einen Moment lang nahm Caroline sie überhaupt nicht wahr, ihr Gesicht war Alaric zugewandt, weich vor Aufregung und Freude.

Dann sah sie Charlotte, und alle Farbe schwand aus ihrem Gesicht. Sie sah aus, als sei ihr der Leibhaftige persönlich erschienen.

Es herrschte ein betretenes Schweigen. Das Mädchen war so verängstigt, daß sie nicht einmal wagte, den Teewagen loszulassen.

Mit äußerster Anstrengung holte Caroline erst einmal, dann ein zweites Mal tief Luft.

»Es tut mir sehr leid, Monsieur Alaric«, sagte sie mit zitternder Stimme. »Offenbar habe ich Sie gestört. Bitte, entschuldigen Sie mich.« Sie ging rückwärts an dem Mädchen vorbei und verließ den Raum wieder.

Charlotte blickte Paul Alaric an und sah, daß sein Gesicht bleich und entsetzt aussah, genau wie ihr eigenes wahrscheinlich, denn sie las darin die gleiche Erkenntnis und die gleiche Schuld, die auch sie empfand. Dann rannte sie durch das Zimmer, schob das Mädchen aus dem Weg und riß die Tür auf.

»Mama!«

Caroline war in der Diele und konnte sie unmöglich überhört haben, doch sie bewegte nicht einmal den Kopf.

»Mama!«

Der Diener öffnete die Eingangstür, und Caroline ging nach draußen in die Sonne. Charlotte folgte ihr. Sie entriß dem Diener ihren Umhang, als sie an ihm vorbeilief, und stürmte die Treppe hinab nach draußen auf die Straße.

Sie holte Caroline ein und ergriff ihren Arm. Er war ganz starr, und Caroline schüttelte sie unwillig ab. Sie starrte weiterhin geradeaus.

»Wie konntest du nur?« sagte sie sehr leise. »Meine eigene Tochter! Ist deine Eitelkeit so groß, daß du mir so etwas antun mußtest?«

Charlotte griff wieder nach ihrem Arm.

»Laß mich bitte in Ruhe.« Caroline riß sich abrupt los. »Laß mich bitte in Ruhe. Ich möchte nie wieder mit dir sprechen. Ich will nichts mehr mit dir zu tun haben.«

»Du hast alles falsch verstanden!« sagte Charlotte, so heftig sie konnte, ohne dabei so laut zu werden, daß die ganze Straße sie hören konnte. »Ich bin doch nur dort gewesen, weil ich herausfinden wollte, woher Theodora von Schenck ihr Geld hat!«

»Lüg mich nicht an, Charlotte. Ich kann sehr wohl sehen, was zwischen euch vorgeht!«

»Tatsächlich?« erwiderte Charlotte aufgebracht, wütend auf ihre Mutter, nicht, weil sie ihr etwas Falsches unterstellte, sondern weil sie so verwundbar war, weil sie es zuließ, einem Traum nachzuhängen, dessen Ende alles gefährdete, was wirklich wichtig war. »Kannst du das wirklich, Mama? Ich glaube, wenn du richtig hinsehen würdest, wüßtest du genau wie ich, daß er dich überhaupt nicht liebt.« Sie sah die Tränen in Carolines Augen, doch sie mußte einfach weitersprechen. »Mit mir hat das überhaupt nichts zu tun, auch nicht mit irgendeiner anderen Frau! Es ist ihm einfach überhaupt nicht bewußt, daß deine Gefühle für ihn mehr sind als nur Sympathie – eine kleine Abwechslung – reine Freundlichkeit! Du hast dir um ihn herum eine romantische Illusion aufgebaut, die mit der wirklichen Person nicht das geringste mehr zu tun hat. Du kennst ihn nicht einmal richtig! Du siehst nur das, was du sehen willst!« Sie hielt Carolines Arm weiter fest, jedoch diesmal war ihr Griff so fest, daß sich ihre Mutter nicht losreißen konnte.

»Ich weiß genau, was du fühlst!« fuhr sie fort, während sie neben ihr herlief. »Mir ist es mit Dominic ganz genauso gegangen. Ich habe meine ganzen romantischen Vorstellungen auf ihn übertragen, ihn darin eingeschlossen wie in einer Rüstung, bis ich überhaupt nicht mehr sehen konnte, wie er wirklich war. Es ist einfach nicht fair! Wir haben nicht das Recht, andere zu einer Figur in unseren Träumen zu machen und von ihnen zu erwarten, daß sie sie für uns ausgestalten. Das ist keine Liebe. Das ist Schwärmerei, das ist kindisch – und gefährlich. Denk doch nur, wie unerträglich einsam das einen Menschen macht! Würdest du gern mit jemandem leben, der dich nicht ansieht und dir nicht zuhört und dich nur als seine eigene Phantasiefigur wahrnimmt? Jemand, über den er Illusionen hat, jemand, dem er die Schuld für alle seine Gefühle gibt, den er verantwortlich dafür macht, daß er selbst glücklich oder unglücklich ist? Wir haben nicht das Recht, einem anderen Menschen so etwas anzutun.«

Caroline blieb stehen und starrte sie an, während ihr die Tränen über die Wangen liefen.

»Du hast gerade schreckliche Dinge gesagt, Charlotte«, flüsterte sie, und ihre Stimme klang angestrengt und heiser. »Ganz schreckliche Dinge.«

»Nein, so schrecklich sind sie gar nicht.« Charlotte schüttelte heftig den Kopf. »Es ist nur die Wahrheit, und wenn du dich erst ein bißchen daran gewöhnt hast, wird sie dir vielleicht sogar gefallen!« Gott gebe, daß es wirklich so war!

»Gefallen! Du wirfst mir vor, daß ich mich verhalten habe wie eine Närrin, weil ich mich an einen Mann hänge, der sich nicht das geringste aus mir macht, und behauptest, daß sogar meine eigenen Gefühle nichts als Illusion waren und selbstsüchtig dazu, daß sie nichts mit Liebe zu tun hatten – und das soll mir dann auch noch gefallen!«

Charlotte schlang ihre Arme um ihre Mutter, weil sie ihr nahe sein wollte, ihren Schmerz teilen und ihr Trost spenden wollte. Außerdem wäre es unverzeihlich gewesen, ihr jetzt, im Moment ihrer Schwäche, ins Gesicht zu sehen.

»Vielleicht ist ›gefallen‹ nicht das richtige Wort dafür, aber wenn du erkennst, daß es wahr ist, willst du dich vielleicht gar nicht mehr an all die Lügen erinnern. Glaub mir, jeder Mensch, der zur Leidenschaft auch nur fähig ist, hat sich wenigstens einmal im Leben zum Narren gemacht. Wir verlieben uns alle irgendwann einmal in unser eigenes Wunschbild. Wichtig ist nur, daß man wieder aufwacht und weiter lieben kann!«

Lange Zeit sprachen sie beide nicht mehr, sondern standen auf dem Bürgersteig und hielten einander umschlungen. Dann begann Caroline sich langsam zu entspannen, ihr Körper lockerte sich, und der Schmerz, der sich zunächst in Wut geäußert hatte, wurde schließlich zu Tränen.

»Ich schäme mich so«, sagte sie leise. »Ich schäme mich so furchtbar!«

Charlotte drückte sie noch fester an sich. Es gab nichts, das sie sagen konnte. Die Zeit würde die Wunden heilen, Worte vermochten dies nicht.

Aus der Ferne erklang das Klappern von Hufen, ein anderer früher Besucher kündigte sich an.

Caroline richtete sich wieder auf und schluchzte noch einmal auf. Einen Moment lang ruhte ihre Hand in der von Charlotte, dann zog sie sie fort und suchte in ihrem Ridikül nach einem Taschentuch.

»Ich glaube nicht, daß ich heute nachmittag noch weitere Besuche machen werde«, sagte sie ruhig. »Möchtest du vielleicht zum Tee mit nach Hause kommen?«

»Sehr gern«, sagte Charlotte. Dann begannen sie, ganz langsam weiterzugehen. »Weißt du, daß Mina unrecht hatte, was Theodora betraf? Ihr Geld stammt weder aus einem Bordell noch aus irgendeiner Erpressung – sie entwirft und verkauft Badezimmereinrichtungen.«

Caroline war sprachlos. Ihre Augenbrauen fuhren in die Höhe.

»Du meinst –«

»Ja, Wasserklosetts!«

»Oh, Charlotte!«

Kapitel 10

Zwei Tage später war Pitt noch kein bißchen klüger als zuvor, was den Mord an Mina Spencer-Brown betraf. Er hatte zwar eine Menge Fakten zusammengetragen, jedoch keinerlei Beweise gefunden – und was noch schlimmer war, nicht einmal irgend etwas entdeckt, das ihn selbst zufriedengestellt hätte.

Er stand auf der Straße am Rutland Place in der Sonne. Es war warm hier, die hohen Häuser hielten den Ostwind ab, und er war stehengeblieben, um sich ein wenig zu sammeln, bevor er zu Alston ging, um ihm weitere Fragen zu stellen.

Er hatte mit Ambrosine Charrington gesprochen, und nach dem Gespräch war er noch unsicherer gewesen als vorher. Ambrosine hatte den Verdacht, daß Mina sie bei einem der Diebstähle beobachtet hatte, nicht entkräften können. Wenn es wirklich so gewesen war, hatte Mina ihr vielleicht mit einer Enthüllung gedroht.

Aber hätte es Ambrosine überhaupt etwas ausgemacht? Nach dem zu urteilen, was Charlotte ihm berichtet hatte, war dies keinesfalls so! Vielleicht hätte sie bei einer Aufdeckung der Diebstähle sogar eine Art perverse Freude empfunden. Hatte Ottilie nicht gesagt, daß dies eigentlich der Grund ihrer Diebstähle war – daß sie sich heimlich wünschte, ihren Gatten zu schockieren und zu treffen, aus der Rolle auszubrechen, in die er sie gezwungen hatte? Möglicherweise waren Ambrosine ihre Motive selbst nicht so klar. Doch er konnte sich einfach nicht vorstellen, daß sie einen Mord begehen würde, nur um ein Geheimnis zu bewahren, was sie im Grunde selbst aufgedeckt wissen wollte.

Haßte sie Lovell so sehr, daß sie zugelassen hatte, daß Mina ihn erpreßte? Theoretisch war dies möglich. Es lag eine gewisse Ironie darin, die Ambrosine möglicherweise gefallen hätte.

Er glaubte aber, daß er die Wut und Spannung bei Lovell und die bittere Genugtuung bei Ambrosine irgendwie gespürt hätte; dies war jedoch nicht der Fall gewesen. Sie war ihm genauso elegant in ihrer Rolle gefangen vorgekommen wie vorher auch, und Lovell erschien noch ebenso ungerührt in seiner kolossalen, unerschütterlichen Selbstsicherheit wie eh und je.

Die Erwähnung seiner Tochter Ottilie hatte Lovell allerdings beträchtlich aus der Ruhe gebracht, seine Lippen waren bleich geworden, Schweißperlen hatten sich auf seiner Stirn gezeigt. Er hatte mit allen Mitteln versucht, die Wahrheit zu vertuschen. Ambrosine dagegen war ganz entspannt geblieben.

Vielleicht war es doch Alston Spencer-Brown gewesen? Vielleicht waren Minas intensive Gefühle für Tormod Lagarde schließlich doch zuviel für ihn geworden, und als Alston herausgefunden hatte, daß sie immer noch in Tormod verliebt war, hatte er sich bei einem anderen Arzt, vielleicht in der Stadt, zusätzlich Belladonna verschafft, den Wein damit vergiftet und darauf gewartet, daß sie ihn trinken würde.

Alle Nachforschungen Pitts ließen darauf schließen, daß Minas Schwärmerei für Tormod zwar diskret, aber durchaus real gewesen war. Viele Ehemänner hatten schon aus geringeren Anlässen einen Mord begangen, und Alstons unauffällige Erscheinung verbarg möglicherweise eine tyrannische Eifersucht, ein Gefühl der Wut, das so stark war, daß er einen Mord lediglich als gerechtfertigte Strafe ansah.

Doch Pitt mußte sich an die Tatsachen halten. Der Wein war selbstgemacht, eine Mischung aus Holunderbeeren und Johannisbeeren. Und am Rutland Place setzte niemand seinen eigenen Wein an! Natürlich war es unmöglich nachzuprüfen, wer ihn vielleicht verschenkt hatte, und falls man ihn benutzt hatte, um den Geschmack des Gifts zu überdecken, würde der Betreffende jetzt wohl kaum zugeben, daß es sein Wein gewesen war.

Das Gift hätte jeder destillieren können oder sogar aus der Pflanze einfach auspressen können. Die Tollkirsche kam zwar weniger häufig vor als andere, üppiger blühende Nachtschattengewächse, war jedoch weitaus giftiger. Man benötigte nicht einmal die Beeren, die im Herbst reiften, die Blätter genügten bereits. Und man konnte die Pflanze in Hecken und an Waldrändern überall im Südosten Englands finden.

Vielleicht war es noch ein wenig früh für eine zweijährige Pflanze, doch an einer geschützten Stelle – oder vielleicht war der Samen in einen Wintergarten oder ein Gewächshaus geweht, wo die Pflanze jetzt wuchs? Ein kleiner Schößling genügte bereits.

Aber auch das bewies gar nichts. Jeder konnte ihr die Flasche gegeben haben, zu jedem möglichen Zeitpunkt. Minas Dienstboten hatten weder diese noch irgendeine ähnliche Flasche je vorher gesehen, doch man zeigte seinem Dienstpersonal schließlich nicht jede Flasche Beerenwein. Bei Tisch wurde er nicht getrunken. Jeder hätte die Tollkirschen pflücken, die Blätter auspressen und den Saft in den Wein geben können. Dazu waren weder Geschick noch besondere Kenntnisse notwendig. Es war allgemein bekannt, daß die Pflanze hochgiftig war, jedes Kind wußte es. Schon der Name klang gefährlich.

Er überlegte wieder, was nur das Motiv gewesen sein konnte, eine Frage, die sich natürlich äußerst schwer beantworten ließ. Manche Menschen töteten schon wegen ein wenig Kleingeld oder weil sie sich beleidigt fühlten. Andere konnten alles verlieren, ihren guten Ruf, ihr Vermögen, ihre große Liebe – und würden trotzdem niemals einen Mord begehen.

Er stand immer noch in der Sonne, als ein Hansom am Ende der Straße um die Ecke bog, eilig näherkam und jäh vor dem Haus der Lagardes anhielt.

Pitt war nahe genug, um zu sehen, wie Dr. Mulgrew praktisch aus der Kutsche fiel, die Arzttasche in der Hand, und die Stufen emporstürmte. Die Tür öffnete sich bereits, bevor er oben angekommen war, und Mulgrew verschwand im Inneren des Hauses.

Pitt zögerte. Rein instinktiv hätte er am liebsten eine Zeitlang gewartet, um zu sehen, was als nächstes geschehen würde. Doch schließlich befand sich ein schwerverletzter Mann in diesem Haus. Es war daher nur zu erwarten, daß bei jeder Verschlechterung seines Zustandes der Arzt gerufen wurde, mit Minas Tod hatte dies sicher nichts zu tun. Wenn Pitt ehrlich war, mußte er zugeben, daß er den Besuch des Doktors nur als Ausrede benutzte, um seine weiteren Befragungen aufzuschieben.

Als Pitt zum Haus der Spencer-Browns kam, war Alston nicht da, was er im Grunde erleichtert zur Kenntnis nahm, obwohl es lediglich bedeutete, daß er ein andermal wiederkommen und die Fragen dann stellen mußte. Er gab sich also damit zufrieden, die Dienstboten ein weiteres Mal zu verhören und sich wieder die unzähligen Erinnerungen, Eindrücke und Ansichten anzuhören.

Er war immer noch da, allerdings in der Küche, denn er hatte bereitwillig das Angebot der Köchin angenommen, mit den restlichen Dienstboten zu Mittag zu essen, als die Tür, die von der

Spülküche nach draußen führte, aufgerissen wurde, ein Dienstmädchen hereinstürmte, und der Duft von Eintopf und Puddings vom Geruch von Gemüseabfällen überdeckt wurde, den der scharfe Wind hereinblies.

»Um Himmels willen, Elsie, mach bloß die Tür zu!« fuhr die Köchin sie an. »Wo bist du bloß erzogen worden, Mädchen?«

Elsie gehorchte aus Gewohnheit und gab der Tür einen Tritt.

»Mr. Lagarde is' tot, Mrs. Abbotts!« rief sie mit weit aufgerissenen Augen. »Heute morgen gestorben, sagt May von gegenüber! Hat gesehen, wie der Doktor ers' gekommen un' dann wieder gegangen is'. Ich sag' ja, es is' 'ne Gnade! Der arme Herr! So 'n schöner Mann. Hat wohl früh sterben sollen. So was gibt's halt. Soll ich die Rouleaus runterlassen?«

»Das läßt du schön sein!« sagte die Köchin spitz. »Er hat schließlich nicht in diesem Haus gewohnt. Mr. Lagardes Ableben ist nicht unsere Sache. Wir haben schon genug mit unserer eigenen Trauer zu tun. Mach du nur mit deiner Arbeit weiter. Wenn du zu spät zum Mittagessen kommst, Mädchen, mußt du eben hungrig bleiben!«

Elsie machte sich eilig davon, und die Köchin ließ sich auf einen Stuhl fallen.

»Tot.« Sie sah Pitt von der Seite her an. »Ich vermute, ich sollte so etwas nicht sagen, aber vielleicht ist es besser so, der arme Mensch. Sie müssen entschuldigen, Mr. Pitt, aber wenn er wirklich so schwer verletzt war, wie die Leute sagen, dann hat Gott gut daran getan, ihn von seinen Schmerzen zu erlösen.« Sie wischte sich die Augen mit der Schürze.

Pitt schaute sie an, eine dralle Frau mit dickem, bereits ergrauendem Haar und einem sympathischen Gesicht, in dem sich jetzt eine Mischung aus Erleichterung und Schuldgefühl spiegelte.

»Trotzdem ein scheußlicher Schock«, sagte er leise. »Zu allem, was in der letzten Zeit schon passiert ist. Nimmt einen natürlich arg mit. Sie sehen etwas blaß aus. Was halten Sie von einem Schluck Brandy? Bewahren Sie welchen hier in der Küche auf?«

Sie sah ihn aus zusammengekniffenen Augen mißtrauisch an.

»Ich bin an derartige Dinge gewöhnt«, sagte Pitt, der genau wußte, was sie dachte. »Aber Sie sind es nicht. Soll ich Ihnen welchen holen?«

Sie sträubte sich ein wenig, wie eine Henne, die ihre Federn aufplustert.

»Also – wenn Sie wirklich meinen – oben auf dem Regal da drüben hinter dem Glas mit den Erbsen. Aber lassen Sie es Mr. Jenkins nicht sehen, sonst landet die Flasche wieder in seiner Vorratskammer, bevor man ›piep‹ sagen kann.«

Pitt unterdrückte ein Lächeln, stand auf, goß großzügig Brandy in eine Tasse und reichte sie ihr.

»Trinken Sie selbst etwa nichts?« erkundigte sie sich augenzwinkernd.

»Nein, vielen Dank«, sagte er, stellte die Flasche wieder zurück und die Erbsen an ihren alten Platz. »Altes Mittel bei Schock. Leider bringt es mein Beruf mit sich, daß ich mich gelegentlich mit dem Tod beschäftigen muß.«

Sie trank die Tasse in einem Zug leer, und er nahm sie und wusch sie in der Spüle aus.

»Sehr freundlich von Ihnen, Mr. Pitt«, stellte sie zufrieden fest. »Schade, daß wir Ihnen nicht helfen können, aber wir können es nun mal nicht, das steht fest. Wir haben solchen Beerenwein hier noch nie gesehen und auch keine derartige Flasche. Und wir haben auch keine Ahnung, warum irgendwer unsere Herrin hätte ermorden wollen. Ich bleibe immer noch dabei, es war bestimmt ein Irrer!«

Er war hin und her gerissen zwischen seiner Pflicht, weitere Nachforschungen anzustellen – was bisher völlig ergebnislos verlaufen war –, und dem intensiven Wunsch, die ganze Geschichte auf sich beruhen zu lassen und sich einzig und allein den Freuden von Mrs. Abbots' Mittagessen hinzugeben. Er entschied sich schließlich für das Essen.

Danach überlegte er, ob er mit seiner Befragung fortfahren sollte, doch der Schock über Tormods Tod überschattete alles. In vielen Häusern waren die Vorhänge zugezogen, und die Menschen unterhielten sich mit gedämpfter Stimme, so daß sogar die höflichsten Wortwechsel irgendwie unschicklich klangen.

Kurz nach zwei gab er es auf und kehrte zum Polizeirevier zurück. Er holte das ganze Material hervor, das sie bisher zusammengetragen hatten, und begann darin zu lesen, in der vagen Hoffnung, etwas Neues zu entdecken, einen Zusammenhang, der ihm bisher entgangen war.

Er hatte auch um Viertel vor vier noch nichts gefunden, als Harris seinen Kopf ins Zimmer steckte und Amaryllis Denbigh meldete.

Pitt war verblüfft. Er hatte erwartet, daß sie nach Tormods Tod derart außer sich vor Schmerz war, daß man möglicherweise sogar einen Arzt hatte kommen lassen müssen, da Tormods Unfall sie bereits in tiefste Verzweiflung gestürzt hatte, wie Charlotte ihm erzählt hatte. Und er vertraute auf Charlottes Urteil, was andere betraf, auch wenn sie sich selbst nicht immer ganz realistisch einschätzte; obwohl er in Wirklichkeit über ihr Abenteuer im Varieté, wenn er in Ruhe darüber nachdachte, viel weniger ärgerlich war, wie er sie glauben machte.

Aber warum um alles in der Welt war Amaryllis hier?

»Soll ich sie hereinbringen, Sir?« fragte Harris nervös. »Sie scheint völlig aufgelöst zu sein. Sie sollten sich vorsehen mit dieser Frau!«

»Ja, lassen Sie sie ruhig herein. Und bleiben Sie bitte auch im Raum, für den Fall, daß sie ohnmächtig oder hysterisch wird«, sagte Pitt. Der Gedanke war äußerst unangenehm, doch er konnte sich schlecht weigern, sie zu empfangen. Vielleicht lag ja auch hier der Schlüssel zu dem Geheimnis, vielleicht konnte sie ihm genau den entscheidenden Hinweis geben, nach dem er so verzweifelt suchte.

»Ja, Mr. Pitt, Sir«, sagte Harris förmlich, wodurch er seine Mißbilligung zum Ausdruck brachte, und zog sich zurück. Kurz darauf kam er zurück, Amaryllis unmittelbar hinter sich.

Amaryllis' Gesicht war schneeweiß, ihre Augen funkelten, ihre Hände fuhren nervös über ihre Rockfalten, in ihren Muff und wieder über ihren Rock. Sie hatte den Raum mit einem schwarzen Schleier über dem Gesicht betreten, den sie sich nun herunterriß.

»Inspector Pitt!« Sie war so angespannt, daß ihr Körper zitterte.

»Ja, Mrs. Denbigh.« Er mochte sie zwar nicht, doch sie weckte dennoch sein Mitleid. »Bitte, setzen Sie sich doch. Sie sind sicher erschöpft. Darf ich Ihnen eine Erfrischung anbieten, vielleicht eine Tasse Tee?«

»Nein, vielen Dank.« Sie setzte sich mit dem Rücken zu Harris. »Ich möchte gern unter vier Augen mit Ihnen sprechen. Ich habe Ihnen etwas sehr Schmerzliches mitzuteilen.«

Pitt zögerte. Er wollte nicht mit ihr allein sein. Die Frau stand offenbar kurz vor einem hysterischen Anfall, und er befürchtete, sie könne jeden Moment in einen Weinkrampf ausbrechen, dem er völlig hilflos gegenüberstehen würde. Er dachte schon daran, den Polizeiarzt holen zu lassen, und warf Harris einen unsicheren Blick zu.

»Würden Sie bitte so freundlich sein?« Amaryllis' Stimme war hart, klang verzweifelt. »Es ist meine Pflicht, Inspector, weil es den Mord an Mina Spencer-Brown betrifft, doch es fällt mir außerordentlich schwer, es Ihnen zu sagen, und ich möchte es mir ersparen, dies im Beisein eines Sergeant zu tun!«

»Natürlich«, sagte Pitt sofort. Jetzt gab es kein Zurück mehr. »Sergeant Harris wird draußen warten.«

Harris erhob sich und warf Pitt über Amaryllis' Schulter einen mißmutigen, warnenden Blick zu, verließ dann den Raum und schloß die Tür hinter sich.

»Nun, Mrs. Denbigh?« fragte Pitt. Es war ein merkwürdiger Moment. Er wußte inzwischen so viel über diese Menschen, daß sie ihn sogar noch im Schlaf verfolgten, und jetzt war ausgerechnet sie es, die hier einfach völlig unerwartet hereinkam und ihm vielleicht die Lösung des ganzen Rätsels lieferte.

Ihre Stimme war heiser, leise, als ob ihr jedes Wort weh tat.

»Ich weiß, wer Mina Spencer-Brown getötet hat, Mr. Pitt. Ich habe es Ihnen nicht früher sagen können, weil ich es nicht über mich gebracht habe, einen Freund zu verraten. Sie war tot, und es gab nichts, was man noch für sie hätte tun können. Jetzt liegt die Sache anders. Tormod lebt ebenfalls nicht mehr.« Ihr Gesicht war weiß und ausdruckslos wie das Gesicht einer unbemalten Puppe. »Es gibt keinen Grund mehr zu lügen. Er war zu edelmütig. Er hat sie ihr ganzes Leben lang beschützt, doch ich werde das nicht tun! Der Gerechtigkeit muß Genüge getan werden. Ich werde dem nicht im Wege stehen.«

»Ich glaube, Sie sollten sich vielleicht ein wenig klarer ausdrükken, Mrs. Denbigh.« Er wollte sie zum Weiterreden animieren, doch im Raum hing etwas unaussprechlich Ekelerregendes, das er genauso stark spüren konnte, wie man Feuchtigkeit in der Luft wahrnimmt. »Von welchen Lügen sprechen Sie? Wen hat Mr. Lagarde beschützt?«

Sie riß ihre Augen noch weiter auf. »Seine Schwester natürlich!« Ihre Stimme zitterte. »Eloise.«

Er war überrascht, doch er antwortete nicht sofort, damit sie seine Gefühle nicht bemerkte, und schaute sie nur ruhig an.

»Eloise hat Mrs. Spencer-Brown umgebracht?«

»Ja.«

»Woher wissen Sie das, Mrs. Denbigh?«

Sie atmete so tief ein und aus, daß er sehen konnte, wie sich ihr Busen hob und senkte.

»Ich habe es von Anfang an vermutet, weil ich ihre Gefühle kannte«, fing sie an. »Sie hat ihren Bruder vergöttert, sie hat ihn besitzen wollen – hat ihr ganzes Leben nach ihm ausgerichtet. Die beiden haben ihre Eltern verloren, als sie noch klein waren, und er hat sich immer um sie gekümmert, was am Anfang sicher ganz natürlich war. Doch als die Zeit verging und sie älter wurden, hat sie immer noch an ihrer kindlichen Abhängigkeit festgehalten. Sie hat sich an ihn geklammert, hat ihn überall hin begleitet, seine ganze Aufmerksamkeit in Anspruch genommen. Und immer, wenn er versucht hat, eigene Interessen zu entwickeln, wurde sie eifersüchtig, täuschte Krankheiten vor – alles nur, um ihn für sich allein zu haben.«

Sie holte tief Luft. Sie beobachtete Pitt, seine Augen, sein Gesicht.

»Natürlich war Eloise völlig außer sich, sobald Tormod auch nur das kleinste Interesse für andere Frauen zeigte«, fuhr sie fort. »Sie hat nie geruht, bis sie die andere Frau verjagt hat, entweder mit Lügen oder mit dem Vortäuschen von Krankheiten oder indem sie den armen Tormod derart geängstigt und gequält hat, daß er es nicht weiter versucht hat. Und er war so gutherzig, daß er sie trotzdem immer weiter beschützt hat, auch wenn er sich dafür selbst verleugnen mußte.

Ich bin sicher, Sie haben bei all Ihren Befragungen erfahren, daß Mina sich sehr zu Tormod hingezogen fühlte? Sie war sogar in ihn verliebt. Es wäre töricht, diese Tatsache mit freundlichen Worten verschleiern zu wollen. Es kann sie jetzt sowieso nicht mehr treffen. Natürlich war Eloise deshalb außer sich vor Eifersucht. Der Gedanke, daß Tormod seine Aufmerksamkeit einer anderen Frau schenken könnte, war für sie geradezu unerträglich. Sie muß darüber den Verstand verloren haben. Sie hat den Wein vergiftet, nach dem Sie die ganze Zeit so eifrig suchen. Sie haben ihn mir in ihrem Haus auch schon angeboten. Sie bringen ihn immer von ihren Aufenthalten auf dem Land, von Hertfordshire, mit. Ich habe ihn persönlich schon mehrfach getrunken.«

Sie saß kerzengerade auf ihrem Stuhl, die Augen immer noch starr auf Pitt gerichtet.

»Mina ist an dem betreffenden Tag zu den Lagardes gegangen, um Eloise zu besuchen, wie Sie bereits wissen. Eloise hat ihr den Wein zum Abschied geschenkt. Sie hat ihn getrunken, als sie nach Hause kam – und ist gestorben – wie Eloise es geplant hatte.

Tormod hat sie gedeckt – natürlich. Er hat sie als kleines Kind großgezogen. Er hat sich für sie verantwortlich gefühlt – Gott weiß aus welchem Grund. Sie wäre irgendwann sowieso in irgendein Sanatorium oder dergleichen eingeliefert worden. Ich glaube, tief in seinem Inneren wußte er es. Doch er konnte es nicht ertragen, ihr so etwas anzutun.

Fragen Sie jeden, der sie kannte. Alle werden Ihnen mitteilen, daß Eloise auch mich gehaßt hat – weil Tormod mich gern hatte.«

Pitt blieb regungslos sitzen. Alles ergab einen Sinn. Er erinnerte sich an Eloises Gesicht, ihre dunklen Augen, die nur noch nach innen gerichtet schienen, voller Schmerz. Sie gehörte zu den Frauen, die in einem Mann den Beschützer wecken. Sie wirkte so zerbrechlich wie ein Traum, als würde sie sich schon bei einem lauten Wort oder einer unbedachten Bewegung in Luft auflösen. Er wollte nicht glauben, daß sie dem Wahnsinn verfallen war und einen Mord begangen hatte; doch fiel ihm nicht das geringste Gegenargument ein, das sie entlastet hätte; er konnte an dem, was Amaryllis gesagt hatte, keine Schwachstelle ausmachen.

»Ich danke Ihnen, Mrs. Denbigh«, sagte er kühl. »Jetzt ist es bereits spät, aber ich werde morgen sofort zum Rutland Place gehen und genauestens nachprüfen, was Sie mir gerade berichtet haben.« Er konnte der Versuchung nicht widerstehen, hinzuzufügen: »Schade, daß Sie nicht vorher so offen gewesen sind.«

Schwache rote Flecken erschienen auf ihren Wangen.

»Das konnte ich nicht. Und es hätte sowieso niemandem genutzt. Tormod hätte alles abgestritten. Er hat sich für sie verantwortlich gefühlt. Im Laufe der Jahre hat sie ihn dazu getrieben. Sie ist eine Parasitin! Sie hat nie gewollt, daß er sein eigenes Leben lebt, und das ist ihr auch gelungen! Sie hat ihr ganzes Leben, jeden Tag, damit verbracht, ihm Schuldgefühle einzujagen, wenn er auch nur das Geringste ohne sie getan hat, ohne sie fortgegangen ist – selbst wenn er über einen Scherz gelacht hat, den sie nicht lustig fand!« Ihre Stimme schwoll wieder an, wurde schrill und hart. »Sie ist wahnsinnig! Sie haben keine Ahnung, was sie ihm alles angetan hat! Sie hat ihn zerstört! Sie verdient es, eingesperrt zu werden – für immer und ewig.«

»Mrs. Denbigh!« Er wollte, daß sie aufhörte zu schreien, wollte das glänzende Gesicht mit den mädchenhaft weichen Zügen und den hohlen, haßerfüllten Augen nicht mehr sehen. »Mrs. Denbigh, bitte beruhigen Sie sich doch wieder! Ich werde morgen Miss Lagarde aufsuchen und mit ihr reden. Ich werde Sergeant Harris mitnehmen, und wir werden alles genau nachprüfen, was Sie gesagt haben. Falls wir irgendwelche Beweise finden, werden wir sofort dementsprechend handeln. Jetzt wird Sie Sergeant Harris zu Ihrer Kutsche begleiten, und ich schlage vor, Sie nehmen ein Schlafmittel und gehen heute früh zu Bett. Dieser Tag war äußerst schwer für Sie. Sie sind bestimmt sehr erschöpft.«

Sie stand mitten im Raum und starrte ihn an. Offenbar überlegte sie, ob er wirklich tun würde, was sie von ihm erwartete.

»Ich werde sie morgen aufsuchen«, fügte er ein wenig schärfer hinzu.

Ohne ein Wort zu erwidern, drehte sie sich um und verließ das Zimmer, zog die Tür hinter sich ins Schloß und ließ ihn allein und merkwürdig niedergeschlagen zurück.

Es gab keine Möglichkeit, diesem unangenehmen Gang auszuweichen, dieser Pflicht, die ihm keinerlei Befriedigung verschaffte, keinerlei Gefühl der Erleichterung. Doch Morde führten immer zu Tragödien.

Er schickte Harris wieder los. Diesmal sollte er sich besonders auf die Schlafzimmer und Ankleidezimmer konzentrieren und nach Wein suchen, der dem glich, den Mina getrunken hatte, oder nach leeren Flaschen, die der ähnelten, die man in Minas Zimmer gefunden hatte. Er zeigte Harris sogar ein Bild, auf dem eine Tollkirsche abgebildet war, damit er in Wintergärten und Gewächshäusern danach suchen konnte. Dabei war es vollkommen gleichgültig, ob Harris die Pflanze fand oder nicht, denn in beiden Fällen war dies keinerlei Beweis, obwohl es zugegebenermaßen reichlich ungewöhnlich wäre, die Pflanze, die man normalerweise auf dem Land antraf, hier mitten in London zu entdekken. Doch die Lagardes hatten ein Haus auf dem Land, und er konnte sich denken, daß es in Hertfordshire in jeder Hecke und an jedem Waldrand Tollkirschen gab.

Eloise empfing ihn vollkommen in Schwarz. Die Vorhänge waren halb zugezogen, wie es in einem Trauerhaus üblich war, die Dienstboten hatten bleiche, ernste Gesichter. Sie saß auf der

Chaiselongue in der Nähe des Kamins, doch sie sah aus, als ob sie die Wärme des Feuers niemals mehr spüren würde.

»Es tut mir leid«, sagte Pitt instinktiv – er meinte damit nicht nur sein Erscheinen, sondern auch alles andere, ihre Einsamkeit, den Tod, seine Unfähigkeit, ihr zu helfen, die Tatsache, daß er jetzt ihren Schmerz nur noch vergrößern würde.

Sie erwiderte nichts. Was er tat, was irgendwer tat, konnte sie nicht mehr erreichen. Sie befand sich in einer Welt der Verzweiflung, die ihm verschlossen war, jenseits von Gut und Böse.

Er setzte sich. Stehenzubleiben erschien ihm lächerlich, als ob seine Hände und Füße irgend etwas umstoßen könnten.

Es war sinnlos, irgend etwas hinauszögern zu wollen, indem er taktvoll vorging. Das machte es irgendwie noch schlimmer, ja abstoßend, als respektiere er den Tod nicht.

»Mrs. Spencer-Brown hat Sie an dem Tag besucht, an dem sie gestorben ist.« Es war lediglich eine Feststellung, schließlich hatte niemand dies je abgestritten.

»Ja.« Sie war völlig unbeteiligt.

»Haben Sie ihr eine Flasche Beerenwein gegeben?«

Sie starrte in die Flammen. »Beerenwein? Nein, ich glaube nicht. Haben Sie das nicht schon einmal gefragt?«

»Ja.«

»Ist es wichtig?«

»Ja, Miss Lagarde, weil sich darin das Gift befand.«

Ein Lächeln huschte über ihr Gesicht, schattenhaft wie die feinen Wellen, die ein kalter Wind auf einem See verursacht. »Und Sie glauben, ich hätte den Wein vergiftet? Ich bin es nicht gewesen.«

»Aber Sie haben ihr den Wein gegeben?«

»Ich kann mich nicht mehr erinnern. Vielleicht habe ich das. Vielleicht hat sie blaß ausgesehen und gesagt, daß sie müde ist oder irgend etwas Ähnliches. Wir haben tatsächlich Beerenwein im Haus. Ein Nachbar in Hertfordshire gibt ihn uns immer.«

»Haben Sie noch welchen hier im Haus?«

»Das nehme ich an. Ich mag ihn nicht, aber Tormod trank ihn gern. Der Butler bewahrt ihn in der Speisekammer auf – dort ist er sicher. Er ist ziemlich stark.«

»Miss Lagarde –« Sie schien die Tragweite dessen, worüber sie sprachen, nicht zu verstehen. Sie schien weit fort zu sein, als handele es sich nur um die Angelegenheiten eines völlig Fremden. »Miss Lagarde, es geht um ein sehr ernstes Problem.«

Sie schaute endlich zu ihm hoch, und er erschrak, als er den Schmerz und die Verzweiflung in ihren Augen sah – sie fürchtete nicht ihn, sondern etwas anderes, das für ihn unsichtbar blieb. Ihr Gesicht war völlig frei von Wut oder Haß – nur Schrecken war darin zu lesen, namenloser, endloser Schrecken.

Blickte er dem Wahnsinn ins Gesicht? Oder vielleicht dem Wissen um Wahnsinn in einem Menschen, dessen Verstand noch immer klar genug war, um sich selbst zu sehen und zu erkennen, was vor ihm lag, der endlose Abstieg in die schwarzen Labyrinthe des Irrsinns?

Kein Wunder, daß Tormod versucht hatte, sie zu schützen! Er selbst verspürte das Bedürfnis, sie zu beschützen, sie mit allen Mitteln, die ihm zur Verfügung standen, ins Leben zurückzuholen. Er wußte nicht, was er sagen sollte. Es gab nichts, das stark genug gewesen wäre, um dem Grauen, das er zu sehen glaubte, entgegenzutreten.

Er konnte es nicht länger ertragen. Er stand auf. Es war nicht notwendig, mit seinen Fragen ihre Qualen noch zu vergrößern. Nur Beweise zählten. Ohne Beweise konnte er sowieso nichts tun, was immer er auch wußte – oder ahnte.

»Es tut mir leid, daß ich Sie gestört habe«, sagte er unbeholfen. »Ich werde Sergeant Harris helfen gehen. Wenn es noch irgend etwas geben sollte, das ich wissen müßte, werde ich einen der Dienstboten befragen. Ich werde versuchen, Sie nicht mehr zu behelligen.«

»Ich danke Ihnen.« Sie saß ganz still und bewegte nicht einmal den Kopf, als er zur Tür ging und sie öffnete. Sie blieb bewegungslos sitzen, schaute weder ins Feuer noch auf die weißen Blumen auf dem Tisch; sie sah etwas, das er nicht wahrnehmen konnte und nie wahrgenommen hatte.

Es dauerte nicht lange, bis sie zumindest eine Antwort gefunden hatten. Sergeant Harris hatte die leere Flasche mitgebracht, die sie in Minas Schlafzimmer gefunden hatten, und sie den Dienstboten gezeigt. Der Butler erkannte sie wieder.

»Haben Sie Miss Lagarde eine derartige Flasche gegeben, bevor Mrs. Spencer-Brown an ihrem Todestag hergekommen ist?« fragte Pitt grimmig.

Der Mann war nicht dumm. Er wußte genau, wie wichtig die Frage war, und sein Gesicht war bleich, ein kleiner Muskel zuckte an seinem Mund.

»Nein, Sir. Miss Eloise hat sich aus diesem Wein nichts gemacht.«

»Mr. Bevan –« begann Pitt.

»Nein, Sir. Ich verstehe genau, was Sie sagen wollen. Wir bringen immer ein halbes Dutzend Flaschen davon mit, wenn wir aus Hertfordshire zurückkommen. Aber Miss Eloise trinkt nie etwas davon. Sie mag den Wein nicht. Sie besitzt auch keinen Schlüssel zur Speisekammer. Ich habe einen Satz Schlüssel, Mr. Tormod hatte den anderen, doch er hat ihn vorige Weihnachten in Abbots Langley vergessen, wo er sich immer noch befindet.«

Pitt holte tief Luft. Den Mann anzuschreien würde überhaupt nichts nützen.

»Mr. Bevan –« begann er wieder geduldig.

»Ich weiß, was Sie sagen wollen, Sir«, unterbrach ihn Bevan. »Ich habe Mr. Tormod den Wein gegeben, wenn er mich darum gebeten hat, allerdings immer nur eine Flasche. Er hat sich tatsächlich an dem Abend, bevor Mrs. Spencer-Brown kam, eine Flasche von mir aushändigen lassen. Er hat manchmal davon getrunken, und ich habe mir nichts dabei gedacht.«

Pitt konnte es dem Mann nicht verdenken. Als er und Harris hier gewesen waren, hatten sie diskret überall gesucht, doch da sie befürchtet hatten, daß ein schuldiger oder besonders fürsorglicher Dienstbote die Flasche wegschaffen würde, hatten sie sie weder genau beschrieben, noch die Flasche, die sie bereits gefunden hatten, mitgebracht.

»Was ist mit der Flasche geschehen, wissen Sie das vielleicht?« fragte er. »Kann ich das Zimmermädchen sprechen, das für die obere Etage verantwortlich ist?«

»Das wird nicht notwendig sein, Sir. Ich habe sie vorhin selbst gefragt, da Mr. Harris davon sprach. Sie weiß von nichts, Sir. Sie hat sie nicht mehr gesehen.«

»Dann könnte es möglicherweise die Flasche sein, die bei Mrs. Spencer-Brown gefunden wurde?«

»Ja, Sir. Ich vermute, daß es sich so verhält.«

»Über alle anderen Flaschen können Sie Rechenschaft ablegen?«

»Ja, Sir. Der Wein ist ziemlich stark, daher habe ich immer ein wachsames Auge darauf.«

»Warum haben Sie uns nichts davon gesagt, als wir Sie neulich befragt haben, Mr. Bevan?«

»Es handelte sich nicht um Tafelwein, Sir, daher habe ich angenommen, die anderen Dienstboten hätten ihn nicht gesehen. Derartige Substanzen werden normalerweise im Medizinschrank aufbewahrt oder neben dem Bett. Da es sich um die letzte Flasche handelte, wurde bei der Suche nichts weiter gefunden.«

Pitt war irritiert, weil der Butler ihm dies alles so detailliert erklärte. Vielleicht waren seine Gedanken aber auch noch bei Eloise, die er allein und unerreichbar zurückgelassen hatte. Dieser Mann trug keine Schuld. Er hatte nicht ahnen können, mit welchem Wein Mina ermordet worden war.

»Mr. Tormod hatte also die letzte Flasche?«

»Ja, Sir.«

»In seinem Schlafzimmer?«

»Ja, Sir.« Das Gesicht des Mannes war sehr ernst.

»Hat er Ihnen mitgeteilt, daß er sie vermißte?«

»Nein, Sir. Und wenn es so gewesen wäre, hätte ich davon erfahren. Wir sind sehr streng mit alkoholhaltigen Getränken.«

Aber wann hatte Eloise den Wein vergiftet und ihn Mina gegeben?

Bevan trat nervös von einem Fuß auf den anderen.

»Entschuldigen Sie bitte, aber wie kommen Sie darauf, daß Miss Eloise den Wein hatte oder ihn Mrs. Spencer-Brown gegeben hat?«

»Man hat uns darüber informiert«, sagte Pitt trocken.

»Aber sicher niemand aus unserem Haus, Sir!«

»Nein.« Es bestand kein Grund, es zu verheimlichen. »Mrs. Denbigh.«

Bevans Gesichtsausdruck veränderte sich. »Tatsächlich. Mrs. Denbigh ist eine sehr wohlhabende Dame, Sir, wenn Sie mir eine derart ungehörige Bemerkung gestatten. Äußerst wohlhabend, und dazu noch sehr attraktiv. Sie war Mr. Tormod außerordentlich zugetan, und ich vermute, daß die beiden vielleicht sogar geheiratet hätten. Vorausgesetzt natürlich, daß Mr. Tormod keine anderen Pläne hatte.«

Pitt verstand ihn nur zu gut.

»Wollen Sie damit andeuten, Mr. Bevan, daß nicht Miss Eloise, sondern Mr. Tormod Mina Spencer-Brown ermordet hat?«

Bevan schaute ihn offen an.

»Es scheint ganz so, Sir. Warum hätte Miss Eloise sie ermorden sollen?«

»Aus Eifersucht, weil ihr Bruder seine Gefühle einer anderen Frau zuwandte«, erwiderte Pitt.

»Die Beziehung mit Mrs. Spencer-Brown liegt bereits einige Zeit zurück, Sir. Falls er geheiratet hätte, wäre es auf keinen Fall Mrs. Spencer-Brown gewesen – aber es hätte sehr wohl Mrs. Denbigh sein können – eine wohlhabende, attraktive Dame, unverheiratet, und, wenn Sie mir die Bemerkung verzeihen, mehr als willig. Und doch lebt Mrs. Denbigh noch und erfreut sich bester Gesundheit.«

Pitt wandte sich an Harris. »Haben Sie im Wintergarten nachgesehen, Harris?«

»Ja, Sir. Keine Tollkirschen. Was allerdings nicht heißt, daß sie niemals dort waren. Ich kann mir nicht vorstellen, daß unser Mörder töricht genug war, das Zeug dort zu lassen.«

»Nein.« Pitts Gesicht verhärtete sich. »Nein, wahrscheinlich nicht.«

»Kann ich sonst noch irgend etwas für Sie tun, Sir?« erkundigte sich Bevan.

»Nein, vielen Dank. Im Moment nicht.« Pitt fiel es zwar schwer, die Worte zu sagen, aber der Mann hatte ein Recht darauf. »Vielen Dank für Ihre Hilfe.«

Bevan deutete eine Verbeugung an. »Keine Ursache, Sir.«

»Verdammt!« fluchte Pitt, als er annehmen konnte, daß der Butler ihn nicht mehr hören konnte. »Hol's der Teufel!«

»Ich wette meinen Kopf, daß er recht hat«, sagte Harris aufrichtig. »Klingt sehr schlüssig. Wohlhabende, attraktive Witwe, wie er sagt. Alte Geliebte macht Probleme, droht, alles zu erzählen, sehr peinliche Situation. Es winkt ein schöner Batzen Geld, sie steht ihm im Weg. Wär' nicht das erste Mal. Und keinerlei Beweise!«

»Das weiß ich selbst«, fuhr Pitt ihn an. »Verdammt noch mal, Mann, das weiß ich schließlich selbst!«

Sie gingen in die Diele und trafen Dr. Mulgrew, der gerade die Treppe herunterkam. Seine Augen waren verschwollen, und sein Haar sah zerzaust aus. Er war sicher gekommen, um nach Eloise zu sehen.

»Guten Morgen«, sagte Pitt kurz angebunden.

»Scheußliche Geschichte«, erwiderte Mulgrew, der Pitts Mißmut richtig interpretierte. »Wir haben Tormod verloren, wissen Sie. Die Verletzungen waren zu schwer – zum Schluß hat das

Herz nicht mehr mitgemacht.« Dann warf er Pitt ein zaghaftes Lächeln zu. »Hab' einen richtigen Brummschädel. Vielleicht sollte ich noch was nachschütten! Bin Ihnen sehr zu Dank verpflichtet, Pitt. Sie sind ein Pfundskerl. Trinken Sie einen mit mir? Rufen Sie Bevan. Ich brauch' unbedingt was gegen diese Kopfschmerzen. In meinem Alter sollte man keinen Champagner trinken und dann in aller Herrgottsfrühe wieder auf den Beinen sein! Nicht gesund.«

»Champagner?« Pitt starrte ihn entgeistert an.

»Genau. Sie wissen doch, das prickelnde Zeug! ›Champagner, oh, wie lieb ich dich!‹« sang er kaum hörbar in einem erstaunlich angenehmen Bariton. »›Wie es prickelt, fizz, fizz, fizz!‹«

Pitt konnte ein Lächeln nicht unterdrücken, auch wenn ihm sonst eigentlich nicht danach zumute war.

»Danke«, sagte Mulgrew wieder und drückte seinen Arm. »Sie sind ein sehr freundlicher Mensch.«

Als Pitt am Abend nach Hause kam, wartete Charlotte bereits auf ihn. Sobald er zur Tür herein war, sah sie an seinem Gesicht, daß etwas geschehen war, das ihn bedrückte und verwirrte. Es war ein warmer Tag gewesen, und das Zimmer lag nach Süden. Die Fenster zum Garten waren geöffnet gewesen, und der Geruch von frischem Gras lag noch in der Luft. Einige weiße Narzissen standen in einem schlanken Krug, ihr Duft war intensiv und klar wie ein Frühlingsregen.

»Was ist denn los?« Ein andermal hätte sie vielleicht gewartet, doch heute abend brachte sie es nicht fertig. »Was ist passiert, Thomas?«

»Tormod ist tot.« Er zog seinen Mantel aus und ließ ihn auf das Sofa fallen. »Er ist heute morgen gestorben.«

Sie machte sich nicht die Mühe, den Mantel aufzuheben.

»Oh.« Sie betrachtete sein Gesicht und spürte, daß ihn noch mehr bekümmern mußte. Dafür war sein Schmerz zu groß. »Was noch?«

Er warf ihr ein Lächeln zu, in dem eine plötzliche Zärtlichkeit lag. Er griff nach ihrer Hand.

Sie umklammerte seine Hand. »Was noch?« wiederholte sie.

»Amaryllis Denbigh ist aufs Polizeirevier gekommen und hat mir mitgeteilt, daß Eloise Mina umgebracht hätte. Sie sagte, sie habe es schon eine Weile geahnt, jedoch nichts gesagt, weil sie

Tormod schützen wollte. Jetzt, wo er tot ist, habe sie nichts mehr zu verlieren.«

»Glaubst du ihr denn?« fragte sie vorsichtig. Rein instinktiv wollte sie diese Lösung nicht akzeptieren, doch sie wußte, daß ein Mord nicht immer leicht zu verstehen war und daß nicht alle Mörder hassenswerte Menschen waren. Manchmal lauerte die Dunkelheit direkt unter dem, was hell und licht erschien.

»Ich bin hingegangen, um es nachzuprüfen.« Er seufzte und setzte sich, dann zog er sie sanft zu sich auf das Sofa. »Ich habe Beweise gefunden. Ich weiß nicht, ob sie dem Gericht reichen werden – vielleicht. Doch das ist gleichgültig, denn alles, was ich sagen könnte, ist, daß es jemand im Haus der Lagardes war, und der Butler beschwört, daß es Tormod gewesen ist. Dabei bleibt er – doch ich kann nicht feststellen, ob er die Wahrheit sagt oder ob er nur Eloise schützen will. Wahrscheinlich werde ich es nie herausfinden.«

»Warum hätte Eloise Mina töten sollen?« fragte sie.

»Aus Eifersucht. Weil sie krankhaft eifersüchtig auf Tormod war.«

»Dann hätte sie Amaryllis umbringen müssen. Amaryllis war diejenige, die er hätte heiraten können«, warf sie ein. »Er hätte doch nicht Mina geheiratet – von ihr drohte keine Gefahr. Sie hätte niemals mehr für ihn sein können als seine Geliebte, und ich bezweifle sogar, daß sie das jemals gewesen ist!«

»Das sagt auch Bevan –«

»Der Butler?«

»Ja.«

»Amaryllis war die krankhaft Eifersüchtige von den beiden.« Charlotte dachte nach, durchforschte ihr Gehirn nach Eindrücken und Erinnerungen. »Sie haßt Eloise genug, um zu dir zu kommen und dir eine derartige Lüge aufzutischen. Selbst jetzt, wo Tormod tot ist, haßt sie Eloise noch.«

»Du brauchst dir keine Sorgen zu machen, ich werde Eloise nicht verhaften.« Er legte den Arm fester um ihre Schultern. »Ich habe keine Beweise.«

Sie entzog sich ihm und sah ihn an. »Und was glaubst du?«

Er dachte einen Moment nach, wobei auch er sie anschaute, als versuche er, ihre Gedanken zu erraten.

»Ich denke, daß Tormod es getan hat«, antwortete er schließlich. »Ich denke, Mina war ihm lästig, hat ihm keine Ruhe gegeben, und er wollte Amaryllis heiraten – unter anderem wegen ihres Geldes – und hat Mina umgebracht, damit sie den Mund hielt. Vielleicht hat sie ihm auch gedroht.«

Charlotte lehnte sich langsam zurück und überlegte. Die arme Amaryllis war so verliebt in Tormod gewesen, daß sie alle Sanftheit und Freundlichkeit verloren hatte, sogar ihre Fähigkeit zur Freundschaft, bis es in ihrem Leben keinen Platz mehr gab für irgendwelche anderen Gefühle oder auch nur Höflichkeiten. Jetzt konnten Eloise und sie sich nicht einmal gegenseitig trösten.

»Merkwürdig, was die Leidenschaft aus einem Menschen machen kann«, sagte sie laut. »Man bekommt richtig Angst. Sie scheint alles andere zu verschlingen. Alle anderen Werte werden davon aufgesogen.«

Sie dachte an Caroline und Paul Alaric, doch sie wollte darüber nicht reden. Es war sicher das beste, diese Geschichte möglichst schnell wieder zu vergessen, sogar Pitt sollte das tun, besonders, wo Edward mittlerweile wirklich versuchte, sich zu ändern. Gestern abend hatte er Caroline ins Savoy-Theater mitgenommen, um den *Mikado* zu sehen, und ihr außerdem eine Granatbrosche geschenkt.

Hatte Paul Alaric je geahnt, welche Gefühle er in Frauen entfachen konnte? Er besaß ein Gesicht, das zum Träumen anregte, man vermutete dahinter heftige Leidenschaften – eine Vermutung, zu der romantische Frauen nur allzu schnell neigten, weil sie nach einem Mysterium Ausschau hielten, weil sie genug hatten von den Männern, die ihnen vertraut waren und die sie so genau zu kennen glaubten. Ob Paul Alaric jemals selbst diese tosenden Gefühle empfunden hatte, wußte sie nicht, doch in den letzten Augenblicken, als sie und Caroline ihn zurückgelassen hatten und er ihnen hilflos nachgeschaut hatte, hatte der Schock über ihr Weggehen wie eine Wunde in seinem Gesicht gebrannt. Allein deshalb schon würde sie sich immer mit freundlichen Gefühlen an ihn erinnern.

Tormod hatte in Amaryllis einen noch viel heftigeren Hunger geweckt. Irgend etwas an ihm, sei es etwas Körperliches oder Geistiges, hatte sie so sehr in seinen Bann gezogen, daß sie zum Schluß an nichts anderes und niemand anderen mehr denken konnte. Er mußte einen überwältigenden Charme besitzen, eine Anziehungskraft, die ihr Urteilsvermögen völlig außer Kraft gesetzt hatte.

Und natürlich hatte auch Eloise ihn geliebt, sie hatten immerhin ihr ganzes bisheriges Leben miteinander verbracht. Kein Wunder, daß Amaryllis eifersüchtig war, ausgeschlossen von seiner Vergangenheit –

Plötzlich kam ihr ein abscheulicher, ein so unaussprechlich häßlicher Gedanke, daß sie ihn nicht einmal ausdrücken konnte, und bei der bloßen Ahnung schon kroch die Kälte in ihr hoch.

»Was ist los?« fragte Pitt. »Du zitterst ja!«

Diese Möglichkeit war derart grauenhaft, daß sie es nicht über sich brachte, sie in Worte zu fassen, nicht einmal Pitt gegenüber. Jetzt, wo ihr dieser Gedanke in den Kopf gekommen war, mußte sie unbedingt mit Eloise sprechen, um herauszufinden, ob er wirklich der Wahrheit entsprach, aber nicht heute abend – und vielleicht war es besser, Pitt gar nichts davon zu sagen?

»Ich bin froh, daß alles vorbei ist«, antwortete sie und rückte näher an ihn heran. Sie nahm seine Hand und hielt sie fest. Die Lüge machte ihr nichts aus. Schließlich handelte es sich lediglich um eine Idee.

Am nächsten Morgen zog sie ihre dunkelsten Kleidungsstücke an und nahm den Omnibus. Sie stieg an der Haltestelle aus, die dem Rutland Place am nächsten lag, und legte den Rest des Weges zu Fuß zurück. Sie besuchte Caroline nicht; wenn möglich, wollte sie niemandem gegenüber diesen Besuch erwähnen.

Der Diener öffnete ihr die Tür.

»Guten Morgen, Mrs. Pitt«, sagte er mit gedämpfter Stimme und machte einen Schritt zur Seite, um sie hereinzulassen.

»Guten Morgen«, erwiderte sie ernst. »Ich bin gekommen, um mein Mitgefühl auszusprechen. Geht es Miss Lagarde gut genug, daß sie mich empfangen kann?«

»Ich werde nachfragen, Ma'am. Wenn Sie mir folgen wollen. Mr. Tormod ist im Frühstückszimmer, doch es ist kalt dort.«

Einen Augenblick lang war sie etwas verblüfft, als er von Tormod sprach, als sei er noch am Leben, doch dann erkannte sie, daß er natürlich meinte, daß Tormod dort aufgebahrt war, und daß es in manchen Häusern üblich war, den Verstorbenen mit einem letzten Besuch zu ehren. Vielleicht erwartete man dies auch von ihr?

»Vielen Dank.« Sie zögerte, dann ging sie hinein, um den Toten zu sehen.

Der Raum war dunkel und so kühl, wie der Diener gesagt hatte, erfüllt von der merkwürdigen Kälte des Verfalls. Die Wände und der Tisch waren mit schwarzem Crêpe verhängt, und auf der Anrichte lag eine schwarze Decke. Tormod lag in einem dunklen, polierten Sarg auf dem Tisch in der Mitte des Zimmers. Die Gaslampen waren nicht angezündet, und die Sonne, die von draußen durch die Rouleaus fiel, tauchte den Raum in ein diffuses, aber klares Licht. Gegen ihren Willen fühlte sie sich genötigt, an den Tisch zu treten, um einen Blick auf den Toten zu werfen.

Seine Augen waren geschlossen, und doch hatte sie den Eindruck, als ob der Gesichtsausdruck unnatürlich war. Es lag kein Frieden auf seinem Gesicht. Der Tod mochte dem Körper zwar seinen Geist geraubt haben, doch Tormods Züge vermittelten unverkennbar, daß das letzte Gefühl, das er verspürt haben mußte, Haß gewesen war, ohnmächtiger, zerstörerischer Haß.

Sie wandte die Augen ab. Dieser Anblick erfüllte sie mit Angst, und mehr noch als zuvor wuchs in ihr eine schreckliche Ahnung, die immer mehr zur Gewißheit wurde.

Die Tür wurde leise geöffnet, und Eloise stand einen Moment regungslos da, bevor sie den Raum betrat.

Jetzt, wo sie einander wirklich gegenüberstanden, den Toten zwischen sich, fiel es Charlotte schwerer zu sprechen, als sie erwartet hatte.

»Es tut mir leid«, sagte sie unbeholfen. »Eloise, es tut mir so leid.«

Eloise sagte nichts, doch sie starrte Charlotte unverwandt an – ihr Blick war direkt, beinahe neugierig.

»Sie haben ihn sehr geliebt«, fuhr Charlotte fort.

Ein Zucken huschte über Eloises Gesicht, doch sie sagte immer noch nichts.

»Haben Sie ihn auch gehaßt?« Plötzlich fiel es Charlotte nicht mehr so schwer zu sprechen. Ihr Mitleid war stärker als ihre Verlegenheit und ihre Angst. Sie wollte die Arme ausstrecken, um Eloise zu berühren, sie umarmen, sie so fest an sich drücken, daß sie ihre Wärme spürte, ihrem erstarrten Körper etwas von ihrem eigenen Leben geben.

Eloise atmete tief ein und stieß einen leisen Seufzer aus. »Woher wissen Sie das?«

Charlotte konnte es selbst nicht erklären. Der Gedanke war ganz von selbst gekommen, hatte sich aus Eindrücken geformt, die sie gesammelt hatte, aus Blicken, Gesten, ihrem Wissen um die dunklen Geheimnisse der Seele, die man aus dem Bewußtsein verbannt, weil sie verboten sind, zu häßlich, um sie vor sich selbst zugeben zu können.

»Mina hat das gewußt, nicht wahr?« sagte Charlotte. »Deshalb hat er sie getötet – es hatte nichts mit irgendwelchen Affären aus der Vergangenheit zu tun und auch nichts mit der geplanten Heirat mit Amaryllis.«

»Er wollte Amaryllis heiraten«, sagte Eloise leise. »Es hätte mir nichts ausgemacht, auch nicht, daß er mich nicht mehr – geliebt hätte.«

»Aber sie hätte ihn nicht mehr heiraten wollen«, erwiderte Charlotte. »Nicht, wenn Mina überall erzählt hätte, daß Tormod und Sie ein Liebespaar waren und nicht nur Bruder und Schwester.« Jetzt, wo sie die Worte ausgesprochen hatte, war ihre Angst nicht mehr so groß – sie hatte sie gesagt, und sie konnten der Wahrheit ins Auge blicken.

»Vielleicht nicht.« Eloise schaute auf das tote Gesicht ihres Bruders. Es schien ihr nichts auszumachen, und Charlotte spürte mit einem Mal, daß es etwas gab, das sie noch nicht wußte. Die Wahrheit war noch schlimmer, noch viel schrecklicher. Der Selbsthaß, den Eloise verspürte, die Verzweiflung waren mehr als das Wissen um Inzest und die mögliche Zurückweisung durch den anderen, tiefer als alles, das sie bisher verstanden hatte.

»Wie alt waren Sie, als es anfing?« fragte Charlotte.

Eloise streckte den Arm aus und berührte das Leichentuch.

»Dreizehn.«

Charlotte fühlte die Tränen in sich hochsteigen und verspürte einen Haß auf Tormod, der so stark war, daß sie seinen entstellten Körper und sein totes Gesicht ohne Bedauern ansehen konnte, genauso kalt, als wäre er ein Fisch, der auf einem Markt feilgeboten wurde.

»Sie haben Mina nicht ermordet, nicht wahr?«

Eloise schüttelte müde den Kopf. »Nein, aber es ist gleichgültig, ob die Polizei das denkt oder nicht, denn ich bin trotzdem schuldig.«

Charlotte öffnete den Mund, schloß ihn dann aber wieder.

»Ich habe zugelassen, daß Tormod mein Baby umgebracht hat.« Eloises Stimme war nicht mehr als ein Flüstern. »Ich habe ein Kind erwartet, ich war im vierten Monat. Lange Zeit habe ich gar nichts davon geahnt – ich wußte zu wenig. Doch als ich es schließlich gemerkt habe, habe ich es Tormod erzählt. Das war an dem Tag, als ich Sie zum ersten Mal gesehen habe. Wir sind nicht wegen Minas Tod aufs Land gefahren. Ich habe dort abtreiben lassen. Ich habe erst davon erfahren, als wir da waren. Tormod hat gesagt, es müßte sein, weil ich nicht verheiratet bin und weil das, was wir taten, falsch sei. Er hat gesagt, das Baby sei noch gar nicht richtig da, daß es nur wie ein wenig – wie ein wenig Blut sein würde.«

Sie sah so aschfahl aus, daß Charlotte Angst hatte, sie würde jeden Moment zusammenbrechen, doch sie wagte nicht, sich zu bewegen, um ihr zu helfen. Eloises Worte drückten eine Seelenqual aus, die so tief war, daß sie einfach hervorbrechen mußte.

»Er hat mich angelogen. Es war mein Kind!«

Charlotte fühlte, wie ihr Tränen über die Wangen rannen, und legte instinktiv die Hände auf ihren Bauch, in dem ihr eigenes Kind heranwuchs.

»Es war mein Baby«, sagte Eloise. »Sie haben mir nicht erlaubt, es zu berühren. Sie haben es einfach nur weggemacht.«

Schweigen erfüllte den Raum, doch es schien, als sei der Schmerz so grenzenlos, daß nichts groß genug war, um ihn aufnehmen zu können.

»Deshalb habe ich ihn getötet«, sagte Eloise schließlich. »Als es mir wieder etwas besser ging, hat er eine Kutschfahrt mit mir unternommen. Ich habe ihn heruntergestoßen, und die andere Kutsche und die Pferde haben ihn überrollt. Ich habe ihn nicht umgebracht. Ich habe ihn zum Krüppel gemacht. Wir haben ihn nach oben in sein Bett gebracht, seine Schmerzen waren unerträglich. Er wußte, daß er nie mehr gehen konnte. Ich bin immer wieder hineingegangen und habe ihn angesehen. Er war gelähmt, wissen Sie. Er konnte sich nicht mehr bewegen, konnte nicht einmal mehr sprechen. Er hat mich nur immer angestarrt, mit einem Haß, der so stark war, daß ich das Gefühl hatte, daß er seinen Körper verbrannte. Mein eigener Bruder, den ich mein ganzes Leben lang geliebt hatte. Ich habe am Fußende des Bettes gestanden und zurückgestarrt. Ich habe keine Reue verspürt. Ich habe mich selbst gehaßt, und ich habe ihn gehaßt. Ich habe sogar daran gedacht, mich selbst umzubringen. Ich weiß auch nicht, warum ich es nicht getan habe. Aber er hat mir nicht leid getan. Ich habe kein Mitleid für ihn empfunden.

Ich sehe immer noch den Körper meines Kindes vor mir. Der Arzt hat gesagt, daß ich nie wieder Kinder haben werde. Sie haben irgend etwas mit mir gemacht.«

Endlich erwachte Charlotte aus ihrer Erstarrung. Sie ging um den Sarg herum und schloß den Deckel, dann nahm sie Eloises Hand und hielt sie sehr sanft in ihren Händen.

»Werden Sie es der Polizei sagen?« fragte Eloise leise.

»Nein.« Charlotte nahm sie in die Arme und hielt sie ganz fest. Am liebsten hätte sie laut geweint, doch sie mußte sich beherrschen. Sie atmete tief ein. »Nein. Er hat Mina getötet – dafür hätte man ihn sowieso gehängt. Es war nicht richtig, ihn umzubringen, aber es ist nun einmal geschehen. Ich werde niemandem davon etwas sagen.«

Langsam entspannte sich Eloise und legte schließlich ihren Kopf auf Charlottes Schulter. Endlich, zum ersten Mal, seit sie den winzigen Körper ihres Kindes gesehen hatte, begann sie zu weinen.

Lange, fast eine Ewigkeit, standen sie neben dem verschlossenen Sarg, ließen ihren Tränen freien Lauf, gaben sich gemeinsam dem Schmerz hin.

Erst als Inigo Charrington in der Tür stand, die Augen voll Mitgefühl und Zuneigung, ließ Charlotte Eloise wieder los.

Nachwort

Der Philosoph Ernst Bloch hat einmal gesagt, der Detektivroman fiele gleichsam mit der Leiche ins Haus. In Anne Perrys 1983 erschienenem Roman *Rutland Place* ist es ein sehr viel unbedeutenderes Ereignis als ein Mord, das Charlotte Pitt, nun schon bewährte Amateurdetektivin an der Seite ihres offiziell ermittelnden Gatten, mit ihrem neuesten Fall konfrontiert: Ihre Mutter Caroline Ellison bittet sie um Hilfe bei der Suche nach einem kleinen verschwundenen Schmuckstück. Charlotte ist verwundert, daß Caroline bei ihrer langen Erfahrung mit Dienstboten – denn die werden ja wohl damit zu tun haben – nicht allein mit einer solchen Bagatelle fertig wird.

Doch bei ihrem Besuch am nächsten Tag stellt sich heraus, daß mehr hinter der Angelegenheit steckt. Zwar ist der materielle Wert des Schmuckes gering, und auch die Tatsache, daß Caroline das vermutlich nur vergoldete Schmuckstück von ihrer argwöhnischen, neugierigen und spitzzüngigen Schwiegermutter geschenkt bekommen hat, die den Verlust bald bemerken wird, ist nicht entscheidend. Aber – es handelt sich um ein Medaillon, und sein verschlossenes Inneres birgt offensichtlich ein Porträt, das Charlottes Mutter schwer kompromittieren, ja erpreßbar machen könnte, selbst wenn Mutter und Tochter das kaum auszusprechen wagen. Zudem hat Caroline das Gefühl, jemand beobachte sie, belauere sie, und ihre zerrütteten Nerven kann sie kaum noch verbergen.

Caroline leidet keinesfalls unter Verfolgungswahn, wie sich bald herausstellt: Auch in den vornehmen Nachbarhäusern werden Gegenstände vermißt, und eine ansonsten recht robuste und patente Nachbarin klagt ebenfalls, sie fühle sich ständig beobachtet. Soviel findet man bei den sich täglich wiederholenden Visiten heraus – mehr jedoch nicht. Wie die Häuser am Rutland Place zeigt man einander nur die gepflegten Fassaden und redet verzweifelt über Banalitäten, um etwas zu sagen, macht auch gelegentlich Andeutungen über abwesende Dritte; aber sobald Dinge berührt werden, die einen selbst betreffen, die tiefer gehen, weicht man aus. Viel weiß man nicht voneinander; selbst wenn man sich täglich sieht, ahnen die Frauen doch kaum, was die Männer machen, wenn sie »in der City« tätig sind. Dies ist die allgemeine Formel; sie deckt von einer regelmäßigen Geschäftstätigkeit bis zur Verwaltung des eigenen Vermögens und gelegentlichen Aufsichtsratssitzungen alles ab. Die Formel ist so bequem, daß auch Charlotte die Frage, ob ihr Gatte »in der City« tätig sei, besten Gewissens bejahen kann, ermittelt er doch gerade dort. Den Umstand, daß sie mit einem Polizisten verheiratet ist – und etwas Besseres ist in den Augen der feinen Gesellschaft zur Zeit der Königin Victoria ein Inspector nicht –, hat ihre Mutter gegenüber den Nachbarn natürlich verschwiegen.

Wer unter ihnen könnte die andern verfolgen und ausspionieren? Wer unter ihnen würde unbedeutende Dinge stehlen und in welcher Absicht? Denn ein Diener oder Hausmädchen – dieser Menschensorte ist in den Augen der Herrschaft alles zuzutrauen – kann kaum für die Diebstähle verantwortlich gemacht werden. Dafür ist in zu vielen Häusern etwas abhanden gekommen, zu denen fremdes Dienstpersonal einfach keinen Zugang hätte. Erste Ahnungen stellen sich bei Charlotte ein, daß die Taten Folge einer kranken Psyche sein mögen, aber Caroline und ihrer Generation, zwei Jahrzehnte vor Sigmund Freud geboren, sind solche Überlegungen völlig fremd. Für sie gibt es nur gut und böse, und was das ist, haben Kirche und Gesellschaft für immer geregelt. Die einzige Grauzone, in der Zugeständnisse gemacht werden, ist das Gebiet der Sexualität, der männlichen wohlgemerkt. Daß auch Frauen in erotische Verstrickungen geraten können, wie Caroline soeben selbst erfahren muß, wird die Gesellschaft immer leugnen.

Der plötzliche Tod einer Nachbarin verschärft die Situation und läßt alle bislang hinter vorgehaltener Hand gestellten Fragen plötzlich offen ausgesprochen werden. Mina Spencer-Brown ist nach einem der zahllosen Höflichkeitsbesuche in einem Nachbarhaus zurückgekehrt, auf ihr Zimmer gegangen und wird wenig später vom Personal tot aufgefunden. Der sogleich herbeigerufene Hausarzt vermutet eine Belladonnavergiftung und läßt über eins der soeben in Mode kommenden Telefone die Polizei verständigen. Inspector Pitt, Charlottes Ehemann, wird mit dem Fall betraut. Ein Unfall, ein Verwechseln von Flaschen, eine versehentlich genommene Überdosis, all diese Erklärungen können rasch ausgeschlossen werden. Es bleiben also zwei Möglichkeiten: Selbstmord oder Mord, und beide sind gleich schrecklich. Was kann eine gesunde, anscheinend glückliche Ehefrau in gesicherten Vermögensumständen dazu bringen, so plötzlich ihr Leben zu beenden? Wurde sie erpreßt, war sie unglücklich verliebt, hatte sie plötzlich abgrundtiefe, dunkle Seiten an ihrem Ehemann entdeckt? War sie die Diebin? Wie steht es mit Mord? Hat sie jemanden erpreßt? Wußte sie etwas von den Diebstählen? Stand sie jemandem – wobei? – im Wege? Am liebsten schlösse die Gesellschaft am Rutland Place vor all dem die Augen, doch die Mutmaßungen, die Ungewißheit, das Zwielicht sind schlimmer, als es die Wahrheit und die Klarheit sein können.

Damit ist wieder die Situation eingetreten, die das Muster von Anne Perrys Detektivromanen um Charlotte Ellison und Thomas Pitt bildet. Bei einer Mordserie in der Cater Street, bei der Charlotte eine Schwester verlor und in der Inspector Pitt ermittelte, haben sie sich einst kennengelernt (*Der Würger von der Cater Street*, DuMont's Kriminal-Bibliothek Band 1016). Bei weiteren Fällen Pitts haben sie dann ihre unterschiedliche Position in der Gesellschaft für die Detektionsarbeit genutzt: Pitt sammelte offiziell die der Polizei zugänglichen Fakten, während Charlotte, unterstützt von ihrer mit einem Lord verheirateten Schwester, sich in die hochgestellten Gesellschaftskreise begab und nach den vor der Polizei verborgenen Informationen suchte. Gemeinsam – meist allerdings mit einem Vorsprung Charlottes – fanden sie dann die Lösung (*Callander Square, Nachts am Paragon Walk*, DuMont's Kriminal-Bibliothek Band 1025 und 1033).

Doch diesmal liegen die Dinge etwas anders. Einen denkbaren Schritt vom Wege der Tugend im Fall der eigenen Mutter möchte Charlotte selbst mit ihrem Mann nicht erörtern, zumal Caroline unter Polizeigesichtspunkten durchaus des Mordes an ihrer Nachbarin verdächtig ist. Die Aufdeckung einer Affäre bedeutete für eine Frau den gesellschaftlichen und ökonomischen Ruin, ja, fast das physische Ende – man denke an die harten Strafen, die sich Tolstoi, Flaubert und Fontane bei aller Einfühlung in die individuelle Situation für Carolines Generationsgenossinnen Anna Karenina, Emma Bovary und Effi Briest haben einfallen lassen. So kommt es am *Rutland Place* zu einem Wettlauf zwischen Thomas und Charlotte Pitt, die wieder ihre Schwester zur Verstärkung herangezogen hat. Die beiden Schwestern beschließen, den Mord möglichst rasch auf eigene Faust aufzuklären, ehe unnötig viele Geheimnisse – darunter die Verirrung ihrer Mutter – von der Polizei, und das heißt eben auch von Thomas Pitt, ans Licht gezerrt werden. Und so geschieht es, daß Charlotte im Rahmen der sich nun überstürzenden Ereignisse nicht nur eine hochgestellte Dame ohrfeigt, sondern auch mit einem attraktiven jungen Mann ein von anständigen Frauen zu meidendes Varieté aufsucht und sich dort mit Champagner betrinkt, was sie vor ihrem Ehemann nun wirklich nicht mehr verheimlichen kann. Überdies macht sie sogar als Dame noch einen Besuch bei einem alleinstehenden Mann, was gesellschaftlich ein absolutes Ding der Unmöglichkeit ist.

Schritt für Schritt nähert sie sich dabei der Lösung des Geheimnisses, besser, der Geheimnisse, die sich hier durchkreuzen, dringt tiefer in das Labyrinth ein, das sich hinter den gepflegten Fassaden am Rutland Place aufgetan hat. Jede Kammer scheint die innerste zu sein, doch hinter jeder tut sich noch eine weitere auf – in den Peripetien der Lösungen kann dieses Werk Anne Perrys berühmten Vorbildern wie E.C. Bentleys *Trent's Last Case* oder Michael Innes' *Lament for a Maker* an die Seite gestellt werden. Erst ganz zum Schluß steht sie schaudernd vor dem Minotaurus, der dann jedoch schon tot ist. Und Charlotte Pitt wird nie verraten, wer ihn getötet hat – auch nicht ihrem Mann, dem Polizeiinspector Thomas Pitt.

Volker Neuhaus

DuMont's Kriminal-Bibliothek

»Knarrende Geheimtüren, verwirrende Mordserien, schaurige Familienlegenden und, nicht zu vergessen, beherzte Helden (und bemerkenswert viele Heldinnen) sind die Zutaten, die die Lektüre der DuMont's ›Kriminal-Bibliothek‹ zu einem Lese- und Schmökervergnügen machen.

Der besondere Reiz dieser Krimi-Serie liegt in der Präsentation von hierzulande meist noch unbekannten anglo-amerikanischen Autoren, die mit repräsentativen Werken (in ausgezeichneter Übersetzung) vorgelegt werden.

Die ansprechend ausgestatteten Paperbacks sind mit kurzen Nachbemerkungen von Herausgeber Volker Neuhaus versehen, die auch auf neugierige Krimi-Fans Rücksicht nehmen, die gerne mal kiebitzen: Der Mörder wird nicht verraten. Kombiniere – zum Verschenken fast zu schade.« *Neue Presse/Hannover*

Band 1001	Charlotte MacLeod	**»Schlaf in himmlischer Ruh'«**
Band 1002	John Dickson Carr	**Tod im Hexenwinkel**
Band 1003	Phoebe Atwood Taylor	**Kraft seines Wortes**
Band 1004	Mary Roberts Rinehart	**Die Wendeltreppe**
Band 1005	Hampton Stone	**Tod am Ententeich**
Band 1006	S. S. van Dine	**Der Mordfall Bischof**
Band 1007	Charlotte MacLeod	**». . . freu dich des Lebens«**
Band 1008	Ellery Queen	**Der mysteriöse Zylinder**
Band 1009	Henry Fitzgerald Heard	**Die Honigfalle**
Band 1010	Phoebe Atwood Taylor	**Ein Jegliches hat seine Zeit**
Band 1011	Mary Roberts Rinehart	**Der große Fehler**
Band 1012	Charlotte MacLeod	**Die Familiengruft**
Band 1013	Josephine Tey	**Der singende Sand**
Band 1014	John Dickson Carr	**Der Tote im Tower**
Band 1015	Gypsy Rose Lee	**Der Varieté-Mörder**
Band 1016	Anne Perry	**Der Würger von der Cater Street**

Band 1017	Ellery Queen	**Sherlock Holmes und Jack the Ripper**
Band 1018	John Dickson Carr	**Die schottische Selbstmord-Serie**
Band 1019	Charlotte MacLeod	**»Über Stock und Runenstein«**
Band 1020	Mary Roberts Rinehart	**Das Album**
Band 1021	Phoebe Atwood Taylor	**Wie ein Stich durchs Herz**
Band 1022	Charlotte MacLeod	**Der Rauchsalon**
Band 1023	Henry Fitzgerald Heard	**Anlage: Freiumschlag**
Band 1024	C. W. Grafton	**Das Wasser löscht das Feuer nicht**
Band 1025	Anne Perry	**Callander Square**
Band 1026	Josephine Tey	**Die verfolgte Unschuld**
Band 1027	John Dickson Carr	**Die Schädelburg**
Band 1028	Leslie Thomas	**Dangerous Davies, der letzte Detektiv**
Band 1029	S. S. van Dine	**Der Mordfall Greene**
Band 1030	Timothy Holme	**Tod in Verona**
Band 1031	Charlotte MacLeod	**»Der Kater läßt das Mausen nicht«**
Band 1032	Phoebe Atwood Taylor	**Wer gern in Freuden lebt . . .**
Band 1033	Anne Perry	**Nachts am Paragon Walk**
Band 1034	John Dickson Carr	**Fünf tödliche Schachteln**
Band 1035	Charlotte MacLeod	**Madam Wilkins' Palazzo**
Band 1036	Josephine Tey	**Wie ein Hauch im Wind**
Band 1037	Charlotte MacLeod	**Der Spiegel aus Bilbao**
Band 1038	Patricia Moyes	**». . . daß Mord nur noch ein Hirngespinst«**
Band 1039	Timothy Holme	**Satan und das Dolce Vita**
Band 1040	Ellery Queen	**Der Sarg des Griechen**
Band 1041	Charlotte MacLeod	**Kabeljau und Kaviar**
Band 1042	John Dickson Carr	**Der verschlossene Raum**
Band 1043	Robert Robinson	**Die toten Professoren**
Band 1044	Anne Perry	**Rutland Place**

Band 1025

Anne Perry

Callander Square

Die Welt ist in Ordnung am Callander Square. Die Herren der feinen Gesellschaft gehen ihren Geschäften nach oder vergnügen sich in ihren Clubs, während ihre Gattinnen beim Tee die neuesten Gerüchte verbreiten. Ruhe und Harmonie werden jäh zerstört, als zwei Gärtner einen Busch umpflanzen wollen und dabei zwei Skelette entdecken. Inspector Thomas Pitt stößt bei seinen Recherchen auf eine Mauer des Schweigens. Daher entschließen sich Pitts Frau Charlotte und deren Schwester Emily, unauffällig ihre eigenen Ermittlungen anzustellen. Hinter den Kulissen einer nur scheinbar geordneten Welt stoßen sie auf Intrigen, Untreue, Erpressung. Als die beiden merken, daß sie mit dem Feuer spielen, ist es fast zu spät . . .

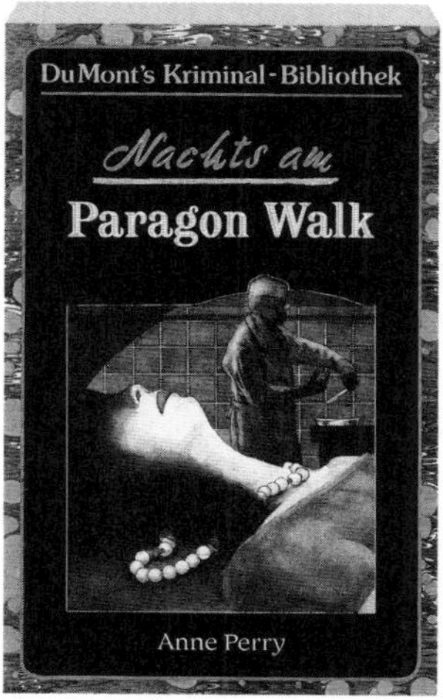

Band 1033

Anne Perry

Nachts am Paragon Walk

Skandal: In der Parkanlage am Paragon Walk ist ein junges Mädchen erstochen und geschändet aufgefunden worden. In den Salons der feinen Familien gibt es keinen Zweifel: Offensichtlich hat ein Kutscher, während er auf seine Herrschaft wartete, dem armen Mädchen aufgelauert. Schließlich wäre kein Gentleman zu einer solchen Tat fähig!

Inspector Pitt ist sich da nicht so sicher. Sein Verdacht scheint sich zu bestätigen, als ein zweites Verbrechen geschieht. Aber die vornehmen Leute wissen sich vor indiskreten Fragen der Polizei zu schützen. Zum Glück stellt Charlotte – Pitts kluge Frau – ihre eigenen Ermittlungen an. Behilflich ist ihr dabei ihre Schwester Emily, der seit ihrer Heirat mit einem Lord Türen offenstehen, die Scotland Yard verschlossen bleiben.

Band 1038

Patricia Moyes

». . . daß Mord nur noch ein Hirngespinst«

Die Familie Manciple gilt als exzentrisch – aber die Bewohner des englischen Dorfes, in dem die Familie seit Generationen lebt, mögen sie gerade deswegen. Als der neureiche Londoner Buchmacher Raymond Mason erschossen in der Auffahrt zum Anwesen der Manciples gefunden wird, glaubt daher keiner der Nachbarn, daß der Täter einer von ihnen ist. Chefinspektor Henry Tibbet aus London, der mit den Ermittlungen betraut wird, trifft auf schießwütige pazifistische Ex-Soldaten, spiritistisch interessierte schwerhörige Großtanten, zerstreute und charmante Hausherrinnen, kreuzworträtselbesessene Bischöfe, undurchsichtige Wissenschaftler und scharfzüngige Schönheiten. Mord ist für ihn bald nur noch das kleinere Problem in diesem Fall.

Band 1039

Timothy Holme

Satan und das Dolce Vita

Achille Peroni, der Rudolfo Valentino der italienischen Polizei, erhält den Auftrag, sich um das Verschwinden einer jungen Frau zu kümmern, die in dem italienischen Badeort Jesolo als Sängerin gearbeitet hat. Es scheint sich lediglich um eine Routineangelegenheit zu handeln. Doch je intensiver Peroni sich mit dem Fall beschäftigt, desto mehr fasziniert ihn die geheimnisvolle schwarzhaarige Schönheit. Schon bald muß er feststellen, daß er mit seinen Untersuchungen in ein Wespennest gestoßen ist. Der Satanskult hat Einzug gehalten in die Häuser der vornehmen venezianischen Gesellschaft. Als Peroni selbst an einer schwarzen Messe teilnimmt, wird ihm ein teuflisches Angebot unterbreitet...

Band 1040
Ellery Queen
Der Sarg des Griechen

Als der Kunsthändler Georg Khalkis an Herzversagen stirbt, ahnt niemand, daß dies nur der Auftakt ist zu einer mörderischen Symphonie: Doch dann verschwindet das Testament, das der Verstorbene noch kurz vor seinem Tod geändert haben soll. Bei der Suche nach dem Letzten Willen macht man eine grauenvolle Entdekkung: In Khalkis' Sarg liegt eine weitere Leiche – mit Würgemalen am Hals: Der Urkundenfälscher und Kunstdieb Albert Grimshaw. Und das Testament bleibt solange verschwunden, kombiniert Ellery Queen, der Autor von Kriminalromanen und scharfsinnige Amateurdetektiv, bis Grimshaws Mörder gefunden ist.

Band 1041

Charlotte MacLeod

Kabeljau und Kaviar

Nach seiner Hochzeit mit Sarah Kelling würde Detektiv Max Bittersohn am liebsten jede freie Minute mit seiner Frau verbringen. Doch Sarahs überspannte Verwandtschaft verwickelt ihn gleich in einen neuen Fall: Erst wird Sarahs Onkel Jem eine wertvolle Silberkette, das Wahrzeichen des noblen Clubs des ›Geselligen Kabeljaus‹ gestohlen, dann ereignet sich ein fast tödlicher Unfall, und schließlich stehen auf einer Party neben Champagner und Kaviar auch kaltblütiger Mord auf dem Programm . . .

Band 1042

John Dickson Carr

Der verschlossene Raum

Der Wissenschaftler Dr. Charles Vernet Grimaud, Experte auf dem Gebiet der Schwarzen Magie, glaubt nicht an Gespenster, Hexen und Vampire. Aber ausgerechnet er wird Opfer eines mysteriösen Mörders, der aus dem Nichts auftaucht und nach der Tat spurlos aus einem hermetisch verschlossenen Raum verschwindet. Selbst Gideon Fell, der scharfsinnige Privatgelehrte und Amateurdetektiv, ist ratlos – bis ihn eine Spur zu drei Gräbern im fernen Transsylvanien führt.